U0734711

中国古代文学经典书

宋词藏美

# 苏轼词集

[宋] 苏 轼　著

罗立刚　校注

春风文艺出版社
·沈阳·

图书在版编目（CIP）数据

苏轼词集 /（宋）苏轼著；罗立刚校注 . —沈阳：
春风文艺出版社，2025.1
（中国古代文学经典书系 . 宋词藏美）
ISBN 978 - 7 - 5313 - 6646 - 1

Ⅰ．①苏… Ⅱ．①苏… ②罗… Ⅲ．①宋词—选集
①I222.844

中国国家版本馆CIP数据核字（2024）第023235号

春风文艺出版社出版发行
沈阳市和平区十一纬路25号　邮编：110003
三河市刚利印务有限公司印刷

| | | | |
|---|---|---|---|
| 责任编辑：姚宏越　周珊伊 | | 责任校对：张雨菲 | |
| 封面设计：黄　宇 | | 幅面尺寸：145mm×210mm | |
| 字　　数：580千字 | | 印　　张：19.25 | |
| 版　　次：2025年1月第1版 | | 印　　次：2025年1月第1次 | |
| 书　　号：ISBN 978-7-5313-6646-1 | | | |
| 定　　价：198.00元（全4册） | | | |

# 目录

# 渔 父❶

渔父饮❷，谁家去？鱼蟹一时分付❸。酒无多少醉为期❹，彼此不论钱数。

**注释**

❶原为《庄子》和《楚辞》篇名，后用为词牌名。

❷渔父饮：打鱼的老翁想要喝酒。

❸"鱼虾"句：把鱼虾都一并交付出去。意思是把鱼蟹交给酒家去换酒。

❹"酒无"句：也不说换多少酒，就以喝醉为标准。期：限度，标准。陶渊明《五柳先生传》称自己："性嗜酒，家贫不能常得。亲旧知其如此，或置酒而招之，造饮辄尽，期在必醉，既醉而退，曾不吝情去留。"此句似从此化出。

# 渔 父

渔父醉，蓑衣舞❶。醉里却寻归路。轻舟短棹任横斜❷，醒后不知何处。

### 注释

❶蓑衣舞：披着蓑衣的渔父醉酒而行走的样态。依词意当是指喝醉走路不稳致使蓑衣不断晃动。

❷棹（zhào）：船桨。

## 渔　父

　　渔父醒，春江午❶。梦断❷落花飞絮。酒醒还醉醉还醒，一笑人间今古。

### 注释

❶春江午：春江之上已是正午时分。

❷梦断：梦醒。

# 渔 父

渔父笑，轻鸥举[1]。漠漠一江风雨[2]。江边骑马是官人，借我孤舟南渡。

## 注释

[1] 举：飞起。这里指因惊于笑声而飞起。

[2] 漠漠：烟雾弥漫。

# 阳关曲·中秋作

暮云收尽溢清寒❶，银汉无声转玉盘❷。此生此夜不长好，明月明年何处看？

### 注释

❶溢清寒：溢出清凉与寒冷。这里暗寓月色如水之意。

❷银汉：银河。玉盘：明月。李白《古朗月行》："小时不识月，呼作白玉盘。"

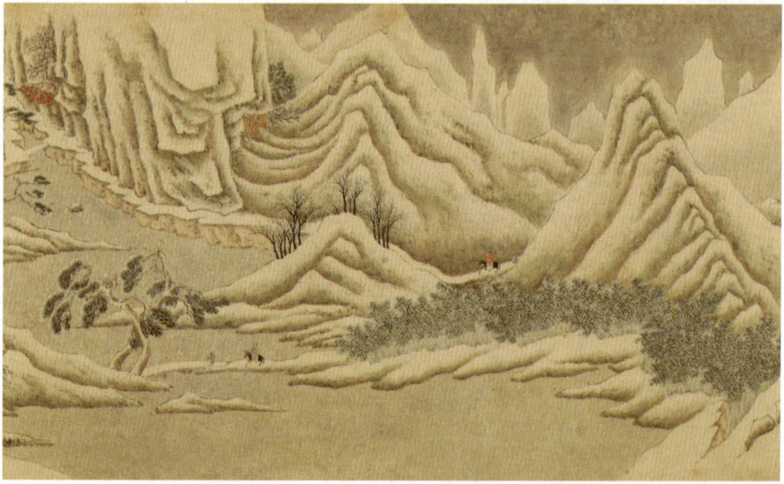

# 如梦令·寄黄州杨使君二首❶

为向东坡传语❷，人在玉堂深处❸。别后有谁来？雪压小桥无数。归去，归去，江上一犁春雨❹。

## 注释

❶杨使君：杨君素，元丰六年继徐君猷之后任黄州知州。

❷为（wéi）：为我，替我。东坡：指黄州城东南作者所垦数十亩地。传语：带话。

❸玉堂：学士院的别称，下设翰林学士，负责起草制诰。作者元祐元年（1086）九月至四年三月任此职。玉堂在宫中，故曰"深处"。

❹一犁春雨：雨量刚好润湿一犁深度的土壤。农耕时代以牛拉犁翻松耕地，犁翻深度相对固定，故农夫常用其熟悉的"一犁"去估算深度。

# 如 梦 令

手种堂前桃李❶，无限绿阴青子❷。帘外百舌儿❸，惊起五更春睡。居士❹，居士，莫忘小桥流水。

## 注释

❶堂：此指雪堂，是作者在黄州时的居所。

❷青子：未成熟的果实。

❸百舌儿：鸟名，即乌鸫，立春后始鸣，因鸣声反复如百鸟齐鸣而得名。

❹居士：这里是作者自称。因苏轼自称"东坡居士"，所以这里拟"百舌儿"的口气，表达了作者对黄州山水浓浓的惦记。

# 如梦令

元丰七年十二月十八日①，浴泗州雍熙塔下②，戏作《如梦令》阕③。此曲本唐庄宗制④，名《忆仙姿》，嫌其名不雅，故改为《如梦令》。盖庄宗作此词，卒章云："如梦，如梦，和泪出门相送。"因取以为名云。

水垢何曾相受，细看两俱无有⑤。寄语揩背人，尽日劳君挥肘⑥。轻手，轻手，居士本来无垢⑦。

### 注释

① 元丰七年：1084年。

② 泗州：今江苏盱眙。

③ 阕（què）：本义为乐终，亦称一首乐曲。词合乐，一首词也称一阕。

④ 唐庄宗：五代后唐庄宗李存勖，公元923年即位，国号大唐，史称后唐。

⑤ "水垢"二句：沐浴的水和身上的垢永远不会混到一起去，仔细看看既没有水也没有垢。此为禅语，意思是万事万物都缘起于人的意识，只要人不动意念将水和垢联系起来，二者就不相关联，更可以说根本就不存在。

⑥ 挥肘：挥动手臂。此指搓澡。

⑦ 居士：居家修行的人。这里是作者自称。

# 浣溪沙

自杭移密守❶，席上别杨元素，时重阳前一日。

缥缈危楼紫翠间❷，良辰乐事古难全❸。感时怀旧独凄然。
璧月琼枝空夜夜❹，菊花人貌自年年❺。不知来岁与谁看？

## 注释

❶自杭移密：从杭州通判改知密州。移：古代指官员调动。密：指密州，今山东诸城。守：知州。

❷缥缈：隐约高远貌。危：这里是高耸的意思。紫翠：此指深碧翠绿的山峰。

❸良辰乐事：在好的时节做开心的事情。南朝宋谢灵运《拟魏太子邺中集诗序》："天下良辰、美景、赏心、乐事，四者难并。"

❹璧月琼枝：面对玉璧般的明月，徜徉在琼树花丛之中。《陈书·后妃传》载陈后主时曲词："璧月夜夜满，琼树朝朝新。"

❺自年年：一年年自然流逝。

# 浣溪沙

游蕲水清泉寺❶，寺临兰溪，溪水西流。

山下兰芽短浸溪，松间沙路净无泥，萧萧暮雨子规啼❷。
谁道人生无再少❸，门前流水尚能西❹。休将白发唱黄鸡❺。

## 注释

❶蕲（qí）水：水名，流经湖北蕲春。又为县名，在黄州东，即今湖北浠水。清泉寺：寺名，在蕲水城外二里。时与送人庞安时同游。

❷子规：鸟名，即杜鹃。

❸"谁道"句：古诗："花有重开日，人无再少年。"这里反用其意，意为舍弃功名利禄之心就会返回本真童心，就像重回少年一样。

❹"门前"句：门前的流水都能往西流。因我国地势原因，流水总体东注而不西流，但局部地势可能造成河水西流。据本词序可知，当地兰溪确实西流，作者借此喻指只要转变视角，一切皆有可能。

❺"休将"句：不要在白发满头的时候因雄鸡鸣叫而感叹（时光流逝、人生易老）。白居易《醉歌》："黄鸡催晓丑时鸣，白日催年酉前没。腰间红绶系未稳，镜里朱颜看已失。"这里用"休将"对白氏诗中的感伤之意加以否定，表现出作者通透不拘泥的人生观。

# 浣溪沙

十二月二日，雨后微雪，太守徐君猷携酒见过●，座上作《浣溪沙》三首。明日酒醒，雪大作，又作二首。

覆块青青麦未苏●，江南云叶暗随车●，临皋烟景世间无●。
雨脚半收檐断线●，雪床初下瓦跳珠●，归来冰颗乱粘须●。

### 注释

❶徐君猷（yóu）：名大受，时任黄州知州。他对作为罪人谪居黄州的东坡十分优待。元丰六年（1083）徐君猷病逝后，东坡在给其弟得之的信中说："始谪黄州，举目无亲，君猷一见，相待如骨肉，此意岂可忘哉？"见过：来访。

❷覆块：此指（麦苗）覆盖田垄。块：土块。东坡确有种麦之事，《东坡八首》其五有"投种未逾月，覆块已苍苍"之句。

❸云叶：云片，云朵。车：此指徐君猷的车。

❹临皋：亭名，在黄州南门外江边。作者元丰三年（1080）二月贬谪黄州时居定慧院，五月迁于此。

❺雨脚：形容密集的雨点。

❻雪床：当时俗语，即雪霰，雪珠。

❼乱粘须：胡乱地粘在胡须上。

# 浣溪沙

元丰七年十二月二十四日，从泗州刘倩叔游南山❶。

细雨斜风作小寒❷，淡烟疏柳媚晴滩❸。入淮清洛渐漫漫❹。
雪沫乳花浮午盏❺，蓼茸蒿笋试春盘❻。人间有味是清欢。

## 注释

❶刘倩叔：即刘士彦，生平不详。

❷细雨斜风：细细的雨丝在轻风中倾斜飘飞。这里用唐韦庄《题
貂黄岭官军》"斜风细雨江亭上，尽日凭栏忆楚乡"成句。

❸媚晴滩：将晴空中的十里滩装点得格外妩媚。滩：十里滩，在
南山附近。

❹漫漫：水势浩大。

❺"雪沫"句：那中午茶的茶杯里漂浮着沸水冲起的茶沫，喝午
茶的意思。雪沫、乳花：均指以沸水冲茶泛起的沤沫。宋人以茶泡制
成白色为贵，所谓"茶与墨正相反，茶欲白，墨欲黑"（宋赵德麟
《侯鲭录》卷四记司马光语），所以雪沫、乳花都是上好的茶才能
泡出。

❻"蓼茸"句：菜盘里摆放着鲜嫩的蓼芽和芦笋。蓼（liǎo）茸：
蓼的嫩芽。蓼，调味品，草本植物，味苦而香。蒿笋：嫩芦笋。春
盘：古人多于立春日（阳历二月初）用果品、生蔬等装盘而食，或互
相馈赠，取迎新之意。

# 浣溪沙

醉梦昏昏晓未苏①，门前辘辘使君车②，扶头一盏怎生无③？
废圃寒蔬挑翠羽④，小槽春酒冻真珠⑤，清香细细嚼梅须⑥。

## 注释

❶未苏：没有睡醒。

❷辘辘：车轮转动之声。使君：指徐君猷。

❸"扶头"句：乘着宿醉再喝上一杯也是不能少的。扶头：一种酒，因易醉得名。这里既指"扶头"好酒，又指自己隔夜酒醉未醒还有些头晕的状态。怎生无：怎么能没有呢。怎生，怎么。生，语助词。

❹废圃：荒废的菜园。翠羽：此指鲜嫩的菜叶。

❺槽：酿酒或注酒的器皿。真珠：形容酒滴的晶莹。此句化用李贺《将进酒》"小槽酒滴真珠红"诗句。

❻梅须：梅花的蕊。

樹稍發董溪
潮凍檢閜仙
居家上層不
藉松橋閒致
依舊山早见
氣如菜
己卯春月
滿龍

# 浣溪沙

徐门石潭谢雨❶，道上作五首。十潭在城东二十里，常与泗水增减清浊相应。

照日深红暖见鱼，连溪绿暗晚藏乌❷。黄童白叟聚睢盱❸。
麋鹿逢人虽未惯，猿猱闻鼓不须呼❹。归家说与采桑姑。

## 注释

❶"徐门"句：作者曾因天旱祈神降雨，得雨后再去谢神。徐门：徐州。石潭：地名，在徐州城东二十里。

❷绿暗晚藏乌：浓绿的树林因为天色已晚而憩有乌鸦。南朝《读曲歌》："暂出白门前，杨柳可藏乌。"

❸"黄童"句：少年儿童和白发的老人欢欢喜喜地相聚在一起。黄童：发色淡黄的儿童。白叟：白发老人。睢盱（huī xū）：淳朴、喜悦的样子。

❹猿猱（náo）：猿猴。猱，猿猴的一种。

## 浣溪沙

簌簌衣巾落枣花，村南村北响缫车❶。牛衣古柳卖黄瓜❷。
酒困路长唯欲睡，日高人渴漫思茶。敲门试问野人家。

### 注释

❶缫（sāo）车：缫丝所用的工具。缫，同"缲"。
❷牛衣：冬季覆盖牛马身躯御寒之物，用草或乱麻制成，此处比喻简陋的衣着。

# 昭君怨·金山送柳子玉❶

谁作桓伊三弄❷，惊破绿窗幽梦❸。新月与愁烟❹，满江天。
欲去又还不去，明日落花飞絮❺。飞絮送行舟，水东流。

## 注释

❶金山：在镇江西北，宋时为长江岛屿，现已与长江南岸相连。
柳子玉：名瑾，其子是作者堂妹婿，能诗，作者曾称之为"诗翁"。

❷桓伊三弄：桓伊吹奏了三支笛曲。桓伊，字叔夏，小名子野，
东晋人。《世说新语·任诞》记载：王子猷很早就听说桓子野善于吹
笛，但不认识他。一次王子猷坐船出门，偶遇桓子野从岸上经过，王
子猷船上有位朋友认识桓子野，就告诉了他。王子猷便叫人去打招
呼，说："闻君善吹笛，试为我一奏。"那时桓子野虽然已是显贵，却
也早就听说了王子猷的大名，于是便下车坐在椅子上，为作三调。弄
毕，便上车去，客主不交一言。这里用桓伊三弄，指优美的笛曲。

❸绿窗：纱窗，常指女子居室。

❹愁烟：江面上雾气迷漫似满含愁绪。

❺"欲去"二句：抒发别离后的惦念难舍，将会像落花飞絮般萦
心绕怀。

# 菩萨蛮

回文❶，夏闺怨❷。

柳庭风静人眠昼，昼眠人静风庭柳。香汗薄衫凉，凉衫薄汗香。
手红冰碗藕，藕碗冰红手❸。郎笑藕丝长，长丝藕笑郎。

## 注释

❶回文：两句为一组，下句为上句的倒说，诗词之一种形式，因回环往复均能成诵得名，相传起源于前秦窦之滔妻苏蕙的《璇玑图》。苏轼有七首《菩萨蛮》旧文词。

❷闺怨：女子闺中愁怨之情。

❸"手红"二句：红润的手端着冰镇莲藕的碗，盛着冰镇莲藕的碗又冰着红润的手。

# 卜算子

黄州定慧院寓居作①。

缺月挂疏桐，漏断人初静②。谁见幽人独往来③，缥缈孤鸿影④。
惊起却回头，有恨无人省⑤。拣尽寒枝不肯栖⑥，寂寞沙洲冷。

## 注释

①黄州：今湖北黄冈，作者于元丰三年（1080）二月至七年四月谪居于此。定慧院：又名定惠院，在黄州东南，作者初贬黄州时寓居于此。

②漏断：夜已深沉。古代以铜壶滴水计时称"漏"，漏断是说壶中水已滴尽，表明夜深。

③幽人：隐居之人。《周易·履》："履道坦坦，幽人贞吉。"此为作者自指。黄州地处偏僻，作者初贬至此，感觉似幽居之人。

④缥缈：隐约高远貌。

⑤省（xǐng）：明白，体会得到。

⑥拣尽：全挑选完。

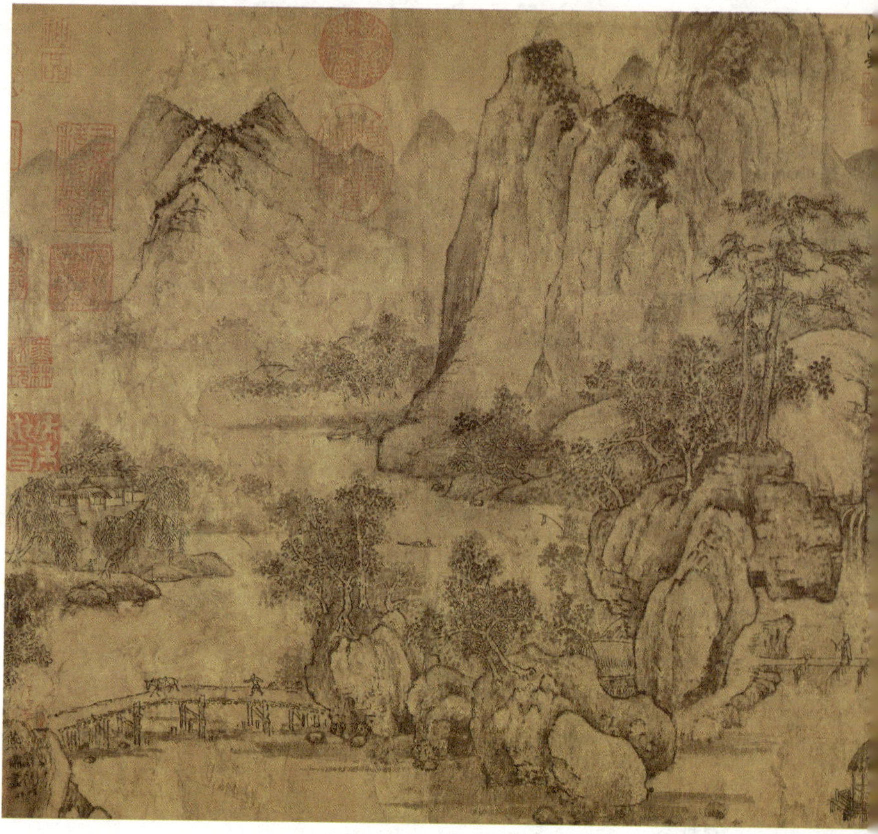

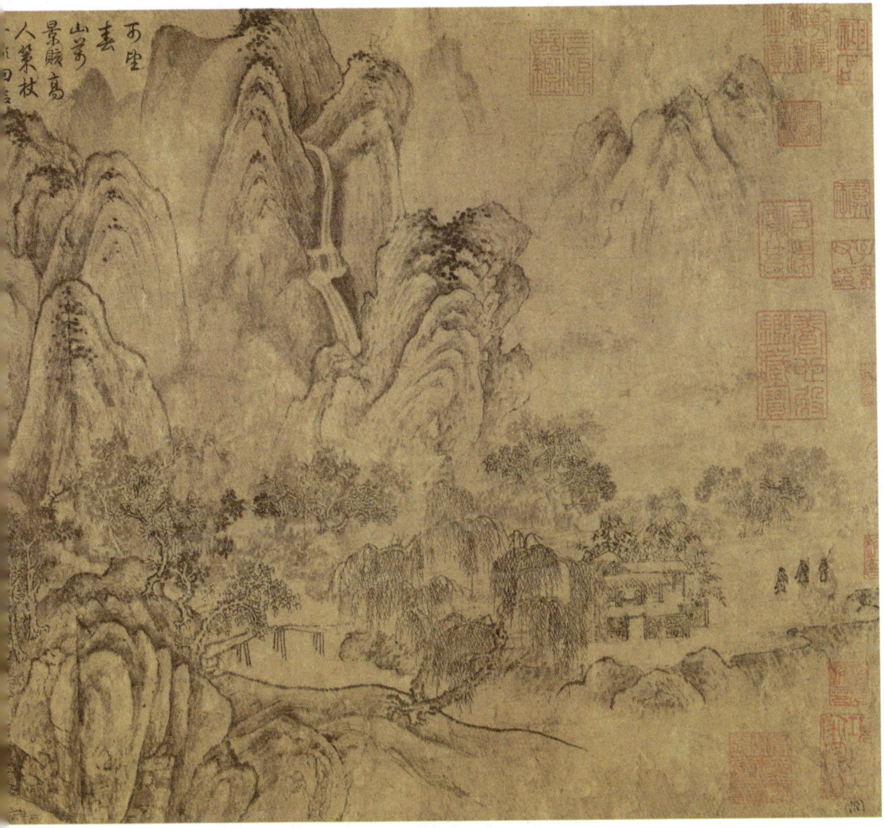

# 采桑子

润州多景楼与孙巨源相遇❶。

多情多感仍多病，多景楼中。尊酒相逢❷，乐事回头一笑空。
停杯且听琵琶语❸，细捻轻拢❹。醉脸春融❺，斜照江天一抹红❻。

## 注释

❶多景楼：在镇江北固山甘露寺内，宋人所筑，北临大江，有天下殊景之誉。孙巨源：名洙，熙宁七年（1074）十月与离杭北上赴密州任的东坡相遇于润州。

❷尊酒相逢：酒席上相逢。

❸琵琶语：琵琶声。音乐能够表情达意，故称"语"。

❹捻（niǎn）：揉弦，弹奏琵琶的指法。拢（lǒng）：叩弦。

❺"醉脸"句：如酒醉般满面红霞，就像春天红艳的花朵。这里化用唐末罗虬《比红儿诗》之十七"一抹浓红傍脸斜，妆成不语独攀花"诗意。

❻一抹红：一片火红的晚霞，或喻指琵琶女娇艳红润的面容，似更有韵致。

# 好事近·西湖夜归

湖上雨晴时，秋水半篙初没❶。朱槛俯窥寒鉴❷，照衰颜华发。

醉中吹堕白纶巾❸，溪风漾流月。独棹小舟归去❹，任烟波摇兀❺。

## 注释

❶半篙（gāo）：撑船竹竿的一半。

❷朱槛：朱红色的栏杆。寒鉴：透着寒气的镜子，喻指秋天平静的湖面。

❸白纶巾：青白丝混织的头巾。

❹独棹：一个人划（桨）。

❺摇兀：摇晃。

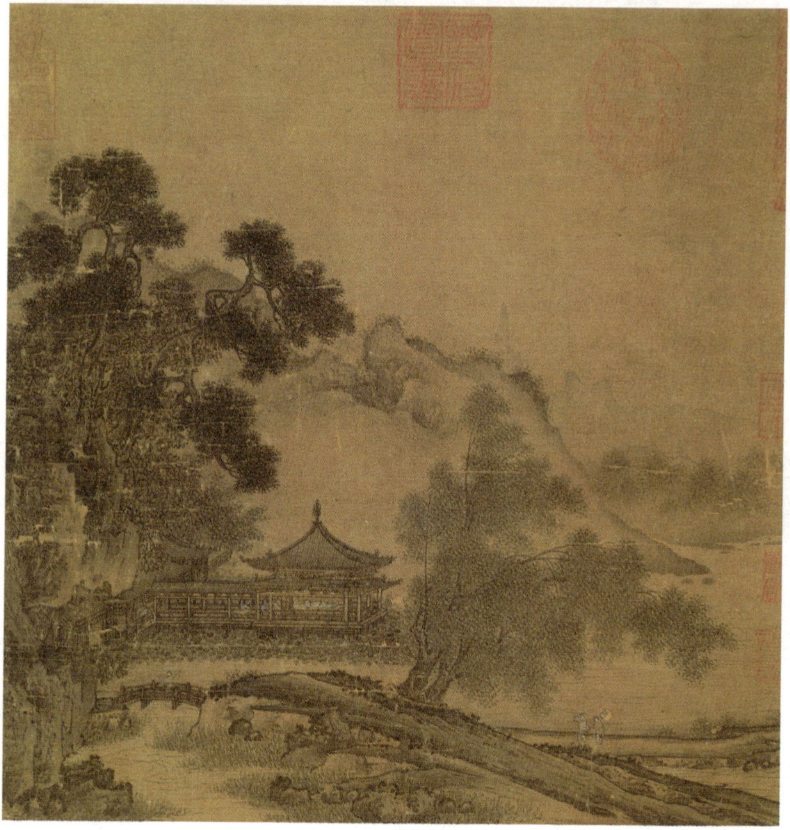

# 减字木兰花

过吴兴①，李公择生子三日②，会客，作此词戏之。

维熊佳梦③，释氏老君亲抱送④。壮气横秋⑤，未满三朝已食牛⑥。
犀钱玉果⑦，利市平分沾四座⑧。多谢无功！此事如何着得侬⑨！

**注释**

①吴兴：今浙江湖州。

②李公择：名常，时任湖州知州。戏之：这里指朋友之间的调侃、开玩笑。作者因与李公择交好，且性诙谐，故此词多檃栝杜甫《徐卿二子歌》："君不见徐卿二子生绝奇，感应吉梦相追随。孔子释氏亲抱送，并是天上麒麟儿。大儿九龄色清彻，秋水为神玉为骨。小儿五岁气食牛，满堂宾客皆回头"，既显作者才情，又见朋友性情，很能活跃气氛。

③"维熊"句：梦见熊这类生男孩的吉兆。《诗经·小雅·斯干》："大人占之，维熊维罴，男子之祥。"

④"释氏"句：这里是描述梦中情景，喻初生儿高贵受神佛庇护。释氏：释迦牟尼，佛教始祖。老君：太上老君，相传老子（道家创始人）得道成仙，被尊为道教之祖，称太上老君。

⑤横秋：充塞秋日长空，喻气势之盛。

⑥"未满"句：出生不到三天就能吃下一头牛，形容婴儿食量大。

⑦犀钱：婴儿生后三日洗身，称洗儿。亲朋赠钱以贺，称洗儿钱。钱色与犀牛角之黄色相近，又称犀钱。玉果：光泽如玉的柑橘，亦为洗儿时赠予之物。

❽"利市"句：将所得之物回赠座上诸友。利市：吉日时的赏钱，此指犀钱玉果之类。

❾"多谢"二句：前句说自己无功受喜钱，后句设想对方的回答。这里用《世说新语·排调》典："（晋）元帝皇子生，普赐群臣。殷洪乔谢曰：'皇子诞育，普天同庆。臣无勋焉，而猥颁厚赍。'中宗笑曰：'此事岂可使卿有勋邪？'"着得侬：用得上你。

# 减字木兰花·春月

春庭月午❶，摇荡香醪光欲舞❷。步转回廊，半落梅花婉娩香❸。
轻云薄雾，总是少年行乐处。不似秋光，只与离人照断肠❹。

**注释**

❶月午：午夜。

❷"摇荡"句：把酒杯摇晃起来里面的月光就像在翩翩起舞。醪
(láo)：酒糟未过滤的酒，又称浊酒。

❸婉（wǎn）娩香：柔弱、轻淡的芳香。

❹"不似"二句：全然不像秋天的月光，只知道激发起客旅他乡
的人们那无穷无尽的愁怀。《侯鲭录》卷四记载：作者在汝阴的时候，
堂前梅花大开，月色鲜霁。王夫人说："春月色胜如秋月色，秋月令
人凄惨，春月令人和悦。何如召赵德麟辈来，饮此花下？"苏轼大喜
道："吾不知子亦能诗耶？此真诗家语耳。"于是召赵德麟来畅饮，用
夫人的话创作这首《减字木兰花》词。

# 减字木兰花

五月二十四日，会于无咎之随斋❶。主人汲泉置大盆中❷，渍白芙蓉❸，坐客翛然❹，无复有病暑意❺。

回风落景❻，散乱东墙疏竹影。满座清微❼，入袖寒泉不湿衣❽。梦回酒醒，百尺飞澜鸣碧井❾。雪洒冰麾，散落佳人白玉肌❿。

## 注释

❶无咎：即晁补之，"苏门四学士"之一，时为扬州通判，东坡属吏。随斋：晁补之在扬州的寓所。

❷汲泉：取来泉水。

❸渍（zì）白芙蓉：浸泡一些白色的荷花。芙蓉：荷花。

❹翛（xiāo）然：自在超脱的样子。《庄子·大宗师》："翛然而往，翛然而来而已矣。"

❺病暑：苦于酷暑。

❻回风落景：回风旋转在地上刻画出（竹下）日影。景：通"影"，日影。

❼清微：细微的清凉之感。

❽寒泉不湿衣：意思是凉爽的泉水使人感到寒意，却不打湿衣裳。

❾"百尺"句：意思是从满布青苔的深井中汲水。澜，波浪。碧井：有绿苔的水井。

❿"雪洒"二句：晶莹的泉水如雪花飘洒似冰珠飞舞，最终落到白荷之上，意思是清凉井水洒在白荷花上。麾（huī），同"挥"。白玉肌，此指白荷花。

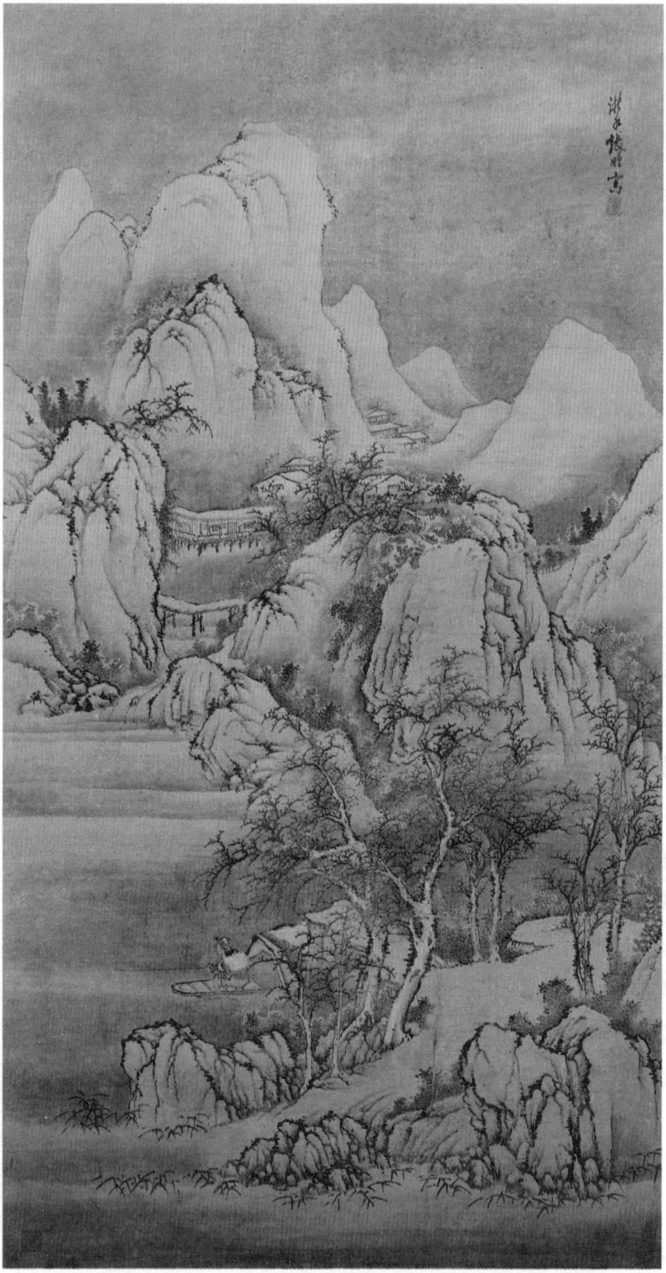

# 减字木兰花·己卯儋耳春词①

春牛春杖②，无限春风来海上。便丐春工③，染得桃花似肉红。
春幡春胜④，一阵春风吹酒醒。不似天涯⑤，卷起杨花似雪花⑥。

## 注释

①己卯：元符二年（1099）。儋耳：即儋州，今海南境内。春词：迎春之词。

②春牛：土牛，泥土制作的牛，农历十二月出土牛以送寒气。旧俗立春日前，寓劝农春耕之意。春杖：鞭打土牛的木杖。

③丐：乞求。春工：即春天。因万物得春天而生长，春天似创造化育的工匠，故云。

④春幡：春旗，立春日挂于树上，象征春至，亦有剪彩为小旗插于头上者。春胜：立春日妇女所戴彩结，以绢、箔或纸制成。

⑤"不似"句：不像想象中荒凉的天涯海角。海南地处偏僻，素称天涯，但作者为人豁达，见美景而心悦，故云。

⑥杨花似雪花：海南地暖湿，立春时杨花已开，似雪花飞舞。

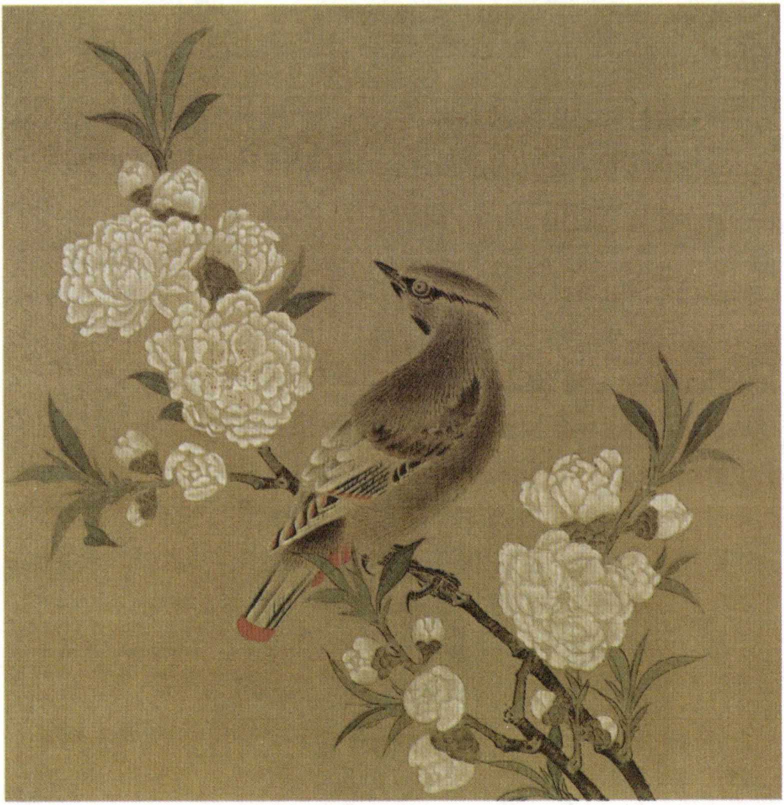

# 木兰花令·次欧公西湖韵❶

霜余已失长淮阔，空听潺潺清颍咽❷。佳人犹唱醉翁词❸，四十三年如电抹❹。

草头秋露流珠滑❺，三五盈盈还二八❻。与余同是识翁人❼，唯有西湖波底月。

## 注释

❶"次欧公"句：按照欧阳修歌咏西湖词作的韵脚填此词。欧公：欧阳修。西湖：此指颍州（今安徽阜阳）城西北西湖，长十里，宽二里，林木葱茏，是当地名胜。

❷清颍：清澈的颍水。颍水为淮河支流，源出河南登封，自西北向东南流经颍州。

❸佳人：美人。这里指歌女。醉翁：欧阳修自号。

❹四十三年：欧阳修皇祐元年（1049）作《木兰花令》词至此凡四十三年。电抹：闪电涂抹天空，极言其快。

❺"草头"句：秋日的夜露如珍珠一般从草叶上滑落下来，喻指美景难以持久。

❻"三五"句：刚刚是十五月圆转瞬就是十六的缺月，喻指世事变换很快。三五、二八，分别指农历十五、十六日。语见谢灵运《怨晓月赋》："昨三五兮既满，今二八兮将缺。"

❼翁：此指醉翁，即欧阳修。

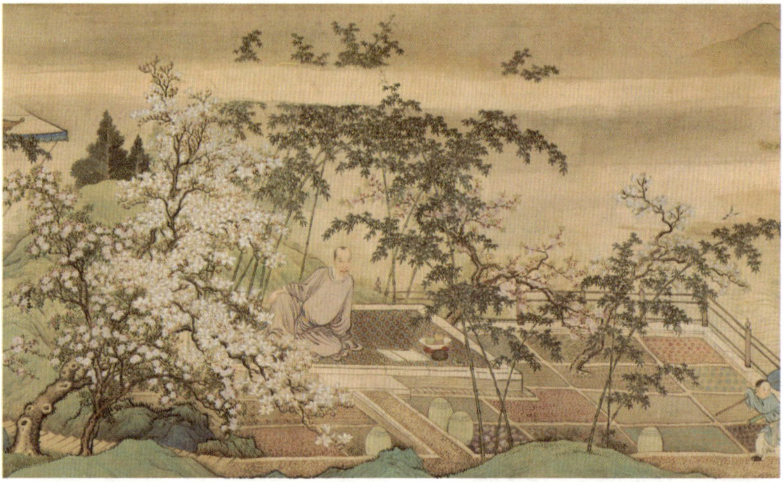

# 阮郎归·初夏

绿槐高柳咽新蝉❶，熏风初入弦❷。碧纱窗下水沉烟❸，棋声惊昼眠❹。

微雨过，小荷翻，榴花开欲然❺。玉盆纤手弄清泉，琼珠碎却圆❻。

## 注释

❶咽（yè）新蝉：刚长成的蝉儿鸣声很低涩。新蝉：初夏之蝉。

❷"熏风"句：刚开始演奏《南风》之曲，意思是刚开始吹东南风。《礼记·乐记》载："昔者，舜作五弦之琴，以歌《南风》。"熏风：即南风。《吕氏春秋·有始览·有始》："东南曰熏风。"入弦：用弦乐器演奏。

❸水沉烟：即沉香，用一种入水能沉的香木做成。

❹"棋声"句：下棋落子的声音惊醒了午休之人。这里描述的是清雅安静的生活景象。

❺然：同"燃"。

❻"琼珠"句：如珍珠般的水珠滴碎平静水面，却激起圆圆的水纹。

# 少 年 游

润州作[1]，代人寄远[2]。

去年相送[3]，余杭门外[4]，飞雪似杨花[5]。今年春尽，杨花似雪[6]，犹不见还家。

对酒卷帘邀明月，风露透窗纱。恰似姮娥怜双燕[7]，分明照、画梁斜[8]。

## 注释

[1] 润州：即今镇江，因州东有润浦得名。

[2] 寄远：寄给远方的亲人，多指女子寄诗词给羁旅在外的丈夫或情人。此词所"代"之"人"，实为作者之妻王闰之，"远"指自己。作者当时在镇江赈饥，其妻留杭州。

[3] 相送：送别。

[4] 余杭门：宋时杭州北门之一。余杭，即杭州。

[5] "飞雪"句：作者离杭之时，是在熙宁六年十一月，故有飞雪。

[6] "杨花"句：词作于暮春时节，正是杨花飞絮之时。

[7] 姮（héng）娥：即嫦娥，月中女神，传为唐尧时后羿之妻，窃取丈夫不死药后奔入月宫。这里代指月亮。

[8] 画梁：雕有花纹的屋梁，燕子憩息之所。

# 西江月·梅花

玉骨哪愁瘴雾[1]，冰姿自有仙风[2]。海仙时遣探芳丛，倒挂绿毛幺凤[3]。

素面常嫌粉浼[4]，洗妆不褪唇红[5]。高情已逐晓云空，不与梨花同梦[6]。

## 注释

[1]玉骨：如润玉般高洁的骨格，这里是形容梅花品质之美。瘴雾：旧称南方湿热蒸发易致疾病的气候。

[2]冰姿：凌傲冰霜的风姿。

[3]"海仙"两句：海上仙子时不时派遣一身翠绿羽毛的小幺凤来探寻梅花的芬芳。这里用赵师雄罗浮夜梦梅魂典。旧题柳宗元《龙城录》载，隋代赵师雄游罗浮山，夜梦与一素妆女子共饭，女子芳香袭人。又有一绿衣童子，笑歌欢舞。赵醒来，发现自己躺在一棵大梅树下，树上有翠鸟欢鸣，见"月落参横，但惆怅而已"。幺凤：岭南珍禽，绿毛红嘴，状似鹦鹉而小，栖息时倒挂树枝，又称"倒挂子"。

[4]嫌粉浼（wò）：嫌弃脂粉之类会败坏（面容）。浼：污染。

[5]"洗妆"句：洗去妆饰也褪不了口唇的红润。庄绰《鸡肋编》卷下："梅花叶四周皆红，故有'洗妆'之句。"这里夸赞梅之"冰姿"全是自然天成，没有雕饰。

[6]"不与"句：不跟梨花做同样的梦。作者自注："诗人王昌龄梦中作梅花诗。"（傅干《注坡词》卷二引）傅注又引《高斋诗话》云："王昌龄《梅诗》曰：'落落寞寞路不分，梦中唤作梨花云。'"作者这里是夸赞梅之"玉骨"自具高格，与梨花完全不同。

# 西 江 月

　　世事一场大梦，人生几度新凉[1]。夜来风叶已鸣廊[2]，看取眉头鬓上[3]。

　　酒贱常愁客少，月明多被云妨[4]。中秋谁与共孤光[5]，把盏凄然北望[6]。

### 注释

[1] "人生"句：人生一世能感受几次新来的清秋，寓意人生苦短。词作于中秋，故称新凉。

[2] "夜来"句：夜幕降临之时风吹落叶在屋廊里阵阵作响，这里是抒发秋景惨淡的感叹。

[3] 眉头鬓上：眉敛显愁，鬓霜显老，步入人生之秋的意思。取，语助，有"着"义。

[4] 被云妨：被云朵妨碍，被云朵遮挡掉。

[5] 共孤光：共同赏玩那一轮明月。孤光：此指明月。

[6] 北望：向北方眺望，寓思念北方亲友之意。

# 西江月

公自序云❶：顷在黄州❷，春夜行蕲水中，过酒家，饮酒醉，乘月至一溪桥上，解鞍，曲肱醉卧少休❸。及觉，已晓。乱山攒拥❹，流水铿然❺，疑非尘世也❻。书此词桥柱上。

照野弥弥浅浪❼，横空隐隐层霄❽。障泥未解玉骢骄❾，我欲醉眠芳草。

可惜一溪明月❿，莫教踏破琼瑶⓫。解鞍欹枕绿杨桥⓬，杜宇一声春晓⓭。

### 注释

❶公：东坡。此段序当是他人从东坡文章中移来。

❷顷（qǐng）：近来。

❸曲肱：弯起手臂。《论语·述而》："曲肱而枕之。"

❹攒（cuán）拥：丛集，簇聚。

❺铿然：象声词，常拟金玉声，此处形容清脆的流水声。

❻尘世：人世。佛家认为人间污浊，故云。

❼弥（mí）弥：水波绵延荡漾的样子。

❽隐隐：隐隐约约，此指云层稀薄。

❾"障泥"句：（因为景色美丽）骏马腾跃却不愿前行。这里用马不肯前行，实际上表达作者为美景所陶醉，不愿离去。障泥未解：《世说新语·术解》记载："王武子善解马性，尝乘一马，著连钱障泥，前有水，终日不肯渡。王云：'此必是惜障泥。'使人解去，便径渡。"障泥：马身上的饰物，以布或锦所制，垂于马腹两侧以挡灰尘。

骢（cōng）：青白色的马。

⑩可惜：可爱。

⑪琼瑶：美玉。这里喻指月光下晶莹如玉的溪水。

⑫欹枕：斜靠枕头。绿杨桥：在蕲水县东，即作者所卧之地，名是作者所起。

⑬杜宇：鸟名，即杜鹃。

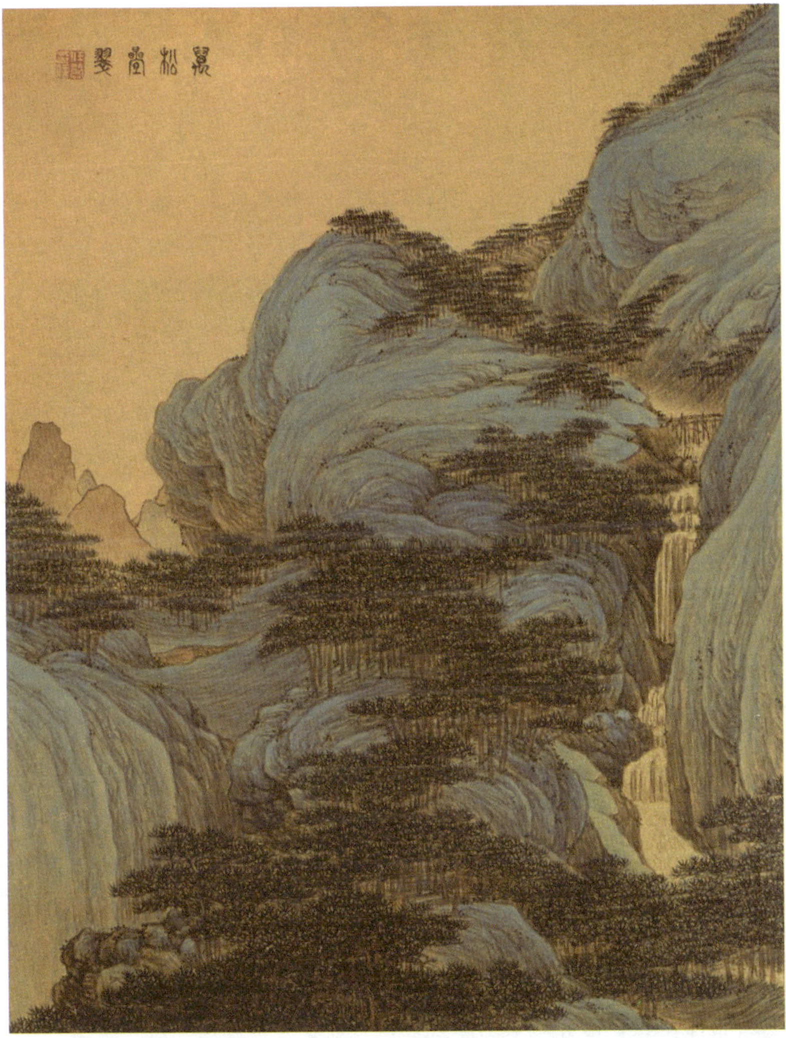
萬松疊翠

# 西江月 · 平山堂[1]

三过平山堂下[2]，半生弹指声中[3]。十年不见老仙翁[4]，壁上龙蛇飞动[5]。

欲吊文章太守[6]，仍歌杨柳春风[7]。休言万事转头空，未转头时皆梦[8]。

## 注释

[1] 平山堂：在江苏扬州大明寺侧，庆历八年（1048）欧阳修守扬州时建。地势甚高，江南诸山拱列堂檐之下，故名。

[2] "三过"句：熙宁四年（1071）作者由京城赴任杭州通判、七年（1074）由杭州赴知密州、本次（元丰七年，1084）自黄州移汝州，三经扬州，都到过平山堂。

[3] 弹指：极言时间很短，日子过得很快。佛家称时间极短为刹那，一弹指为六十五刹那。

[4] 仙翁：这里是尊称欧阳修。

[5] 龙蛇飞动：墨迹飞舞气韵生动的草书。此指欧阳修留下的墨迹。

[6] 文章太守：用欧阳修《朝中措·送刘仲原甫出守维扬》句："文章太守，挥毫万字，一饮千钟。"赞誉欧阳修为文坛巨擘。

[7] 杨柳春风：此指欧阳修所填的歌词。欧阳修《朝中措·送刘仲原甫出守维扬》中有"手种堂前垂柳，别来几度春风"句，故云。

[8] "休言"二句：不要讲世间万事一转头就成虚空，怕是还没有转头就都成了梦境。唐诗人白居易《自咏》中有"百年随手过，万事转头空"句，这里更进一层，表达人生如梦的虚幻之感。

# 西江月

重阳栖霞楼作❶。

点点楼头细雨，重重江外平湖。当年戏马会东徐❷，今日凄凉南浦❸。莫恨黄花未吐❹，且教红粉相扶❺。酒阑不必看茱萸❻，俯仰人间今古。

## 注释

❶栖霞楼：楼名。是黄州知州闾丘孝终所建，在郡城最高处。

❷"当年"句：当年在徐州相聚于戏马台。戏马：指戏马台，在徐州，项羽所筑。东徐：即徐州。南朝宋武帝刘裕为宋公时，曾于重九日与军士出游戏马台，后来相沿成俗。

❸南浦：本义为水的南岸，后人多指送别之处。如南朝梁江淹《别赋》："送君南浦，伤如之何？"

❹黄花未吐：菊花未开。重阳当赏菊，故云。

❺红粉：指侍女。

❻酒阑：酒兴阑珊，意为喝完酒后。茱萸：植物名，生于川谷，香味浓烈。古人有重阳头插茱萸以避邪秽的习俗。

# 浪 淘 沙

　　昨日出东城，试探春情[1]。墙头红杏暗如倾[2]。槛内群芳芽未吐[3]，早已回春。

　　绮陌敛香尘[4]，雪霁前村[5]。东君用意不辞辛[6]。料想春光先到处，吹绽梅英[7]。

### 注释

[1]探春：旧时都市仕女正月间游宴郊野，称探春。

[2]暗如倾：（红杏）因为浓密而颜色深暗，有如倾覆的颜料。

[3]槛（jiàn）：栏杆。

[4]"绮（qǐ）陌"句：道路上的尘土都透出花香。陌：田间小路，这里因路上落花或路边开花故称"绮陌"。香尘：沾有女子香粉气息或花香的尘埃。

[5]雪霁（jì）：雪后转晴。

[6]东君：司春之神，掌管春天的来去。

[7]梅英：梅花。

# 望江南

超然台作❶。

春未老，风细柳斜斜。试上超然台上看，半壕春水一城花❷。烟雨暗千家。

寒食后❸，酒醒却咨嗟。休对故人思故国❹，且将新火试新茶❺。诗酒趁年华。

## 注释

❶超然台：在密州北城，本为前人所筑旧台，其时已废，作者于熙宁八年（1075）底重加修葺，其弟苏辙为取此名，寓"超然不累于物"之意。

❷壕：护城河。

❸寒食：寒食节。春秋晋介之推辅佐晋文公重耳成就霸业，但不愿出仕，隐居山中，重耳无奈只得放火烧山相逼，没想到介之推竟然抱树烧死，终不出来。重耳为表悼念，禁在其死日生火。后相沿成俗，禁火三日，只吃冷食，遂成节日，时在清明（阳历四月五日或六日）前一日或二日。

❹故国：这里是故园、故乡。

❺新火：寒食禁火后重生之火。新茶：寒食节禁火前采摘焙制的茶，又叫火前茶。北宋文学家胡仔《苕溪渔隐丛话》前集卷四六引《学林新编》记载："茶之佳品，造在社前；其次则火前，谓寒食前也；其下则雨前，谓谷雨前也。"

# ❧ 南 歌 子 ❧

带酒冲山雨❶，和衣睡晚晴。不知钟鼓报天明，梦里栩然蝴蝶一身轻❷。

老去才都尽，归来计未成。求田问舍笑豪英❸，自爱湖边沙路免泥行。

## 注释

❶冲：冒着。

❷"梦里"句：用《庄子·齐物论》典："昔者庄周梦为蝴蝶，栩栩然蝴蝶也，自喻适志与！不知周也。俄然觉，则蘧蘧然周也。不知周之梦为胡蝶与，胡蝶之梦为周与？周与胡蝶，则必有分矣。此之谓物化。"栩然：欢乐畅快的神情，这里指酣睡。

❸"求田"句：自顾经营家业田产还要嘲笑英雄豪杰。据《三国志·陈登传》记载：汉末名士许汜向刘备抱怨说他去见湖海之士陈登，陈登对他不客气，自己睡在高床上却让他睡下床。刘备听后，说：国家现在这个样子，你不为天下着想，一味"求田问舍"，让你睡下床还是客气的。如果遇到我，我自己睡百尺高楼，让你睡在地上！作者这里甘愿以许汜自居，实则表达被贬退的无奈之情。

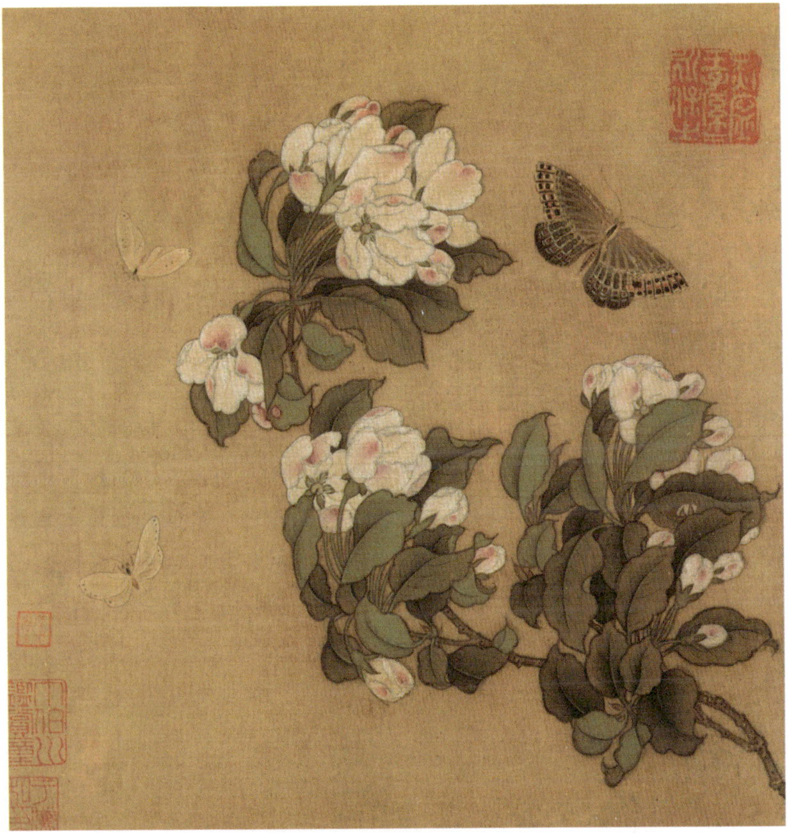

# 醉落魄

离京口作。

轻云微月，二更酒醒船初发。孤城回望苍烟合。记得歌时，不记归时节<sup>❶</sup>。

巾偏扇坠藤床滑，觉来幽梦无人说。此生飘荡何时歇。家在西南，常作东南别<sup>❷</sup>。

### 注释

❶不记归时节：记不得什么时候回来的。

❷东南别：告别亲友往东南而去。当时作者自京口去往位于京口（今江苏镇江）东南的丹阳（今属江苏），与地处西南的家乡背道而驰，越来越远，故云。

# 醉落魄·席上呈杨元素❶

分携如昨❷，人生到处萍漂泊❸。偶然相聚还离索❹，多病多愁，须信从来错。

尊前一笑休辞却❺，天涯同是伤沦落❻。故山犹负平生约❼。西望峨眉❽，长羡归飞鹤。

## 注释

❶"席上"句：作者自杭州转任密州太守，杭州知州杨元素亦卸任回朝，二人同行至镇江才分开，离别席间作此词。

❷分携：分别。作者熙宁四年（1071）夏秋间赴杭任通判，与杨元素在京城分别。

❸萍漂泊：像无根的浮萍漂泊不定。

❹离索：离群索居，这里指离别。杨元素熙宁七年（1074）七月任杭州太守，九、十月间二人均离杭他任，相聚不过二月，故有此句。

❺辞却：推辞。

❻"天涯"句：浪迹天涯都是宦海沉沦的伤痛。作者与杨元素皆因不满王安石新法遭外放，故有此语。

❼"故山"句：还是违背了返回归乡的夙愿。嘉祐五年（1060）未出仕时，东坡就与弟苏辙"相约早退，为闲居之乐"（见苏辙《逍遥堂会宿二首引》），至此十数年犹未践约，故云。

❽峨眉：四川名山，作者为四川眉县人，杨元素是四川绵竹人，故云。

# 鹧鸪天

林断山明竹隐墙❶，乱蝉衰草小池塘❷。翻空白鸟时时见，照水红
蕖细细香❸。

村舍外，古城旁，杖藜徐步转斜阳❹。殷勤昨夜三更雨❺，又得浮
生一日凉❻。

## 注释

❶墙：指下文"古城"即黄州城的城墙。

❷乱蝉：杂乱无序的蝉声。

❸红蕖（qú）：红色的荷花。蕖：芙蕖，即荷花。

❹杖藜：拄着拐杖。

❺殷勤：本义为深厚情谊，深情厚谊，此处有"多承""承蒙"
的拟人味道，指承天公作美。

❻浮生：人生。因人生虚浮无定，故云。

# 南 乡 子

梅花词，和杨元素❶。

寒雀满疏篱，争抱寒柯看玉蕤❷。忽见客来花下坐，惊飞，踏散芳英落酒卮❸。

痛饮又能诗❹，坐客无毡醉不知❺。花谢酒阑春到也，离离❻，一点微酸已著枝❼。

### 注释

❶杨元素，即杨绘，字元素。苏轼任杭州通判时，杨元素任知州。

❷"争抱"句：纷纷站在梅树枝杈上欣赏着洁白的梅花。玉蕤（ruí）：此指洁白的梅花。蕤，花下垂貌。

❸芳英：香花，此指吐着芬芳的梅花。酒卮（zhī）：酒杯。

❹"痛饮"句：能喝酒又能作诗。

❺"坐客"句：宴席就算简朴客人也喝得醉态淋漓，十分尽兴。古人席地而坐，冬日铺毛毡以保暖，无毡意指寒素贫穷，这里指酒宴简朴。唐杜甫《戏简郑广文虔兼呈苏司业源明》诗："才名四十年，坐客寒无毡；赖有苏司业，时时与酒钱。"这里化用杜甫诗意，表达与杨元素友情深笃，饮酒甚欢，全然无所谓招待周到不周到。

❻离离：飘动貌。张衡《思玄赋》："抴云旗之离离兮。"这里指梅树在春天里绿叶飘拂的样子。离离，繁盛貌。

❼一点微酸：这里指酸酸的小梅子。

# 南乡子·送述古①

回首乱山横，不见居人只见城②。谁似临平山上塔③，亭亭，迎客西来送客行。

归路晚风清，一枕初寒梦不成。今夜残灯斜照处，荧荧，秋雨晴时泪不晴。

## 注释

①述古：即陈襄，时以杭州知州转任南都（今河南商丘南）知州。

②居人：居于城中之人，指陈襄。城：依词意当指临平山所在的临平镇，据《咸淳临安志》卷二十，在杭州东北四十五里。

③临平山：在临平镇东十余里，山上有塔。

# 南乡子·和杨元素①

凉簟碧纱厨②，一枕清风昼睡余③。卧听晚衙无个事④，徐徐，读尽床头几卷书。

搔首赋归欤⑤，自觉功名懒更疏。若问使君才与气⑥，何如？占得人间一味愚⑦。

## 注释

①杨元素：名绘，时为杭州知州。

②凉簟（diàn）：竹席。碧纱厨：碧绿的纱帐。

③睡余：睡醒之后赖床静养。

④晚衙：古时官署一日两次坐衙办公，晚间的一次称晚衙。无个事：一点事情都没有。个，语助词。

⑤赋归欤（yú）：作归隐之诗。归欤：谓归隐，语出《论语·公冶长》："子在陈，曰：'归欤，归欤！'"

⑥使君：指作者自己。

⑦"占得"句：算得上是这个世界上一直都不通人情世故的了。一味：一个味道，一个腔调。愚：性格孤僻，不通人情世故。

# 南乡子

重九涵辉楼呈徐君猷❶。

霜降水痕收，浅碧鳞鳞露远洲❷。酒力渐消风力软❸，飕飕❹，破帽多情却恋头❺。

佳节若为酬❻？但把清樽断送秋❼。万事到头都是梦❽，休休，明日黄花蝶也愁❾。

## 注释

❶涵辉楼：又名栖霞楼（据作者《与王定国》），原黄州知州闾丘孝终所建，在黄州城最高处。陆游《入蜀记》记载："下临大江，烟树微茫，远山数点，亦佳处也。"徐君猷：名大受，时任黄州知州。

❷鳞鳞：此指像鱼鳞般的波痕。

❸风力软：风力不大。

❹飕（sōu）飕：风声。

❺"破帽"句：用孟嘉落帽典。《晋书·孟嘉传》载，桓温于九月九日宴群僚于龙山，孟嘉所戴帽为风吹落而未觉，"落帽"后遂成重阳登高的典故。此处承上句"风力软"三字，说破帽未被吹落，仿佛多情恋头。

❻若为：如何，怎样。酬：应对，对付。

❼断送：送走，度过。

❽"万事"句：用宋潘阆《樽前勉兄长》诗"万事到头都是梦，休嗟百计不如人"成句，感叹世间万事劳心，最终不过如一场大梦。

❾明日黄花：隔日黄花，寓时过境迁之意。古人重阳赏菊，重阳过后即成过时之物。黄花，菊花。

# 南乡子

黄州临皋亭作<sup>❶</sup>。

晚景落琼杯<sup>❷</sup>，照眼云山翠作堆<sup>❸</sup>。认得岷峨春雪浪<sup>❹</sup>，初来，万顷蒲萄涨渌醅<sup>❺</sup>。

春雨暗阳台<sup>❻</sup>，乱洒歌楼湿粉腮。一阵东风来卷地，吹回，落照江天一半开。

**注释**

❶临皋亭：在黄州南门外江边。作者元丰三年（1080）五月自定慧院迁居于此。

❷琼杯：精美的酒杯。

❸照眼：耀眼。翠作堆：形容林木葱茏翠绿。

❹岷峨：四川境内岷山山脉北支，峨眉山傍其南。作者故乡在眉山，故常以代指故乡。

❺蒲萄：即葡萄，可酿为酒，这里是喻指江水澄澈碧绿。渌醅（lù pēi）：美酒。这里用碧绿的葡萄酒喻江水，隐然可见作者对故乡醇厚的思念之情。

❻阳台：宋玉《高唐赋》里所写神女所居，在四川巫山。《高唐赋》中神女对楚王道："妾在巫山之阳，高丘之岨，旦为朝云，暮为行雨，朝朝暮暮，阳台之下。"这里是借指作者暂住的临皋亭。

# 瑞鹧鸪·观潮❶

　　碧山影里小红旗❷，侬是江南踏浪儿❸。拍手欲嘲山简醉❹，齐声争唱浪婆词❺。

　　西兴渡口帆初落❻，渔浦山头日未敧❼。侬欲送潮歌底曲❽？尊前还唱使君诗❾。

## 注释

❶观潮：此指观赏钱塘潮。宋吴自牧《梦粱录》卷四"观潮"："临安风俗，四时奢侈，赏玩殆无虚日。西有湖光可爱，东有江潮堪观，皆绝景也。每岁八月内，潮怒胜于常时，都人自十一日起，便有观者，至十六、十八日倾城而出，车马纷纷，十八日最为繁盛，二十日则稍稀矣。"此风俗至今皆然。

❷碧山：此指潮水掀起如山峰般的巨浪。宋周密《武林旧事》卷三"观潮"："浙江之潮，天下之伟观也。自既望以至十八日为最盛。方其远出海门，仅如银线。既而渐近，则玉城雪岭，际天而来。大声如雷霆，震撼激射，吞天沃日，势极雄豪。"小红旗：弄潮儿手执之物。

❸侬：我。踏浪：踏着波浪，弄潮的意思。

❹"拍手"句：兴奋地拍手想嘲笑山简那烂醉的样子。这里是形容弄潮儿搏击潮头的兴奋之情。山简醉：《晋书·山涛传》载，山涛之子山简嗜酒，常出游，每饮必醉，时有儿童歌曰："山公出何许？往至高阳池。日夕倒载归，茗艼（酩酊）无所知。"而《世说新语·容止》记载，山涛曾经称赞嵇康醉酒"俄俄若玉山之将崩"。作者这里暗用"玉山将崩"状潮水，却用弄潮儿嘲笑山简之烂醉如泥，全无

"玉山将崩"的壮观，来表达弄潮儿的自信与气魄。

❺浪婆：波涛之神。古时弄潮儿要饮酒拜波涛之神。

❻西兴渡口：在今浙江萧山西，与杭州隔江相对，是当时吴越一带重要的渡口。

❼渔浦：在今杭州，与六和塔隔江相对，是当时的繁华之地。欹（qī）：斜。

❽底曲：什么曲子。

❾尊前：酒杯前，即宴席上。尊，通"樽"，酒器。使君：知州的别称，这里指当时与其同游的杭州知州陈襄。

# 蝶恋花

花褪残红青杏小❶，燕子飞时，绿水人家绕。枝上柳绵吹又少❷，天涯何处无芳草❸。

墙里秋千墙外道，墙外行人，墙里佳人笑。笑渐不闻声渐悄❹，多情却被无情恼❺。

## 注释

❶花褪残红：花朵凋谢，连残败的红色都黯淡了。青杏：未熟之杏。

❷柳绵：柳絮。

❸"天涯"句：满山遍野都是如茵芳草。

❹声渐悄：说话的声音渐渐变小，意思是说话的人渐渐远去。

❺恼：引逗，撩拨。此指心绪烦乱。

# 蝶 恋 花

　　蝶懒莺慵春过半，花落狂风，小院残红满。午醉未醒红日晚，黄昏帘幕无人卷。

　　云鬟髼松眉黛浅❶，总是愁媒❷，欲诉谁消遣❸。未信此情难系绊，杨花犹有东风管❹。

**注释**

　　❶云鬟：女子盘起鬟发如云朵般堆垛。髼（péng）松：即"蓬松"。眉黛浅：未化妆或淡妆。

　　❷愁媒：勾起愁绪的东西。

　　❸消遣：消除、排解。

　　❹"未信"二句：不相信这种愁绪真的难以寄托给某物，看看杨花虽然自由，但是也要借着东风才能飘飞。这两句通过杨花与愁绪相比，指愁情比杨花更加缘起无端而又难以排遣。

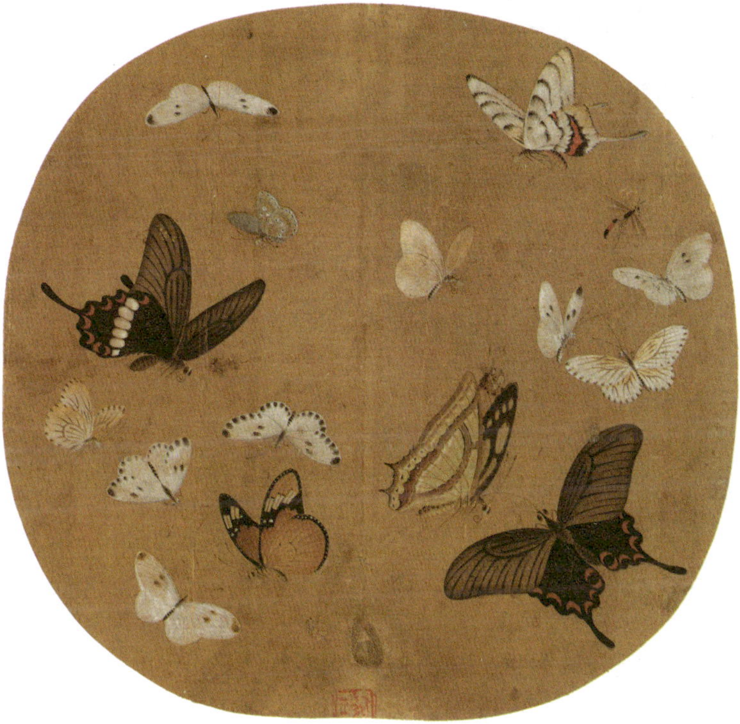

# 蝶恋花

春事阑珊芳草歇[1]，客里风光[2]，又过清明节。小院黄昏人忆别，落红处处闻啼鴂[3]。

咫尺江山分楚越[4]，目断魂销[5]，应是音尘绝[6]。梦破五更心欲折[7]，角声吹落梅花月[8]。

### 注释

[1] 春事：春天的事情，意指春天。阑珊：将尽。

[2] 客里：离家旅居在外。

[3] 鴂（jué）：即杜鹃鸟，三月始鸣，时已近春末，春花凋谢，至夏末而止。

[4] 楚越：楚国和越国，二古国名，楚国中心在今湖北江陵一带，越国中心在今浙江绍兴一带，后用以称相距遥远。

[5] "目断"句：望眼欲穿而黯然销魂。魂销：魂魄离散，此处形容因离别而哀伤之极。

[6] 音尘：消息。

[7] 梦破：梦醒。心欲折：心碎，形容极为伤心。

[8] "角声"句：深夜冷浸的月光中角声吹响《落梅花》的曲调，显得更加凄凉。汉乐府横吹曲中有《梅花落》笛曲。作者这里用深夜闻笛渲染悲愁之情。

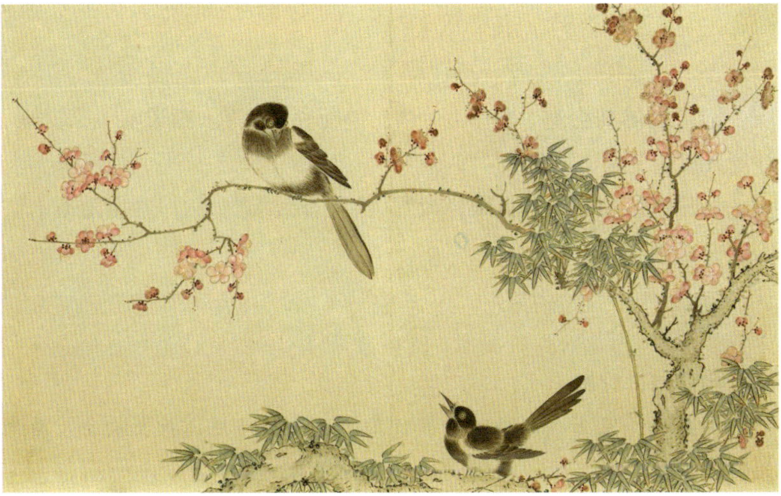

# 蝶 恋 花

记得画屏初会遇，好梦惊回[1]，望断高唐路[2]。燕子双飞来又去，纱窗几度春光暮。

那日绣帘相见处，低眼佯行[3]，笑整香云缕[4]。敛尽春山羞不语[5]，人前深意难轻诉。

**注释**

[1] 惊回：惊醒。

[2] 高唐：宋玉《高唐赋》载楚王梦游高唐与巫山神女欢会。后用此典喻男女恋情。

[3] 佯行：假装走开。

[4] 香云：指女子之发。

[5] 春山：喻女子之眉。典出东晋葛洪《西京杂记》："文君姣好，眉色如望远山。"

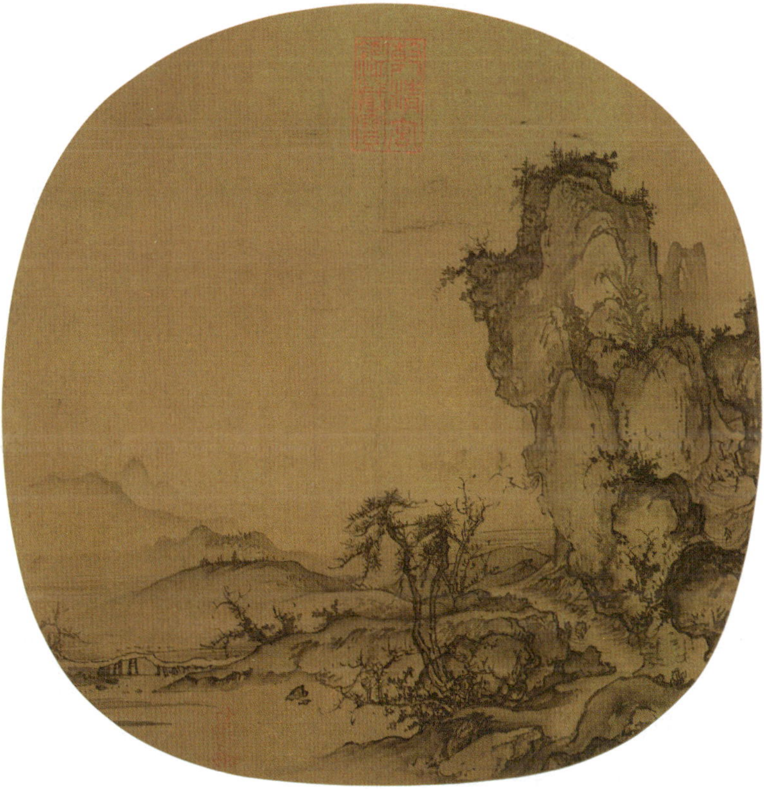

# 蝶恋花·密州上元❶

灯火钱塘三五夜❷，明月如霜，照见人如画。帐底吹笙香吐麝❸，更无一点尘随马。

寂寞山城人老也❹，击鼓吹箫，却入农桑社❺。火冷灯稀霜露下，昏昏雪意云垂野❻。

## 注释

❶上元：即上元节，农历正月十五日，唐宋时于此夜张灯结彩，不闭城门，仕众盛妆游赏，称元夜、元夕、元宵。

❷钱塘：今浙江杭州。三五：此指正月十五。

❸香吐麝：香炉里飘散着麝香的熏香味。

❹山城：这里指密州。

❺农桑社：旧时农村祭拜土地神的社日。古人在农历二月初二祭土地神，祈求一年丰收，称社日，祭祀时击鼓吹箫。作者从杭州到密州，对两地过元宵节习俗的对比极为明显，认为密州大吹大擂把高雅的元宵节过成了祭土地神的节。

❻昏昏雪意：天色阴沉要下雪。

# 蝶恋花·暮春别李公择

簌簌无风花自堕，寂寞园林，柳老樱桃过❶。落日有情还照坐，山青一点横云破❷。

路尽河回人转柁❸，系缆渔村，月暗孤灯火。凭仗飞魂招楚些❹，我思君处君思我。

## 注释

❶"柳老"句：柳絮已然纷飞，连樱桃都已过了花期，春景已暮的意思。樱桃过：指樱桃花期已过。此时作者在山东密州，北方地寒，樱桃一般到三四月份才开花，这时春天已经过去。

❷山青一点：山上刚刚露出些许的青色。这是描绘北方的暮春景象。

❸转柁：转变航向，这里指系舟泊船。柁，同"舵"。

❹"凭仗"句：借着《楚辞》招魂的歌曲来抒发悲伤之情。本句正常语序应为"凭仗楚些招飞魂"，因词牌平仄押韵等要求而改动。楚些（suò），此指《楚辞·招魂》，因其句末常用语气词"些"字，故称。

# 蝶恋花·京口得乡书❶

雨后春容清更丽，只有离人，幽恨终难洗❷。北固山前三面水❸，碧琼梳拥青螺髻❹。

一纸乡书来万里，问我何年、真个成归计❺。回首送春拚一醉❻，东风吹破千行泪。

## 注释

❶京口：即江苏镇江。三国吴孙权曾在此建都，称京城，后迁至建业（今江苏南京），即改称之为京口。

❷幽恨：心中隐埋的怨悔，这里指游子思乡之情。

❸北固山：在镇江市北。《世说新语·言语》注引《南徐州记》："（京口）城西北有别岭入江，三面临水，高数十丈，号曰北固。"

❹"碧琼"句：碧绿的江山簇拥着如青螺髻般的北固山。碧琼：绿色的美玉，此喻江水。梳拥：梳理、簇拥。青螺髻：状似青螺的发髻，此喻北固山。

❺真个：真的。个，语助。

❻拚：心甘情愿，豁出去。

# 临江仙·送钱穆父[1]

　　一别都门三改火[2]，天涯踏尽红尘[3]。依然一笑作春温[4]。无波真古井，有节是秋筠[5]。

　　惆怅孤帆连夜发，送行淡月微云。樽前不用翠眉颦[6]。人生如逆旅[7]，我亦是行人。

### 注释

**[1]** 钱穆父：钱勰，杭州临安人，吴越武肃王钱镠六世孙，为人清廉刚正，文章雄健深沉。

**[2]** "一别"句：在汴京一别，已经三年的时间了。元祐二年九月穆父自京赴知越州（今浙江绍兴），至作者写此词已三年。都门：这里指汴京。改火：本指四季以不同木材钻木取火，后多指寒食禁火三日后重新起火，故以一改火代指一年。

**[3]** 红尘：飞扬的尘土，指人世间。

**[4]** 春温：如春天般温暖。

**[5]** "无波"二句：胸怀坦荡如古井之水不起波澜，操守高洁如秋日竹枝挺拔劲直。出自白居易《赠元稹》："无波古井水，有节秋竹竿。"筠（yún）：竹。

**[6]** 翠眉颦：皱起深翠的眉毛，此指因送别伤感而显愁容。

**[7]** 人生如逆旅：人生就像到世上来旅行一趟的客人一样，人生如寄的意思。李白《春夜宴桃李园序》："夫天地者，万物之逆旅；光阴者，百代之过客。"

# 临江仙·惠州改前韵❶

九十日春都过了❷，贪忙何处追游。三分春色一分愁❸。雨翻榆荚阵❹，风转柳花球❺。

我与使君皆白首❻，休夸年少风流。佳人斜倚合江楼❼。水光都眼净，山色总眉愁❽。

## 注释

❶惠州：今属广东。作者绍圣元年（1094）十月贬此。前韵：指熙宁九年（1076）四月所作《临江仙》，上片全同此词，下片为："阆苑先生须自责，蟠桃动是千秋。不知人世苦厌求。东皇不拘束，肯为使君留。"

❷九十日春：农历正月至三月。

❸"三分"句：把春色分为三分，其中一分都是愁绪。宋叶清臣《贺圣朝》："三分春色二分愁，更一分风雨。"

❹榆荚：榆树的果实。

❺柳花球：柳絮飘飞互绕成球状。

❻使君：此指惠州知州詹范。作者在《与徐得之》中称"詹使君，仁厚君子也，极蒙他照管"。

❼合江楼：作者初至惠州时所居之所，在惠州东门，因东西二江汇合于此得名。

❽总眉愁：总是让人心生愁绪而皱眉。

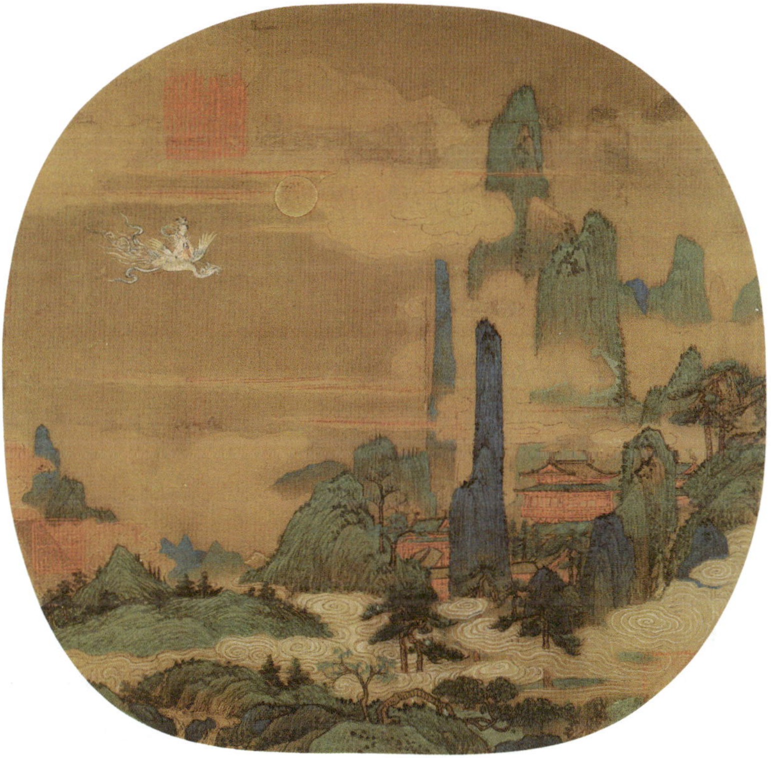

# 临江仙·夜归临皋❶

夜饮东坡醒复醉❷，归来仿佛三更❸。家童鼻息已雷鸣❹。敲门都不应，倚杖听江声。

长恨此身非吾有❺，何时忘却营营❻。夜阑风静縠纹平❼。小舟从此逝，江海寄余生。

## 注释

❶临皋：亭名，在黄州南门外江边。元丰三年（1080）五月起作者寓于此，元丰五年春建成新寓所东坡雪堂，但临皋仍未废，作者常往来于其间。

❷东坡：原为黄州东南数十亩之广的荒地，作者元丰四年（1081）三、四月间在此开荒耕种，取名东坡，并于次年正月于其旁修建新居雪堂。

❸仿佛：差不多，好像是。

❹童：通"僮"，仆人。

❺此身非吾有：意即身不由己。语出《庄子·知北游》："舜曰：吾身非吾有也，孰有之哉？"

❻营营：往来不息，此处形容纷扰劳神。《庄子·庚桑楚》："无使汝思虑营营。"

❼縠（hú）纹：此指如绉纱般的水波。縠：有皱纹的纱。

# 渔家傲

金陵赏心亭送王胜之龙图❶。王守金陵，视事一日，移南都❷。

千古龙蟠并虎踞❸，从公一吊兴亡处❹。渺渺斜风吹细雨，芳草渡，江南父老留公住❺。

公驾飞车凌彩雾，红鸾骖乘青鸾驭❻。却讶此洲名白鹭❼。非吾侣，翩然欲下还飞去。

## 注释

❶金陵：今江苏南京。赏心亭：据宋《景定建康志》卷二二，在南京城西下水门城上，下临秦淮。王胜之：名益柔，曾任龙图阁直学士。

❷"王守"三句：王氏任金陵知州一天即转任南都知州。守：为太守，任知州。视事：到任履职。南都：今河南商丘南。

❸龙蟠并虎踞：似龙蟠伏，如虎蹲坐，形容地势险要。语出诸葛亮《诸葛忠武书》卷九："钟山龙蟠，石头虎踞，帝王之宅也。"

❹兴亡处：王朝兴盛和败亡之所，此指南京。南京为东吴、东晋、南朝宋、齐、梁、陈六朝古都，历经三百年繁华，但此六朝均最终覆亡。

❺江南父老：此指南京的百姓。王胜之此前一年曾守金陵，故云。

❻"红鸾"句：红色的鸾鸟在前面拉着飞车，青色的鸾鸟在下面背负着。鸾，神鸟。

❼白鹭：白鹭洲。原在南京西南江中，赏心亭东面，今已与陆地相连。李白《登金陵凤凰台》："三山半落青天外，二水中分白鹭洲。"

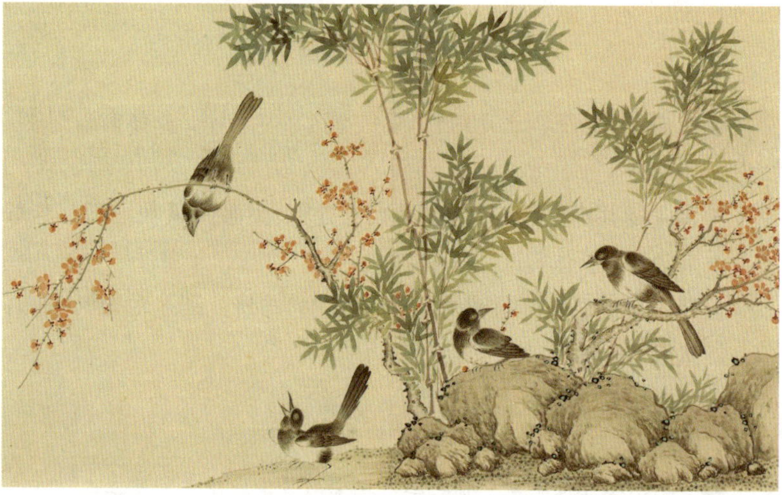

# 定风波·咏红梅

好睡慵开莫厌迟❶，自怜冰脸不时宜❷。偶作小红桃杏色❸，闲雅，尚余孤瘦雪霜姿❹。

休把闲心随物态❺，何事❻，酒生微晕沁瑶肌❼。诗老不知梅格在，吟咏，更看绿叶与青枝❽。

## 注释

❶好睡：睡得香甜。慵开：懒得绽放，或慢慢地绽放。

❷"自怜"句：顾影自怜，觉得纯白的花色不合时宜。冰脸：指白梅花。

❸"偶作"句：偶尔显露出如桃杏般的娇嫩红艳。惠洪《冷斋夜话》卷十："岭外梅花与中国异，其花几类桃花之色，而唇红香著。"

❹"尚余"句：还留有凌霜傲雪的那种孤高瘦劲姿容。

❺随物态：追随世态人情。

❻何事：为何，为什么。

❼瑶肌：肌肤如玉，形容花瓣晶莹润泽。

❽"诗老"三句：此指宋初诗人石曼卿，其《红梅》诗中有"认桃无绿叶，辨杏有青枝"二句。因其年龄辈分高于作者，故云。

# 定风波

重阳，括杜牧之诗❶。

与客携壶上翠微❷，江涵秋影雁初飞❸。尘世难逢开口笑❹，年少，
菊花须插满头归❺。

酩酊但酬佳节了❻，云峤❼，登临不用怨斜晖。古往今来谁不老，
多少，牛山何必更沾衣❽。

### 注释

❶括：檃栝，这里指剪裁杜牧的作品以成新作品。杜牧之：杜牧，
字牧之。杜牧原诗是《九日齐山登高》："江涵秋影雁初飞，与客携壶
上翠微。尘世难逢开口笑，菊花须插满头归。但将酩酊酬佳节，不用
登临叹落晖。古往今来只如此，牛山何必泪沾衣。"

❷翠微：岚烟缭绕的青山。

❸秋影：秋天的景色。

❹"尘世"句：置身尘世之中很难开口欢笑。语出《庄子·盗
跖》："人上寿百岁，中寿八十，下寿六十，除病瘦、死丧、忧患，其
中开口而笑者，一月之中不过四五日而已矣。"

❺"菊花"句：古代习俗在重阳节登高饮酒赏菊，游人常爱在头
上佩戴菊花，十分浪漫。

❻酩酊（mǐng dǐng）：大醉的样子。

❼云峤（qiáo）：陡峭高耸的山峰。

❽"牛山"句：何必在牛山上伤心落泪呢。用齐景公伤心人生
易老典，《韩诗外传》卷一载，齐景公登牛山，北望齐国河山，想

到自己终将老死，"俯而泣沾襟"。晏婴却说，如果自古人不死，齐国始祖姜太公至今犹存，您今天将披蓑戴笠耕种于田间，操心农事都来不及，哪儿有功夫担心死的事情呢！牛山：在今山东淄博东。

# 定风波

三月七日，沙湖道中遇雨[1]，雨具先去[2]，同行皆狼狈，余独不觉。已而遂晴[3]，故作此词。

莫听穿林打叶声，何妨吟啸且徐行[4]。竹杖芒鞋轻胜马[5]，谁怕，一蓑烟雨任平生[6]。

料峭春风吹酒醒[7]，微冷，山头斜照却相迎。回首向来萧瑟处[8]，归去，也无风雨也无晴[9]。

## 注释

[1] 沙湖：在黄州东南三十里。

[2] 雨具先去：意思是雨具事先未带。

[3] 已而：过后，过了一会儿。

[4] 吟啸（xiào）：偏意复词，就是"吟"的意思，指吟咏。啸，噘口出长声。

[5] 芒鞋：芒草所制之鞋。

[6] 一蓑烟雨：一身的雨水。这里既是实写当时淋雨，又借喻坎坷的一生。蓑：用草或棕制成的雨衣。烟雨：细蒙蒙的雨。

[7] 料峭：早春微寒。

[8] 向来萧瑟：刚才被雨淋而清冷。向来：刚刚，刚才。

[9] "也无"句：既没有什么风雨也没有什么晴天。这里是作者看淡世事、疏放豁达心胸的表现。

# 定 风 波

王定国歌儿曰柔奴❶，姓宇文氏，眉目娟丽，善应对，家世住京师❷。定国南迁归❸，余问柔："广南风土❹，应是不好？"柔对曰："此心安处，便是吾乡。"因为缀词云❺。

常羡人间琢玉郎❻，天应乞与点酥娘❼。尽道清歌传皓齿❽，风起，雪飞炎海变清凉❾。

万里归来颜愈少❿，微笑，笑时犹带岭梅香⓫。试问"岭南应不好"⓬，却道："此心安处是吾乡。"

## 注释

❶王定国：王巩，字定国，号介庵，自号清虚居士，莘县人，王旦之孙。官至端明殿学士，工部尚书，有画才，长于诗。

❷京师：此指汴京，今河南开封。

❸"定国"句：作者元丰二年（1079）因乌台诗案下狱，次年二月贬黄州，王定国亦受牵连，同年八、九月谪宾州（今广西宾阳），至元丰七年（1084）始得归来，前后达五年之久。

❹广南：指宾州，当时属广南西路。

❺缀词：连缀词语成一首作品，此指填写此词。

❻琢玉郎：形容王定国英俊，如玉琢成。

❼"天应"句：上天赐予那娇滴滴的柔奴。乞（qì）与：赐予。点酥娘：形容柔奴娇艳如酥。

❽"尽道"句：人人都说那洁白的齿牙能唱清脆的歌儿。这里是赞美柔奴歌喉美妙。

⑨"雪飞"句：就像晶莹的雪花飞舞起来，可以把炎热的海水都变得清新凉爽。这里是形容柔奴歌声感染力极强，洗涤听众内心使烦躁消失。

⑩"万里"句：从万里之外归来，容颜显得更加年轻。柔奴从南方归来是否仍显年轻不得而知，但作者《与王定国书》其三十二引司马光语："王定国瘴烟窟里五年，面如红玉。"说明王定国归来时面色确实是很好的。

⑪岭梅：南岭一带的梅花。岭：指大庾岭，五岭之一，在今江西大余、广东南雄交界处，岭上梅花最有名。

⑫岭南：泛指五岭（今桂、粤、湘、赣交界处）以南地区，即今两广一带。

# 青玉案

和贺方回韵①，送伯固归吴中②。

三年枕上吴中路③，遣黄犬、随君去④。若到松江呼小渡⑤，莫惊鸳鹭，四桥尽是⑥，老子经行处⑦。

辋川图上看春暮，常记高人右丞句⑧。作个归期天已许⑨，春衫犹是，小蛮针线⑩，曾湿西湖雨。

### 注释

①贺方回：名铸，字方回，北宋著名词人。其原作《青玉案》"凌波不过横塘路"为宋词名篇。此为作者步其韵和作。

②伯固：苏坚，字伯固，号后湖居士，泉州人，居丹阳，官至建昌军通判。吴中：今江苏苏州市吴中区。

③"三年"句：作者元祐四年至六年（1089—1091）守杭州，苏坚为属官，首尾三年在杭，故谓其只能梦中回吴中。

④"遣黄"二句：派我的黄狗跟着你一起去吧。这里用《晋书·陆机传》典："初机有骏犬，名曰黄耳，甚爱之。既而羁寓京师，久无家问，笑语犬曰：'我家绝无书信，汝能赍书取消息不？'犬摇尾作声。机乃为书以竹筒盛之而系其颈，犬寻路南走，遂至其家，得报还洛。其后因以为常。"作者用陆机派黄狗传递音信典，表达很想在别离之后时时得到朋友消息。

⑤松江：又名淞江、吴江、笠泽，太湖最大支流，流经江苏苏州、昆山，上海青浦、嘉定等地，由黄浦江入海。呼小渡：呼喊小船摆渡。

⑥四桥：苏州的四座名桥，为当地胜景。

⑦老子：年长者自称，此为作者自指。作者十八年前（熙宁七年，1074）通判杭州时屡至苏州，有"一年三度过苏台"之句。

⑧"辋川"二句：在辋川图上看着暮春之景，时时想到高洁的诗佛王维。这里用辋川之景比吴中春色，以唐诗人王维比苏坚，表达作者在友人别离之后，一想起吴中"老子经行处"的景象，就会惦念挚友。辋川：在今陕西蓝田南，风景奇秀，唐人王维置别业，绘其风景为《辋川图》，与友人泛舟往来，弹琴赋诗。高人：高风绝尘之人。右丞：唐诗人王维，曾官尚书右丞。

⑨"作个"句：拟定了一个回乡的计划结果上天（朝廷）竟然答应了。意谓得遂归乡之愿。

⑩小蛮：唐白居易家妓。孟棨（qǐ）《本事诗·事感》："白尚书姬人樊素，善歌；妓人小蛮，善舞。尝为诗曰：'樱桃樊素口，杨柳小蛮腰。'"白居易曾在杭州为官，故以之比苏坚，而以小蛮比其姬妾，意思是苏坚虽然人已离杭，身上还穿着杭州美人为他缝制的衣裳，要时时惦着杭州。

# 行香子·过七里滩①

一叶舟轻，双桨鸿惊②。水天清、影湛波平③。鱼翻藻鉴④，鹭点烟汀⑤。过沙溪急，霜溪冷，月溪明。

重重似画，曲曲如屏⑥。算当年、虚老严陵⑦。君臣一梦，今古虚名⑧。但远山长⑨，云山乱，晓山青。

### 注释

❶七里滩：又名七里濑，在今浙江桐庐严陵山西，与严陵濑相接。

❷"双桨"句：双桨掠水，如鸿雁惊飞。这里形容水面清澈船如悬空之景。

❸湛：清澈。

❹藻鉴：透过如镜面般平滑的水面看到水下长满水草。鉴：镜子。

❺"鹭点"句：雾霭迷蒙的小洲上，鸥鹭飞掠点缀。烟汀（tīng）：雾霭迷蒙的小洲。

❻"重重"二句：山峦重叠轮廓曲折，秀美如画，宛延如屏。宋叶梦得《避暑录话》卷上："（七里濑）两山耸起壁立，连亘七里。"可知此二句是实写当地山势之美。

❼"算当年"句：想想当年终老于此的严子陵也不过一场空虚。严陵：严子陵，名光，东汉会稽余姚（今属浙江）人，少时即有高名，与刘秀同游学。刘秀即帝位，子陵改变姓名，隐身不见。被征到京，以"士故有志"为由，辞官耕钓于桐庐南之富春山，后人称严陵山。事见《后汉书》本传。古人认为严光借隐居获高名，相较于纯美

天然之景，则等而下之，故讥其"虚老"。

❽"君臣"二句：古往今来，君臣间的那些故事杳如梦幻，从古到今谈论的无非虚名而已。

❾但：只有。

# 行 香 子

清夜无尘，月色如银，酒斟时、须满十分❶。浮名浮利，虚苦劳神。叹隙中驹❷，石中火❸，梦中身❹。

虽抱文章，开口谁亲❺？且陶陶乐尽天真❻。几时归去，作个闲人，对一张琴，一壶酒，一溪云。

## 注释

❶ "酒斟"句：斟酒就要斟满，想要畅饮的意思。白居易《问少年》："十分酒写白金盏。"

❷ 隙中驹：喻时光易逝。典出《庄子·知北游》："人生天地间，如白驹之过隙，忽然而已。"

❸ 石中火：喻人生短促。南北朝时陈朝释智恺《临终诗》："石火无恒焰，电光非久明。"

❹ 梦中身：喻生命虚幻，人生如梦。

❺ "虽抱"二句：虽说经纶满腹，但讲出来又有谁会听得懂。谓虽有文才却无赏识。

❻ 陶陶：快乐貌。《诗经·王风·君子阳阳》："君子陶陶。"尽天真：保持自然天性。

# 行香子·秋兴❶

昨夜霜风，先入梧桐❷。浑无处、回避衰容❸。问公何事❹，不语书空❺。但一回醉，一回病，一回慵。

朝来庭下❻，光阴如箭，似无言、有意伤侬❼。都将万事，付与千钟❽。任酒花白❾，眼花乱❿，烛花红⓫。

## 注释

❶秋兴：因秋感怀。

❷"昨夜"二句：秋风已至，梧叶萧瑟。化用韩愈《秋怀诗》十一首之九"霜风侵梧桐"句意。

❸衰容：衰败萧杀之景。

❹公：作者自指。

❺不语书空：不开口讲话，却对着空气写字。典出《世说新语·黜免》：晋人殷浩遭黜，整天以手划空，旁人仔细看去，知为"咄咄怪事"四字。后用此典表示郁愤。

❻朝来庭下：早晨（霜风）来到庭堂前。

❼侬：我。

❽"都将"二句：意思是不管世事，只管痛饮。

❾酒花：酒沫。

❿眼花：酒后目眩。

⓫烛花：灯花。

# 行 香 子

与泗守过南山晚归作❶。

北望平川❷，野水荒湾，共寻春，飞步孱颜❸。和风弄袖，香雾萦鬟❹。正酒酣时，人语笑，白云间。

飞鸿落照，相将归去，澹娟娟、玉宇清闲❺。何人无事，宴坐空山❻。望长桥上，灯火乱，使君还❼。

## 注释

❶泗守：泗州知州，这里指刘士彦，泗州人，生平不详。南山：在泗州东南，景色清旷，宋米芾称为淮北第一山。宋王明清《挥麈录·后录》卷七记载，此词传唱还有一段公案："东坡先生自黄州移汝州，中道起守文登，舟次泗上，偶作词云：'何人无事，燕坐空山。望长桥上，灯火闹，使君还。'太守刘士彦，本出法家，山东木强人也，闻之，亟谒东坡云：'知有新词，学士名满天下，京师便传。在法，泗州夜过长桥者，徒二年。况知州邪！切告收起，勿以示人。'东坡笑曰：'轼一生罪过，开口常是，不在徒二年以下。'"

❷平川：平地，平原。

❸孱（chán）颜：高峻的山岭。

❹萦鬟：萦绕着发髻。鬟：环形发髻。

❺"澹（dàn）娟娟"句：傍晚的天空是那么恬静，那么闲雅有风度。娟娟：明美的样子。

❻宴坐：闲坐。宴：安静闲适。

❼使君：这里指刘士彦，时任泗州知州。

# 行香子·丹阳寄述古[1]

　　携手江村，梅雪飘裙[2]。情何限[3]、处处销魂[4]。故人不见[5]，旧曲重闻。向望湖楼[6]，孤山寺[7]，涌金门[8]。

　　寻常行处[9]，题诗千首，绣罗衫与拂红尘[10]。别来相忆，知是何人？有湖中月，江边柳，陇头云[11]。

## 注释

❶丹阳：地名，今属江苏。述古：陈襄，字述古，时任杭州知州。

❷梅雪飘裙：似白雪般晶莹的梅花飘飞如舞裙。

❸何限：意即"无限"。

❹销魂：使人魂魄沉迷销融，形容极度兴奋、欢乐或极度悲伤、愁苦。这里指美景令人沉醉。

❺故人：作者自指。这里是作者设想述古称自己。

❻望湖楼：五代时吴越王钱氏所建，在西湖昭庆寺前。

❼孤山寺：又名广化寺，在西湖西侧孤山上。

❽涌金门：宋时杭州的正西门，面向西湖。

❾"寻常"句：平日里经行之处。

❿"绣罗"句：宋吴处厚《青箱杂记》卷六："世传魏野尝从莱公（北宋名相寇准）游陕府僧舍，各有留题。后复同游，见莱公之诗已用碧纱笼护，而野诗独否，尘昏满壁。时有从行官妓颇慧黠，即以袂就拂之。野徐曰：'若得常将红袖拂，也应胜似碧纱笼。'莱公大笑。"此句用此典，自比魏野，以示谦抑，以陈述古比寇准，以表尊崇，同时含有自己在西湖的题诗受到别人喜爱之意。绣罗衫，女子服饰。

⓫陇头：山头，此指孤山。陇，通"垄"，本义为土堆。

# 江 城 子

湖上与张先同赋❶，时闻弹筝。

凤凰山下雨初晴❷，水风清，晚霞明。一朵芙蕖❸、开过尚盈盈❹。何处飞来双白鹭，如有意，慕娉婷❺。

忽闻江上弄哀筝❻，苦含情❼，遣谁听❽？烟敛云收，依约是湘灵❾。欲待曲终寻问取，人不见，数峰青❿。

## 注释

❶湖：此指西湖。张先：字子野，著名词人，年长东坡四十七岁。同赋：用同一题材来创作诗词。

❷凤凰山：在杭州城南，下临钱塘江。苏轼《与文与可》："官居在凤凰山下，此山真如凤，有两翅。"

❸芙蕖：荷花。

❹盈盈：亭亭玉立，美好貌。

❺娉（pīng）婷：仪态美丽。此指荷花亭亭玉立的样子。

❻弄哀筝：弹奏哀婉的筝曲。

❼苦：甚，很，深深地。

❽遣：使，让。

❾湘灵：湘水之神，帝尧二女娥皇、女英溺于湘水后魂魄所化。

❿"欲待"三句：化用唐代诗人钱起《省试湘灵鼓瑟》诗中"曲终人不见，江上数峰青"诗意，抒发未能与弄筝人相见的惆怅之情。寻问：询问，探问。取：语助，有"得"的意思。

# 江 城 子

陶渊明以正月五日游斜川❶，临流班坐，顾瞻南阜，爱曾城之独秀❷，乃作《斜川诗》，至今使人想见其处。元丰壬戌之春❸，余躬耕于东坡，筑雪堂居之❹。南挹四望亭之后丘❺，西控北山之微泉❻，慨然而叹：此亦斜川之游也。乃作长短句，以《江城子》歌之。

梦中了了醉中醒❼，只渊明，是前生。走遍人间、依旧却躬耕。昨夜东坡春雨足，乌鹊喜，报新晴❽。

雪堂西畔暗泉鸣。北山倾，小溪横。南望亭丘、孤秀耸曾城❾。都是斜川当日景，吾老矣，寄余龄❿。

## 注释

❶陶渊明：一名潜，东晋田园诗人。斜川：地名，在江西九江附近。

❷曾城：即层城，传说中昆仑山最高层。陶诗中指庐山北面的鄣山。

❸元丰壬戌：宋神宗元丰五年（1082）。

❹"余躬耕"二句：作者于上年三、四月间在黄州城东南开荒种地，仿白居易在忠州（今属重庆）时所取地名，名之曰东坡。本年正月又于其旁修建住所五间。因建于雪中，故绘雪景于壁上，起名雪堂。

❺四望亭：在雪堂南高冈上，唐人所建，为当地名胜。

❻北山：指位于城北的聚宝山。

❼"梦中"句：沉醉之中虽内心了然明白，但是真醉还是真醒却

意识模糊。作者《和陶饮酒二十首》序云："吾饮酒至少，常以把盏为乐。往往颓然坐睡，人见其醉，而吾中了然，盖莫能名其为醉为醒也。"了了：明白，清清楚楚。

⓼"乌鹊"二句：古时有乌鹊鸣叫而天放晴的说法。

⓽"孤秀"句：四望亭后的山丘高耸出后面的郸山。因为四望亭后的山丘很近而郸山较远，所以望去山丘耸出。

⓾余龄：剩下的年月，剩下的日子。

# 江 城 子

前瞻马耳九仙山❶，碧连天，晚云闲。城上高台，真个是超然❷。莫使匆匆云雨散，今夜里，月婵娟❸。

小溪鸥鹭静联拳❹，去翩翩，点轻烟❺。人事凄凉，回首便他年❻。莫忘使君歌笑处，垂柳下，矮槐前。

## 注释

❶马耳九仙：马耳山和九仙山，分别位于密州西南六十里、九十里。

❷超然：超然台，是作者在密州所修葺，这里既点台名，又见作者心境。

❸月婵娟：月色美好。婵娟：美好貌。

❹联拳：缩成一团的样子。

❺点轻烟：在淡淡的雾霭中忽隐忽现。点，这里描绘远处飞鸟明灭点缀的样子。

❻他年：往年，过去。

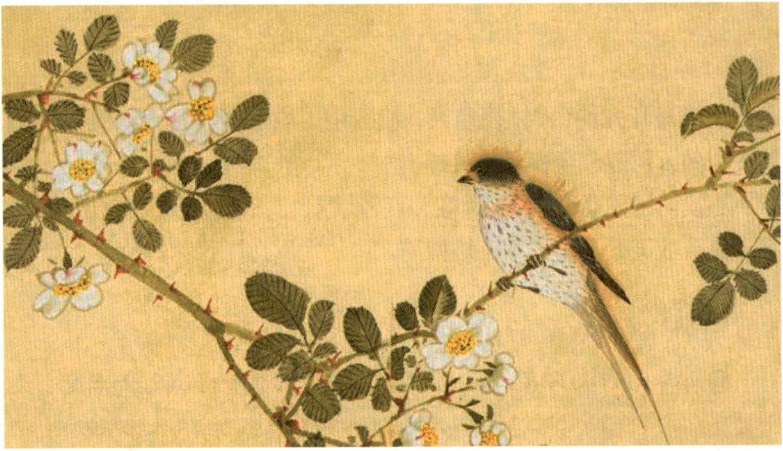

# 江城子·东武雪中送客❶

相从不觉又初寒，对尊前，惜流年。风紧离亭，冰结泪珠圆。雪意留君君不住，从此去，少清欢。

转头山上转头看❷，路漫漫，玉花翻❸。云海光宽❹，何处是超然❺？知道故人相念否，携翠袖❻，倚朱栏。

## 注释

❶客：据考证是指章传，字传道。

❷转头山：在东武南四十里。

❸玉花：此指晶莹的雪花。

❹云海光宽：白云和茫茫雪原连成一片，广阔无垠。

❺超然：作者在密州所修葺的超然台。

❻翠袖：此指随行侍女。

# 江城子

乙卯正月二十日夜记梦[1]。

十年生死两茫茫[2]，不思量，自难忘。千里孤坟[3]，无处话凄凉。纵使相逢应不识[4]，尘满面，鬓如霜。

夜来幽梦忽还乡。小轩窗[5]，正梳妆。相顾无言，唯有泪千行。料得年年肠断处，明月夜，短松冈[6]。

## 注释

[1] 乙卯：此指熙宁八年（1075）。

[2] 十年生死：作者妻子王弗于治平二年（1065）病逝于汴京，距作此词整十年。

[3] 孤坟：此指其妻王弗的坟墓。其妻亡故后，于治平三年迁葬故乡四川彭山父母墓旁。作者一家随其仕宦在外，无人扫墓，故云。

[4] 纵使相逢：即便是相见。这里是承"两茫茫"而言，感慨自己经历十年风霜，已不复当年。

[5] 轩窗：堂前的窗户。

[6] 短松冈：此指墓地。习俗墓地多植有松树，故云。

# 江城子·密州出猎

　　老夫聊发少年狂❶，左牵黄，右擎苍❷，锦帽貂裘❸，千骑卷平冈❹。为报倾城随太守❺，亲射虎，看孙郎❻。

　　酒酣胸胆尚开张❼，鬓微霜，又何妨。持节云中、何日遣冯唐❽。会挽雕弓如满月❾，西北望，射天狼❿。

## 注释

❶老夫：老头子，指作者本人。古人有叹老嗟卑的习惯，喜以此自称，其实当时作者不过四十岁。

❷"左牵"二句：左手牵头黄毛的猎犬，右臂上举着黑色的猎鹰。

❸锦帽貂裘：头戴锦绣的帽子，身穿貂皮的猎装。

❹"千骑"句：谓随从者之众。骑，古代一人一马为一骑。

❺太守：作者为密州知州，故以太守自指。

❻孙郎：三国吴帝孙权。《三国志·孙权传》记其"亲乘马射虎于庱亭。马为虎所伤，权投以双戟，虎却废，常从张世击以戈，获之"。词人这里表达自己要像亲身射杀猛虎的孙权那样，让随从看到威武雄姿。

❼胸胆：豪情壮志。

❽"持节"二句：用冯唐持节典，表达自己愿意为国立功边陲的壮志。《史记·冯唐传》载，汉云中守魏尚抵御匈奴有功，却因多报六颗首级获罪削爵。年迈位卑的冯唐认为不当轻罪重罚，文帝遂"令冯唐持节赦魏尚，复以为云中守"。节：古代使臣随身携带以传朝命的符节。云中：汉时郡名，在今内蒙古自治区托克托东北

一带。

⑨会：当，要。

⑩"西北"二句：仰望西北，射杀贪婪残忍的入侵者。这里化用《楚辞·九歌·东君》："举长矢兮射天狼。"天狼：星宿名，星象家认为其主侵掠。

# 江城子·别徐州

天涯流落思无穷。既相逢，却匆匆。携手佳人，和泪折残红❶。为问东风余几许？春纵在，与谁同？

隋堤三月水溶溶❷。背归鸿❸，去吴中❹。回首彭城，清泗与淮通❺。欲寄相思千点泪，流不到，楚江东❻。

## 注释

❶残红：暮春时开败了的花朵。

❷隋堤：指汴河河堤。隋炀帝大业元年（605）开通济渠，引洛水入黄河，又引黄河水入汴水，经泗水达淮河。柒广四十步，两岸筑道，种植杨柳，后人称隋堤。

❸背归鸿：与北归的鸿雁相背而行。春天大雁北飞，而作者将南适湖州（今属浙江），故云。

❹吴中：指江浙一带，古属吴地。这里指湖州。

❺泗：泗水，发源于山东，流经徐州等地，与淮河相通。

❻楚江东：楚江以东，这里指湖州。春秋战国时期楚国作为南方大国，其最强盛时势力范围曾覆盖长江中下游，故长江中下游称楚江。湖州在古长江入海口以东，故称。

# 虞美人·有美堂赠述古<sup>❶</sup>

湖山信是东南美<sup>❷</sup>，一望弥千里<sup>❸</sup>。使君能得几回来<sup>❹</sup>？便使樽前醉倒、且徘徊<sup>❺</sup>。

沙河塘里灯初上<sup>❻</sup>，水调谁家唱<sup>❼</sup>？夜阑风静欲归时<sup>❽</sup>，唯有一江明月、碧琉璃。

## 注释

❶有美堂：楼名，在杭州西湖东南。南宋陈岩肖《庚溪诗话》卷上载，嘉祐二年（1057），梅挚出知杭州，宋仁宗赐诗曰："地有吴山美，东南第一州。"于是梅挚在西湖东南吴山最高处建堂，名"有美堂"。苏轼任杭任通判时，多次与陈述古游历此堂，并有题咏。

❷"湖山"句：湖光山色的确是东南一带最为秀美。作者因宋仁宗诗赞吴地山水之美为"东南第一州"，所以这么说。信是：的确是。

❸弥：满，遍。

❹使君：指陈述古。

❺徘徊：这里是流连忘返的意思。

❻沙河塘：杭州城南的繁华地段，与钱塘江相通。

❼水调：唐代大曲（由若干乐段组成的大型乐曲）之一，宋代沿袭。

❽阑：晚，将尽。

# 一丛花·初春病起

今年春浅腊侵年[1]，冰雪破春妍[2]。东风有信无人见[3]，露微意、柳际花边。寒夜纵长，孤衾易暖[4]，钟鼓渐清圆[5]。

朝来初日半衔山[6]，楼阁淡疏烟。游人便作寻芳计[7]，小桃杏、应已争先。衰病少悰[8]，疏慵自放[9]，唯爱日高眠。

## 注释

[1] 春浅：春天来得早。腊侵年：谓因上年有闰月，下年的立春日出现在上年的腊月中。按此词作于熙宁九年，熙宁八年（1076）闰四月，熙宁九年立春日为熙宁八年十二月二十八，故云。

[2] 春妍：美丽的春天。

[3] "东风"句：东风吹来虽有春天的气息却没有人看见过。因为虽然过了立春，但因尚在腊月，有春风却看不到春天的景色，故云。

[4] 孤衾（qīn）：一人独盖的被子。

[5] 钟鼓渐清圆：钟鼓声渐渐地听起来显得很清脆圆润。因天气渐晴暖，故有此感觉。

[6] 初日半衔山：刚升起的太阳被山遮着一半。

[7] 寻芳计：春游的打算。

[8] 少悰（cóng）：没有什么心情。悰：心情，情绪。

[9] 疏慵（yōng）：懒散。

# 洞仙歌·咏柳

　　江南腊尽❶，早梅花开后，分付新春与垂柳❷。细腰枝❸、自有入格风流❹。仍更是、骨体清英雅秀❺。

　　永丰坊那畔，尽日无人，谁见金丝弄晴昼❻。断肠是、飞絮时，绿叶成阴❼，无个事❽、一成消瘦。又莫是、东风逐君来，便吹散眉间、一点春皱❾。

### 注释

❶腊尽：岁尽。旧历一年最后一月为腊月，故云。

❷"分付"句：把装扮新春的任务交给枝叶垂拂的柳树。分付：交付。

❸细腰枝：纤细的柳枝。这里用拟人的手法描绘柳枝的纤细。

❹入格风流：有风流的品格。

❺清英雅秀：清新俊逸，淡雅秀美。本是对人的格调的评价，这里喻指柳枝"入格"的柔美姿态。

❻"永丰"三句：这里用孟棨《本事诗·事感》所载故事，喻指春日柳枝妩媚飘舞动人。白居易有妓二人，一个叫樊素，善歌；一个叫小蛮，善舞，"尝为诗曰：'樱桃樊素口，杨柳小蛮腰。'年既高迈，而小蛮方丰艳，因为杨柳之词以托意，曰：'一树春风万万枝，嫩于金色软于丝。永丰坊里东南角，尽日无人属阿谁？'"永丰坊：地名，在长安。

❼绿叶成阴：指春事渐老，柳花飞絮，而柳枝叶满。语出唐杜牧《叹花》："自恨寻芳到已迟，往年曾见未开时。如今风摆花狼藉，绿叶成阴子满枝。"

⑧无个事：没一点事，意谓百无聊赖。

⑨一点春皱：本指春风吹拂水面荡起波纹，这里暗喻美人迟暮的愁闷之态。

# 洞仙歌

　　仆七岁时[1]，见眉山老尼[2]，姓朱，忘其名，年九十余。自言尝随其师入蜀主孟昶宫中[3]。一日大热，蜀主与花蕊夫人夜起避暑摩诃池上[4]，作一词，朱具能记之[5]。今四十年，朱已死，人无知此词者。但记其首两句[6]。暇日寻味[7]，岂《洞仙歌令》乎？乃为足之[8]。

　　冰肌玉骨[9]，自清凉无汗，水殿风来暗香满[10]。绣帘开，一点明月窥人；人未寝，欹枕钗横鬓乱[11]。
　　起来携素手[12]，庭户无声，时见疏星渡河汉[13]。试问夜如何？夜已三更，金波淡、玉绳低转[14]。但屈指西风几时来？又不道流年、暗中偷换。

## 注释

❶ 仆：旧时对自己的谦称。

❷ 眉山：今属四川，作者家乡。

❸ 蜀主孟昶（chǎng）：五代十国时后蜀国君，公元934—965年在位。

❹ 花蕊夫人：孟昶贵妃别号，姓徐。摩诃（hē）池：孟蜀宫苑中的大池。摩诃，梵语"大"的意思。

❺ 具能记之：全部能够背下来。

❻ "但记"句：只记得那首词最前面的两句。据胡仔《苕溪渔隐丛话》前集卷六十，此"首两句"即为"冰肌玉骨，自清凉无汗"。

❼ 暇日：空闲时。寻味：探索，玩味。

❽ 足之：补足全词。

⑨"冰肌"句：肌肤如冰雪般洁白，骨格如美玉般润滑。这里形容女子娇美动人。语出《庄子·逍遥游》："藐姑射之山，有神人居焉。肌肤若冰雪，淖约若处子。"

⑩水殿：水边或水上的宫殿，这里指摩诃池旁的宫殿。

⑪钗横鬓乱：发钗横斜鬓发散乱。这里形容美人宽松随意不加修饰的妆容。

⑫素手：白皙的双手，常用以形容女子。东汉《古诗十九首》之十："迢迢牵牛星，皎皎河汉女。纤纤擢素手，札札弄机杼。"

⑬河汉：银河。

⑭"金波"句：月光渐渐暗淡，北斗星也转了斗柄，是夜已深沉时的星空景象。金波：月光。玉绳：北斗第五星玉衡北面的两颗星，亦泛指群星，玉绳低转表明夜已很深。

# 满 江 红

正月十三日，雪中送文安国还朝❶。

天岂无情，天也解、多情留客。春向暖，朝来底事❷，尚飘轻雪？君遇时来纡组绶❸，我应老去寻泉石❹。恐异时、杯酒复相思，云山隔。

浮世事，俱难必❺。人纵健，头应白。何辞更一醉，此欢难觅。不用向佳人诉离恨，泪珠先已凝双睫。但莫遣新燕却来时，音书绝❻。

## 注释

❶文安国：文勋，字安国，时新任朝官。

❷底事：何事，为什么。

❸纡（yū）组绶：系上玉饰的绶带，官员的装束，这里指文安国入朝为官。纡：系，结。组绶，玉饰的丝带，是古时达官显贵所佩。

❹寻泉石：寻访山水，喻退隐。

❺难必：很难说一定会怎么样。

❻"但莫"二句：但愿不要在燕子再次飞来的时候，却没有一点音信。古人有凭燕子捎音信的说法，故云。南朝梁江淹《拟李陵》："袖中有短书，愿寄双飞燕。"

# 满 江 红

东武会流杯亭，上巳日作❶。城南有坡，土色如丹，其下有堤，壅郏淇水入城❷。

东武城南，新堤就、郏淇初溢。微雨过、长林翠阜❸，卧红堆碧。枝上残花吹尽也，与君试向江头觅。问向前、犹有几多春，三之一❹。

官里事，何时毕。风雨外，无多日。相将泛曲水❺，满城争出。君不见兰亭修禊事❻，当时座上皆豪逸。到如今修竹满山阴❼，空陈迹！

## 注释

❶"东武"二句：东武，即密州。古以农历三月上旬巳日饮濯于水滨，除却不祥，称祓禊（fú xì）或修禊。魏晋以后定为三月初三，置酒杯于弯曲的水道，酒杯流至某人面前则饮酒，称"流杯曲水"或"流觞曲水"。晋王羲之《兰亭集序》："引以为流觞曲水，列坐其次。"南朝梁宗懔《荆楚岁时记》："三月三日，士子并出江渚池沼间，为流杯曲水之饮。"

❷壅（yōng）郏（fū）淇水：拦住郏淇河的水流。壅：堵塞。这里是用坝拦的意思。郏淇：水名，流经东武城南。

❸长林翠阜：平远的树荫，翠绿的山丘。

❹三之一：三分中的一分。这里指春天进入尾期，所剩无几。

❺相将：相携，相互扶持。这里是相互邀约的意思。

❻兰亭修禊：东晋穆帝永和九年（353）暮春，当时名流四十余

人在绍兴（今属浙江）兰亭聚会，是历史上一件修禊的盛事。王羲之醉中作《兰亭集序》被称古今行书第一，更为此次修禊增色不少。

❼山阴：即绍兴。

# 满江红·寄鄂州朱使君寿昌[1]

江汉西来[2]，高楼下[3]，蒲萄深碧[4]。犹自带、岷峨雪浪，锦江春色[5]。君是南山遗爱守[6]，我为剑外思归客[7]。对此间、风物岂无情，殷勤说。

《江表传》，君休读[8]。狂处士，真堪惜[9]。空洲对鹦鹉[10]，苇花萧瑟。不独笑书生争底事[11]，曹公黄祖俱飘忽[12]。愿使君、还赋谪仙诗，追黄鹤[13]。

### 注释

[1] 鄂州：今湖北武汉、武昌一带。朱寿昌：字康叔，时任鄂州知州。

[2] 江汉西来：长江、汉水自西而东，汇于鄂州（今武汉市）。

[3] 高楼：此指黄鹤楼，始建于公元223年，与湖南岳阳楼、江西滕王阁并称"江南三大名楼"。

[4] 蒲萄深碧：形容江水澄澈碧绿。语出李白《襄阳歌》："遥看汉水鸭头绿，恰似葡萄初酦（pō）醅（pēi）。"

[5] "犹自"三句：江水西来，作者因而联想其中杂有故乡的雪水和春色，寄托思乡之情。岷峨：四川境内岷山山脉北支。锦江：川中水名，横穿成都，经岷江汇入长江。

[6] "君是"句：这里赞颂朱寿昌是让百姓拥戴的好官。典出《诗经·小雅·南山有台》："南山有杞，北山有李。乐之君子，民之父母。"《序》称："南山有台，乐得贤也，得贤则能为邦家立太平之基矣。"遗爱：遗留下恩泽。班固《汉书·叙传》称循吏："没世遗爱，民有余思。"

❼剑外思归客：游宦在川外而思念家乡的人。剑外：剑阁之外。剑阁为古时长安入川必经的险要所在，作者为眉山人，出川为官，故称剑外客。

❽"江表"二句：《江表传》那样吹捧楚国的书，您就不要去读它。《江表传》：书名，记三国吴事，裴松之注《三国志》多引用，今已佚。其书中有周瑜夸赞楚国语："楚国初封于荆山之侧，不满百里之地，继嗣贤能，广土开境，立基于郢，遂据荆扬，至于南海，传业延祚，九百余年。"作者这里并不认同那种楚国强盛的说法，故建议弃之不读。

❾"狂处士"二句：祢衡那样的狂放之士真是太可惜了。狂处士：此指祢衡，字正平，汉末人。《后汉书》本传称他"少有才辩，而尚气刚傲，好矫时慢物"，终被江夏太守黄祖所杀（三国时，魏、吴各置江夏郡，魏江夏郡初治石阳县，在今武汉市黄陂区西南）。

❿"空洲"句：茫然面对着鹦鹉洲。鹦鹉：鹦鹉洲，在今武汉汉阳江中。黄祖之子黄射曾在此会宾客，有人献鹦鹉，祢衡作《鹦鹉赋》，洲因而得名。

⓫底事：什么事。

⓬"曹公"句：曹操和黄祖都已经成为消失的历史陈迹。飘忽：随着时光流逝而消失不见。

⓭"愿使"三句：希望知州朱寿昌创作出像李白那样的好诗，歌咏黄鹤楼。谪仙：指诗人李白。据传李白的诗才深得贺知章欣赏，呼其为"谪仙人"，故后人以谪仙称之。追黄鹤：追攀李白《望黄鹤楼》《望鹦鹉洲怀祢衡》一类歌咏黄鹤楼的诗作。

# 满江红

怀子由作。

清颍东流❶，愁来送、征鸿去翮❷。情乱处、青山白浪，万重千叠。孤负当年林下语，对床夜雨听萧瑟❸。恨此生、长向别离中，凋华发。

一樽酒，黄河侧❹。无限事，从头说。相看恍如昨，许多年月。衣上旧痕余苦泪，眉间喜气占黄色❺。便与君、池上觅残春，花如雪。

注释

❶清颍：指颍水，淮河支流，流经颍州。

❷去翮（hé）：远去的翅膀，代指远飞的大雁。

❸"孤负"二句：苏辙《逍遥堂会宿二首引》："辙幼从子瞻读书，未尝一日相舍。既壮，将游宦四方，读韦苏州诗，至'安知风雨夜，复此对床眠'，恻然感之。乃相约早退，为闲居之乐。故子瞻始为凤翔府，留诗为别曰：'夜雨何时听萧瑟。'""夜雨"句见东坡嘉祐六年（1061）二十六岁所作《辛丑十一月十九日，既与子由别于郑州西门之外，马上赋诗一篇寄之》，而据辙文，二人相约雨夜对床眠尚在此前未出仕时。三十余年夙愿至今未酬，故有"孤负当年"之语。林下语：隐退林下的诺言。

❹黄河侧：黄河边上，此指颍州。

❺"衣上"二句：衣衫上残余的斑斑点点，犹可见出兄弟思念的苦情。而双眉间流露的喜气又预兆着喜事的来临。占黄色：古相者认为眉间有黄色预兆喜事。占（zhān），占卜，这里是预示的意思。

# 水调歌头

丙辰中秋❶，欢饮达旦，大醉，作此篇，兼怀子由❷。

明月几时有？把酒问青天❸。不知天上宫阙❹，今夕是何年？我欲乘风归去❺，又恐琼楼玉宇❻，高处不胜寒❼。起舞弄清影，何似在人间？

转朱阁，低绮户，照无眠。不应有恨，何事长向别时圆❽？人有悲欢离合，月有阴晴圆缺，此事古难全。但愿人长久，千里共婵娟❾！

## 注释

❶丙辰：此指北宋熙宁九年（1076）。

❷子由：作者的弟弟苏辙，字子由，时在济南，兄弟不见已经六年。

❸"明月"二句：那一轮明月是从什么时候开始运化出来的呢？手握着酒杯禁不住要仰问苍天。这里化用李白《把酒问月》："青天有月来几时，我今停杯一问之。"

❹天上宫阙：此指月宫。相传月中有嫦娥仙子的宫殿。

❺乘风归去：乘着浩荡的清风飞升回到天上去。《列子·黄帝》："列子师老商氏，友伯高子，进二子之道，乘风而归。"

❻琼楼玉宇：此指月宫中华美的宫殿楼宇。唐段成式《酉阳杂俎》前集卷二记载翟天师于江岸与弟子数十人玩月，有人问"月亮中究竟有些什么呢？"翟天师笑着说："顺着我手所指去看吧"他的弟子当中有两个人看到里面满是琼楼金阙，但是一转瞬就再也看不到了。

❼"高处"句：指月宫中寒冷让人难以承受。唐郑处诲《明皇杂

录》记载，有道人在八月十五夜晚请唐明宗去游月宫，走的时候特别关照他穿上裘皮衣裳御寒，但是，到了月宫之后，"寒凛特异，上不能禁。"

❽何事：为什么，为何。

❾千里共婵娟：哪怕是远隔千里，都能一样看到明月。古代亲友别离无法相见，多寄情明月，以月夜共赏同一明月来自我安慰。南朝宋谢庄《月赋》："美人迈兮音尘阙，隔千里兮共明月。"唐孟郊《古怨别》："别后唯所思，天涯共明月。"婵娟：月中仙子嫦娥，此指月亮。

# 水调歌头

　　余去岁在东武❶，作《水调歌头》以寄子由❷。今年子由相从彭门百余日，过中秋而去❸，作此曲以别❹。余以其语过悲，乃为和之。其意以不早退为戒，以退而相从之乐为慰云。

　　安石在东海❺，从事鬓惊秋❻。中年亲友难别，丝竹缓离愁❼。一旦功成名遂，准拟东还海道，扶病入西州❽。雅志困轩冕，遗恨寄沧洲❾。

　　岁云暮❿，须早计，要褐裘⓫。故乡归去千里，佳处辄迟留⓬。我醉歌时君和，醉倒君须扶我，唯酒可忘忧⓭。一任刘玄德，相对卧高楼⓮。

## 注释

❶ 去岁：此指熙宁九年（1076）。东武：即密州，即现在的山东诸城。

❷ 作《水调歌头》：指《水调歌头》"丙辰中秋欢饮达旦大醉作此篇兼怀子由"一词。

❸ "今年"二句：据考证，熙宁十年（1077）四月其弟苏辙相随至徐州，八月中秋后两天离开，兄弟相聚一百余日。彭门：指彭城，即徐州。隋唐时曾改徐州为彭城郡。

❹ 作此曲：作同调歌曲，填同一词牌（指《水调歌头》）的词。据考证作者兄弟二人分手时，弟弟苏辙曾作《水调歌头》词以赠别，全文如下："离别一何久，七度过中秋。去年东武今夕，明月不胜愁。岂意彭城山下，同泛清河古汴，船上载《凉州》。鼓吹助清赏，鸿雁

起汀洲。坐中客，翠羽帔，紫绮裘。素娥无赖，西去曾不为人留。今夜清尊对客，明夜孤帆水驿，依旧照离忧。但恐同王粲，相对永登楼。"

❺安石：指东晋重臣谢安，字安石，早年隐居浙江上虞西南东山，毗邻东海。

❻"从事"句：从政时头发已经斑白。谢安多次被征，均不出仕，四十余岁始有从政之意（见《晋书·谢安传》）。从事：从政。鬓惊秋：惊见斑白鬓发。

❼"中年"二句：人到中年对亲友离别就感到很痛苦，而丝竹之乐也只能暂时舒缓一下愁绪。据《晋书·王羲之传》记载：谢安对王羲之说："中年以来，伤于哀乐，与亲友别，辄作数日恶。"羲之答："年在桑榆，自然至此，顷正赖丝竹陶写，恒恐儿辈觉，损其欢乐之趣。"丝竹，弦乐和管乐，指音乐。

❽"准拟"二句：一定像谢安那样隐退东山，就算病倒也要撑到西州城。这里是作者兄弟相互劝慰老来退处江湖的话。据《晋书·谢安传》记载：谢安虽然出仕，但归隐之志始终不改，本拟稍具政绩便自江道归隐东山，但"雅志未就，遂遇疾笃"。在返回都城南京，车过西州门时，知道自己将一病不起，未能遂夙愿。准拟：准定，一定。海道：指谢安所居滨海的东山。扶病：抱病。西州：古城，在今江苏南京。

❾"雅志"二句：此处化用谢安因仕宦所困，不能满足隐逸素愿的遗憾，喻指作者兄弟游宦奔波，不能享受退隐之乐的遗憾。雅志：清雅的志向，即归隐之愿。困轩冕：为仕宦所阻挠。遗恨：遗憾。沧洲：水滨之地，指隐者所居。

❿岁云暮：即岁暮，一年将近。指时间很晚，意指年纪老大。

⓫褐（hè）裘：粗麻做面的皮衣，古时为百姓服饰，这里喻指辞官归隐。

⓬迟留：停留。

⓭"唯酒"句：只有醉酒才能忘记一腔愁绪。三国曹操《短歌

行》："何以解忧，唯有杜康。"此用其意。

⑭"一任"二句：任由有天下大志的刘玄德，让我睡在地下他睡在高楼上吧。这里用名士许汜不被刘备看重典，强调自己不怕被人轻视，仍要归隐的心意。据《三国志·陈登传》记载：三国时名士许汜去见刘备，向他抱怨自己去见陈登，而陈登"无客主之意，久不相与语，自上大床卧，使客卧下床"，刘备说："君有国士之名，今天下大乱，帝主失所，望君忧国忘家，有救世之意，而君求田问舍，言无可采，是元龙（陈登）所讳也，何缘当与君语？如小人，欲卧百尺楼上，卧君于地，何但上下床之间邪？"刘玄德：刘备，字玄德，三国时与曹操、孙权三分天下，为蜀主。

# 水调歌头

欧阳文忠公尝问余❶："琴诗何者最善？"答以"退之《听颖师琴》诗最善❷"。公曰："此诗最奇丽，然非听琴，乃听琵琶也。"余深然之。建安章质夫家善琵琶者乞为歌词❸，余久不作，特取退之词，稍加隐括，使就声律❹，以遗之云❺。

昵昵儿女语❻，灯火夜微明。恩怨尔汝来去❼，弹指泪和声。忽变轩昂勇士，一鼓填然作气❽，千里不留行❾。回首暮云远，飞絮搅青冥。

众禽里，真彩凤，独不鸣。跻攀寸步千险，一落百寻轻❿。烦了指间风雨，置我肠中冰炭⓫，起坐不能平。推手从归去⓬，无泪与君倾。

## 注释

❶欧阳文忠公：即欧阳修，"文忠"为谥号。

❷退之：唐代著名文学家韩愈，字退之。《听颖师琴》：原题《听颖师弹琴》。

❸建安：今福建建瓯。章质夫：章楶（jié），福建建州（治所为建安）浦城人。

❹使就声律：使其符合词调的乐律。

❺遗（wèi）：赠送。云：语气词。

❻"昵昵"二句：形容琵琶声似恋人的灯下絮语。昵昵，亲密。儿女，指恋人。

❼恩怨尔汝：你恩我怨，这里是形容琵琶声似恋人之间情意绵绵

的私房话。尔汝：均为第二人称，关系亲近者彼此称对方。

⑧"一鼓"句：一阵隆隆的鼓声激发起奋进搏杀之气。这里是形容琵琶声激越慷慨，极大地振作了听众的精神。古代作战，以击鼓为进攻信号，擂第一遍鼓时士气最旺，称"一鼓作气"。填然：鼓声。

⑨"千里"句：纵横驰骋，不见踪影。《庄子·说剑》："臣之剑十步一人，千里不留行。"这里是形容用很快捷的手法弹奏琵琶时，各种音符迸出使人难以分辨。

⑩"一落"句：一往下面落去，很快就到了很深之处。这里是形容琵琶声瞬间由高转低，仿佛一落千尺。寻：八尺。轻：轻易，此指很快地。

⑪肠中冰炭：心里像冰那样冷像炭火那样热。这里是喻指内心情感的剧烈波动。语出《庄子·人间世》郭象注："喜惧战于胸中，固已结冰炭于五脏矣。"

⑫从归去：任由离去，放任离开回家去。

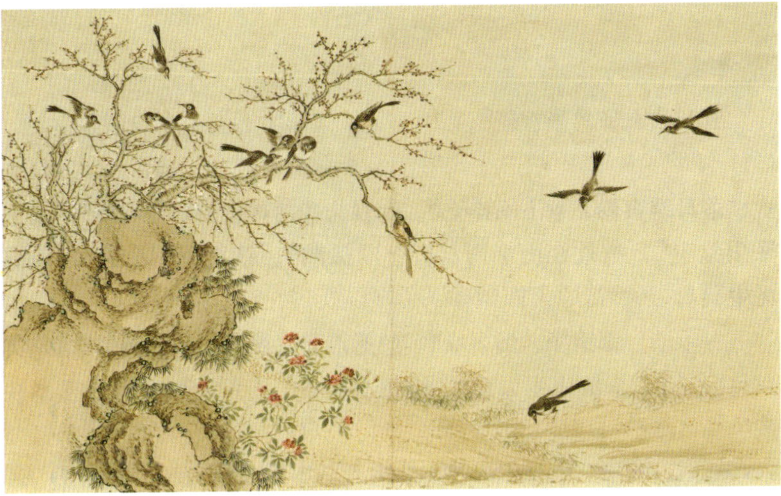

# 水调歌头

黄州快哉亭赠张偓佺❶。

落日绣帘卷，亭下水连空❷。知君为我新作，窗户湿青红❸。长记平山堂上❹，欹枕江南烟雨，杳杳没孤鸿❺。认得醉翁语，"山色有无中"❻。

一千顷，都镜净，倒碧峰❼。忽然浪起，掀舞一叶白头翁❽。堪笑兰台公子❾，未解庄生天籁❿，刚道有雌雄⓫。一点浩然气⓬，千里快哉风⓭。

## 注释

❶快哉亭：亭名，张偓佺（即张梦得、张怀民）谪居黄州时，在江边新居西南筑亭，以观长江胜景，东坡名之曰"快哉"。

❷水连空：水天相接。

❸"窗户"句：透过窗户望去，烟霭迷蒙中可见那火红的落日和翠绿的丛林。青红：即丹青，绘画的颜料，这里指美景如画。

❹平山堂：在江苏扬州大明寺侧，庆历八年（1048）欧阳修守扬州时建。地势甚高，江南诸山拱列堂檐之下，故名。

❺杳杳：深远缥缈貌。

❻"认得"二句：记得醉翁欧阳修曾用山色似有似无来赞美过平山堂前的美景。认得：记得，领略到。醉翁，欧阳修，自号醉翁。欧阳修《朝中措》首二句："平山栏槛倚晴空，山色有无中。"有人认为"山色有无中"原为王维《汉江临眺》中句，东坡误属欧阳修，实则因为快哉亭所见江景与平山堂极为相似，与王维所描绘的"江流天地

外，山色有无中"画面很不相同，故提"醉翁语"而不提王维。

❼"一千"三句：写江面开阔，平滑如镜，青山倒映水中。顷：计量单位，一百亩为一顷，千顷极言其宽阔。

❽"掀起"句：掀起白头翁像一片树叶般在水面飞舞。白头翁：又叫白头鹎，一种小鸟，长江流域及其以南地区常见。

❾"堪笑"句：那兰台公子宋玉真是可笑（将风区分为大王之风和庶人之风）。兰台：楚台名，相传旧址在今湖北钟祥市东。兰台公子：指宋玉。战国楚人宋玉，善辞赋，作有《风赋》："楚襄王游于兰台之宫，宋玉、景差侍。有风飒然而至，王乃披襟而当之，曰：'快哉此风！寡人所与庶人共者邪？'宋玉对曰：'此独大王之风耳，庶人安得而共之！'"后人称其为兰台公子。

❿庄生：战国人庄子，名周。《庄子·齐物论》："女（汝）闻人籁而未闻地籁，女闻地籁而未闻天籁夫？"天籁：自然界的声音。这里指天风。籁，本义为箫，泛指声音。

⓫刚道：硬说。雌雄：宋玉《风赋》将风分作"大王之风"和"庶人之风"两种，称前者是"雄风"，后者是"雌风"。

⓬浩然气：满注于天地之间的宏大刚正之气。这里指快哉亭上感受到布满江天的大风。《孟子·公孙丑上》载孟子言："我善养吾浩然之气。"并加解释："其为气也，至大至刚，以直养而无害，则塞于天地之间。"

⓭快哉风：令人痛快适应的大风。因此时作者身在"快哉"亭上，故而也有"快哉"亭风胜过兰台雄风的豪情。

# 满 庭 芳

有王长官者❶，弃官黄州三十三年，黄人谓之王先生。因送陈慥来过余❷，因为赋此。

三十三年，今谁存者，算只君与长江。凛然苍桧，霜干苦难双❸。闻道司州古县❹，云溪上、竹坞松窗❺。江南岸，不因送子，宁肯过吾邦❻。

拟拟❼。疏雨过，风林舞破❽，烟盖云幢❾。愿持此邀君，一饮空缸❿。居士先生老矣⓫，真梦里、相对残釭⓬。歌声断，行人未起，船鼓已逢逢⓭。

### 注释

❶王长官：依词意应该是曾在黄州为官且得民心的王姓官员，名与事迹均不详。

❷陈慥（zào）：字季常，二十年前即与作者相知。过余：来访问我。

❸"凛然"二句：风骨凛然如苍劲的桧树，那经霜道劲的枝干极难与之相匹敌。这里以苍桧比王长官的容颜和操行。桧（guì），树名。霜干：凌霜的树干。苦：极，非常。

❹司州古县：《旧唐书·地理志三》载，唐时于黄州置总管，辖黄、蕲、亭、南司四州，黄州下有黄冈、黄陂等四县。南司州在黄陂县。因此用"司州古县"称黄陂。王长官其时住在这里。

❺竹坞（wù）：此指丛竹环绕的王长官的家。坞，四面如屏的花木丛聚之处。

⑥"江南"三句：我这里地处长江南岸，如果不是送陈慥先生，你哪里会过来。江南：黄陂在黄州西北，在长江北面，黄州在长江以南，故云。子：古人对别人的尊称，相当于"先生"，这里指陈慥。

⑦拟（chuāng）拟：风雨声。

⑧风林舞破：即风舞林破，大风把树林吹得上下飞舞。

⑨烟盖云幢：云雾缭绕如车盖，似帷幕。幢（zhuàng），车上的帷幕。

⑩"愿持"二句：愿借这特异之景邀你尽情畅饮。空缸：把酒缸都喝空，痛饮的意思。

⑪居士：一般指在家奉佛者，这里是作者自称。

⑫残釭（gāng）：残灯。

⑬逢（péng）逢：鼓声。此指开船的信号。

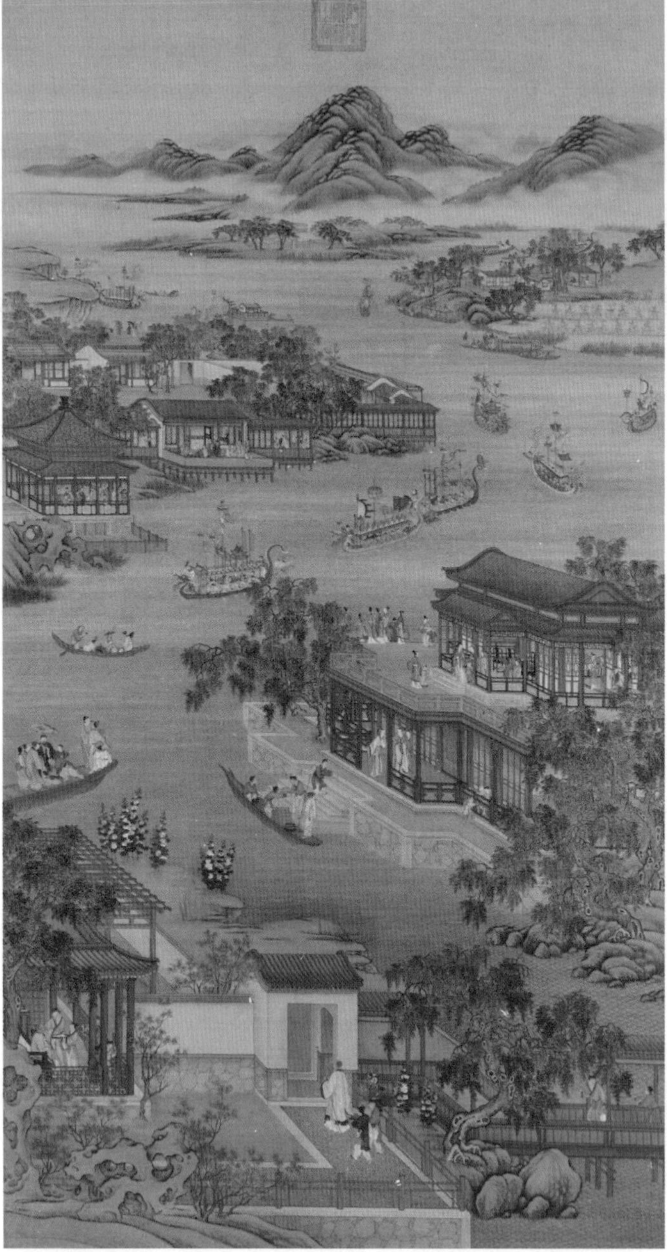

# 满庭芳

元丰七年四月一日，余将去黄移汝❶，留别雪堂邻里二三君子，会李仲览自江东来别❷，遂书以遗之❸。

归去来兮❹，吾归何处，万里家在岷峨。百年强半，来日苦无多❺。坐见黄州再闰❻，儿童尽、楚语吴歌❼。山中友，鸡豚社酒❽，相劝老东坡❾。

云何❿？当此去，人生底事⓫，来往如梭？待闲看秋风，洛水清波⓬。好在堂前细柳，应念我，莫剪柔柯⓭。仍传语、江南父老，时与晒渔蓑⓮。

## 注释

❶去黄移汝：作者元丰七年（1084）正月接诰命，改任汝州（今河南临汝）团练副使，此时将离开黄州赴汝州。

❷李仲览：名翔，永兴（今湖北阳新）人，素仰东坡，常自永兴赴黄州与苏轼相聚。东坡自黄州移任汝州，好友杨绘（时任兴国军知军）派他到黄州邀请东坡去兴国相聚。因兴国在长江之南，故词中称"江东"。

❸"遂书"句：写下这首词赠送给他。此句为实写，南宋初，王之道有《跋李仲览所藏东坡〈满庭芳〉法帖》，其中讲到他曾见过李仲览所藏东坡书写此词的墨迹，可见苏轼当时不仅创作了这首词，而且还亲笔书写送给了李仲览。

❹归去来兮：相当于"回家吧"。晋陶渊明《归去来兮辞》有："归去来兮，田园将芜胡不归。"

❺"百年"二句：已年近半百，将来的苦日子也不会太多了。语出韩愈《除官赴阙至江州寄鄂岳李大夫》："年皆过半百，来日苦无多。"强（qiǎng）半：接近一半。作者时年四十八岁。

❻再闰：两次遇到有闰月的年份。作者于元丰三年（1080）二月至黄州，七年四月离开，元丰三年有闰九月，六年又闰六月，故云。

❼"儿童"句：孩子们完全改为本地口音讲话唱歌了。东坡谪黄时，长子二十二岁，次子十一岁，三子九岁。楚语吴歌：黄州属古楚地，三国时属吴国，故云。

❽鸡豚社酒：聚会时吃着当地的菜肴喝着土酒。语出韩愈《南溪始泛三首》之二："愿为同社人，鸡豚燕春秋。"豚（tún）：小猪。社酒，本为祭土地神时喝的酒。

❾老东坡：终老于东坡。东坡，作者所垦之地，代指黄州。

❿云何：为何，为什么。

⓫底事：为什么。

⓬洛水：在河南。汝州在洛河南，相距不远，故有此说。

⓭"好在"三句：那雪堂前纤细的柳枝一定会想念我的，千万不要修剪掉那些柔嫩的枝丫好吗？言外之意是希望老友们顾念昔日的友谊，常相思念。好在：唐宋时口语，有"好吗"等问候意。堂：此指雪堂。

⓮"仍传"三句：还请给江南的父老乡亲们带个话，请他们时不时帮我晾晒一下打鱼时穿的蓑衣。传语：带话。江南父老：此指黄州的父老乡亲。时与：时不时。

# 满 庭 芳

　　蜗角虚名①，蝇头微利，算来著甚干忙②。事皆前定，谁弱又谁强。且趁闲身未老③，须放我、些子疏狂④。百年里，浑教是醉，三万六千场⑤。

　　思量⑥、能几许，忧愁风雨，一半相妨⑦。又何须抵死⑧，说短论长⑨。幸对清风皓月，苔茵展⑩、云幕高张⑪。江南好，千钟美酒⑫，一曲《满庭芳》。

## 注释

①蜗角：极其微不足道的东西。典出《庄子·则阳》："有国于蜗之左角者，曰触氏；有国于蜗之右角者，曰蛮氏。时相与争地而战，伏尸数万，逐北，旬有五日而后返。"

②著甚干忙：著，犹"着""着急""着慌"之意。甚，什么。白忙活些什么。干忙：白忙，空忙。

③闲身：空闲着身子。作者时在贬中，故云。

④些子：一点儿。

⑤"百年"三句：人生百年之内，就算天天在醉中，也就三万六千场酒而已。这里化用李白《襄阳歌》"百年三万六千日，一日须倾三百杯"句意。

⑥思量：盘算，想一想。

⑦"忧愁"二句：要么内心愁苦忧伤要么外面风风雨雨，差不多各占去一半。

⑧抵死：拼命，竭力。

⑨说短论长：争强好胜，评论长短是非。

⑩苔茵：如褥的草地。

⑪云幕：如幕之云。

⑫千钟：千杯。钟：酒盏。

# 满庭芳

余年十七，始与刘仲达往来于眉山❶，今年四十九，相逢于泗上❷。淮水浅冻❸，久留郡中，晦日同游南山❹，话旧感叹，因作此词。

三十三年❺，漂流江海，万里烟浪云帆。故人惊怪，憔悴老青衫❻。我自疏狂异趣❼，君何事、奔走尘凡。流年尽❽，穷途坐守，船尾冻相衔❾。

巉巉❿。淮浦外，层楼翠壁，古寺空岩。步携手林间，笑挽纤纤⓫。莫上孤峰尽处，萦望眼、云海相搀⓬。家何在，因君问我，归梦绕松杉。

## 注释

❶刘仲达：号龙鳌居士，长宁军（今四川长宁南）人，作者同乡，生平事迹不详。

❷泗上：泗水之旁，指泗州。

❸浅冻：刚开始冻结。

❹晦日：农历每月的最后一天。此指元丰七年十二月末日。

❺三十三年：此指与刘仲达分别长达三十三年的时间。

❻"憔悴"句：一身疲惫憔悴到老还位居下僚穿着青衫。青衫：唐代八品和九品官服，常指官位低下。作者时任团练副使，为十等散官之第四等，从八品（副八品）。

❼疏狂异趣：豪放不羁志趣与众不同。疏狂：狂放不羁。异趣：志趣与众不同。

❽流年：光阴。

❾相衔：此指船头与船尾相接，说明船只之多。

❿巉（chán）巉：高峭险峻貌。

⓫"步携"二句：写二人与歌妓同游。纤纤：指女子柔美的手。

⓬云海相携：云雾扑面，如要来扶持一般。这里用拟人手法，描绘登上峰顶置身云雾之中的景象，与后面"家何在"关联起来，表现出作者登高远眺，因迷蒙之景兴起思乡之情的悲愁。

# 永遇乐

孙巨源以八月十五日离海州❶，坐别于景疏楼上❷，既而与余会于润州，至楚州乃别❸。余以十一月十五日至海州❹，与太守会于景疏楼上❺。作此词以寄巨源。

长忆别时，景疏楼上，明月如水。美酒清歌，留连不住，月随人千里。别来三度❻，孤光又满❼，冷落共谁同醉。卷珠帘，凄然顾影，共伊到明无寐❽。

今朝有客，来从淮上❾，能道使君深意❿。凭仗清淮⓫，分明到海，中有相思泪。而今何在，西垣清禁⓬，夜永露华侵被⓭。此时看、回廊晓月，也应暗记。

### 注释

❶孙巨源：作者友人，熙宁七年（1074）八月十五日卸海州（古属东海郡，今江苏连云港）知州任回朝。

❷景疏楼：在海州东北，北宋人叶祖洽因景仰汉代东海人疏广、疏受叔侄而建。

❸"既而"二句：孙巨源离海州后先南游江苏一带，于十月间与离杭赴任密州的东坡相会于润州，二人同游扬州等地，至楚州（今江苏淮安）分手。

❹十一月十五日：据今人考证当为熙宁七年（1074）十月十五日，因苏轼十一月三日已到密州任，"一"字或为后人误加，或为刊刻之误。另有一种可能是苏轼到密州上任一个月后，由密州赴海州太守之会，也讲得通。

❺太守：汉时郡长名。宋时改郡为府、州，长官称知府、知州，但仍习称太守。此指继孙巨源知海州的陈太守（名不传）。

❻三度：三次。

❼孤光：日月之光，此指月光。

❽伊：第三人称代词，此指月。

❾潍（suī）：水名，源近汴京（今河南开封），故此处指汴京。

❿使君：此指孙巨源，因其甫卸知州任，故仍以旧职称之。

⓫凭仗：凭借。

⓬西垣：中书省的别称。清禁：皇宫的别称，因其警戒森严，故称。孙巨源返京后任修起居注、知制诰，属中书门下，在宫中办公，故有此句。

⓭露华侵被：清冷的月光洒上被褥。露华：清冷的月光。侵被：本是沾湿被子，这里指月光照到被子上。

# 永 遇 乐

彭城夜宿燕子楼，梦盼盼❶，因作此词。

明月如霜，好风如水，清景无限。曲港跳鱼，圆荷泻露❷，寂寞无人见。纮如三鼓❸，铿然一叶❹，黯黯梦云惊断❺。夜茫茫、重寻无处，觉来小园行遍。

天涯倦客，山中归路，望断故园心眼❻。燕子楼空，佳人何在，空锁楼中燕。古今如梦，何曾梦觉，但有旧欢新怨。异时对、黄楼夜景❼，为余浩叹。

### 注释

❶"彭城"二句：彭城：指徐州。燕子楼：唐代张愔为其爱妾盼盼所建的楼阁，在徐州。据白居易《燕子楼三首序》记载："徐州故张尚书有爱妓曰盼盼，善歌舞，雅多风态。予为校书郎时，游徐、泗间，张尚书宴予，酒酣，出盼盼以佐欢。欢甚，予因赠诗云：'醉娇胜不得，风袅牡丹花。'一欢而去。而后绝不相闻。迨兹仅一纪矣。昨日，司勋员外郎张仲素缋之访予，因吟新诗，有《燕子楼》三首，词甚婉丽。诘其由，为盼盼作也。缋之从事武宁军累年，颇知盼盼始

末，云：'尚书既殁，归葬东洛。而彭城有张氏旧第，第中有小楼名燕子。盼盼念旧爱而不嫁，居是楼十余年，幽独块然，于今尚在。'"

❷圆荷泻露：圆圆的荷叶上滚落下露珠。

❸统（dǎn）如：击鼓声。三鼓：三更的鼓声。古人击鼓报更，击一声为初更，连击两声为二更，三更则三鼓，为凌晨一二时，至五更尽则天明。

❹铿然：金石或琴瑟清脆的声音。这里用来形容一叶落地之声，意在渲染夜之宁静，也描绘出梦中不真实的感受。

❺梦云：用宋玉《高唐赋》典。宋玉赋中描绘楚襄王游高唐之观，梦见与神女欢会，神女自称"旦为朝云，暮为行雨"。这里是指梦见盼盼。

❻"望断"句：谓故乡邈远，眼不能望，心不能到。

❼黄楼：作者在徐州所建的楼宇。苏轼在徐州任上曾因为黄河决堤殃及徐州，他亲率民众成功抗洪，于次年二月建楼于城东门之上。八月，楼成，以五行中土（以黄色代表）克水，故称黄楼。时距作此词不过月余，所以联想或许后来人会梦见自己而面对黄楼感慨不已。

# 沁园春

赴密州❶，早行，马上寄子由❷。

孤馆灯青，野店鸡号❸，旅枕梦残。渐月华收练❹，晨霜耿耿❺，云山摛锦❻，朝露溥溥❼。世路无穷，劳生有限❽，似此区区长鲜欢❾。微吟罢❿，凭征鞍无语，往事千端。

当时共客长安，似二陆初来俱少年⓫。有笔头千字，胸中万卷⓬，致君尧舜⓭，此事何难？用舍由时，行藏在我⓮，袖手何妨闲处看⓯。身长健，但优游卒岁⓰，且斗樽前⓱。

## 注释

❶密州：今山东诸城，作者于熙宁七年（1074）至九年任密州知州。

❷子由：苏辙，字子由，作者弟弟，时在济南。

❸号（háo）：号叫，这里指鸡鸣。

❹收练：收敛起如白练的月光（天渐渐明亮）。练：本指白绢，此喻月光。

❺耿耿：明亮的样子。

❻摛（chī）锦：铺展开如锦绣一般。

❼溥溥（tuán）：露水多而且浓。

❽劳生有限：人生有限的意思。劳生：辛苦劳累的生活。

❾区区：局限，牵牵扯扯。

❿微吟：低声吟诵。

⓫"当时"二句：嘉祐元年（1056），东坡与苏辙分别以21岁和18

136

岁同赴汴京参加考试，次年双双进士及第，并为欧阳修所激赏。这与西晋时人称"二陆"的陆机、陆云兄弟二十多岁被征入京、名动京城正相类似，所以与之相比。长安：本为唐都，此指北宋都城汴京。

⑫胸中万卷：饱学熟谙诸多经典。万卷：极言书籍之多。

⑬致君尧舜：襄助君王成为圣明的君主。语出杜甫《奉赠韦左丞丈二十二韵》："致君尧舜上，再使风俗淳。"尧舜：远古部落的两位圣明之君。

⑭"用舍"二句：任用不任用由时运决定，出仕不出仕由自己做主。语见《论语·述而》："用之则行，舍之则藏。"

⑮袖手：把手拢在袖中，表示无所作为或不参事务。

⑯"但优游"句：悠闲自得地过完一年。语出《左传·襄公二十一年》引逸《诗》："优哉游哉，聊以卒岁。"

⑰且斗樽前：暂且在酒杯前开怀。语见唐牛僧孺《席上赠刘梦得》："休论世上升沉事，且斗樽前见在身。"

# 八声甘州·寄参寥子❶

有情风万里卷潮来，无情送潮归。问钱塘江上❷，西兴浦口❸，几度斜晖？不用思量今古，俯仰昔人非❹。谁似东坡老❺，白首忘机❻。

记取西湖西畔❼，正春山好处，空翠烟霏❽。算诗人相得❾，如我与君稀。约它年、东还海道，愿谢公、雅志莫相违❿。西州路，不应回首，为我沾衣⓫。

## 注释

❶参寥子：僧道潜，作者挚友。

❷钱塘江：流经今杭州一带的浙江下游。因入海口宽阔，致涨潮时海水贯注形成潮水，十分壮观。

❸西兴浦口：渡口名，在钱塘江南岸，今浙江萧山西。

❹"不用"二句：意思是人事变化太快，所以不用有古今兴亡感慨。俯仰，喻时间之短。

❺东坡老：作者自称，时年五十六岁。

❻忘机：忘却了机巧之心，完全打消巧诈之念。

❼记取：记住，记得。

❽烟霏：雾霭。

❾相得：相投合，志趣相投的意思。

❿"约它"四句：用东晋谢安宿志归隐典，表示希望跟参寥一起归隐的志向。《晋书·谢安传》记载：谢安早居浙江上虞东山，毗邻东海，出仕后不改归隐之志，打算稍具政绩后复归东山，但"雅志未就，遂遇疾笃"，终未遂凤愿。海道：指滨海的东山。雅志，素愿，指归隐之志。

⓫"西州"三句：用羊昙哭谢安典，表示不希望参寥像羊昙哭谢

安那样，为自己最终不能归隐而落泪。据载谢安病后返南京，车经西州门时，知道自己病将不愈。最终死在西州，未能如愿归隐。谢安死后，其外甥羊昙不忍再走西州路，一次因大醉误至，"悲感不已，以马策扣扉，诵曹子建诗曰：'生存华屋处，零落归山丘。'恸哭而去。"西州：在今江苏南京。沾衣：泪水沾湿衣裳。

# 水 龙 吟

次韵章质夫杨花词❶

似花还似非花❷，也无人惜从教坠❸。抛家傍路❹，思量却是，无情有思❺。萦损柔肠，困酣娇眼，欲开还闭❻。梦随风万里，寻郎去处，又还被、莺呼起❼。

不恨此花飞尽，恨西园、落红难缀❽。晓来雨过，遗踪何在，一池萍碎❾。春色三分，二分尘土，一分流水。细看来不是杨花，点点是、离人泪。

## 注释

❶次韵：依照他人作品的韵脚作诗唱和。章质夫：名粢（jié），时任荆湖北路提点刑狱。

❷"似花"句：此句状杨花之神韵。杨花细小不显花形，但幽香似之，且落英满地如雪花晶莹，故云。

❸从教（jiāo）：任凭，不管。

❹抛家：此指杨花飘落离开枝头。

❺有思：有意，蕴含深意。

❻"萦损"三句：用美人比杨花。柔肠为愁思萦绕，双眼因春困而显倦怠，迷蒙中似开似闭。柔肠：喻柳条。娇眼：喻柳叶。

❼"梦随"四句：睡梦中随风飘飞到万里之外，刚寻觅到情郎所在，却又被一声黄莺啼鸣惊碎了那一帘幽梦。这四句承"欲开还闭"而来，用美人春睡半梦半醒时的心境，描绘杨花飘飞、落英香尘似"有思"的幽怨。

❽落红难缀：飞花落地沾尘，再难重回枝头。

❾一池萍碎：满池都是散碎的浮萍。古人认为杨花落水变成浮萍，作者在此句下有注："杨花落水为浮萍，验之信然。"

# 🌿 水 龙 吟 🌿

间丘大夫孝终公显尝守黄州❶，作栖霞楼❷，为郡中胜绝❸。元丰五年，予谪居黄。正月十七日，梦扁舟渡江，中流回望，楼中歌乐杂作。舟中人言，公显方会客也。觉而异之，乃作此词。公显时已致仕❹，在苏州。

小舟横截春江❺，卧看翠壁红楼起。云间笑语❻，使君高会❼，佳人半醉。危柱哀弦❽，艳歌余响，绕云萦水❾。念故人老大❿，风流未减，独回首，烟波里⓫。

推枕惘然不见，但空江、月明千里。五湖闻道，扁舟归去，仍携西子⓬。云梦南州⓭，武昌东岸⓮，昔游应记。料多情梦里，端来见我⓯，也参差是⓰。

### 🌿 注释

❶间丘大夫孝终公显：复姓间丘，名孝终，字公显。守黄州：任黄州知州。

❷栖霞楼：见《南乡子》(霜降水痕收) 注。

❸胜绝：绝佳的名胜。

❹致仕：退休。

❺横截：横渡，横跨。

❻云间：形容栖霞楼之高。

❼高会：高雅的朋友聚会。

❽危柱哀弦：在弦柱很突出的弦上弹奏出悲怨的乐音。古代琴筝一类弦乐用枕木 (即"柱") 有规律地排列以控制声音的高低，枕木

越是高而突出，则震动的琴弦越短，琴声越高而尖锐。哀弦：悲怨的弦乐声。

❾绕云萦水：在水云间萦绕不断，形容歌声高亢回旋，悠扬动听。《列子·汤问》记载，上古善歌的秦青"抚节悲歌，声振林木，响遏行云"。

❿故人老大：老朋友已然年老。间丘孝终退休后归故里苏州，作者熙宁七年（1074）曾饮于其苏州家中，距作词已近十载，可见其年事已高。

⓫烟波里：在烟波浩渺之中。这里指作者梦中于烟波当中看到间丘孝终。

⓬"五湖"三句：用范蠡携西施泛五湖故事，指间丘孝终功成身退，寄身其苏州的园林之中。因苏州在太湖（即"五湖"）边，故用此典。春秋时吴越争霸，越先败于吴，越人范蠡以美女西施献吴王夫差求和。后越王勾践卧薪尝胆，终得灭吴。据传范蠡在越国灭吴之后携西施遁隐太湖。五湖：即太湖。

⓭云梦南州：指黄州，因其在古云梦泽之南，故称。

⓮武昌东岸：指黄州。武昌为今湖北鄂城，与黄州隔江相对。长江经黄州时南流，黄州在武昌东岸。

⓯端来：准来，定来。

⓰参差是：大概如此，差不多是这个样子。意思是就像自己梦见间丘氏一样，间丘氏也会梦到自己，实际是表达朋友之间彼此思念。

# 水 龙 吟

赠赵晦之吹笛侍儿❶。

楚山修竹如云❷，异材秀出千林表❸。龙须半剪❹，凤膺微涨❺，玉肌匀绕❻。木落淮南，雨晴云梦，月明风袅❼。自中郎不见，桓伊去后，知孤负、秋多少❽。

闻道岭南太守❾，后堂深，绿珠娇小❿。绮窗学弄，《梁州》初遍，《霓裳》未了⓫。嚼徵含宫，泛商流羽⓬，一声云杪⓭。为使君洗尽、蛮风瘴雨⓮，作《霜天晓》⓯。

## 注 释

❶赵晦之：名昶，东坡任密州知州时属官。

❷楚山：此词作于涟水军（今江苏涟水），古属楚地，故云。

❸"异材"：优异的材质远超其他的林木。秀出林表：质量上乘，比一般的木质都好。

❹龙须：古人取优质竹子制笛，打通各节，仅留首节，并保存其表面的细枝条，修剪捆束，称"龙须"。

❺凤膺：良笛首节以下略粗似凤胸，故云。

❻玉肌：良笛除首节外，各节均光滑洁净，故云。

❼"木落"三句：秋高气爽的淮南、雨过天晴的云梦、清风徐来的月夜，这三种场合都是作者认为适宜吹笛演奏的三种佳境。淮南：今安徽、江苏境内长江以北、淮河以南地区。云梦：古泽名，今两湖交界及武汉一带。相传云梦竹适宜制笛。三国魏曹植《与吴质书》："伐云梦之竹以为笛。"

144

❽"自中"四句：自善制笛的中郎将蔡邕、善吹笛的桓伊走后，不知道多少个美好的秋天都因为没有笛声而被辜负了啊。中郎：东汉蔡邕，曾为中郎将，善制笛，《后汉书》本传注引《文士传》载其语："吾昔尝经会稽高迁亭，见屋椽竹东间第十六可以为笛。"桓伊：东晋人，善吹笛，《晋书》本传载其"善音乐，尽一时之妙，为江左第一。有蔡邕柯亭笛，常自吹之"。孤负，通"辜负"。

❾岭南太守：指赵晦之，因其刚卸藤州（今广西藤县，在岭南）知州任归来，故称。

❿绿珠：西晋人石崇歌妓名，《晋书·石崇传》称其"美而艳，善吹笛"。此喻赵晦之吹笛侍儿。

⓫"绮窗"三句：在雕饰精美的窗下吹奏《梁州》曲的第一部分、《霓裳羽衣曲》的最后一段。《梁州》：又作《凉州》，当时流行的大曲。《霓裳》：即《霓裳羽衣曲》，当时名曲。初遍：古大曲分"遍"（相当于现在的乐段），初遍为第一乐段。

⓬"嚼徵（zhǐ）"二句：此指乐声变化丰富。我国古乐有宫、商、角、徵、羽五种声调，音高各不相同。嚼、含、泛、流，均指吹奏的动作和技法。

⓭云杪（miǎo）：云端。这里用秦青唱歌响遏行云典，形容笛声很高，直达云端。

⓮使君：此指赵晦之。蛮风瘴雨：古人指南方湿热蒸发易致疾病的气候环境。蛮：对南方少数民族的贬称。瘴：湿热之气。赵晦之刚自广西藤州归来，故云。

⓯《霜天晓》：即《霜天晓角》，古笛曲名。

# 念奴娇·赤壁怀古❶

　　大江东去，浪淘尽、千古风流人物。故垒西边❷，人道是、三国周郎赤壁❸。乱石穿空❹，惊涛拍岸，卷起千堆雪❺。江山如画，一时多少豪杰。

　　遥想公瑾当年❻，小乔初嫁了❼，雄姿英发❽。羽扇纶巾❾，谈笑间、樯橹灰飞烟灭❿。故国神游⓫，多情应笑我⓬、早生华发⓭。人生如梦，一樽还酹江月⓮。

### 注释

❶赤壁：此指黄州赤壁，又称赤鼻，唐宋时有人认为是三国赤壁古战场，今人多不认同此说，要么认为是在今湖北武汉市江夏区西赤矶山，要么认为是在嘉鱼（今湖北蒲圻县西北）。作者这里是借景抒怀，所以词中用"人道是"表示存有疑问。

❷故垒：此指旧时（指三国时期）军营壁垒等军事设施。

❸周郎：周瑜，字公瑾。《三国志》本传记他任建威中郎将，"时年二十四，吴中皆呼为周郎。"

❹乱石穿空：嶙峋的礁石直插云霄。

❺千堆雪：比喻江水与岸礁相激的朵朵浪花。

❻当年：当时。此指赤壁之战时。

❼小乔初嫁：《三国志·吴书九》作"小桥"，吴国乔公小女儿，天姿国色，嫁周瑜。赤壁之战距周瑜娶小乔已有十年，说"初嫁"是为了突出周瑜的年轻风发。

❽雄姿英发：相貌堂堂且谈吐不凡。《三国志·周瑜传》："瑜长壮有姿貌。"英发：本义指谈吐不凡，这里形容精神面貌英气勃勃。

⑨"羽扇"句：挥羽扇、佩纶巾，是古代儒生而非武将的形象，此处形容周瑜的儒将风度。纶（guān）巾：青丝所织头巾。

⑩"樯橹"句：《三国志·周瑜传》载，周瑜听取部将黄盖建议，以轻便战船数十只，装上灌满油的草木冲向敌船，同时点火，"时风盛猛，悉延烧岸上营落，顷之，烟炎张天，人马烧溺死者甚众，军遂败退"。樯橹：桅杆和桨，这里代指曹操的军船。

⑪故国神游：即"神游故国"。故国：旧地，指赤壁。

⑫"多情"句：即"应笑我多情"。

⑬华发：白发。

⑭酹（lèi）：以酒洒地表示祭奠。

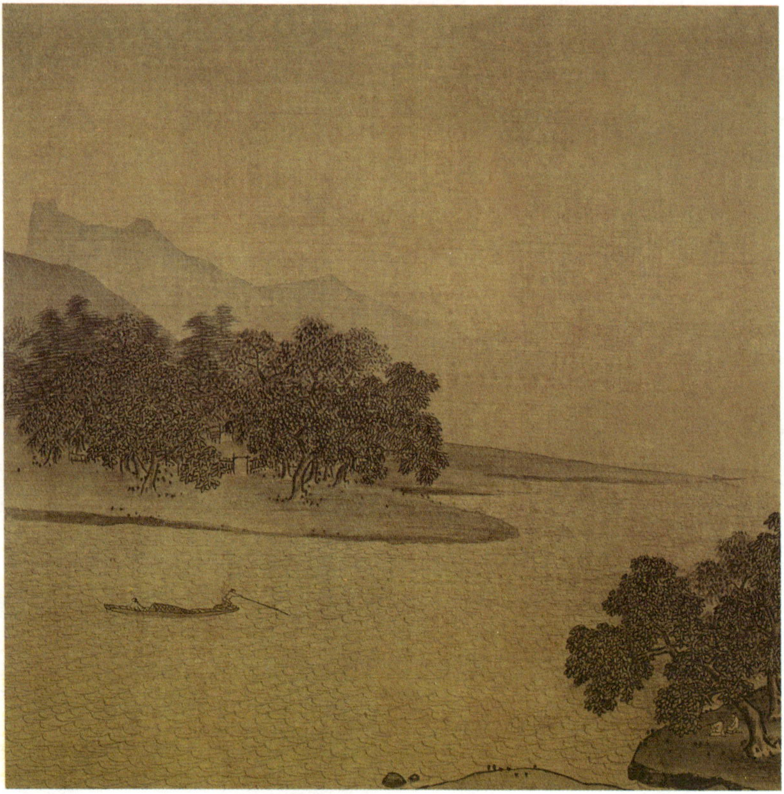

# 念奴娇·中秋

　　凭高眺远，见长空、万里云无留迹。桂魄飞来❶，光射处、冷浸一天秋碧❷。玉宇琼楼❸，乘鸾来去❹，人在清凉国❺。江山如画，望中烟树历历❻。

　　我醉拍手狂歌，举杯邀月，对影成三客❼。起舞徘徊风露下❽，今夕不知何夕❾。便欲乘风，翩然归去❿，何用骑鹏翼⓫。水晶宫里⓬，一声吹断横笛⓭。

## 注释

❶桂魄：指月亮。古代传说月中有桂树，故称桂魄。

❷秋碧：秋天的碧空。因中秋夜月光十分明亮，夜空澄澈而显出如碧玉一般的深蓝色。

❸玉宇琼楼：古代传说的月中宫殿。

❹"乘鸾"句：乘着鸾鸟飞来飞去。古代传说月中有"广寒清虚之府"，有仙女身穿洁白的衣裳，乘着白鸾飞翔。鸾：凤凰一类的神鸟。

❺清凉国：此指清凉的月宫。

❻烟树：云烟笼罩的树木。

❼"举杯"二句：檃栝李白《月下独酌》诗句："举杯邀明月，对影成三人。"三客：指自己、月和月下自己的身影。

❽"起舞"句：月光之下、风露之中翩翩起舞。这里化用李白《月下独酌》诗意："我歌月徘徊，我舞影零乱。"

❾"今夕"句：见《水调歌头》（明月几时有）注。

❿"便欲"二句：见《水调歌头》（明月几时有）注。翩然：高飞貌。

⑪鹏翼：大鹏之翅。《庄子·逍遥游》："鹏之背，不知其几千里也。怒而飞，其翼若垂天之云。"

⑫水晶宫：此指月宫。

⑬吹断横笛：把横笛吹破，形容笛声高亢嘹亮。

# 归朝欢·和苏坚伯固

　　我梦扁舟浮震泽❶，雪浪摇空千顷白❷。觉来满眼是庐山❸，倚天无数开青壁❹。此生长接淅❺，与君同是江南客❻。梦中游，觉来清赏❼，同作飞梭掷❽。

　　明日西风还挂席❾，唱我新词泪沾臆❿。灵均去后楚山空⓫，澧阳兰芷无颜色⓬。君才如梦得⓭。武陵更在西南极⓮。《竹枝词》⓯，莫傜新唱⓰，谁谓古今隔。

## 注释

❶震泽：即太湖，在江苏、浙江交界处。

❷千顷白：银白色的波浪铺天盖地。顷：百亩为一顷，一说十二亩半为一顷。千顷极言其宽阔。

❸庐山：在江西九江市南，北临长江，东南傍鄱阳湖。

❹"倚天"句：（庐山）诸峰峦上插云霄，叠翠千仞。

❺接淅（xī）：漉干已淘之米。比喻匆匆忙忙，四处奔波。接淅：漉干淘米水。接本字作"滰"（jiàng），淘米后漉干水。淅：淘米。语出《孟子·万章下》："孔子之去齐，接淅而行。"

❻"与君"句：指自己与苏坚都是客居九江。唐宋时九江属江南西道，故云。

❼清赏：清雅的赏玩。

❽飞梭掷：时光如梭的意思，形容时光飞逝。

❾挂席：扬帆远行。席：船帆。

❿泪沾臆：洒下满怀的泪水。

⓫灵均：屈原。楚山空：谓楚地再无人才。屈原是楚人，故云。

⑫澧（lǐ）阳：又称澧州，今湖南澧县。兰芷（zhǐ）：兰花和芷草，屈原赋中经常将之并提以拟高洁之士。苏坚与作者分手后将去澧阳，故提及之，暗寓希望苏坚能振起当地诗风，转变屈原之后楚地无才子的局面。

⑬梦得：唐代诗人刘禹锡，有"诗豪"之称。

⑭武陵：今湖南常德，在澧阳的西南。刘禹锡永贞元年至元和九年（805—814）贬此。

⑮《竹枝词》：古代巴渝（今四川东部）地区的民歌，刘禹锡于长庆二年至四年（822—824）作夔州（今白帝城）刺史时改作当地民歌成《竹枝词》十余首。

⑯莫徭：少数民族，分布在湖南澧阳等地。《隋书·地理志下》："长沙郡又杂有夷蜑，名曰莫徭，自云其先祖有功，常免徭役，故以为名。""徭"与"徭"通。

# 贺新郎·夏景

乳燕飞华屋❶，悄无人、桐阴转午❷，晚凉新浴。手弄生绡白团扇❸，扇手一时似玉❹。渐困倚、孤眠清熟❺。帘外谁来推绣户，枉教人、梦断瑶台曲❻。又却是，风敲竹。

石榴半吐红巾蹙❼，待浮花浪蕊都尽❽，伴君幽独。秾艳一枝细看取❾，芳心千重似束。又恐被、西风惊绿❿。若待得君来向此，花前对酒不忍触。共粉泪，两簌簌⓫。

## 注释

❶乳燕：雏燕，小燕子。

❷桐阴转午：桐影移动，时至午后。

❸生绡（xiāo）：生丝所织薄绢。

❹一时似玉：一并都洁白如玉。语见《世说新语·容止》："王夷甫容貌整丽，妙于谈玄。恒提白玉柄麈尾（zhǔ wěi），与手都无分别。"

❺清熟：熟睡。

❻瑶台曲：神仙所居的清幽之处。瑶台：西王母所居宫阙，此指梦中仙境。曲：深僻处。

❼红巾蹙（cù）：红艳丝巾般的褶皱。

❽浮花浪蕊：放浪恣纵的各色花朵。石榴花近夏始发，其他春花都较早开，故从石榴角度看就显得轻浮。

❾秾（nóng）艳：花朵繁盛艳丽。

❿西风惊绿：让西风惊出绿色，意思是被西风吹落榴花，露出青绿的小果子。此句实含美人迟暮之感。

⓫两簌簌：谓石榴花瓣和女子眼泪一起落下。簌簌：纷然下落貌，亦拟声。

中国古代文学经典书系

宋词藏美

# 柳永词集

［宋］柳　永　　著

罗立刚　校注

春风文艺出版社

·沈阳·

**图书在版编目（CIP）数据**

柳永词集 / （宋）柳永著；罗立刚校注. —沈阳：
春风文艺出版社，2025.1
（中国古代文学经典书系. 宋词藏美）
ISBN 978 - 7 - 5313 - 6646 - 1

Ⅰ. ①柳… Ⅱ. ①柳… ②罗… Ⅲ. ①宋词—选集
①I222.844

中国国家版本馆CIP数据核字（2024）第024005号

# 目录

# 如 梦 令

　　郊外绿阴千里[1]。掩映红裙十队[2]。惜别语方长，车马催人速去。偷泪。偷泪。那得分身应你[3]。

### 注释

　①郊外：这里指京郊。

　②红裙：代指美女。

　③那得：哪得，哪里顾得上。

# 减字木兰花

花心柳眼。郎似游丝常惹绊。慵困谁怜。绣线金针不喜穿。
深房密宴。争向好天多聚散❶。绿锁窗前。几日春愁废管弦。

## 注释

❶争向：怎，怎么。

# 巫山一段云

六六真游洞❶，三三物外天❷。九班麟稳破非烟❸。何处按云轩。

　昨夜麻姑陪宴。又话蓬莱清浅❹。几回山脚弄云涛。仿佛见金鳌❺。

## 注释

❶六六真游洞：神仙洞府。道教所谓三十六洞天。六六，三十六。

❷三三物外天：世外九天。三三，九。物外，世外，指与人事无涉者。

❸"九班"句：舞女的舞姿缥缈，卷荡起袅袅的祥云。九班，本指朝班，这里指仙女舞班。麟，一种舞步。麟稳，指麟形舞步稳称美妙。非烟，古人所称的祥瑞之气。这里指朝堂上飘起的香烟。

❹"昨夜"二句：麻姑，传说中的女仙。麻姑曾对王远说她先后看见东海三次变为桑田。跟王远见面前刚到过蓬莱，那里的水又比往时变浅了，可能又将变为陵陆。

❺"几回"二句：意为麻姑几次往来蓬莱仙山弄其云涛，看见背负神山的金鳌。古代传说东海有五仙山，常随潮波上下往还，天帝听说神仙住得不安稳，又担心神山漂到西方，就命令禹疆派十五只巨鳌分三批顶住神山，六万岁换一次班。

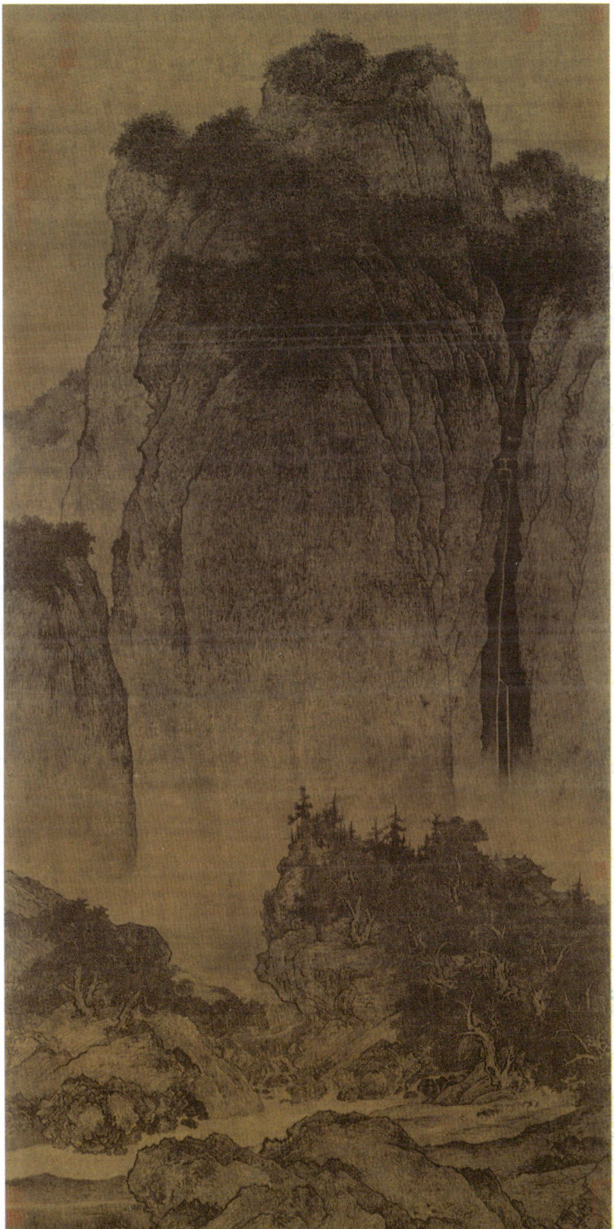

# 甘草子

秋尽。叶翦红绡，砌菊遗金粉[1]。雁字一行来，还有边庭信[2]。
飘散露华清风紧。动翠幕，晓寒犹嫩[3]，中酒残妆慵整顿[4]。聚两眉离恨。

## 注释

[1]"砌菊"句：秋日已尽，屋阶上的秋菊花败粉落。金粉，此指菊花的花粉，因颜色金黄，故称。

[2]"雁字"二句：大雁成群飞来，带来了远方的音信。汉代苏武出使匈奴被扣留，后来汉与匈奴和好，汉使谎称天子狩猎得雁足书，知苏武尚存，匈奴只好将苏武放归。雁字：大雁群飞，排列成行，或为"一"字或为"人"字。边庭：这里指边远地方。

[3]晓寒犹嫩：拂晓时分，仍有轻微寒气。嫩：此指不严重，轻微。

[4]中酒：醉酒，被酒。

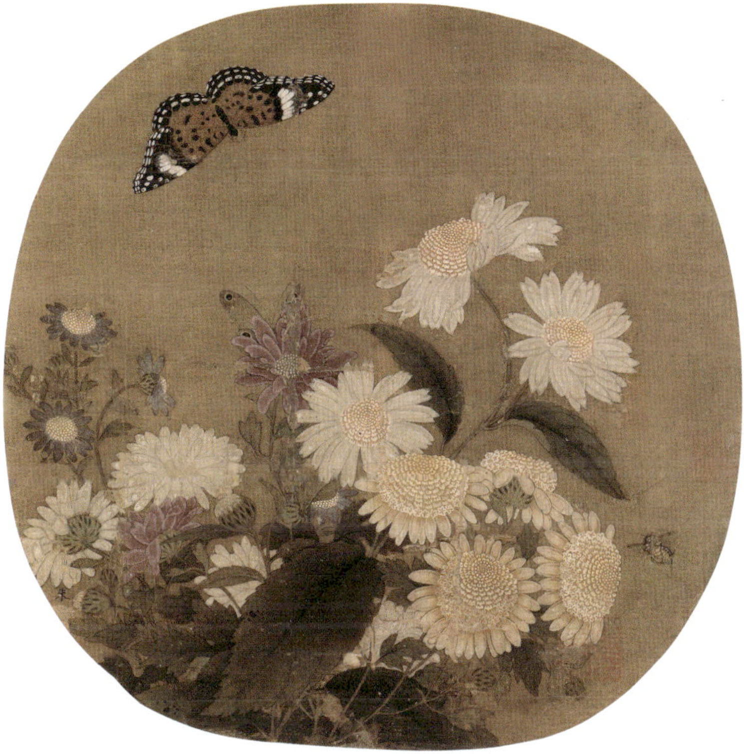

# 归 去 来

初过元宵三五。慵困春情绪。灯月阑珊嬉游处。游人尽、厌欢聚。

凭仗如花女。持杯谢、酒朋诗侣。余酲更不禁香醑❶。歌筵罢、且归去。

注释

❶"余酲"句：尚有余醉，禁不起再饮美酒。酲（chéng）：酒醉后神志不清。香醑（xǔ）：醇香美酒。醑，美酒。

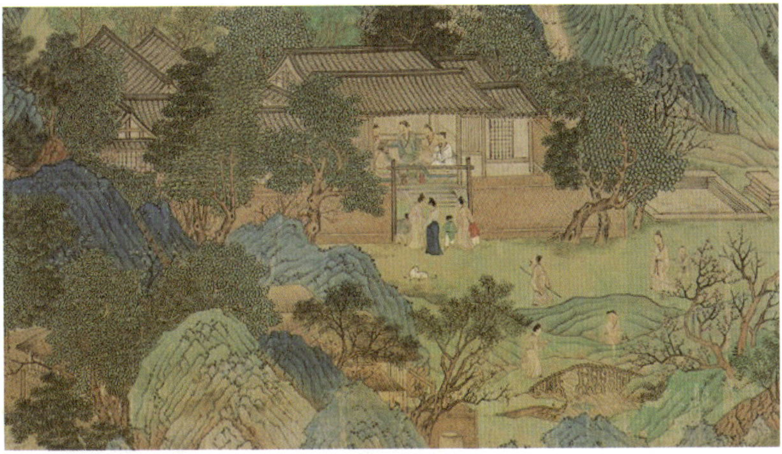

# 诉衷情

一声画角日西曛[1]。催促掩朱门。不堪更倚危阑[2]，肠断已消魂。年渐晚，雁空频[3]。问无因。思心欲碎，愁泪难收，又是黄昏。

## 注释

[1]"一声"句：在日落时分传来一声凄凉的号角。画角：古时军乐器，其声哀厉高亢，闻之令人兴奋，故军中用以警昏晓。曛（xūn）：日落时的余光，黄昏。

[2]危阑：危栏，指栏杆。

[3]雁空频：大雁飞来飞往，却没有带来书信，杳无音信之意。

# 西江月

调笑师师最惯，香香暗地情多。冬冬与我煞脾和，独自窝盘三个❶。

管字下边无分❷，闲字加点如何❸，权将好字自停那❹，奸字中间着我。

## 注释

❶窝盘：这里是狎昵的意思。

❷"管字"句：指无缘官场。管字下边为"官"字。

❸闲字加点：即"闲"字。

❹好字自停那：把"好"字挪开来写，即"女子"二字。那，即挪。

# 少 年 游

　　长安古道马迟迟。高柳乱蝉栖。夕阳岛外，秋风原上，目断四天垂。

　　归云一去无踪迹[1]，何处是前期。狎兴生疏[2]，酒徒萧索，不似去年时。

### 注释

[1] 归云：白云归岫，或仙人驾云归去，这里是喻指与其分别的美女。

[2] 狎兴：此指游赏的心情。

# 少 年 游

世间尤物意中人[1]。轻细好腰身。香帏睡起，发妆酒酽[2]，红脸杏花春[3]。

娇多爱把齐纨扇[4]，和笑掩朱唇。心性温柔，品流闲雅[5]，不称在风尘[6]。

### 注释

[1]尤物：原指特异的人或物，后来专指美人。

[2]酒酽（yàn）：酒浓，酒味很厚。这里用酒醉后泛红的脸，喻指女子脸色红润。酽，味浓或厚。

[3]"红脸"句：指面容红白匀称美丽。

[4]齐纨扇：齐地所产素纨做的扇子。

[5]闲雅：神态安闲温雅。

[6]不称（chèn）：不合，不应该。

# 少 年 游

淡黄衫子郁金裙①。长忆个人人。文谈闲雅，歌喉清丽，举措好精神。

当初为倚深深宠，无个事、爱娇嗔②。想得别来，旧家模样，只是翠蛾颦③。

## 注释

①郁金裙：黄裙。郁金，即郁金香，一般开黄花。

②无个事：没有事情。

③翠蛾：指美女的长眉。

# 少 年 游

　　日高花榭懒梳头。无语倚妆楼。修眉敛黛❶，遥山横翠❷，相对结春愁。

　　王孙走马长楸陌，贪迷恋、少年游。似恁疏狂，费人拘管❸，争似不风流❹。

注释

　　❶修眉敛黛：修长的双眉紧锁，如凝起之黛，形容愁绪。黛：古代画眉的墨。

　　❷遥山横翠：这里指眉容如葱翠的远山。

　　❸拘管：管束，约束。

　　❹争似：怎似。

# 少 年 游

佳人巧笑值千金[1]。当日偶情深[2]。几回饮散，灯残香暖，好事尽鸳衾。

如今万水千山阻，魂杳杳、信沉沉。孤棹烟波[3]，小楼风月，两处一般心。

## 注释

[1] "佳人"句：形容女子笑容美艳动人。汉武帝时李延年曾歌："北方有佳人，绝世而独立。一顾倾人城，再顾倾人国。宁不知倾城与倾国，佳人难再得。"

[2] 偶情：不期而遇的恋情。

[3] 孤棹（zhào）：即孤舟。棹：船桨。

# 燕归梁

织锦裁篇写意深❶。字值千金❷。回披玩一愁吟。肠成结、泪盈襟。

幽欢已散前期远，无憀❸赖、是而今。密凭归雁寄芳音。恐冷落、旧时心。

## 注释

❶"织锦"句：用心构思在精美的笺纸写下深情厚谊。织锦：用织锦回文典。

❷字值千金：形容文字精美难得，这里指文有深情，值得珍惜。《史记·吕不韦传》记载：吕不韦使其客人人著所闻，集论以为八览、六论、十二纪，二十余万言，以为备天地万物古今之事，号《吕氏春秋》。为扩大影响，置之咸阳市门，悬千金其上，悬赏诸侯游士宾客有能增损一字者，即予千金。

❸无憀：即"无聊"，憀，通"聊"。

# 惜春郎

玉肌琼艳新妆饰。好壮观歌席。潘妃宝钏❶，阿娇金屋❷，应也消得❸。

属和新词多俊格❹。敢共我劲敌❺。恨少年、枉费疏狂，不早与伊相识。

## 注释

❶潘妃宝钏：南齐东昏侯妃，名玉儿，性骄奢，穿戴都选极品珍宝，有琥珀钏一只，当时价值一百七十万。

❷阿娇金屋：用汉武帝金屋藏阿娇典故。据载汉武帝曾说"若得阿娇作妇，当作金屋贮之。"

❸消得：抵得上，配得上。

❹俊格：俊逸的格调韵味。

❺劲（qíng）敌：劲敌，强劲的对手。

# 菊 花 新

欲掩香帏论缱绻❶。先敛双蛾愁夜短。催促少年郎，先去睡、鸳衾图暖。

须臾放了残针线。脱罗裳、恣情无限。留取帐前灯，时时待、看伊娇面。

### 注释

❶香帏缱绻：在床帐里欢娱缠绵。

# 浪淘沙令

　　有个人人。飞燕精神❶。急锵环佩上华裀❷。促拍尽随红袖举❸，风柳腰身。

　　簌簌轻裙。妙尽尖新。曲终独立敛香尘。应是西施娇困也，眉黛双颦❹。

## 注释

❶飞燕：即赵飞燕。

❷"急锵"句：踏上舞垫，跳起快节奏的舞步，使得身上的佩环铿锵作响。华裀，华丽的舞垫。

❸促拍：我国古音乐中的一种乐曲，节拍比较急促。

❹"应是"两句：用西施因病敛眉比喻女子跳完一支舞后娇倦之态。《庄子·天运》载："故西施病心而颦（同颦）其里，其里之丑人见而美之，归亦捧其心而颦其里。"

# 木兰花令

　　有个人人<sup>●</sup>真攀羡。问著洋洋回却面<sup>❷</sup>。你若无意向他人，为甚梦中频相见。

　　不如闻早还却愿<sup>❸</sup>。免使牵人虚魂乱。风流肠肚不坚牢，只恐被伊牵引断。

### 注释

　　❶人人：所爱女子昵称。

　　❷洋洋：即"佯佯"，假装之意。回却面：回过头去。却，语助词，无实意，用于动词之后。

　　❸闻早：趁早。

# 归 去 来

　　一夜狂风雨。花英坠、碎红无数。垂杨漫结黄金缕❶。尽春残、萦不住。

　　蝶稀蜂散知何处。殢尊酒❷、转添愁绪。多情不惯相思苦。休惆怅、好归去。

## 注释

❶"垂杨"句：指杨树刚开始发芽，其叶嫩黄，缕缕下垂，如黄金缕缕。

❷殢（tì）尊酒：殢，沉迷醉。尊，即樽。意为沉迷地喝酒。

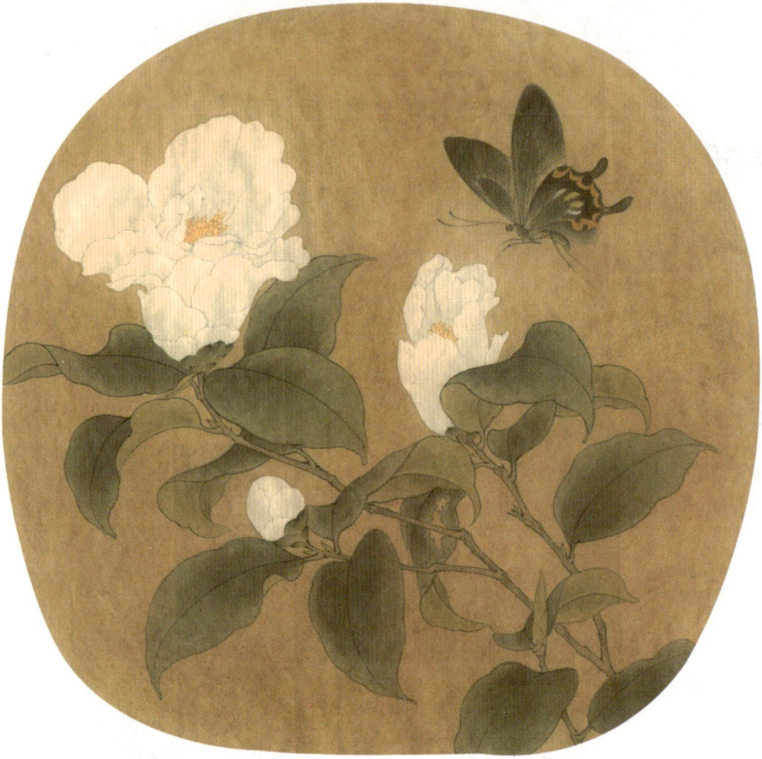

# 梁 州 令

　　梦觉纱窗晓。残灯掩然空照。因思人事苦萦牵❶，离愁别恨，无限何时了。

　　怜深定是心肠小❷。往往成烦恼。一生惆怅情多少。月不长圆，春色易为老。

**注释**

❶人事：这里是指男女相思的情事。

❷心肠小：心思很细，小心眼儿。

# 迎春乐

近来憔悴人惊怪。为别后、相思煞❶。我前生、负你愁烦债❷。便苦恁难开解。

良夜永、牵情无计奈❸。锦被里、余香犹在。怎得依前灯下，恣意怜娇态。

## 注释

❶相思煞：相思得厉害。

❷愁烦债：此指男女之间因相互思念而心情烦闷。

❸无计奈：无可奈何。

# 红窗听

如削肌肤红玉莹。举措有、许多端正❶。二年三岁同鸳寝。表温柔心性。

别后无非良夜永。如何向、名牵利役❷，归期未定。算伊心里，却冤成薄幸❸。

## 注释

❶端正：标致，漂亮。

❷名牵利役：为名利所纠缠，为名利所局限。

❸薄幸：犹言薄情。

# 燕归梁

　　轻蹑罗鞋掩绛绡❶。传音耗、苦相招。语声犹颤不成娇。乍得见、两魂消❷。

　　匆匆草草难留恋，还归去、又无聊。若谐雨夕与云朝❸。得似个、有嚣嚣❹。

## 注释

❶"轻蹑"句：放轻步履，将绛绡衣裳掩起来。这里是描写女子与情人幽会时的小心情状。

❷两魂消：两两魂消，即两人都极为投入以至于消魂。

❸雨夕与云朝：用宋玉《高唐赋》典，指男女欢爱。

❹嚣嚣（xiāo）：自得、不在乎的样子。

# 木兰花

心娘自小能歌舞。举意动容皆济楚❶。解教天上念奴羞❷，不怕掌中飞燕妒❸。

玲珑绣扇花藏语。宛转香茵云衬步❹。王孙若拟赠千金，只在画楼东畔住❺。

**注释**

❶济楚：一般作齐楚，干净整齐的意思。

❷念奴：唐天宝中名妓，唱歌很好听，唐明皇宴请群臣时，遇到万众喧哗，就让高力士请念奴唱歌。歌声一起，众人就安静下来。唐明皇每年幸汤泉，或者巡东都洛阳时，都会派人悄悄地带上念奴。因为念奴曾伴明皇左右，所以这里说是"天上念奴"。

❸掌中飞燕：指舞姿轻盈如赵飞燕。

❹云衬步：一种轻盈的舞步。

❺画楼：此指女子的绣楼。

# 木 兰 花

佳娘捧板花钿簇❶。唱出新声群艳伏❷。金鹅扇掩调累累❸，文杏梁高尘簌簌❹。

鸾吟凤啸清相续❺。管裂弦焦争可逐❻。何当夜召入连昌，飞上九天歌一曲❼。

## 注释

❶花钿簇：花钿丛聚。钿，古代妇女的一种首饰。

❷群艳：众多的美女。艳，此指美艳的女子。

❸"金鹅扇"句：用折扇虚掩不断唱出婉转动听的歌声。金鹅扇：书有精美书法的折扇。晋书法家王羲之喜养鹅，曾替老太婆书写扇面助其销售。调累累：这里指歌声婉转动听。

❹"文杏梁"句：歌声清越振起梁上尘埃。文杏梁：屋梁的美称。司马相如《长门赋》："刻木兰以为舟兮，饰文杏以为梁。"歌声振梁，据载汉代时鲁国的虞公唱歌声音高亢，"发声清哀，拂动梁尘。"

❺鸾吟凤啸：鸾凤鸣叫，这里是形容歌声优美动听。

❻"管裂"句：就算伴奏吹裂笛管用上最好的古琴，也根本够不着与（高亢的歌声）相和。管裂：歌声高到伴奏的笛子都吹裂了。唐开元中有一个女歌手叫许和子，很会唱歌，能变新声。遇高秋朗月，台殿清虚，喉啭一声，响传九陌。唐明皇曾专门召李谟吹曲逐其歌，曲终管裂，其妙如此。弦焦：上佳的古琴。据载汉代蔡邕精通音乐，有一次吴地有人用一段梧桐木烧火煮饭，他从桐木在火中爆裂的声音，知其良木，因请而裁为琴，果有美音，而其尾犹焦，故时人名曰"焦尾琴"。争可逐：怎么可能赶得上（配合得好）。

❼"何当"二句：什么时候有机会进入宫殿，在皇帝面前高歌一曲。据载唐开元中有个女歌手叫念奴，歌声清越动听，唐玄宗曾让高力士请她进宫演唱。"飞上九天歌一声，二十五郎吹管逐"（元稹《连昌宫词》）。连昌：连昌宫，在河南宜阳西，唐高宗置。

# 木兰花

虫娘举措皆温润[1]。每到婆娑偏恃俊[2]。香檀敲缓玉纤迟[3]，画鼓声催莲步紧[4]。

贪为顾盼夸风韵。往往曲终情未尽。坐中年少暗消魂，争问青鸾家远近[5]。

## 注释

[1]举措：举止。

[2]婆娑：形容舞姿曼妙。《诗经·陈风·东门之枌》："子仲之子，婆娑其下。"

[3]香檀：香檀板，即用檀木做的拍板。玉纤，形容美人的手指。

[4]莲步：美人步态。《南史》卷五《废帝东昏侯传》载："凿金为莲华以贴地，令潘妃行其上，曰：'此步步生莲华也。'"

[5]青鸾：青鸟，借指信使。相传西王母有三青鸟，曾使一青鸟送信到汉武帝殿中，然后由两青鸟护送前来。事载《汉武故事》。这里以西王母会武帝，寓与虫娘幽会，以青鸾喻为之暗通消息的侍者。

# 木兰花

酥娘一挪腰肢嫋。回雪萦尘皆尽妙❶。几多狎客看无厌❷，一辈舞童功不到❸。

星眸顾指精神峭❹。罗袖迎风身段小。而今长大懒婆娑❺，只要千金酬一笑。

## 注释

❶回雪萦尘：轻举飘逸的舞姿都是那么的曼妙优美。回雪：形容舞姿旋转飘逸。曹植《洛神赋》描绘仙女舞姿："髣髴兮若轻云之蔽月，飘飘兮若流风之回雪。"萦尘：形容舞姿轻盈。《拾遗记》记载："燕昭王时，广廷国献舞女二人，一名旋娟，一名提嫫，并玉质凝肤，行无迹影，积年不饥。王饮以瑞珉之膏，饴以丹泉之粟。其舞曲一曰《萦尘》，言体轻与尘雾相乱也。"

❷看无厌：看不厌。

❸一辈：一般的，同辈的。

❹星眸：形容目光清澈晶莹，顾盼闪耀如星。

❺长大：此指年龄变大。

# 鹧鸪天

吹破残烟入夜风。一轩明月上帘栊❶。因惊路远人还远，纵得心同寝未同。

情脉脉❷，意忡忡❸。碧云归去认无踪❹。只应曾向前生里，爱把鸳鸯两处笼❺。

## 注释

❶帘栊（lóng）：即帘笼，窗帘或窗牖。泛指门窗上挂的帘子。

❷脉脉：含情欲吐的样子。《古诗十九首·迢迢牵牛星》："盈盈一水间，脉脉不得语。"

❸忡忡：忧愁之状。

❹碧云：青云。这里用宋玉《高唐赋》楚王与巫山神女欢会典，指与所恋女子分别之后，无法再寻其踪迹。

❺鸳鸯两处笼：把鸳鸯放在两个笼子里。喻指将有情人拆散两地，使情人难成眷属的意思。

# 红 窗 迥

　　小园东，花共柳。红紫又一齐开了。引将蜂蝶燕和莺，成阵价、忙忙走❶。

　　花心偏向蜂儿有。莺共燕、吃他拖逗❷。蜂儿却入、花里藏身，胡蝶儿、你且退后。

注释

❶成阵价：组成一阵一阵的样子。价，语助词，无实意。

❷吃他拖逗：被它吸引。他，今写作"它"，指蜂。拖逗，挑逗，逗引。

# 河 传

　　翠深，红浅。愁蛾黛蹙，娇波刀翦❶。奇容妙妓，争逞舞裀歌扇❷。妆光生粉面。

　　坐中醉客风流惯。尊前见。特地惊狂眼。不似少年时节，千金争选。相逢何太晚。

### 注释

❶娇波刀翦：形容眼神娇媚灵动。
❷舞裀（yīn）：舞衣。裀，贴身的衣服。

# 河 传

淮岸，向晚。圆荷向背，芙蓉深浅❶。仙娥画舸❷，露渍红芳交乱。难分花与面❸。

采多渐觉轻船满❹。呼归伴。急桨烟村远。隐隐棹歌❺，渐被蒹葭遮断。曲终人不见❻。

## 注释

❶"圆荷"二句：因荷叶向阳背阳不同，荷花颜色也深浅不一。向背，正面和反面，这里指斜阳下荷花向西的一面和向东的一面。

❷仙娥：这里指采莲女。

❸"露渍"二句：在水面雾气笼罩下，采莲女娇艳的面容与红艳荷花交相映衬，难以区分。露渍，依词意应该是指黄昏时水面的雾气。

❹采多：采了很多莲子。

❺棹歌：即渔歌。

❻"曲终"句：一曲唱罢仍不见人影。这里是描绘采莲女隐身荷花丛中唱渔歌的情景。唐钱起《省试湘灵鼓瑟》诗中有"曲终人不见，江上数峰青"诗句，这里用其成句。

# 凤栖梧

帘下清歌帘外宴。虽爱新声，不见如花面[1]。牙板数敲珠一串[2]，梁尘暗落琉璃盏[3]。

桐树花深孤凤怨[4]。渐遏遥天，不放行云散[5]。坐上少年听不惯。玉山未倒肠先断[6]。

## 注释

[1]如花面：像鲜花一样美艳的脸庞。

[2]牙板：歌女演唱时用来打节拍的小板，用竹、檀木、象牙等制成。

[3]梁尘暗落：歌声高亢，以至振落梁上尘埃。

[4]"桐树"句：描绘歌声凄婉。古人以凤凰为吉祥之鸟，雌雄成双，又常栖梧，故此以桐花孤凤喻失伴孤独。

[5]"渐遏"二句：描绘歌声激越。用响遏行云典。传说上古歌者秦青唱起歌来声振林木，响遏行云。

[6]玉山：古人称男子俊美的仪容。

# 凤栖梧

伫倚危楼风细细[1]，望极春愁[2]，黯黯生天际。草色烟光残照里，无言谁会凭阑意。

拟把疏狂图一醉[3]，对酒当歌[4]，强乐还无味[5]。衣带渐宽终不悔，为伊消得人憔悴。

### 注释

[1] 伫倚：久立。危楼：高楼。

[2] 望极：极目眺望。

[3] 疏狂：放浪狂荡。

[4] 对酒当歌：用曹操《短歌行》"对酒当歌，人生几何？譬如朝露，去日苦多"成句，表达心有所思而借酒浇愁。

[5] 强乐：强装快乐。

# 秋蕊香引

留不得。光阴催促，奈芳兰歇，好花谢，惟顷刻。彩云易散琉璃脆❶，验前事端的❷。

风月夜，几处前踪旧迹。忍思忆。这回望断，永作终天隔。向仙岛，归冥路，两无消息❸。

### 注释

❶"彩云"句：以彩云易散琉璃易碎，喻指美好的事情难以持久。
❷端的：真个。
❸"向仙岛"三句：在天地之间苦苦追寻却找不到。据《杨妃外传》记载，杨贵妃死于安史之乱，后来，唐玄宗极度思念，请方士觅贵妃神魂，方士出天界，没地府，却求之不见。最后终于大海仙山上找到了。这里喻指恋人逝去，无法相见。

# 金蕉叶

厌厌夜饮平阳第❶。添银烛、旋呼佳丽❷。巧笑难禁，艳歌无间声相继。准拟幕天席地❸。

金蕉叶泛金波齐❹，未更阑、已尽狂醉。就中有个风流，暗向灯光底。恼遍两行珠翠❺。

## 注释

❶"厌厌"句：在歌舞场所每夜都畅饮至于沉醉。平阳第，平阳侯的府第。平阳侯喜歌舞，卫子夫是其女歌手，后为武帝的皇后。诗词中常以平阳第指代歌舞之地。

❷银烛：烛的美称。

❸幕天席地：以天为幕以地为席，形象豪饮时的放纵之态。

❹"金蕉叶"句：精美的酒杯盛满名酒。金蕉叶，酒杯名。金波，美酒名。

❺珠翠：珠玉之类妇女饰物，这里代指美人。

# 凤衔杯

　　有美瑶卿能染翰❶。千里寄、小诗长简。想初襞苔笺❷，旋挥翠管红窗畔。渐玉箸、银钩满❸。

　　锦囊收，犀轴卷❹。常珍重、小斋吟玩。更宝若珠玑，置之怀袖时时看。似频见、千娇面。

### 注释

❶瑶卿：依词意当是指所恋女子名，或是对所恋女子的美称。染翰：点染翰墨，指擅长书法。

❷襞（bì），裁纸。苔笺：古时浙江所产的一种笺纸。

❸玉箸、银钩：两种书体。玉箸，小篆体；银钩，草书。

❹"锦囊"二句：以织锦为囊、犀角为轴加以珍藏。

# 凤衔杯

追悔当初孤深愿。经年价、两成幽怨❶。任越水吴山，似屏如障堪游玩。奈独自、慵抬眼。

赏烟花❷，听弦管。图欢笑、转加肠断❸。更时展丹青❹，强拈书信频频看。又争似、亲相见❺。

注释

❶经年价：经年，过了一年，多年。价，语气词，无实意。
❷烟花：春日雾霭迷蒙、繁花似锦的景象。
❸肠断：断肠，本指内心极度悲伤，这里指曲调非常凄怆。
❹丹青：红绿，指点染红色与绿色的书画，此指书信。
❺争似：怎似，怎如。

# 瑞鹧鸪

天将奇艳与寒梅。乍惊繁杏腊前开。暗想花神，巧作江南信[1]，鲜染燕脂细翦裁[2]。

寿阳妆罢无端饮[3]，凌晨酒入香腮。恨听烟坞深中[4]，谁恁吹羌管、逐风来。绛雪纷纷落翠苔[5]。

## 注释

[1] 江南信：作为江南的信使。《荆州记》记载："宋陆凯与范晔善，自江南寄梅花诣长安与晔，并赠诗曰：'折梅逢驿使，寄与陇头人。江南无所有，聊寄一枝春。'"

[2] "鲜染"句：精心细致地点染出比胭脂还红艳的春色。这里描绘开遍红梅的江南美景。燕脂：即燕支，今通作胭脂。

[3] 寿阳妆：即梅花妆，相传为南朝宋武帝女寿阳公主创制的一种发型。《金陵志》："寿阳公主人日卧于含章殿檐下，梅花落公主额上，成五出之华，拂之不去，经二日，洗之，乃落。宫女效之，今称梅花妆。"

[4] 烟坞：飘浮着轻雾的山坞。

[5] 绛雪：这里喻指红梅。

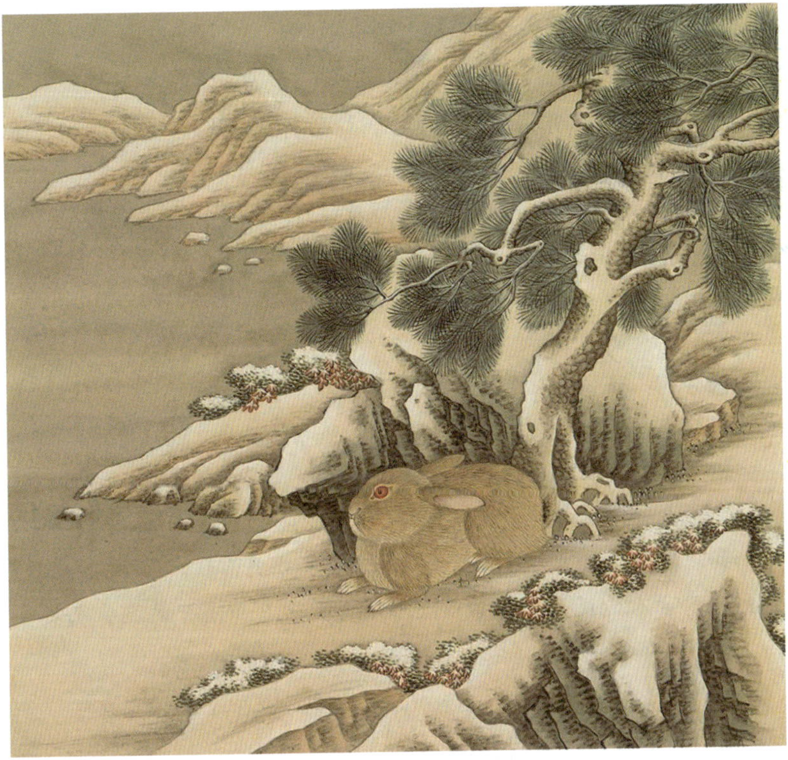

# 看 花 回

　　屈指劳生百岁期[1]。荣瘁相随[2]。利牵名惹逡巡过[3]，奈两轮、玉走金飞[4]。红颜成白发，极品何为[5]。

　　尘事常多雅会稀。忍不开眉。画堂歌管深深处，难忘酒盏花枝[6]。醉乡风景好[7]，携手同归。

## 注释

[1]劳生：劳苦的人生。

[2]荣瘁（cuì）相随：荣辱相伴，穷达相随。瘁，过度劳累。

[3]逡巡：因有所顾忌而不敢向前，这里是因受到牵绊而不顺利的意思。

[4]两轮玉走金飞：日月周天运行不止，岁月前移。两轮，即日轮和月轮。古人传说月中嫦娥仙子养有玉兔，日中有三足乌，又称金乌，这里是用玉走金飞，指日月运转。

[5]极品：官品到了顶级。

[6]酒盏花枝：醇酒和美女。花枝，这里指美女。

[7]醉乡：饮酒沉醉后飘飘然的别样体味。

# 忆 帝 京

　　薄衾小枕天气。乍觉别离滋味。展转数寒更，起了还重睡。毕竟不成眠，一夜长如岁。

　　也拟待、却回征辔[1]。又争奈、已成行计。万种思量，多方开解[2]，只恁寂寞厌厌地。系我一生心，负你千行泪。

## 注释

[1] 征辔：此指出行远游，与出征打仗不同。辔，马缰。

[2] 开解：开导疏解。

# 殢人娇

当日相逢，便有怜才深意。歌筵罢、偶同鸳被。别来光景，看看经岁。昨夜里、方把旧欢重继。

晓月将沉，征骖已备❶。愁肠乱、又还分袂❷。良辰好景，恨浮名牵系。无分得、与你恣情浓睡❸。

## 注释

❶征骖已备：出行的车马已经备好。

❷分袂：离别。

❸恣情：纵情。

# 御街行

前时小饮春庭院。悔放笙歌散。归来中夜酒醺醺，惹起旧愁无限。虽看坠楼换马❶，争奈不是鸳鸯伴。

朦胧暗想如花面。欲梦还惊断。和衣拥被不成眠，一枕万回千转。惟有画梁，新来双燕，彻曙闻长叹❷。

## 注释

❶坠楼换马：坠楼，用绿珠典。《晋书·石崇传》载：石崇有妓名绿珠，美而艳，善吹笛。孙秀使人求之。石崇尽出其婢妾数十人，任孙秀使者挑选。使者称孙秀要的是绿珠。石崇称："绿珠吾所爱，不可得也。"使者劝其三思，石崇竟不许。孙秀为此大怒，纠结党羽陷害石崇。"崇谓绿珠曰：'我今为尔得罪。'绿珠泣曰：'当效死于官前。'因自投于楼下而死。"换马，用鲍生以爱妾换骏马典。《异闻集》："酒徒鲍生多蓄声妓，外弟韦生好乘骏马，各求所好。一日相遇而易所好，乃以女婢善四弦者换紫叱拨（马名）。"

❷彻曙：彻夜，由夜晚到拂晓。

# 佳 人 醉

暮景萧萧雨霁。云淡天高风细。正月华如水。金波银汉❶，潋滟无际❷。冷浸书帏梦断❸，却披衣重起。临轩砌❹。

素光遥指。因念翠蛾❺，杳隔音尘何处，相望同千里。尽凝睇❻。厌厌无寐。渐晓雕阑独倚。

## 注释

❶金波银汉：月亮和银河。金波：月亮。银汉：银河。

❷潋滟：水波荡漾的样子。这里指银河星光闪烁。

❸"冷浸"句：夜里寒冷，书房中难以成眠。冷浸，冷清。书帏，书房。

❹轩砌：轩亭前的台阶。

❺翠蛾：指所思念的女子。

❻凝睇：凝眉，因愁思而蹙眉。

# 西 施

　　苎萝妖艳世难偕[1]。善媚悦君怀。后庭恃宠，尽使绝嫌猜[2]。正恁朝欢暮宴，情未足，早江上兵来。

　　捧心调态军前死[3]，罗绮旋变尘埃[4]。至今想，怨魂无主尚徘徊。夜夜姑苏城外[5]，当时月，但空照荒台[6]。

## 注释

[1] 苎萝：相传西施的家乡在浙江诸暨市南。这里代指西施。

[2] 嫌猜：嫌弃和猜疑。

[3] 捧心调态：因病以手扪胸口之态。《庄子·天运》讲："故西施病心而矉其里，其里之丑人见而美之，归亦捧心而矉其里。"

[4] "罗绮"句：越灭吴后，西施结果如何，有不同的说法。《吴越春秋》说是吴国灭亡，吴人沉西施于江。但《越绝书》讲吴亡后，西施复归范蠡，泛五湖而去。这里采用前一种说法，所以称其"变尘埃"。罗绮：华美的衣服，这里代指穿着华服的西施。

[5] 姑苏城：苏州城。

[6] 荒台：指姑苏台，亦称胥台。相传是吴王为西施所造，因西施已死，故云。

# 两同心

嫩脸修蛾❶，淡匀轻扫❷。最爱学、宫体梳妆❸，偏能做、文人谈笑。绮筵前、舞燕歌云❹，别有轻妙。

饮散玉炉烟袅❺。洞房悄悄。锦帐里、低语偏浓，银烛下、细看俱好。那人人❻，昨夜分明，许伊偕老。

## 注释

❶修蛾：修长的眉毛，是古代美女的妆容。蛾，蛾眉。

❷淡匀轻扫：指女子淡妆。轻轻抹上脂粉，打扮淡雅匀称得体。

❸宫体梳妆：宫中女子的梳妆打扮。古代社会风尚以朝廷为中心，传入社会便成为时尚，所以女子梳妆以宫中式样为时尚。

❹舞燕歌云：轻舞如赵飞燕，歌声遏行云，能歌善舞的意思。相传汉成帝皇后赵飞燕体态轻盈，舞姿美妙。《列子·汤问》载上古时有个叫秦青的人，善于歌唱，抚节悲歌，声振林木，响遏行云。

❺玉炉：玉质香炉。

❻人人：依词意当是对所爱恋女子的昵称。

# 两 同 心

伫立东风，断魂南国❶。花光媚、春醉琼楼，蟾彩迥、夜游香陌❷。忆当时、酒恋花迷，役损词客。

别有眼长腰搦❸。痛怜深惜。鸳会阻、夕雨凄飞，锦书断、暮云凝碧❹。想别来，好景良时，也应相忆。

## 注释

❶"伫立东风"二句：暗用赵师宏遇梅仙故事，表达思恋情人的销魂之情。据《龙城录》载，隋代赵师雄行经罗浮山，于梅林中遇一美人，与之对饮，又有一绿衣童子笑歌戏舞。师雄醉卧醒来，见枝上有翠禽相顾。原来美人便是梅花神，绿衣童子是翠鸟所幻化。后面"忆当时"二句，也是用赵师雄故事。

❷蟾彩：月光。

❸眼长腰搦（nuò）：眼波情长，腰肢细软。搦，握。这里暗用楚王好细腰典，指腰肢纤细。

❹"鸳会"二句：用楚王巫山云雨典和鸿雁传书典，指无法与所恋女子传递消息，无法与之相聚相爱。

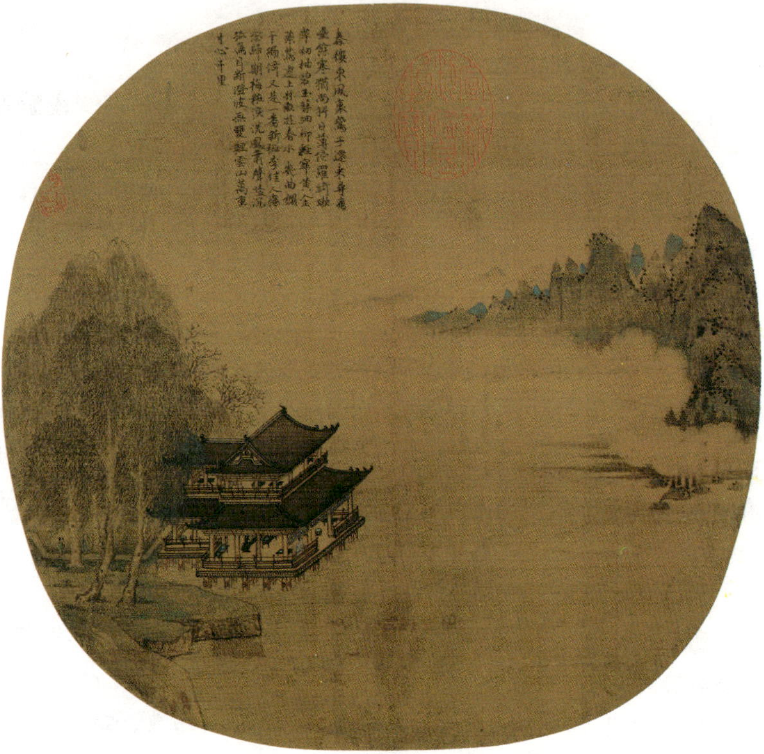

# 隔帘听

咫尺凤衾鸳帐，欲去无因到❶。虾须窣地重门悄❷。认绣履频移❸，洞房杳杳。强语笑。逞如簧、再三轻巧❹。

梳妆早。琵琶闲抱。爱品相思调❺。声声似把芳心告。隔帘听，赢得断肠多少。恁烦恼。除非共伊知道。

## 注释

❶无因到：没有理由去。

❷虾须窣地：虾须门帘垂落地面。虾须：指古时用大海虾须做成的门帘。窣地，猝然垂地。

❸绣履：即绣花鞋。

❹如簧：形容歌喉婉转美听。

❺品：品味。这里指弹奏。

# 荔枝香

甚处寻芳赏翠，归去晚。缓步罗袜生尘[1]，来绕琼筵看。金缕霞衣轻褪[2]，似觉春游倦。遥认，众里盈盈好身段[3]。

拟回首，又伫立、帘帏畔。素脸红眉[4]，时揭盖头微见[5]。笑整金翘[6]，一点芳心在娇眼[7]。王孙空恁肠断[8]。

## 注释

[1] 罗袜生尘：形容美人步态优雅。语出曹植《洛神赋》："凌波微步，罗袜生尘。"

[2] 金缕霞衣：金缕衣轻透如明霞。此泛指服饰精美飘逸。

[3] 盈盈：形容女子仪态娇美。

[4] 红眉：依词意应该是指古代女子的一种眉妆，具体不详。

[5] 盖头：古代妇女用来遮面的方形丝织物，可能相当于现在的围巾。

[6] 金翘：妇女的头饰。

[7] 芳心在娇眼：眉眼传情的意思。

[8] 王孙：贵族子孙，古诗词里常泛指一般青年男子。

# 剔 银 灯

　　何事春工用意①。绣画出、万红千翠。艳杏夭桃②，垂杨芳草，各斗雨膏烟腻③。如斯佳致④。早晚是、读书天气。

　　渐渐园林明媚。便好安排欢计。论槛买花，盈车载酒，百琲千金邀妓⑤。何妨沉醉。有人伴、日高春睡。

## 注释

①春工：春意化物之工，指春天。

②夭桃：妖艳的桃花。

③雨膏烟腻：春雨润物湿滑如膏，烟霭细腻浓密，是江南一带细雨笼物迷蒙之景。

④佳致：美景，美好的景致。

⑤琲（bèi）：古时货币单位，以珠五百枚或十贯为一琲。

# 临江仙引

渡口、向晚❶，乘瘦马、陟平冈❷。西郊又送秋光。对暮山横翠，衬残叶飘黄。凭高念远，素景楚天❸，无处不凄凉。

香闺别无信息，云愁雨恨难忘❹。指帝城归路，但烟水茫茫。凝情望断泪眼，尽日独立斜阳。

## 注释

❶向晚：临晚，黄昏时候。

❷平冈：平原。

❸素景：素秋之景，秋景。

❹云愁雨恨：用宋玉《高唐赋》典，指男女之间相思恋情难以排遣。

# 小镇西犯

　　水乡初禁火❶，青春未老。芳菲满、柳汀烟岛。波际红帏缥缈。尽杯盘小。歌祓禊❷，声声谐楚调❸。

　　路缭绕❹。野桥新市里，花秾妓好。引游人、竞来喧笑。酩酊谁家年少❺。信玉山倒❻。家何处，落日眠芳草。

### 注释

❶初禁火：刚好遇上寒食节。古时有寒食节禁火（也称改火）之制，故云。

❷祓禊（fú xì）：旧俗于水旁灌濯以祓除妖邪，上巳为春禊，后定三月三日为禊辰。

❸楚调：楚地的曲调。汉乐府中收为房中之乐，有《白头吟》《泰山吟》《梁甫吟》等曲目。

❹缭绕：相互缠绕。这里是曲折的意思。

❺酩酊：醉得迷迷糊糊。

❻玉山倒：指醉后洒脱神态。典出《世说新语》"容止第十四"："山公曰：'嵇叔夜之为人也，岩岩若孤松之独立；其醉也，傀俄若玉山之将崩'。"

# 诉衷情近

雨晴气爽，伫立江楼望处。澄明远水生光，重叠暮山耸翠。遥认断桥幽径❶，隐隐渔村，向晚孤烟起❷。

残阳里。脉脉朱阑静倚❸。黯然情绪，未饮先如醉。愁无际。暮云过了，秋光老尽，故人千里。竟日空凝睇❹。

## 注释

❶断桥：桥名，在杭州西湖上，自唐以来已有其名。宋周密《武林旧事·湖山胜概》："断桥，又名段家桥，万柳如云，望如裙带。"这里指远处因为天暮桥身模糊难辨的桥。

❷向晚：临晚，傍晚。

❸朱阑：即朱栏，红漆的栏杆。

❹凝睇：注目远眺。这里指思念远人而出神远眺。

# 小镇西

　　意中有个人，芳颜二八。天然俏、自来奸黠❶。最奇绝，是笑时、媚靥深深，百态千娇，再三偎着，再三香滑。

　　久离缺。夜来魂梦里，尤花殢雪❷。分明似旧家时节。正欢悦。被邻鸡唤起，一场寂寥，无眠向晓，空有半窗残月。

## 注释

❶奸黠：狡猾，这里指聪慧工于心计。

❷尤花殢雪：指男女欢爱。尤、殢，沉迷之意。这里以花拟美人之容，雪状美人之肤。

# 安 公 子

　　长川波潋滟❶。楚乡淮岸迢递❷，一云烟汀雨过，芳草青如染。驱驱携书剑。当此好天好景，自觉多愁多病，行役心情厌❸。

　　望处旷野沈沈❹，暮云黯黯。行侵夜色，又是急桨投村店❺。认去程将近，舟子相呼，遥指渔灯一点。

## 注释

❶潋滟：弥漫相连的样子。

❷"楚乡"句：身处他乡征途漫漫。楚乡淮岸：楚人的家乡淮河的岸边，喻指客旅中的他乡。迢递，遥远。

❸行役：行旅之事。

❹沈沈：同"沉沉"。

❺急桨：加快划船。

# 秋 夜 月

　　当初聚散。便唤作、无由再逢伊面。近日来、不期而会重欢宴。
向尊前、闲暇里，敛著眉儿长叹。惹起旧愁无限。

　　盈盈泪眼。漫向我耳边❶，作万般幽怨。奈你自家心下，有事难
见❷。待信真个，恁别无萦绊❸。不免收心，共伊长远。

## 注释

❶漫向：空向。

❷难见：这里指难以表达。

❸萦绊：牵系，牵挂。

# 过涧歇近

　　酒醒。梦才觉，小阁香炭成煤❶，洞户银蟾移影❷。人寂静。夜永清寒，翠瓦霜凝。疏帘风动，漏声隐隐，飘来转愁听。

　　怎向心绪❸，近日厌厌长似病。风楼咫尺❹，佳期杳无定。展转无眠，粲枕冰冷❺。香虬烟断❻，是谁与把重衾整。

## 注释

❶香炭成煤：熏炉香和暖炉炭都已经烧尽。煤：凝结的烟尘。

❷银蟾：月亮，此指月光。

❸怎向：怎么样。向，语气助词，有加强语气的作用。

❹凤楼：这里代指佳人所居绣楼。

❺粲枕：花纹鲜亮的枕头。

❻香虬：虬形的熏香炉。虬，有角之龙。

# 斗 百 花

　　满搦宫腰纤细❶。年纪方当笄岁❷。刚被风流沾惹❸，与合垂杨双髻❹。初学严妆，如描似削身材，怯雨羞云情意❺。举措多娇媚❻。

　　争奈心性，未会先怜佳婿。长是夜深，不肯便入鸳被，与解罗裳，盈盈背立银釭❼，却道你先睡。

## 注释

❶满搦（nuò）宫腰：腰细到一把可以握住，形容腰纤细。搦，持，拿着。宫腰，即楚腰。因为楚王喜欢细腰，宫中妇女投其所好，饿肚子求腰细，有人竟然饿死。

❷当笄岁：十五岁，古代女子开始簪发。

❸风流沾惹：沾惹上风流事，指萌生男女相恋的感情。

❹垂杨双髻：指绾合双髻后，仍有少量头发下垂如杨柳飘拂。

❺怯雨羞云：羞怯于云雨，意思是对男女欢爱心存羞怯。云雨：即宋玉《高唐赋》巫山神女朝云暮雨典。

❻举措：举止，举动。

❼银釭（gāng）：银灯，灯的美称。釭，灯。

# 鹊桥仙

届征途，携书剑，迢迢匹马东去。惨离怀，嗟少年易分难聚。佳人方恁缱绻❶，便忍分鸳侣。当媚景，算密意幽欢❷，尽成轻负。

此际寸肠万绪❸。惨愁颜、断魂无语。和泪眼、片时几番回顾。伤心脉脉谁诉。但黯然凝伫❹。暮烟寒雨。望秦楼何处❺。

### 注释

❶缱绻：难舍难分。

❷密意幽欢：指男女欢爱。

❸寸肠万绪：心中多种情绪纠结难以排遣。

❹黯然凝伫：黯然神伤的意思。

❺秦楼：本指秦王为其女弄玉夫妇所筑楼宇，此处指所恋女子居处。

# 柳腰轻

　　英英妙舞腰肢软❶。章台柳、昭阳燕❷。锦衣冠盖，绮堂筵会，是处千金争选❸。顾香砌、丝管初调，倚轻风、佩环微颤。

　　乍入霓裳促遍❹。逞盈盈、渐催檀板❺。慢垂霞袖，急趋莲步❻，进退奇容千变。算何止、倾国倾城❼，暂回眸、万人断肠❽。

## 注释

❶英英：依词意当指一舞娘。

❷章台柳、昭阳燕：章台，汉长安街名，是当时妓女聚居处。据载诗人韩翃曾在章台认识妓女柳氏，后来成名，寄诗问候，柳氏复诗感叹年老。二人诗中都以柳喻指女子。昭阳燕，指汉成帝后赵飞燕，身轻善舞。这里用柳氏妓和赵飞燕拟"英英"舞姿美妙轻盈。

❸是处：到处，处处。

❹霓裳促遍：《霓裳羽衣曲》的"促遍"部分。促遍，唐宋时期大曲的一个曲部，以急拍子为主。

❺檀板：檀木拍板。

❻莲步：形容美人步态。

❼倾国倾城：形容美艳绝伦。

❽断肠：本指忧愁不堪，此指倾慕不已，以至内心难以承受。

# 祭天神

叹笑筵歌席轻抛躲❶。背孤城、几舍烟村停画舸❷。更深钓叟归来，数点残灯火。被连绵宿酒醺醺❸，愁无那❹。寂寞拥、重衾卧。

又闻得、行客扁舟过。篷窗近，兰棹急，好梦还惊破。念平生、单栖踪迹，多感情怀，到此厌厌，向晓披衣坐。

## 注释

❶抛躲（duǒ）：即抛躲，抛弃。

❷画舸（gě）：画船，船的美称。舸，大船。

❸连绵宿酒：隔夜酒醉一直未醒。连绵，连续不断，这里是指酒醉一直未醒。

❹无那：无奈。

# 促拍满路花

香靥融春雪❶，翠鬟鬌秋烟❷。楚腰纤细正笄年❸。凤帏夜短❹，偏爱日高眠。起来贪颠耍❺，只恁残却黛眉，不整花钿❻。

有时携手闲坐，偎倚绿窗前。温柔情态尽人怜。画堂春过，悄悄落花天❼。最是娇痴处，尤殢檀郎❽，未敢拆了秋千。

## 注释

❶"香靥"句：形容美人的面容白皙。香靥：面容。

❷"翠鬟"句：形容美人鬟发挽起发髻如秋日堆起的烟峦。鬌：堆积。

❸"楚腰"句：纤细的腰身正值妙龄。楚腰：细腰。笄年：女子簪发的年龄，即十五岁。

❹凤帏：凤帐，床帐的美称。

❺贪颠耍：喜欢嬉戏玩耍。

❻花钿：鲜花状的头饰。

❼落花天：春花飘落的时候，指暮春时节。

❽尤殢檀郎：与所恋男子狎昵嬉玩。檀郎：本指潘安。据载潘安貌美，小字檀奴，因其貌美，为女子所爱，称为檀郎，后诗词中常用来指女子称其所爱。

# 过涧歇近

淮楚。旷望极，千里火云烧空❶，尽日西郊无雨。厌行旅。数幅轻帆旋落，舣棹兼葭浦❷。避畏景❸，两两舟人夜深语。

此际争可❹，便恁奔名竞利去。九衢尘里❺，衣冠冒炎暑❻。回首江乡，月观风亭❼，水边石上，幸有散发披襟处❽。

## 注释

❶火云：指炎热夏日早晚时的红色云朵。

❷舣（yǐ）棹：停棹，停船。舣，停船靠岸。

❸畏景：夏日炎热使人生畏的气候。

❹争可：怎么可以。

❺九衢：本指汉长安城中的九条大道，这里泛指大街。衢，四通之路。

❻衣冠：缙绅，身份高贵的人。这时指热衷名利的人。

❼月观风亭：风月亭观，月下轻风中的楼观台。

❽散发披襟：散开头发，袒露胸怀，形容自在不受约束的神态。

# 柳初新

东郊向晓星杓亚❶。报帝里、春来也。柳抬烟眼❷，花匀露脸❸，渐觉绿娇红姹。妆点层台芳榭。运神功、丹青无价❹。

别有尧阶试罢❺。新郎君、成行如画❻。杏园风细❼，桃花浪暖，竞喜羽迁鳞化❽。遍九陌、相将游冶❾。骤香尘、宝鞍骄马。

## 注 释

❶星杓亚：北斗星斗柄低垂，是将晓时的北斗星象。星杓，北斗的斗柄，代指北斗。

❷烟眼：这里指柳枝新芽细长如眼。

❸露脸：这里指沾有露珠晶莹润泽的花朵。

❹"运神功"句：青帝（司春之神）运兴神功，催生出如画美景。这是妙赞春天万紫千红的景象。

❺尧阶试罢：殿试刚刚结束。旧时进士殿试在春天。

❻新郎君：此指新中殿试的进士们。

❼杏园：据载，古代进士及第，相集杏园初宴，谓之探花宴，宴席间会派两个年轻俊美的人作为探花使，遍游名园折花。

❽羽迁鳞化：中了进士后身份有了巨大的变化。羽迁，即羽化，指道士成仙，平步青云，若生羽翼。鳞化，鱼化为龙。

❾九陌：这里指北宋汴京城里的大道。汉长安街中有八街九陌。

# 甘 州 令

冻云深❶，淑气浅❷，寒欺绿野❸。轻雪伴、早梅飘谢。艳阳天、正明媚，却成潇洒❹。玉人歌，画楼酒，对此景、骤增高价。

卖花巷陌，放灯台榭。好时节、怎生轻舍❺。赖和风，荡霁霭❻，廓清良夜。玉尘铺❼，桂华满❽，素光里、更堪游冶。

## 注释

❶冻云：下雪前凝聚的阴云。

❷淑气：温和之气。

❸寒欺绿野：碧绿的原野上布满寒气。

❹潇洒：此指天气晴朗。

❺"怎生"句：怎么可能轻易放下。

❻霁霭：天刚放晴时的轻雾。

❼玉尘铺：形容月光如玉屑飘洒满宇。

❽桂华：指月光。古代相传月中有桂树，故称。

# 迷仙引

才过笄年❶，初绾云鬟❷，便学歌舞。席上尊前，王孙随分相许❸。算等闲、酬一笑❹，便千金慵觑❺。常只恐、容易蕣华偷换❻，光阴虚度。

已受君恩顾。好与花为主。万里丹霄，何妨携手同归去❼。永弃却、烟花伴侣。免教人见妾，朝云暮雨❽。

## 注释

❶笄年：簪发的年龄，即十五岁。

❷初绾云鬟：刚绾结起高高耸起的发式。古时女子未成年时发下垂，成年后则绾结起来。

❸随分：照例。

❹等闲：随便。

❺千金慵觑：抛掷千金（博取一笑）连看都不看一眼。慵，懒得，不愿意。觑，看。

❻蕣华：美好的容华，喻指美好年华。

❼"万里"二句：用萧史弄玉夫妇成仙飞升故事，喻指词人与所恋女子愿长相厮守之意。

❽朝云暮雨：用楚王与神女欢会典故，本指男女欢会，但这里翻进一层，既有原意，又转而含有朝三暮四，用情不专的意思。

# 卜算子

江枫渐老，汀蕙半凋，满目败红衰翠。楚客登临❶，正是暮秋天气。引疏砧、断续残阳里❷。对晚景、伤怀念远，新愁旧恨相继。

脉脉人千里❸。念两处风情，万重烟水。雨歇天高，望断翠峰十二❹。尽无言、谁会凭高意。纵写得、离肠万种，奈归云谁寄❺。

## 注释

❶楚客：指汉末诗人王粲。王粲避乱往荆州依刘表，不为重用，思念故乡，登荆州当阳城楼，作《登楼赋》，表达思乡之情。

❷疏砧：稀疏的捣衣声。砧，捣衣石。

❸人千里：形容相隔遥远。

❹翠峰十二：指巫山十二峰，此处当是泛指。

❺归云：即归心。古人以常以白云归岫喻归乡心情，此处因登高望远，故以归云喻归心。

# 雪梅香

景萧索，危楼独立面晴空。动悲秋情绪，当时宋玉应同❶。渔市孤烟袅寒碧，水村残叶舞愁红。楚天阔，浪浸斜阳，千里溶溶。

临风。想佳丽，别后愁颜，镇敛眉峰❷。可惜当年，顿乖雨迹云踪❸。雅态妍姿正欢洽，落花流水忽西东。无悰恨❹，相思意，尽分付征鸿❺。

## 注释

❶ "动悲秋"二句：宋玉《九辩》首句为："悲哉，秋之为气也！"后人常将悲秋情绪与宋玉相联系。宋玉，战国时人，辞赋家。

❷ 镇敛眉峰：双眉紧锁的样子。

❸ 雨迹云踪：男女欢爱。宋玉《高唐赋》中写楚王与巫山神女欢会，神女称自己"旦为朝云，暮为行雨"。

❹ 无悰（liáo）：无聊。

❺ 分付征鸿：托付给征鸿，即凭书信相互问候。古时有鸿雁传说的故事，故以征鸿代书信。

# 留客住

　　偶登眺。凭小阑、艳阳时节，乍晴天气，是处闲花芳草。遥山万叠云散，涨海千里[1]，潮平波浩渺。烟村院落，是谁家绿树，数声啼鸟。

　　旅情悄。远信沉沉，离魂杳杳[2]。对景伤怀，度日无言谁表[3]。惆怅旧欢何处，后约难凭，看看春又老。盈盈泪眼，望仙乡[4]，隐隐断霞残照。

### 注释

[1]涨海：涨潮使海面变宽。
[2]离魂杳杳：此指四处漂泊，情无所依。
[3]谁表：向谁倾诉。
[4]仙乡：此指所恋女子居住。

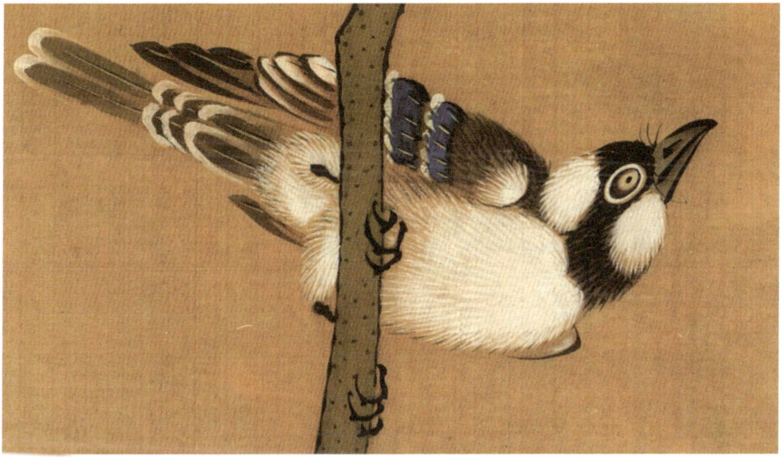

# 梦还京

夜来匆匆饮散，欹枕背灯睡。酒力全轻[1]，醉魂易醒，风揭帘栊[2]，梦断披衣重起。悄无寐。

追悔当初，绣阁话别太容易[3]。日许时、犹阻归计[4]。甚况味。旅馆虚度残岁[5]。想娇媚。那里独守鸳帏静[6]。永漏迢迢[7]，也应暗同此意。

### 注释

[1] 全轻：此指酒劲不足，没有沉醉的意思。

[2] 帘栊（lóng）：泛指门窗的帘子。

[3] 容易：这里是轻率、草率的意思。

[4] 日许时：宋时口语，许多时的意思。

[5] 残岁：剩余的时光。

[6] 鸳帏：绣有鸳鸯的床帐，暗含男女恩爱的意思。

[7] 永漏：永不停歇的更漏之声，寓长夜难眠的意思。

# 应天长

　　残蝉渐绝。傍碧砌修梧[1]，败叶微脱。风露凄清，正是登高时节[2]。东篱霜乍结。绽金蕊、嫩香堪折[3]。聚宴处，落帽风流[4]，未饶前哲。

　　把酒与君说。恁好景佳辰，怎忍虚设。休效牛山，空对江天凝咽[5]。尘劳无暂歇[6]。遇良会、剩偷欢悦。歌声阕。杯兴方浓，莫便中辍。

## 注释

[1] 碧砌修梧：碧琉璃的院墙长满高大的梧桐，是古代大户人家的院落建筑。

[2] 登高时节：登高节，即重阳节。古时有重阳登高饮酒，妇人带茱萸囊的习俗。

[3] 金蕊：金黄色的花蕊，此指菊花。

[4] 落帽风流：风流洒脱的样子。用孟嘉登高落帽典。《晋书》记载，孟嘉在九月九日跟桓温一起在龙山宴会，僚佐毕集。一阵风把孟嘉的帽子吹掉了，他没感觉到。桓温让身边的人不要提醒他。等孟嘉上厕所回来，桓温让人把帽子捡起来，还让人写了一篇嘲讽的文章，一起放在他的桌子上。孟嘉回来看到了，写下一篇精美的回复文章，大家都很惊叹他的才华。

[5] "休效"二句：不必只是唉声叹气而无所作用。据《晏子春秋》记载："景公游于牛山，北临其国城而流涕曰：'若何滂滂去此而死乎？'艾孔、梁丘据皆从而泣，晏子独笑于旁。"牛山，在山东临淄南。

[6] 尘劳：尘世间的劳苦。

# 受 恩 深

雅致装庭宇。黄花开淡泞①。细香明艳尽天与②。助秀色堪餐③，向晓自有真珠露④。刚被金钱妒⑤。拟买断秋天，容易独步。

粉蝶无情蜂已去。要上金尊，惟有诗人曾许。待宴赏重阳，恁时尽把芳心吐。陶令轻回顾⑥。免憔悴东篱，冷烟寒雨⑦。

## 注释

①黄花开淡泞（nìng）：菊花开得十分淡雅。黄花：菊花。淡泞：淡泊，这里是淡雅的意思。

②天与：上天赐予，天生的意思。

③秀色堪餐：即秀色可餐，形容妇女美貌。

④向晓：临晓，将近拂晓。

⑤金钱：花名，又名驴儿草、百叶草，学名旋复花，为菊科植物，有小毒。

⑥陶令：陶渊明，曾任彭泽令。

⑦"免憔悴"二句：陶渊明有诗"采菊东篱下，悠然见南山"，抒写隐逸自得情趣。这里隐含陶渊明诗意，避免（菊花）被冷烟寒雨摧残之后，面对东篱残败景象独自憔悴。

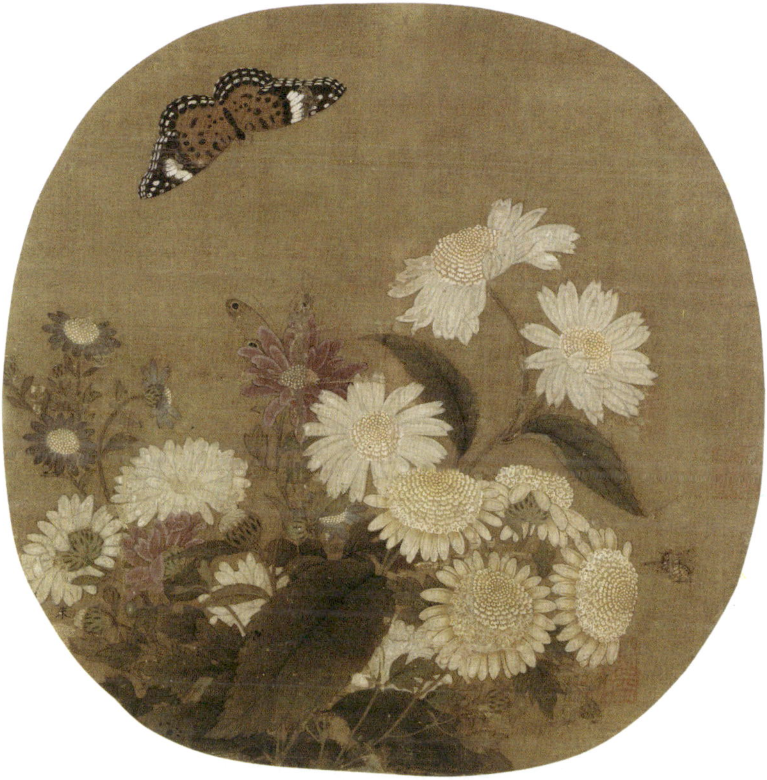

# 六么令

　　淡烟残照，摇曳溪光碧。溪边浅桃深杏，迤逦染春色❶。昨夜扁舟泊处，枕底当滩碛❷。波声渔笛。惊回好梦，梦里欲归归不得。

　　展转翻成无寐，因此伤行役。思念多媚多娇，咫尺千山隔。都为深情密爱，不忍轻离拆。好天良夕。鸳帏寂寞，算得也应暗相忆。

注释

❶迤逦：曲折连绵的样子。
❷"枕底"句：睡在船上，枕波而眠。滩碛：沙滩。

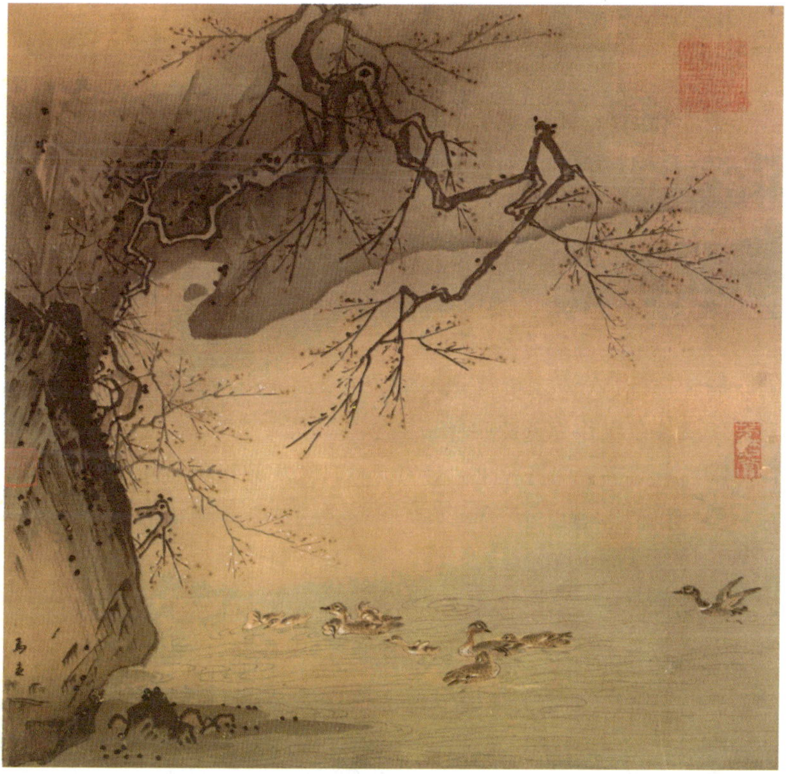
馬遠

# 鹤 冲 天

黄金榜上[1]。偶失龙头望[2]。明代暂遗贤，如何向[3]。未遂风云便[4]，争不恣狂荡[5]。何须论得丧。才子词人，自是白衣卿相[6]。

烟花巷陌[7]，依约丹青屏障[8]。幸有意中人，堪寻访。且恁偎红翠，风流事、平生畅。青春都一饷[9]。忍把浮名[10]，换了浅斟低唱。

## 注释

[1]黄金榜：古代公布考试及第者名单的布告，因是朝廷所为，故用黄纸放榜，故称黄金榜。

[2]失龙头望：没有考中。唐宋时称科考及第的状元为龙头。

[3]"明代"二句：依词之平仄倒装，意思是圣明的时代怎么会暂时遗贤（没有选中有才之人）呢？向，语助词，无实意。

[4]风云：风云际会，古人以为龙从云，风从虎，风云际会也就是龙虎相得，又以天子为龙，辅弼将领为虎，故以风云际会指君臣相得、彼此信任。

[5]争不：怎不。

[6]白衣卿相：布衣卿相，即没有卿相头衔的卿相。《唐摭言》："进士科始于隋大业，盛于贞观。不由进士者谓之白衣公卿。"

[7]烟花：指妓女。

[8]丹青屏障：画着彩色图案的屏风。

[9]一饷：一会儿，形容时间很短。

[10]浮名：此处指尘世功名。

# 采莲令

月华收，云淡霜天曙。西征客、此时情苦❶。翠娥执手送临歧❷，轧轧开朱户❸。千娇面、盈盈伫立，无言有泪，断肠争忍回顾❹。

一叶兰舟，便恁急桨凌波去❺。贪行色、岂知离绪。万般方寸❻，但饮恨，脉脉同谁语。更回首、重城不见❼，寒江天外，隐隐两三烟树。

### 注释

❶西征客：即离别，喻自己为旅客。

❷临歧：来到道路分岔处，古人送别多在岔路口道别，然后该走的走，该回的回，各走不同的道路。

❸轧轧：象声词，门轴转动的声音。

❹争忍：怎忍。

❺凌波：形容女子步履轻盈，这里形容船桨划水轻盈的样子。

❻方寸：指心，这里指心绪，心情。因为心仅方寸之地，故称。

❼重城：宫城，都城。我国古代城市为御敌需要，往往在外城墙内再筑内城，故称重城。

# 八六子

如花貌。当来便约❶，永结同心偕老❷。为妙年、俊格聪明，凌厉多方怜爱❸，何期养成心性近，元来都不相表❹。渐作分飞计料。

稍觉因情难供，恁䐉恼❺。争克罢同欢笑❻。已是断弦尤续❼，覆水难收❽，常向人前诵谈，空遣时传音耗。漫悔懊❾。此事何时坏了。

## 注释

❶当来：当面。

❷永结同心：永远结为同心，古时男女表示恋情的词句。

❸凌厉：明捷利索。

❹元来：原来。

❺䐉（jí）恼：特别烦恼，烦死了。䐉，同急。

❻争克罢：怎能罢。

❼断弦尤续：古人以琴瑟和谐喻夫妻和睦，以断弦喻指丧妻。这里喻指一方情爱断绝，另一方犹不能已。

❽覆水难收：倒出去的水再也收不回来，喻指事成定局，不可挽回。据《类林》记载：西周太公望曾娶马氏妻，后马氏离去。等到太公助西周得天下，"及封齐，东就国，道遇妇，泣。问之，其前妻也，再拜求合。公取盆水倾地，令收之，惟少泥。太公曰：'若能离更合？覆水定难收。'"

❾漫悔懊：空懊恼，莫名其妙地后悔。

# 法曲献仙音

追想秦楼心事，当年便约，于飞比翼❶。每恨临歧处❷，正携手、翻成云雨离拆❸。念倚玉偎香，前事顿轻掷。

惯怜惜。饶心性，镇厌厌多病❹，柳腰花态娇无力。早是乍清减，别后忍教愁寂。记取盟言，少孜煎、腼好将息❺。遇佳景、临风对月，事须时恁相忆。

## 注释

❶于飞：一起飞翔，喻夫妻和睦。

❷临歧处：分手处，分别的地方。

❸云雨离拆：指拆散相爱的男女。云雨，用宋玉《高唐赋》巫山神女与楚王欢会典。

❹镇厌厌：整日无精打采。

❺"少孜煎"句：少一些愁闷，好好休息。孜煎：熬煎，愁闷。腼好将息：好好休息调养。腼：应是当时"真"的方言口语。

# 驻马听

　　凤枕鸾帷。二三载，如鱼似水相知。良天好景，深怜多爱，无非尽意依随。奈何伊。恣性灵、忒煞些儿❶。无事孜煎❷，万回千度，怎忍分离。

　　而今渐行渐远，渐觉虽悔难追。漫恁寄消息，终久奚为❸。也拟重论缱绻❹，争奈翻覆思维❺。纵再会，只恐恩情，难似当时。

### 注释

❶忒煞些儿：放纵性情太过。忒煞，太过分。些儿，少许，一点点。

❷孜煎：愁苦，烦闷，受煎熬。

❸终久奚为：到头来都无所作为、没有办法。

❹重论缱绻：（男女）再次和好。缱绻：难舍难分。

❺思维：思考，盘算。

# 夏云峰

宴堂深。轩楹雨，轻压暑气低沉。花洞彩舟泛斝❶，坐绕清浔❷。楚台风快❸，湘簟冷、永日披襟。坐久觉、疏弦脆管，时换新音。

越娥兰态蕙心❹。逞妖艳、昵欢邀宠难禁。筵上笑歌间发，舄履交侵❺。醉乡深处❻，须尽兴、满酌高吟。向此免、名缰利锁❼，虚费光阴。

### 注释

❶泛斝（jiǎ）：即曲水流觞的意思。斝，古代一种盛酒的器皿。

❷清浔（xún）：清澈的水边。浔，水边。

❸"楚台"二句：用宋玉《风赋》典，这里指水边吹起一阵大风。战国宋玉《风赋》："楚襄王游于兰台之宫，宋玉、景差侍，有风飒然而至，王乃披襟而当之，曰：'快哉此风！寡人所与庶人共者耶？'宋玉对曰：'此独大王之风耳，庶人安得而共之。'"

❹"越娥"句：越娥：越地的美女，这里泛指美女。兰态蕙心：姿容姣美，内心聪慧。

❺"舄（xì）履"句：鞋子与鞋子混杂在一起。舄，鞋子。

❻醉乡：饮酒沉醉之后，似乎进入到另外一种状态，沉湎饮酒者，称之为醉乡。

❼名缰利锁：名如缰，利如锁，意思是为名利所拘不能自拔。

# 满江红

暮雨初收，长川静、征帆夜落。临岛屿、蓼烟疏淡[1]，苇风萧索。几许渔人飞短艇，尽载灯火归村落。遣行客、当此念回程，伤漂泊。

桐江好[2]，烟漠漠。波似染，山如削。绕严陵滩畔[3]，鹭飞鱼跃。游宦区区成底事[4]，平生况有云泉约[5]。归去来、一曲仲宣吟，从军乐[6]。

### 注释

[1] 蓼烟：蓼花上笼罩着雾霭。

[2] 桐江：在浙江桐庐境内。

[3] 严陵滩：即严陵濑，在浙江桐庐县境。

[4] 底事：何事。

[5] 云泉约：与云泉相约，寄情山水的意思。

[6] "归去来"两句：用陶渊明的思归和王粲的从军伤感，表达对背井离乡、羁旅宦游的倦怠之情。晋陶渊明有《归去来兮辞》："归去来兮，田园将芜，胡不归。"仲宣：三国文士王粲，字仲宣。王粲为建安七子之一，其《登楼赋》云："虽信美而非吾土兮，何曾足以少留？"王粲后来为曹操作用，随其征吴，作《从军诗》五首，其第一首咏："从军有苦乐，但问所从谁。"

# 满江红

访雨寻云①，无非是、奇容艳色。就中有、天真妖丽，自然标格②。恶发姿颜欢喜面③，细追想处皆堪惜。自别后、幽怨与闲愁，成堆积。

鳞鸿阻④，无信息。梦魂断，难寻觅。尽思量，休又怎生休得。谁恁多情凭向道⑤，纵来相见且相忆。便不成、常遣似如今，轻抛掷。

## 注释

①访雨寻云：用巫山神女与楚王欢会典，指寻求美艳女子。战国宋玉《高唐赋》载：楚王游高唐，梦与神女欢会，临别时神女云："妾在巫山之阳，高丘之阻。旦为朝云，暮为行雨。朝朝暮暮，阳台之下。"

②标格：标致风范，这里指身姿姣好。

③恶发姿颜：娇嗔的容貌。恶发，宋代俗称发怒为恶发。

④鳞鸿阻：音信阻隔难通。古时有鱼雁传书之说，故云。

⑤向道：爱道，爱说。

# 满江红

匹马驱驱，摇征辔、溪边谷畔。望斜日西照，渐沉山半。两两栖禽归去急，对人相并声相唤。似笑我、独自向长途，离魂乱。

中心事，多伤感。人是宿①，前村馆。想鸳衾今夜，共他谁暖。惟有枕前相思泪，背灯弹了依前满。怎忘得、香阁共伊时，嫌更短②。

### 注释

① 人是宿：把自己寄宿下来。
② 嫌更短：嫌夜里的时间太短。更：古时将一夜分成五更。

# ❧ 如 鱼 水 ❧

　　轻霭浮空，乱峰倒影，潋滟十里银塘❶。绕岸垂杨。红楼朱阁相望。芰荷香❷。双双戏、鸂鶒鸳鸯❸。乍雨过、兰芷汀洲，望中依约似潇湘❹。

　　风淡淡，水茫茫。动一片晴光。画舫相将❺。盈盈红粉清商❻。紫薇郎❼。修禊饮、且乐仙乡❽。更归去，遍历銮坡凤沼❾，此景也难忘。

## 注释

❶银塘：波光粼粼的钱塘江。这里借指西湖。

❷芰荷：菱角和荷花，两种水生植物都是叶覆水面，故一般连用以指荷花。

❸鸂鶒（xī chì）：一种水鸟，似鸳鸯而稍大，羽毛有五彩而多紫色，故又名紫鸳鸯。

❹潇湘：潇水和湘水的合称，此处指潇湘合流之处即湖南零陵一带的美景。

❺相将：相与，相连属的状态。

❻红粉清商：美艳少女唱着清商之曲。红粉：指少女，歌女。清商：清商三调，古代的乐曲。这里泛指歌曲。

❼紫薇郎：本作紫微郎，即中书郎，全称为中书侍郎，为中书令之副手。

❽禊（xì）饮：被禊之后的宴集。旧俗于水旁灌濯以祓除妖邪，上巳为春禊，后定三月三日为禊辰，禊后之宴为禊饮。

❾銮坡凤沼：指翰林院与中书省。銮坡，即金銮坡。凤沼，即凤凰池。

# 如鱼水

　　帝里疏散❶，数载酒萦花系❷，九陌狂游。良景对珍筵恼，佳人自有风流。劝琼瓯❸。绛唇启、歌发清幽。被举措、艺足才高，在处别得艳姬留❹。

　　浮名利，拟拚休❺。是非莫挂心头。富贵岂由人，时会高志须酬❻。莫闲愁。共绿蚁、红粉相尤❼。向绣幄，醉倚芳姿睡❽。算除此外何求。

## 注释

❶帝里：此指北宋都城汴京。

❷酒萦花系：被花和酒纠缠，指迷恋醇酒和美人。

❸琼瓯：玉质酒杯。这里代指酒。

❹在处：处处。

❺拚（pàn）休：放弃，不再努力。

❻时会：时运。

❼绿蚁：古代美酒名。

❽芳姿：美好的姿态，代指美女。

# 昼夜乐

秀香家住桃花径①。算神仙、才堪并。层波细翦明眸②，腻玉圆搓素颈。爱把歌喉当筵逞。遏天边，乱云愁凝③。言语似娇莺，一声声堪听。

洞房饮散帘帷静。拥香衾、欢心称。金炉麝袅青烟④，凤帐烛摇红影。无限狂心乘酒兴。这欢娱、渐入嘉景⑤。犹自怨邻鸡，道秋宵不永⑥。

## 注释

❶秀香：依词意当为歌妓名，具体不详。

❷"层波"句：形容眼波顾盼多情。明眸，明亮的眼神。

❸"遏天边"二句：用响遏行云典，形容歌声嘹亮高亢。

❹金炉麝袅青烟：铜质香炉里香烟袅袅。麝，指麝香。

❺嘉景：美好的境界，这里指男女欢娱的忘情之境。

❻"犹自"二句：用《诗经·郑风》"女曰鸡鸣"诗意，寓欢娱不能尽兴的意思。

# 阳台路

楚天晚。坠冷枫败叶，疏红零乱。冒征尘、匹马驱驱，愁见水遥山远。追念少年时，正恁凤帏，倚香偎暖。嬉游惯。又岂知、前欢云雨分散[1]。

此际空劳回首，望帝里、难收泪眼。暮烟衰草，算暗锁、路歧无限[2]。今宵又、依前寄宿，甚处苇村山馆。寒灯畔。夜厌厌、凭何消遣[3]。

## 注释

[1]云雨分散：相恋男女分隔离去。用宋玉《高唐赋》典。

[2]"算暗锁"句：暗自料想别离之后征途漫漫的孤苦。路歧：即歧路。

[3]夜厌厌：这里指长夜孤独的无聊情状。《诗经·小雅·湛露》："厌厌夜饮，不醉无归。"

# 临江仙

梦觉小庭院，冷风渐渐，疏雨潇潇。绮窗外，秋声败叶狂飘。心摇。奈寒漏永❶，孤帏悄，泪烛空烧❷。无端处❸，是绣衾鸳枕，闲过清宵❹。

萧条。牵情系恨，争向年少偏饶❺。觉新来、憔悴旧日风标❻。魂消。念欢娱事，烟波阻、后约方遥。还经岁，问怎生禁得❼，如许无聊。

## 注释

❶寒漏永：寒夜当中的滴漏声显得迟缓。漏永·滴漏声空旷漫长。

❷泪烛：蜡烛，因燃蜡熔化下淋如泪，故称。

❸无端：无缘由，无缘无故。

❹清宵：清冷孤寒的夜晚。

❺争向：怎么会，怎么样。向，语气词，起加重语气的作用。

❻风标：风姿。

❼怎生：怎么，如何。

# 八声甘州

对潇潇、暮雨洒江天,一番洗清秋。渐霜风凄紧,关河冷落,残照当楼。是处红衰翠减❶,苒苒物华休❷。惟有长江水,无语东流。

不忍登高临远,望故乡渺邈❸,归思难收。叹年来踪迹,何事苦淹留❹。想佳人、妆楼颙望❺,误几回、天际识归舟。争知我、倚阑干处,正恁凝愁❻。

## 注释

❶"是处"句:到处都是衰败之景。是处:到处,处处。红衰翠减:花残叶败。语本李商隐《赠荷花》诗:"此荷此叶常相映,翠减红衰愁煞人。"

❷苒苒(rǎn):渐渐。

❸渺邈:遥远。

❹淹留:滞留、停留。

❺颙(yóng)望:仰望、企望。

❻凝愁:愁情萦怀不解,深愁。

# 迷神引

　　一叶扁舟轻帆卷。暂泊楚江南岸。孤城暮角，引胡笳怨[1]。水茫茫，平沙雁、旋惊散。烟敛寒林簇，画屏展。天际遥山小，黛眉浅[2]。旧赏轻抛，到此成游宦[3]。觉客程劳[4]，年光晚。异乡风物，忍萧索、当愁眼。帝城赊[5]，秦楼阻[6]，旅魂乱。芳草连空阔，残照满。佳人无消息，断云远[7]。

## 注释

[1] 胡笳：古代胡人卷芦叶而吹，汉人称之为胡笳，其声哀怨。

[2] 黛眉浅：喻指远山淡雅如浅妆之眉。

[3] 游宦：为谋取仕宦而四处奔波。

[4] 客程：旅程，旅途。

[5] 帝城赊：帝城遥远。帝城，这里指北宋都城汴京。

[6] 秦楼：本指秦穆公为其女弄玉夫妇所筑之楼，这里代指所恋女子所居绣楼。

[7] 断云：指与所恋女子失去联系。这里以云代所恋之女子。

# 塞 孤

　　一声鸡，又报残更歇。秣马巾车催发❶。草草主人灯下别。山路险，新霜滑。瑶珂响、起栖乌❷，金镫冷、敲残月❸。渐西风紧，襟袖凄洌。

　　遥指白玉京❹，望断黄金阙。远道何时行彻❺。算得佳人凝恨切。应念念，归时节。相见了、执柔荑❻，幽会处、偎香雪❼。免鸳衾、两恁虚设。

## 注释

❶"秣马"句：这里指做骑马远行的准备。秣马：用食料喂马。秣，马料。巾车，用玉金、象革等装饰车子。

❷"瑶珂"句：马铃声惊起夜栖的乌鸦。瑶珂：马络头上的玉饰物。栖乌：夜栖的乌鸦。

❸金镫：饰金的马镫，马镫的美称。

❹白玉京：与下一句的"黄金阙"，都是指仙人所居宫殿。《五星经》载："天上有白玉京、黄金阙。"这里借指所恋美人的居处。

❺行彻：走完，不再前行，即不用再漂泊的意思。

❻柔荑：指美人的手。《诗经·卫风·硕人》："手如柔荑，肤如凝脂。"

❼香雪：形容美人白皙的肌肤。

# 黄莺儿

园林晴昼春谁主。暖律潜催❶，幽谷暄和❷，黄鹂翩翩，乍迁芳树。观露湿缕金衣❸，叶映如簧语❹。晓来枝上绵蛮❺，似把芳心、深意低诉。

无据。乍出暖烟来，又趁游蜂去。恣狂踪迹，两两相呼，终朝雾吟风舞。当上苑柳秾时❻，别馆花深处❼，此际海燕偏饶❽，都把韶光与。

## 注释

❶暖律潜催：阳气,按律而动，暗催万物萌生。

❷暄和：暖和。暄，温暖。

❸缕金衣：即金缕衣，以金丝织成的衣服，此或指缀有金饰的衣服。

❹如簧语：喻指黄莺婉转的啼鸣。

❺绵蛮：鸟鸣声。

❻上苑：上林苑，汉武帝禁苑园囿。

❼别馆：偏馆，便馆，此指别殿、偏殿。

❽偏饶：偏偏多出来，偏又增多。

# 锦 堂 春

坠髻慵梳①，愁蛾懒画，心绪是事阑珊②。觉新来憔悴，金缕衣宽。认得这疏狂意下，向人诮譬如闲③。把芳容整顿，恁地轻孤，争忍心安。

依前过了旧约，甚当初赚我，偷翦云鬟④。几时得归来，春阁深关。待伊要、尤云殢雨⑤，缠绣衾、不与同欢。尽更深、款款问伊，今后敢更无端⑥。

## 注释

① 坠髻：古代妇女的一种发式。

② 阑珊：此指心绪不好，情绪不高。

③ 诮譬如闲：就像无事一样地责怪，描绘女子因为相知而毫无顾忌地耍刁使蛮，实则指恋人间的亲密无间。

④ 偷翦云鬟：偷偷剪下一绺头发。古代女子与情人相别，因情无所托，即剪发以赠。云鬟，指女子的头发。

⑤ 尤云殢雨：沉湎于男女欢爱之中。尤、殢，沉湎，沉溺。云雨，用巫山神女与楚王欢会典，指男女欢爱。

⑥ 无端：没来由，无缘无故。

# 定风波

自春来，惨绿愁红，芳心是事可可❶。日上花梢，莺穿柳带，犹压香衾卧。暖酥消，腻云亸❷。终日厌厌倦梳裹。无那❸。恨薄情一去，音书无个。

早知恁么。悔当初、不把雕鞍锁。向鸡窗❹，只与蛮笺象管❺，拘束教吟课。镇相随，莫抛躲。针线闲拈伴伊坐。和我。免使年少，光阴虚过。

## 注释

❶是事可可：对任何事情都不上心。是事：犹事事，凡事。可可：漫不经心。

❷"暖酥"二句：指女子温润酥嫩的肌肤和浓妆的头发。暖酥：此指温润的肌肤。腻云亸（duǒ），此指柔腻浓密的头发。亸，下垂。

❸无那：无奈。

❹鸡窗：书斋的代称。据《幽明录》记载，晋兖州刺史宋处宗，得一长鸣鸡，遂笼于窗前。没想到那只鸡竟能人语，与处宗谈论，颇有见识，处宗因而成为善言者。

❺蛮笺象管：纸笔。蛮笺：指四川益州等地出的好纸。象管：象牙作笔管的毛笔。

# 尾　犯

晴烟羃羃❶。渐东郊芳草，染成轻碧。野塘风暖，游鱼动触，冰澌微坼❷。几行断雁，旋次第、归霜碛。咏新诗，手捻江梅，故人赠我春色❸。

似此光阴催逼。念浮生、不满百❹。虽照人轩冕❺，润屋珠金❻，于身何益。一种劳心力。图利禄，殆非长策。除是恁、点检笙歌，访寻罗绮消得。

### 注释

❶羃（mì）：本为覆食的餐巾，这里是覆盖、笼罩的意思。

❷冰澌（sī）：冰。澌，流动的冰。

❸"咏新诗"三句：用折梅赠远典故，表达手握梅花吟咏着新诗，思念起远方的友人。据载南北朝时陆凯与范晔是好朋友，陆凯从江南给在长安的范晔寄来一枝梅花，并赠诗道："折梅逢驿使，寄与陇头人。江南无所有，聊赠一枝春。"

❹"念浮生"句：人生苦短之慨。《古诗十九首》有"生年不满百，常怀千岁忧"的诗句。

❺轩冕：驾车戴帽，高官显贵的装束。

❻润屋珠金：指享受富贵生活。《礼记·大学》中有"富润屋，德润身"的说法。

# 醉蓬莱

渐亭皋叶下，陇首云飞❶，素秋新霁❷。华阙中天❸，锁葱葱佳气。嫩菊黄深，拒霜红浅❹，近宝阶香砌。玉宇无尘，金茎有露❺，碧天如水。

正值升平，万几多暇❻，夜色澄鲜，漏声迢递。南极星中，有老人呈瑞❼。此际宸游，凤辇何处，度管弦清脆。太液波翻❽，披香帘卷❾，月明风细。

## 注释

❶"渐亭皋"两句：描绘秋日枯叶飘落寒云飞逝的衰败景象。用梁朝柳恽诗"亭皋木叶下，陇首秋云飞"诗意。陇首：本为山名，在关中，这里泛指高山。

❷素秋：秋季，因秋有肃杀之气，万物呈凋萎之态，故称。

❸华阙中天：传说中的神仙宫殿，这里指朝廷宫殿。华阙：相传为西王母所居。中天：相传为周穆王所筑。

❹拒霜：芙蓉的别名。以其艳如荷花，八九月始开，能拒冷霜，故名。

❺金茎有露：夜露沾湿宫中建筑。汉武帝为求长生不老，在宫中建仙人承露巨盘，收集露水饮用。

❻万几：即万机。指皇帝日理万事。

❼老人呈瑞：南极星呈现祥瑞之兆。古人称南极星为老人星，主国运长久，天下长治久安，在秋分时出现在京城南郊。

❽太液：即太液池，汉禁苑中池名，在陕西西安长安区西北。汉武帝营造建章宫，于宫北造大池、渐台，名曰太液池，中有蓬莱、方丈、瀛洲，以象征海中三神山。此借喻宋朝汴京禁苑中的池沼。

❾披香：即披香殿，汉宫殿名，此处借喻宋朝汴京的宫殿。

# 彩 云 归

蘅皋向晚舣轻航[1]。卸云帆、水驿鱼乡。当暮天、霁色如晴画，江练静、皎月飞光[2]。那堪听、远村羌管，引离人断肠。此际浪萍风梗[3]，度岁茫茫。

堪伤。朝欢暮宴，被多情、赋与凄凉。别来最苦，襟袖依约，尚有余香。算得伊、鸳衾凤枕，夜永争不思量。牵情处，惟有临歧[4]，一句难忘。

**注释**

[1] "蘅皋"句：傍晚时分，把船停靠在长满杜衡的水边。蘅皋：长满杜衡的水堤。舣（yǐ）：停船靠岸。轻航：轻舟。

[2] 江练静：如练江水静静流淌。语本南齐谢朓《晚登三山还望京邑》诗："余霞散成绮，澄江静如练。"

[3] 浪萍风梗：浪中之萍，风中之梗，形容行踪无定。

[4] 临歧：分手，分别。

# 安公子

　　远岸收残雨。雨残稍觉江天暮。拾翠汀洲人寂静[1]，立双双鸥鹭。望几点、渔灯隐映蒹葭浦。停画桡、两两舟人语[2]。道去程今夜，遥指前村烟树。

　　游宦成羁旅。短樯吟倚闲凝伫[3]。万水千山迷远近，想乡关何处。自别后、风亭月榭孤欢聚。刚断肠、惹得离情苦。听杜宇声声[4]，劝人不如归去。

### 注释

**[1]拾翠汀洲：** 即汀洲拾翠。这里描写词人日暮岸边泊舟，因为偶然捡拾到妇女头饰而思念远方所爱之人的孤寂。拾翠：据载吴中节日，女子盛装出游，竟有翠翘头饰坠落而不知者。

**[2]画桡：** 有纹饰的船桨，指代船。

**[3]短樯：** 挂帆的船桅。

**[4]杜宇：** 杜鹃，即子规鸟。相传古蜀国望帝失国，其魂魄化为杜鹃，啼声如"不如归去"，声甚悲，暮春时常啼至嘴角流血，犹自不止，颇能动旅人悲情。

# 木兰花慢

拆桐花烂漫[1]，乍疏雨、洗清明。正艳杏烧林，细桃绣野[2]，芳景如屏。倾城。尽寻胜去，骤雕鞍绀幰出郊坰。风暖繁弦脆管，万家竞奏新声[3]。

盈盈。斗草踏青[4]。人艳冶、递逢迎。向路傍往往，遗簪堕珥，珠翠纵横[5]。欢情。对佳丽地，任金罍罄竭玉山倾[6]。拚却明朝永日，画堂一枕春酲[7]。

## 注释

[1] 拆桐花：指桐花绽放。拆，绽裂，开放。

[2] 细桃：黄桃。这里指桃花。据《花谱》载，子叶桃又叫细桃。细，嫩黄色。

[3] "尽寻胜"五句：描写北宋汴京清明时节出游的繁盛之景。《东京梦华录》记载："清明节……都城人出郊，禁中前半月，发宫人车马朝陵，宗室南班近亲，亦分遣诣诸陵坟享祀……亦禁中出车马，诣奉先寺道者院，祀诸宫人坟。莫非金装绀幰，锦额珠帘，绣扇双遮纱笼前导，士庶阗塞诸门。纸马铺皆于当街用纸衮迭成楼阁之状，四野如市，往往就芳树之下，或园囿之间，罗列杯盘，互相劝酬。都城之歌儿舞女，遍满园亭，抵暮而归。"绀幰（gàn xiǎn），红色的车幔。绀，微微显红的黑色。幰，古代车前的帷幔。坰（jiōng），离城市较远的郊野。

[4] 斗草踏青：古代清明节有郊游踏青的习俗。斗草，古代女子间嬉玩的一种游戏。

[5] "向路旁"三句：据记载吴中节日，女子盛装出游，至翠翘头

饰坠落而不知者。这里借指北宋都城女子出游的忘情之状。

　　❻"任金罍（léi）"句：饮酒过量至于沉醉倾倒。罍，古礼器，用以盛酒，可容一石。因木质而饰之以金，又刻云雷之象，故谓之金罍。罄竭：全部倒光。玉山倾：指醉后洒脱神态。典出《世说新语》"容止第十四"："山公曰：嵇叔夜之为人也，岩岩若孤松之独立；其醉也，傀俄若玉山之将崩。"

　　❼酲（chéng）：酒醉而神志不清。

# 木兰花慢

古繁华茂苑，是当日、帝王州❶。咏人物鲜明，土风细腻，曾美诗流。寻幽。近香径处❷，聚莲娃钓叟簇汀洲。晴景吴波练静，万家绿水朱楼。

凝旒❸。乃眷东南❹，思共理、命贤侯。继梦得文章❺，乐天惠爱❻，布政优优。鳌头❼。况虚位久，遇名都胜景阻淹留。赢得兰堂酽酒❽，画船携妓欢游。

## 注释

❶"古繁华"二句：古来景色繁华的苑圃，正是当时的帝王之都。繁华茂苑，此指苏州，因春秋时吴国曾建都于此，故云。

❷香径：即采香径。《太平寰宇记》载，吴地有山，吴王曾遣美人采香于此，因名香山，山上有采香径。

❸凝旒（liú）：帝王让帽子停驻不动，帝王为之注目的意思。旒，古代帝王帽子前后的玉串。

❹眷（juàn）：顾念，留恋。

❺梦得：唐代诗人刘禹锡，字梦得。刘以进士登博学宏词科，累官至集贤殿学士，出为苏州刺史。刘禹锡在苏州做过三年刺史，留下不少关于苏州的诗。

❻乐天：白居易，字乐天，元和进士，迁左拾遗，贬江州司马，后官至刑部尚书。曾为杭州、苏州刺史，有政声。

❼鳌头：科举高中状元。古代称中状元为占鳌头。

❽兰堂：泛指华美之堂。张衡《南都赋》："揖让而升，宴于兰堂。"

# 玉 蝴 蝶

　　望处雨收云断，凭阑悄悄，目送秋光。晚景萧疏，堪动宋玉悲凉❶。水风轻、苹花渐老❷，月露冷、梧叶飘黄。遣情伤。故人何在，烟水茫茫。

　　难忘。文期酒会❸，几孤风月❹，屡变星霜❺。海阔山遥，未知何处是潇湘❻。念双燕、难凭远信❼，指暮天、空识归航❽。黯相望。断鸿声里，立尽斜阳。

## 注释

❶宋玉悲凉：宋玉《九辩》首句为："悲哉，秋之为气也！"后人常将悲秋情绪与宋玉相联系。

❷苹花：亦称白苹，一种大浮萍，夏秋间开白色小花。

❸文期：相互约定作文赋诗之期。

❹几孤：多次辜负。

❺屡变星霜：经历多年。星：指岁星，亦名木星、太岁。木星约十二年绕日一周，故古人以其经行之方位纪年，星变方位则岁移。

❻潇湘：潇水与湘江，在今湖南零陵县西相合，称潇湘。这里喻指家乡的美景。

❼"双燕"句：想想即使有燕子，怕也难得送去书信。这里用绍兰、任宗夫妇凭燕传书典。据《开元天宝遗事》记载：绍兰的丈夫任宗到湘中做生意，数年不归，也没有书信。绍兰对堂上双燕说：我丈夫离家多年没有音信，也不知生死，你们能代我送信去吗？燕子听后飞落到她的膝上。于是绍兰写下一首诗系在燕子足上。燕子带着书信就飞走了。当时，任宗在荆州，忽然看见一只燕子飞到头上叫个不

停。他一抬头燕子就落到他的肩上，也就看到了书信。任宗解下来一看，是妻子的书信，感动得落泪。

❽空识归航：白白地辨识归航，指盼人归来却未归。

# 玉蝴蝶

误入平康小巷❶，画檐深处，珠箔微褰❷。罗绮丛中，偶认旧识婵娟❸。翠眉开、娇横远岫❹，绿鬓亸、浓染春烟❺。忆情牵。粉墙曾恁，窥宋三年❻。

迁延。珊瑚筵上，亲持犀管❼，旋叠香笺。要索新词，媟人含笑立尊前❽。按新声、珠喉渐稳❾，想旧意、波脸增妍❿。苦留连。凤衾鸳枕，忍负良天。

## 注释

❶平康：平康坊，在长安，唐代为妓女聚居之地。当时习俗，新进士常游其中。

❷微褰（qiān）：稍微提起来。褰，把衣服提起来。

❸旧识婵娟：往日相好的恋人。婵娟，此指相恋的女子。

❹"翠眉"句：浅浅的眉妆就像远山的淡云。翠眉：古代女子的一种淡眉妆。

❺"绿鬓"句：浓浓的美发堆亸起来就像春日的山岚。形容女子发式美好。亸（duǒ）：即亸，堆起来。

❻"粉墙"二句：（女子）竟然曾经暗恋（词人）很长一段时间。粉墙：飘出粉香的墙，指女子所居之处，代指女子。窥宋：偷窥宋玉。宋玉《登徒子好色赋》记："臣里之美者，莫如臣东家之子……然此女登墙窥臣三年，至今未许也。"这里词人以宋玉自比。

❼犀管：用犀牛角做成的毛笔。毛笔的美称。

❽媟人：与所恋之人相狎昵。

❾珠喉：形容歌喉莹晶亮丽。

❿波脸：眼波流转的美容，有暗送秋波的意思。

# 雨 霖 铃

　　寒蝉凄切，对长亭晚，骤雨初歇❶。都门帐饮无绪❷，留恋处，兰舟催发❸。执手相看泪眼，竟无语凝噎❹。念去去、千里烟波，暮霭沉沉楚天阔❺。

　　多情自古伤离别，更那堪、冷落清秋节!今宵酒醒何处？杨柳岸、晓风残月。此去经年❻，应是良辰好景虚设。便纵有千种风情❼，更与何人说？

## 注释

❶骤雨：突然而至的雨。

❷都门：京城，这里指汴京。帐饮：设帐饯行。

❸兰舟：木兰舟，舟船的美称。

❹凝噎：喉咙哽咽，有语难言。

❺楚天：泛指江南一带。楚国在南方，故称南方的天空为楚天。

❻经年：年复一年。

❼风情：男女之间的爱恋之情。

# 内家娇

煦景朝升，烟光昼敛❶，疏雨夜来新霁❷。垂杨艳杏，丝软霞轻，绣出芳郊明媚。处处踏青斗草❸，人人眷红偎翠❹。奈少年、自有新愁旧恨，消遣无计❺。

帝里。风光当此际。正好恁携佳丽。阻归程迢递❻。奈好景难留，旧欢顿弃。早是伤春情绪，那堪困人天气。但赢得、独立高原，断魂一饷凝睇。

## 注释

❶烟光：指在阳光照射下慢慢升腾的雾气。

❷新霁：雨后天刚放晴。

❸踏青斗草：到处都是春日郊游的人群。踏青：古人有清明节时郊游踏青的习俗。斗草：古代女子们的一种游戏。

❹眷（juàn）红偎翠：这里指在美丽春景中流连忘返。

❺消遣无计：即无计消遣，无法排解的意思。

❻迢递：遥远。

# 二 郎 神

　　炎光谢。过暮雨、芳尘轻洒。乍露冷风清庭户，爽天如水，玉钩遥挂❶。应是星娥嗟久阻，叙旧约、飙轮欲驾❷。极目处、微云暗度，耿耿银河高泻。

　　闲雅。须知此景，古今无价。运巧思、穿针楼上女❸，抬粉面、云鬟相亚❹。钿合金钗私语处❺，算谁在、回廊影下。愿天上人间，占得欢娱，年年今夜。

### 注释

❶玉钩：弦月，因其形如钩，故云。

❷"应是"二句：用牛郎织女传说，寓与所爱之人苦苦相恋之意。星娥，指织女。民间传说织女恋人间牛郎，下到凡界与之结为夫妇，后被王母发现，捉织女返天界，牛郎携子追之。刚要追上，王母以玉簪划天河将他们隔开，只许他们每年七夕于鹊桥相会。

❸穿针：指乞巧。《荆楚岁时记》记载："七月七日为牵牛、织女聚会之夜。是夕，人家妇女结彩楼，穿七孔针，或以金银鍮石为针，陈瓜果于庭中以乞巧。"

❹云鬟相亚：即云鬟相压，指美人头发盘起，如相互堆压一般。云鬟，古代女子的一种发式。

❺钿合金钗：用杨贵妃与唐明皇故事，喻指矢志不渝的爱情。据《杨妃外传》记载，杨贵妃死后，唐明皇非常思念她，请方士招其魂魄相见。方士在海上仙山找到了，请贵妃讲一个只有她跟唐明皇两人知道的秘密作为他见到贵妃的证明。杨贵妃就拿出钿合和金钗说："骊山宫七夕，感牛女事，密相誓曰世世为夫妻，此特君王所知耳。"

# 竹马子

登孤垒荒凉，危亭旷望，静临烟渚❶。对雌霓挂雨❷，雄风拂槛❸，微收烦暑。渐觉一叶惊秋❹，残蝉噪晚，素商时序❺。览景想前欢，指神京，非雾非烟深处❻。

向此成追感，新愁易积，故人难聚。凭高尽日凝伫。赢得消魂无语。极目雾霭霏微，暝鸦零乱，萧索江城暮。南楼画角❼，又送残阳去。

## 注释

❶烟渚：雾气弥漫的小洲。

❷雌霓：指彩虹，古人称彩虹色艳丽者为雄虹，色暗者为雌霓。

❸雄风：刚劲大风。战国宋玉《风赋》："清清泠泠，愈病析酲，发明耳目，宁体便人，此所谓大王之雄风也。"

❹一叶惊秋：看到一片树叶飘落而心惊于秋天的来临。《淮南子·说山》："见一叶之落而知岁时之将暮。"

❺素商：秋天的别称。古人以季节配乐律，秋天对应商音。因秋天肃杀凋零，故称素商。

❻非雾非烟：本指卿云，祥云。《史记》卷二七《天官书》："若烟非烟，若云非云，郁郁纷纷，萧索偷围，是谓卿云。卿云见，喜气也。"

❼南楼画角：指高楼上的画角声引起悲伤之情。南楼：此泛指高楼。画角，古代军中用以惊昏晓的号角，声甚悲。

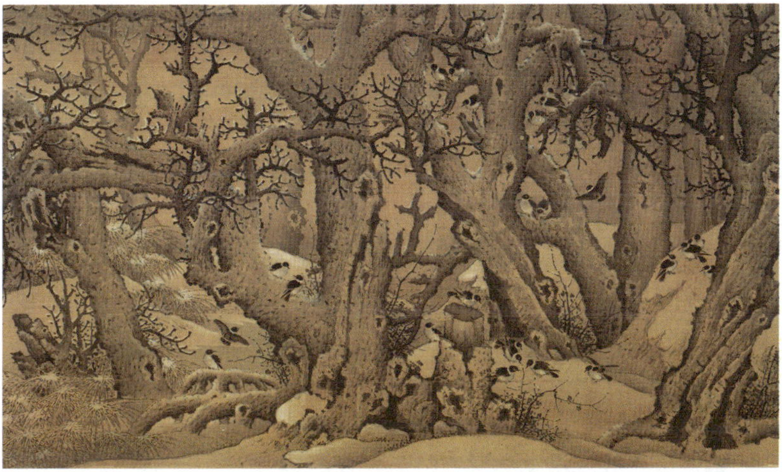

# 引驾行

　　虹收残雨。蝉嘶败柳长堤暮。背都门、动消黯❶，西风片帆轻举。愁睹。泛画鹢翩翩❷，灵鼍隐隐下前浦❸。忍回首、佳人渐远，想高城、隔烟树。

　　几许。秦楼永昼，谢阁连宵奇遇❹。算赠笑千金❺，酬歌百琲❻，尽成轻负。南顾。念吴邦越国❼，风烟萧索在何处。独自个、千山万水，指天涯去。

### 注释

❶消黯：黯然销魂。

❷画鹢（yì）：船头有鹢鸟画饰的船，船的美称。鹢：一种水鸟名。

❸灵鼍（tuó）：此指船头所画鼍形装饰，指代船。鼍：鳄鱼的一种，即扬子鳄。

❹谢阁：谢公阁的省称，即谢安阁，常称谢公楼。《晋书》卷七九《谢安传》："（谢安）又于土山营墅，楼馆林竹甚盛，每携中外子侄往来游集，肴馔亦屡费百金，世颇以此讥焉，而安殊不以屑意。"

❺赠笑千金：即千金买笑的意思。

❻百琲（bèi）：古时以珠五百枚或十贯为一琲。

❼吴邦越国：吴越邦国之地，指今江苏浙江一带。

# 归 朝 欢

别岸扁舟三两只。葭苇萧萧风淅淅❶。沙汀宿雁破烟飞❷，溪桥残
月和霜白。渐渐分曙色。路遥山远多行役。往来人，只轮双桨❸，尽
是利名客。

一望乡关烟水隔。转觉归心生羽翼❹。愁云恨雨两牵萦❺，新春残
腊相催逼❻。岁华都瞬息❼。浪萍风梗诚何益❽。归去来，玉楼深处❾，
有个人相忆。

## 注释

❶风淅淅：此指风吹苇叶的声音。

❷烟：此指水面雾霭。

❸只轮双桨：代指车船，意思是乘车坐船旅行。

❹归心生羽翼：回乡的想法像长了翅膀一样，指十分思念家乡。

❺愁云恨雨：云雨愁恨。云雨，用宋玉《高唐赋》典，喻男女
欢爱。

❻新春残腊：腊月将近，新春开始，指春节时候。

❼"岁华"句：人生短暂。岁月年华转瞬即逝。

❽浪萍风梗：如浪上萍叶，风中梗草，喻指行踪不定。

❾玉楼：闺楼。

# 尉 迟 杯

　　宠佳丽。算九衢红粉皆难比[1]。天然嫩脸修蛾[2]，不假施朱描翠。盈盈秋水[3]。恣雅态、欲语先娇媚。每相逢、月夕花朝，自有怜才深意。

　　绸缪凤枕鸳被[4]。深深处、琼枝玉树相倚[5]。困极欢余，芙蓉帐暖，别是恼人情味。风流事、难逢双美。况已断、香云为盟誓[6]。且相将、共乐平生，未肯轻分连理[7]。

### 注释

[1]九衢：汉代长安城的九条大道。衢，四通之路。此指北宋都城汴京。红粉，代指美女。

[2]修蛾：眉毛修长。

[3]盈盈秋水：明澈的眼波。

[4]绸缪：缠绵。

[5]琼枝玉树：才子和美人。琼枝，指娇美女子。玉树，喻指英俊才子。

[6]香云：指女子的头发。古代女子与情人相别，因情无所托，即剪发以赠。断香云指剪断头发。

[7]连理：连理树，因枝相交合故诗词中常用来比喻夫妻。

# 凤 归 云

　　向深秋，雨馀爽气肃西郊。陌上夜阑❶，襟袖起凉飙❷。天末残星，流电未灭❸，闪闪隔林梢。又是晓鸡声断，阳乌光动❹，渐分山路迢迢。

　　驱驱行役，苒苒光阴❺，蝇头利禄❻，蜗角功名❼，毕竟成何事，漫相高。抛掷云泉❽，狎玩尘土❾，壮节等闲消❿。幸有五湖烟浪，一船风月，会须归去老渔樵⓫。

### 注释

❶夜阑：夜深，夜将尽。

❷凉飙：凉风。飙：大风。

❸流电：当指流星。

❹阳乌：太阳。古人以为太阳中有三足乌，故称。

❺苒苒（rǎn）：渐渐。

❻蝇头利禄：小小的利禄。蝇头：形容微小，微不足道。

❼蜗角功名：微不足道的功名。《庄子·则阳》记载："有国于蜗之左角者，曰触氏，国于蜗之右角者，曰蛮氏。时相与争地而战，伏尸数万，逐北旬有五日而后反。"

❽云泉：与云泉相约，即寄情山水的意思。

❾尘土：即尘世，指为名利所累的世俗生活。

❿壮节：豪壮的气节，指远谋大志。

⓫"幸有"三句：用范蠡助越王勾践灭吴后携西施泛游五湖典，喻指功成名就后寄情山水的自在生活。陆广微《吴地纪》引《越绝书》："西施亡吴国后，复归范蠡，同泛五湖而去。"

# 望远行

绣帏睡起。残妆浅，无绪匀红补翠。藻井凝尘❶，金阶铺藓❷，寂寞凤楼十二❸。风絮纷纷，烟芜苒苒❹，永日画阑，沉吟独倚。望远行，南陌春残悄归骑。

凝睇。消遣离愁无计。但暗掷、金钗买醉。对好景、空饮香醪❺，争奈转添珠泪。待伊游冶归来，故故解放翠羽❻，轻裙重系。见纤腰围小，信人憔悴。

## 注释

❶藻井：古代绘有纹彩状如井口的天花板。

❷金阶铺藓：精美的台阶上铺满了苔藓。金阶：涂有金饰的台阶，为台阶的美称。

❸凤楼十二：本指宫内的楼阁。这里指女子所居的绣楼。

❹烟芜：笼有轻雾的原野。

❺香醪（láo）：美酒。醪，浊酒。

❻"故故"句：多次松开精美的头饰。故故：唐宋时俗语，屡次，多次。解放翠羽，松开精美的头饰。翠羽，此指用翠鸟羽毛做成的头饰。

# 早梅芳

海霞红，山烟翠。故都风景繁华地。谯门画戟[1]，下临万井[2]，金碧楼台相倚。芰荷浦溆，杨柳汀洲，映虹桥倒影[3]，兰舟飞棹，游人聚散，一片湖光里。

汉元侯，自从破虏征蛮，峻陟枢庭贵[4]。筹帷厌久[5]，盛年昼锦[6]，归来吾乡我里。铃斋少讼[7]，宴馆多欢，未周星[8]，便恐皇家，图任勋贤[9]，又作登庸计[10]。

## 注释

[1]谯门画戟：建有望楼的城门。画戟，即门戟。古代宫门及显贵之家，门前列戟以示威武，因戟上有画饰，故称。

[2]万井：指繁华街市。古代街市纵横排列有序，如井状，故称。

[3]虹桥：即拱桥，因状如彩虹，故称。

[4]"汉元侯"三句：用张既故事，颂为国征战，建立功勋而仕途显贵。《三国志·张既传》载：张既曾辅曹操定关中，且数次平定匈奴和胡羌叛乱，先后被封为武始亭侯、都乡侯、西乡侯。元侯：论功称首的侯王。

[5]筹帷厌久：对长期待在军中感到厌倦。筹帷，在军帐中筹划谋略、运筹帷幄的意思。

[6]昼锦：即衣锦还乡的意思。

[7]铃斋：即铃阁，将帅所居之所。

[8]周星：一周年。

[9]图任勋贤：按图画的形象选任勋臣贤才。

[10]登庸：登录任用。庸，即"用"。

# 玉 山 枕

骤雨新霁。荡原野、清如洗。断霞散彩，残阳倒影，天外云峰❶，数朵相倚。露荷烟芰满池塘❷，见次第、几番红翠❸。当是时，河朔飞觞❹，避炎蒸，想风流堪继。

晚来高树清风起。动帘幕、生秋气。画楼昼寂，兰堂夜静❺，舞艳歌姝，渐任罗绮。讼闲时泰足风情❻，便争奈、雅欢都废。省教成、几阕清歌❼，尽新声，好尊前重理。

## 注释

❶云峰：如山峰状的云朵。

❷露荷烟芰：水气弥漫带有露珠的荷叶。

❸次第：依次相接的意思。

❹飞觞：举杯或行觞，畅饮的意思。

❺兰堂：芳洁的厅堂，厅堂的美称。

❻讼闲时泰：讼事很少，天下太平。

❼省教成：很轻易就教会。

# 曲 玉 管

陇首云飞❶，江边日晚，烟波满目凭阑久。立望关河萧索❷，千里清秋。忍凝眸。杳杳神京❸，盈盈仙子❹，别来锦字终难偶❺。断雁无凭❻，冉冉飞下汀洲，思悠悠。

暗想当初，有多少、幽欢佳会，岂知聚散难期，翻成雨恨云愁❼。阻追游。每登山临水，惹起平生心事，一场消黯，永日无言❽，却下层楼。

## 注释

❶"陇首"句：用柳恽"亭皋木叶下，陇首秋云飞"诗意，喻指秋天。陇首：本为山名，在关中。

❷关河：本指函谷关和黄河，此处泛指辽阔的川原。

❸神京：京城，此指北宋的都城汴京。

❹盈盈仙子：体态娇美的女子，此指其所恋女子。

❺锦字：饱含深情的书信。据载晋人窦滔的妻子苏氏在窦滔被徙流沙时思念不已，织锦为回文诗以寄，宛转循环读之，其词凄婉。后人便以锦字代闺中书信。

❻断雁，失群的孤雁。古人有鸿雁传书的传说。

❼雨恨云愁：喻指男女恋人之间的愁情别绪。

❽永日：整天。

# 迎 新 春

嶰管变青律，帝里阳和新布[1]。晴景回轻煦。庆嘉节、当三五。列华灯、千门万户。遍九陌[2]、罗绮香风微度。十里然绛树[3]。鳌山耸、喧天箫鼓[4]。

渐天如水，素月当午[5]。香径里、绝缨掷果无数[6]。更阑烛影花荫下[7]，少年人、往往奇遇。太平时、朝野多欢民康阜[8]。随分良聚[9]。堪对此景，争忍独醒归去[10]。

### 注释

[1]"嶰管"二句：冬去春来，天气渐渐由寒变暖，京城里一片阳和之气。嶰（jiè）管，即以嶰山谷所伐之竹做成的律本。青律：即青帝（古时司春之神）所司之律，为春天。帝里：这里指北宋都城汴京。

[2]九陌：汉长安城九条大道，称九陌，后泛指繁华都城的大道，此指北宋都城汴京的大街。

[3]十里然绛树：即十里燃绛树，写元宵京城里火树银花的盛景。

[4]鳌山：这里指饰满彩灯耸立而起的假山。

[5]素月当午：皎洁的月亮升上中天。

[6]绝缨掷果：指男女相互倾慕。绝缨：据载楚庄公赐群臣酒，日暮酒酣，灯烛灭，有人乘机拉楚王美人的衣裳，美人扯下那人帽上的帽带。但楚王为了保住那人的名声，让所有的人都把帽带扯下来，不追究这件事。后来，晋国与楚国大战，一位楚臣奋勇杀敌，楚王问是谁，那人说我就是那天被扯下帽带的。绝缨，为男悦女的典型。又据载西晋潘安非常英俊，每次驾车出行，妇女们都会把鲜果抛到他的车

上，以至载满整车。掷果，为女悦男的典型。

❼"更阑"句：夜深之后，在烛光昏暗或月下花荫里。更阑：夜深。

❽康阜：富裕。

❾随分：随处，到处。

❿争忍：怎忍。

# 慢 卷 绸

闲窗烛暗，孤帏夜永，欹枕难成寐。细屈指寻思，旧事前欢，都来未尽❶，平生深意。到得如今，万般追悔。空只添憔悴。对好景良辰，皱着眉儿，成甚滋味。

红茵翠被。当时事、一一堪垂泪。怎生得依前❷，似恁偎香倚暖，抱着日高犹睡。算得伊家，也应随分❸，烦恼心儿里。又争似从前❹，淡淡相看，免恁牵系。

**注释**

❶都来：算来。

❷"怎生得"句：怎么可能再像从前那样。怎生得：怎么可能，怎么才能。依前：像从前，像往日。

❸随分：照样，照例。

❹争似：怎似，怎么能像。

# 定风波

伫立长堤，淡荡晚风起[1]。骤雨歇、极目萧疏，塞柳万株[2]，掩映箭波千里[3]。走舟车向此[4]，人人奔名竞利。念荡子、终日驱驱[5]，争觉乡关转迢递[6]。

何意。绣阁轻抛，锦字难逢[7]，等闲度岁[8]。奈泛泛旅迹，厌厌病绪，迩来谙尽[9]，宦游滋味。此情怀、纵写香笺，凭谁与寄。算孟光、争得知我[10]，继日添憔悴[11]。

## 注释

[1] 淡荡：和煦轻柔。

[2] 塞柳：柳树。塞外种柳以防风沙，长堤植柳以阻潮水。这里借塞柳以代堤柳。

[3] 箭波：笔直延伸如箭的水波。

[4] 走舟车：旅途奔波。乘船或驱车四处奔走。

[5] 终日驱驱：整天在外四处奔走。

[6] 争觉：怎觉，怎么会不觉得。迢递：遥远。

[7] 锦字难逢：很难得到家人的书信消息。锦字：窦滔的妻子苏氏思恋他，织锦为回文诗以寄，宛转循环读之，其词凄婉。后人便以锦字代闺中书信。

[8] 等闲：平常，随随便便。

[9] 迩来谙尽：近来没有一点消息。

[10] 孟光：梁鸿的妻子，两人婚后相敬如宾，妻子每次等他回来吃饭，都要将食盒举得与双眉一样高。争得：怎么能够，怎么见得。

[11] 继日：一天天。

# 合 欢 带

　　身材儿、早是妖娆。算风措、实难描❶。一个肌肤浑似玉，更都来、占了千娇。妍歌艳舞，莺惭巧舌❷，柳妒纤腰。自相逢，便觉韩娥价减❸，飞燕声消❹。

　　桃花零落，溪水潺湲，重寻仙径非遥❺。莫道千金酬一笑❻，便明珠、万斛须邀。檀郎幸有❼，凌云词赋❽，掷果风标❾。况当年，便好相携，凤楼深处吹箫⓫。

### 注释

❶风措：风姿，姿容。措，举措，举止。

❷"莺惭"句：形容歌喉婉转动听胜过黄莺。

❸韩娥：传说古代的歌者，歌声极能感动人心。《列子·汤问》载："昔韩娥东之齐，匮粮，过雍门，鬻歌假食。既去而余音绕梁枥，三日不绝，左右以其人弗去。过逆旅，逆旅人辱之。韩娥因曼声哀哭，一里老幼悲愁，垂泣相对，三日不食。遽而追之，娥还，复为曼声长歌，一里老幼喜跃抃舞，弗能自禁，忘向之悲也，乃厚赂发之。故雍门之人至今善歌哭，放娥之遗声。"

❹飞燕：赵飞燕，汉成帝宫人，舞姿轻盈。

❺"桃花"三句：用武陵人桃源遇仙典，比喻女子美艳如仙子下凡。陶渊明《桃花源记》载，晋太元中，武陵渔人误入桃源，见其屋舍俨然，有良田美池，阡陌交通，鸡犬相闻，男女老少怡然自乐。村人自称先世避秦时乱，率妻子来此，遂与外界隔绝。后渔人返回，欲再寻桃源，竟不可得。这里用桃源仙人，比喻貌美的女子。潺湲（chán yuán）：水流缓慢的样子。

❻千金酬一笑：笑容姣好，值得千金去买。

❼檀郎：据载潘安貌美，小字檀奴，因其貌美，为女子所爱，称为檀郎，后诗词中常指女子称其所爱。这里似是以潘安自拟。

❽凌云词赋：像司马相如那样，有着出众的文采。相传司马相如曾作《凌云赋》，景帝读之甚为感动，后泛指文笔健峭动人。这里以能文的司马相如自比。

❾掷果：用潘安相貌英俊出众为女子钟爱典。这里似是以潘安自夸英俊。

❿"凤楼"句：像神仙伴侣那样终生相守在一起。《列仙传》载，春秋时人萧史善吹箫，作凤鸣。秦穆公以女弄玉妻之，为筑凤台以居，一夕吹箫引凤，夫妇乘之而去。

# 倾　杯

　　离宴殷勤，兰舟凝滞，看看送行南浦[1]。情知道世上，难使皓月长圆，彩云镇聚。算人生、悲莫悲于轻别，最苦正欢娱，便分鸳侣。泪流琼脸，梨花一枝春带雨[2]。

　　惨黛蛾、盈盈无绪。共黯然销魂[3]，重携纤手，话别临行，犹自再三、问道君须去。频耳畔低语。知多少、他日深盟，平生丹素[4]。从今尽把凭鳞羽[5]。

## 注释

[1] 南浦：古诗词中泛指送别之地。

[2] "泪流"两句：形容女子虽泪流满面仍娇美可爱。这里化用白居易《长恨歌》"玉容寂寞泪阑干，梨花一枝春带雨"诗意。琼脸：形容面容姣好。

[3] 黯然销魂：指因为别离而沮丧伤心。江淹《别赋》中有"黯然销魂者，唯别而已矣"句。

[4] 丹素：用丹笔写于素帛的书信，这里指情书。

[5] 鳞羽：谓鱼雁。古时有以鱼雁传书之说，故云。古乐府《饮马长城窟行》中有："客从远方来，遗我双鲤鱼。呼儿烹鲤鱼，中有尺素书。"

# 倾 杯

鹜落霜洲，雁横烟渚，分明画出秋色。暮雨乍歇，小楫夜泊❶，宿苇村山驿。何人月下临风处，起一声羌笛？离愁万绪，闻岸草、切切蛩吟似织。

为忆，芳容别后，水遥山远，何计凭鳞翼❷。想绣阁深沉，争知憔悴损、天涯行客。楚峡云归，高阳人散❸，寂寞狂踪迹。望京国❹，空目断、远峰凝碧。

## 注释

❶小楫：小船。

❷鳞翼：代指书信。古时有借鲤鱼、雁足传递书信的传说。

❸"楚峡"二句：谓佳人离去，相隔遥远。用战国宋玉《高唐赋》楚王游高唐梦与神女欢会典。

❹京国：京师，京城，这里指北宋都城汴京。

# 倾 杯

　　金风淡荡❶，渐秋光老、清宵永。小院新晴天气，轻烟乍敛，皓月当轩练净❷。对千里寒光，念幽期阻、当残景。早是多愁多病。那堪细把，旧约前欢重省。

　　最苦碧云信断，仙乡路杳，归鸿难倩❸。每高歌、强遣离怀，奈惨咽、翻成心耿耿。漏残露冷。空赢得、悄悄无言，愁绪终难整❹。又是立尽，梧桐碎影。

## 注释

❶金风：秋风。秋与五行相配为金，故称。

❷练净：像洁白的匹练。这里是形容月光皎洁。

❸"最苦"三句：指远离所欢，无法传递音信。碧云：借指远方或天边，寓遥远。仙乡：本指神仙居处，这里指所恋女子居所。归鸿：返回故地的大雁，雁为候鸟，每年按期返回故地。古诗词中多用鸿雁传书，喻指信使。这里用归鸿难倩（qiàn），央求，清人代笔。指无法借大雁的回归传递思乡之情。

❹难整：难以整理，这里指思绪混乱，无法排遣。

# 古倾杯

冻水消痕❶，晓风生暖，春满东郊道。迟迟淑景❷，烟和露润，偏绕长堤芳草。断鸿隐隐归飞❸，江天杳杳。遥山变色，妆眉淡扫❹。目极千里，闲倚危樯迥眺❺。

动几许、伤春怀抱。念何处、韶阳偏早❻。想帝里看看❼，名园芳树，烂漫莺花好。追思往昔年少。继日恁、把酒听歌，量金买笑。别后暗负，光阴多少。

## 注释

❶"冻水"句：将结冰的寒水。消痕：这里是消融的意思。

❷"迟迟"句：美好的春景连绵不断。迟迟：这里是悠长、连绵的意思。淑景：美景。

❸断鸿：孤鸿，失群的大雁。

❹妆眉淡扫：此指远山隐约可见，如所思恋女子淡淡的眉妆。

❺危樯：船上的桅杆。

❻韶阳：和美的阳光。

❼帝里：此指北宋都城汴京。

# 倾杯乐

　　楼锁轻烟[1]，水横斜照，遥山半隐愁碧[2]。片帆岸远，行客路杳，簇一天寒色。楚梅映雪数枝艳，报青春消息。年华梦促，音信断、声远飞鸿南北[3]。

　　算伊别来无绪，翠消红减，双带长抛掷[4]。但泪眼沈[5]迷，看朱成碧[6]。惹闲愁堆积。雨意云情[7]，酒心花态[8]，孤负高阳客[9]。梦难极[10]。和梦也、多时间隔。

### 注释

❶楼锁轻烟：意思是轻雾将楼宇掩盖住了。

❷愁碧：碧绿的颜色如同含有愁情。

❸"音信断"句：指彼此失去联系，鸿雁南来北往，都无以为寄。古人有雁足传书说法，故云。

❹双带：此处指衣带。

❺沈：同"沉"。

❻看朱成碧：把红颜色看成了碧绿色，意思是泪眼婆娑，以至于视物不明。

❼雨意云情：云雨情意，指男女之情。用楚王与巫山神女欢会典，见战国宋玉《高唐赋》。

❽酒心花态：恋酒迷花的心态，即对醇酒美人的思恋之情。

❾高阳客：指追欢的男子，亦见战国宋玉《高唐赋》。

❿梦难极：难得梦到。

# 倾杯乐

禁漏花深❶，绣工日永，蕙风布暖。变韶景、都门十二❷，元宵三五，银蟾光满❸。连云复道凌飞观❹。耸皇居丽❺，嘉气瑞烟葱倩。翠华宵幸❻，是处层城阆苑❼。

龙凤烛、交光星汉。对咫尺鳌山开羽扇。会乐府两籍神仙，梨园四部弦管❽。向晓色、都人未散。盈万井、山呼鳌抃❾。愿岁岁，天仗里，常瞻凤辇❿。

## 注释

❶禁漏：即宫漏，宫中计时辰的铜漏。漏，古时计时器，一般以铜制成。

❷都门十二：都城之门，汉代长安城门，按天象之数，共计十二。这里代指北宋都城汴京的城门。

❸银蟾：月亮。

❹"连云"句：复道高耸入云，楼观凌空如飞，绘元宵节北宋都城繁华之景。

❺耸皇居丽：耸居皇丽，富丽堂皇的意思。

❻翠华：天子之旗，以翠羽为饰。

❼层城阆苑：神仙居处，这里喻指皇宫。层城，古人分昆仑山为三级的最上一级。阆苑，即阆风，是中间一级。

❽梨园四部：代指全部演艺团队。梨园：原为唐代都城长安地名，因唐玄宗李隆基在此地教演艺人，称梨园弟子，后成为艺术组织和艺人的代名词。四部：唐代分梨园弟子分为坐部、立部、小部和舞部。坐部乐工坐在堂上演奏，用丝竹细乐伴奏，舞姿文雅。立部乐工

立在堂下演奏，伴奏的乐器有鼓和锣（即金钲）等，音量宏大，舞姿雄壮威武。小部为儿童演出队。舞部又分为文舞和健舞。

❾山呼鳌抃（biàn）：呼声动山，拜舞如鳌，描绘臣下庆贺的盛况。抃，鼓掌。

❿凤辇：天子所乘之车，这里指代宋帝。

# 倾杯乐

皓月初圆，暮云飘散，分明夜色如晴昼。渐消尽、醺醺残酒❶。危阁迥、凉生襟袖。追旧事、一饷凭阑久❷。如何媚容艳态，抵死孤欢偶❸。朝思暮想，自家空恁添清瘦。

算到头、谁与伸剖❹。向道我别来，为伊牵系，度岁经年，偷眼觑、也不忍觑花柳❺。可惜恁、好景良宵，未曾略展双眉暂开口。问甚时与你，深怜痛惜还依旧❻。

## 注释

❶醺醺残酒：醺醺残醉的意思。

❷一饷：一晌。

❸抵死：拼死，用尽力气。

❹伸剖：解释，说明，剖白心迹的意思。

❺觑（qù）花柳：偷看妓女。花柳，指妓女。

❻深怜痛惜：彼此怜惜恩爱。

# 击 梧 桐

香靥深深[1]，姿姿媚媚，雅格奇容天与[2]。自识伊来，便好看承[3]，会得妖娆心素[4]。临歧再约同欢，定是都把、平生相许。又恐恩情，易破难成，未免千般思虑。

近日书来，寒暄而已[5]，苦没忉忉言语[6]。便认得、听人教当，拟把前言轻负。见说兰台宋玉[7]，多才多艺善词赋。试与问、朝朝暮暮。行云何处去[8]。

## 注释

[1] 香靥（yè）：靥，酒窝。指女子姣好的脸庞。

[2] 天与：先天生成，天生。

[3] 看承：看待，对待，护持。

[4] 心素：心情，心意。

[5] 寒暄：问寒问暖的意思。

[6] 忉忉（dāo）：唠叨絮语。此指连绵的情话。

[7] 宋玉：战国时楚人，辞赋家，曾伴随楚襄王出入兰台（在今湖北钟祥），称兰台公子。这里是词人自拟。

[8] 行云：用宋玉《高唐赋》巫山神女与楚王欢会典。

# 女 冠 子

　　断云残雨。洒微凉、生轩户。动清籁、萧萧庭树❶。银河浓淡，华星明灭，轻云时度。莎阶寂静无睹❷。幽蛩切切秋吟苦❸。疏篁一径❹，流萤几点，飞来又去。

　　对月临风，空恁无眠耿耿❺，暗想旧日牵情处。绮罗丛里，有人人、那回饮散，略曾谐鸳侣❻。因循忍便睽阻❼。相思不得长相聚。好天良夜，无端惹起，千愁万绪。

注释

❶清籁（lài）：凄清的箫声。籁，古时的一种箫。

❷莎阶：长满莎草的台阶。

❸幽蛩（qióng）：幽暗处的蟋蟀，也可理解为鸣声幽怨的蟋蟀。

❹疏篁：稀疏的竹丛。

❺耿耿：不安的神情。

❻"略曾"句：粗略记得曾经与恋人相谐的情景。

❼因循：轻率，随随便便。睽阻：违背。

# 离别难

花谢水流倏忽，嗟年少光阴。有天然、蕙质兰心❶。美韶容、何啻值千金。便因甚、翠弱红衰❷，缠绵香体，都不胜任。算神仙、五色灵丹无验❸，中路委瓶簪❹。

人悄悄，夜沉沉。闭香闺、永弃鸳衾。想娇魂媚魄非远，纵洪都方士也难寻❺。最苦是、好景良天，尊前歌笑，空想遗音。望断处，杳杳巫峰十二，千古暮云深❻。

### 注释

❶蕙质兰心：即兰心蕙性，心地善良，天生聪慧。

❷"便因甚"句：指无缘无故染上疾病，缠绵难治。翠弱红衰，指身体因病变得虚弱和衰萎。

❸五色灵丹：仙丹。古代道家以铅汞等烧炼而成的丹药，妄称服食之后可以长生不死。

❹"中路"句：在中途就香消玉殒（没有终生厮守）。据载：宋时吴淑妃早晨起来华妆时，玉簪坠地而折，已而夫亡。

❺"想娇魂媚魄"二句：料想逝去之后，魂魄消散，纵然是方士招魂也难以找寻。《杨妃外传》："方士杨幽通自云有李少君之术，上皇（唐玄宗）命致贵妃神，出天界，没地府，求之不见。东绝大海，跨蓬、壶，有洞户，署其门曰：'玉妃太真院。'"竟致贵妃之神。鸿都：即洪都府，今南昌。方士，求神炼丹的方术之士。

❻"杳杳"二句：斯人逝去，魂魄杳入仙境，无法再续往日的欢情。巫峰十二：即巫山十二峰。宋玉《高唐赋》记楚襄王游高唐时，梦中与巫山神女朝云媾和。神女临别称自己："旦为朝云，暮为行雨，朝朝暮暮，阳台之下。"

# 望 海 潮

　　东南形胜❶，三吴都会❷，钱塘自古繁华❸。烟柳画桥❹，风帘翠幕，参差十万人家❺。云树绕堤沙❻。怒涛卷霜雪❼，天堑无涯❽。市列珠玑，户盈罗绮竞豪奢。

　　重湖叠巘清嘉❾。有三秋桂子❿，十里荷花⓫。羌管弄晴，菱歌泛夜，嬉嬉钓叟莲娃⓬。千骑拥高牙⓭。乘醉听箫鼓，吟赏烟霞。异日图将好景⓮，归去凤池夸⓯。

## 注释

❶东南形胜：指杭州为东南一带风景秀丽之处。宋时杭州为两浙路治所，据《宋史》卷八八《地理志》记载："两浙路，盖《禹贡》扬州之域，当南斗、须女之分。东南际海，西控震泽，北又滨于海。"所以称之。

❷三吴都会：东南一带的大都会。三吴，指吴兴郡、吴郡、会稽郡，约为今苏南、浙江一带。

❸钱塘：今杭州。钱塘在秦即置县，五代时吴越王又建都杭州，故称其自古即为繁华之地。

❹烟柳画桥：如烟的杨柳掩映画桥，状杭州美景。

❺参差：不整齐的样子，这里指依山而建的房屋高低不齐。

❻堤沙：西湖有白堤、苏堤和小新堤，因堤多为泥沙堆积而成，故云。

❼怒涛卷霜雪：指钱塘涌潮时的壮丽景象。《武林旧事》载："浙江之潮，天下之伟观也，自既望以至十八日最为盛。方其远出海门，仅如银线，既而渐近，则玉城雪岭，际天而来，大声如雷霆，震撼激

147

射，吞天沃日，势极雄豪。"

⑧天堑：天然的壕沟，本指长江。这里借指钱塘江，因为钱塘江面宽阔，故谓其"无涯"。

⑨重湖叠巘（yǎn）：重湖，两湖相接。因为白堤、苏堤将西湖分为里湖和外湖，故称。叠巘，层叠的山峦。巘，山峰，山顶。

⑩三秋：三秋，秋季三个月。

⑪十里荷花：形容荷花繁盛。白居易《余杭形胜》称："绕郭荷花三十里，拂城松树一千株。"

⑫"羌管"三句：状杭人游湖盛况。莲娃：采莲的女子。

⑬"千骑"句：太守游湖之壮阔声势。千骑：随从士兵甚众。高牙：牙旗高举。牙旗，将军之旗。

⑭图将：画出。

⑮凤池：即凤凰池，禁中池沼，中书省所在地，用来喻指宰相。

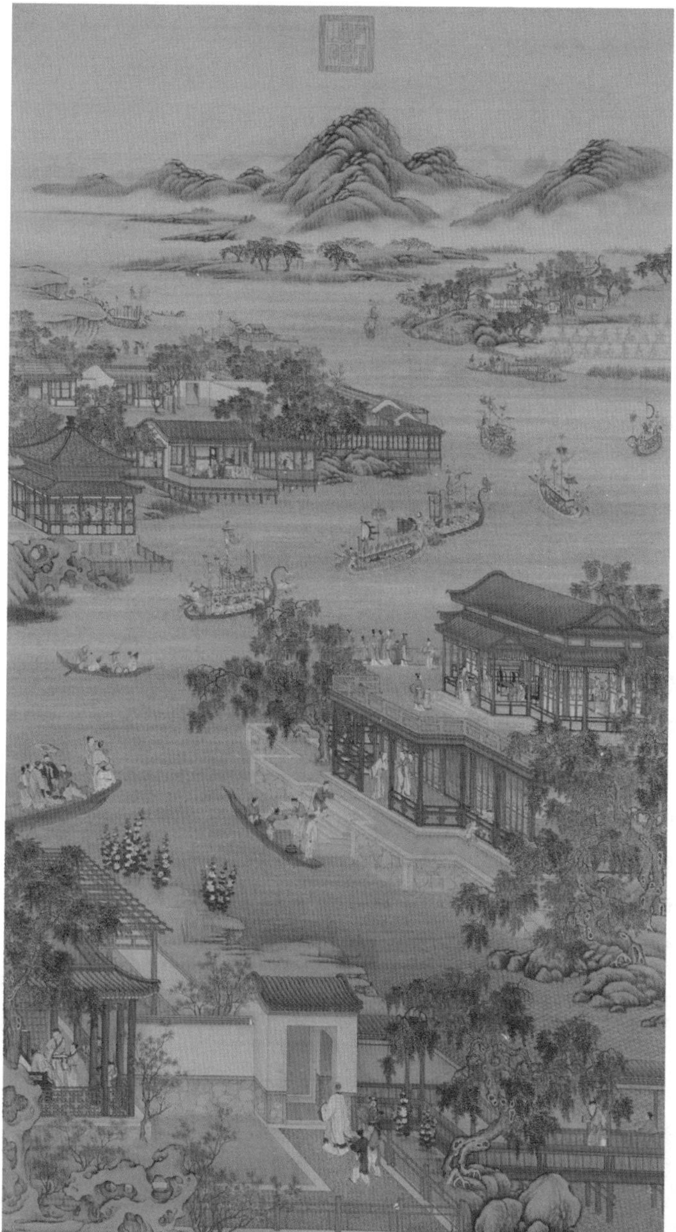

# 长寿乐

　　尤红殢翠。近日来、陡把狂心牵系。罗绮丛中，笙歌宴上，有个人人可意[1]。解严妆巧笑[2]，取次言谈成娇媚。知几度、密约秦楼尽醉[3]。仍携手，眷恋香衾绣被。

　　情渐美。算好把、夕雨朝云相继[4]。便是仙禁春深[5]，御炉香袅[6]，临轩亲试。对天颜咫尺，定然魁甲登高第[7]。待恁时、等着回来贺喜。好生地[8]。剩与我儿利市[9]。

## 注释

[1] 可意：中意，使人动心。

[2] 严妆：指梳洗打扮。

[3] 秦楼：本指秦穆公女弄玉所居楼，这里指女子所居绣楼。

[4] 夕雨朝云：用宋玉《高唐赋》典，指男女欢爱事。

[5] 仙禁：仙人禁苑。这里指皇家禁苑。

[6] 御炉：天子所用香炉。

[7] 魁甲：即魁首，榜首，进士第一名。

[8] 好生地：即好好地。

[9] "剩与"句：将钱财赠给心上人儿，其实是以身相许的意思。剩与：赠与，赠送。剩，音义均同媵，赠送，陪嫁。利市：以钱物赠人曰利市。我儿，"我的可心人儿"的省称，是对意中人的昵称。

# 轮台子

一枕清宵好梦，可惜被、邻鸡唤觉。匆匆策马登途，满目淡烟衰草。前驱风触鸣珂❶，过霜林、渐觉惊栖鸟。冒征尘远况，自古凄凉长安道❷。行行又历孤村❸，楚天阔、望中未晓。

念劳生❹，惜芳年壮岁，离多欢少。叹断梗难停❺，暮云渐杳。但黯黯魂消，寸肠凭谁表。恁驰驱、何时是了❻。又争似、却返瑶京❼，重买千金笑。

## 注释

❶"前驱"句：匆匆赶路，晨风吹响马铃。鸣珂：古代马笼头上的饰物，因随马行鸣响，故称。

征程远况：征途漫漫。

❷"自古"句：自古以来，长安古道送别都是一片凄凉之景。这里指别离之后，面对凄凉旅途。唐李白《忆秦娥》词咏长安古道凄凉之景："箫声咽，秦娥梦断秦楼月。秦楼月，年年柳色，灞陵伤别。乐游原上清秋节，咸阳古道音尘绝。音尘绝。西风残照，汉家陵阙。"

❸行行：前行，不断地往前走。

❹劳生：劳苦的人生。

❺断梗难停：漂泊不定，就像与根断绝的蓬草，只能在风中飘荡一样。

❻驰驱：奔波。

❼瑶京：京都，京城。此指北宋的都城汴京。

# 宣　清

　　残月朦胧，小宴阑珊，归来轻寒凛凛。背银釭、孤馆乍眠❶，拥重衾、醉魄犹噤❷。永漏频传，前欢已去，离愁一枕。暗寻思、旧追游，神京风物如锦。

　　念掷果朋侪，绝缨宴会，当时曾痛饮❸。命舞燕翩翩❹，歌珠贯串，向玳筵前，尽是神仙流品，至更阑、疏狂转甚。更相将、凤帏鸳寝。玉钗乱横，任散尽高阳❺，这欢娱、甚时重恁。

## 注释

❶银釭（gāng）：银灯，灯的美称。

❷噤：这里指打寒战。

❸"念掷果"三句：用潘安貌美被女子爱恋，楚庄王与群臣畅饮其臣子醉后调戏美人两个故事，描绘与好友们一起欢饮，男女彼此爱恋的狎亵情状。绝缨，为男悦女的典型。又据载西晋潘安非常英俊，每次驾车出行，妇女们都会把鲜果抛到他的车上，以至载满整车。掷果，为女悦男的典型。

❹舞燕：善舞的赵飞燕。这里泛指舞女。

❺"玉钗"二句：描绘男女欢会，女子衣冠不整的情状。高阳：高阳台。战国宋玉《高唐赋》描绘楚王梦游高唐，与神女欢会，临别时神女云："妾在巫山之阳，高丘之阻。旦为朝云，暮为行雨。朝朝暮暮，阳台之下。"

# 长 寿 乐

繁红嫩翠。艳阳景，妆点神州明媚❶。是处楼台，朱门院落，弦管新声腾沸❷。恣游人、无限驰骤，娇马车如水❸。竞寻芳选胜，归来向晚❹，起通衢近远❺，香尘细细。

太平世。少年时，忍把韶光轻弃。况有红妆，楚腰越艳❻，一笑千金何啻。向尊前、舞袖飘雪❼，歌响行云止❽。愿长绳、且把飞乌系❾。任好从容痛饮，谁能惜醉。

## 注释

❶神州：本指全中国，这里代指北宋的汴京。

❷新声腾沸：新谱曲的乐歌十分盛行。腾沸，本指水沸腾，这里指歌声如潮。

❸车如水：谓车马很多，来往不绝。《后汉书》卷十《马后纪》："前过濯龙门上，见外家问起居者，车如流水，马如游龙，仓头衣绿褠，领袖正白，顾视御者，不及远矣。"

❹向晚：临晚，傍晚。

❺通衢：大街。

❻楚腰越艳：代指美女。楚腰：楚宫腰，纤腰。越艳：越地的美女。

❼舞袖飘雪：形容舞姿曼妙，舞袖轻扬如雪花回旋。

❽"歌响"句：形容歌声高妙激越。用响遏行云典。《列子·汤问》载："薛谭学讴于秦青，未穷秦青之技，自谓尽之，遂辞归。秦青弗止，饯于郊衢，抚节悲歌，声振林木，响遏行云。"

❾"愿长绳"句：希望把美好时光留住的意思。飞乌：太阳，古代传说太阳中有三足乌，故云。

# 集贤宾

　　小楼深巷狂游遍，罗绮成丛❶。就中堪人属意，最是虫虫❷。有画难描雅态，无花可比芳容。几回饮散良宵永，鸳衾暖、凤枕香浓。算得人间天上，惟有两心同❸。

　　近来云雨忽西东❹。烦恼损情悰❺。纵然偷期暗会，长是匆匆。争似和鸣偕老❻，免教敛翠啼红❼。眼前时、暂疏欢宴，盟言在、更莫忡忡❽。待作真个宅院，方信有初终❾。

### 注释

❶罗绮：华丽的衣裳。这里代指衣着华丽的女子。

❷虫虫：依词意，应该是指所恋女子艺名。

❸"算得"两句：用唐明皇杨贵妃故事，寓男女相恋真挚情深。白居易《长恨歌》记临邛道士寻得贵妃魂魄后："回头下望人寰处，不见长安见尘雾。唯将旧物表深情，钿合金钗寄将去。钗留一股合一扇，钗擘黄金合分钿。但令心似金钿坚，天上人间会相见。临别殷勤重寄词，词中有誓两心知。"

❹云雨忽西东：相互爱恋的男女忽然就分开了。云雨，用宋玉《高唐赋》所记楚王与巫山神女欢会典。

❺情悰（cóng）：情绪。悰，心情。

❻和鸣偕老：夫妻和谐白头到老。和鸣，琴瑟和鸣，古时喻指夫妇和谐。偕老，到老，古时指夫妻相守一生一世。

❼敛翠啼红：形容女子愁哭情状。敛翠，指翠眉紧锁。啼红，因啼哭濡晕红妆。

❽忡忡：忧虑不安之状。

❾初终：始终，有始有终的意思。

# 凤归云

恋帝里，金谷园林[1]，平康巷陌[2]，触处繁华，连日疏狂，未尝轻负，寸心双眼。况佳人、尽天外行云[3]，掌上飞燕[4]。向玳筵、一一皆妙选。长是因酒沉迷，被花萦绊[5]。

更可惜、淑景亭台，暑天枕簟[6]。霜月夜凉，雪霰朝飞，一岁春光，尽堪随分，俊游清宴。算浮生事，瞬息光阴，锱铢名宦[7]。正欢笑，试恁暂时分散。却是恨雨愁云[8]，地遥天远。

### 注释

[1]金谷：金谷园，在河南洛阳西北。晋石崇所建，极为壮丽。

[2]平康：唐代平康坊，在长安，为妓女聚居之地。当时习俗，新进士常游其中。

[3]天外行云：仙女，这里指代众歌妓。

[4]掌上飞燕：飞燕，汉成帝宫人赵飞燕，相传舞态轻盈。

[5]被花萦绊：此指与女子情感纠葛。

[6]枕簟（diàn）：枕席。簟，凉席。

[7]锱铢：细小轻微。锱铢连用指微不足道。

[8]恨雨愁云：云雨愁恨，指男女之间因情爱引起愁情恨意。云雨，用宋玉《高唐赋》典。

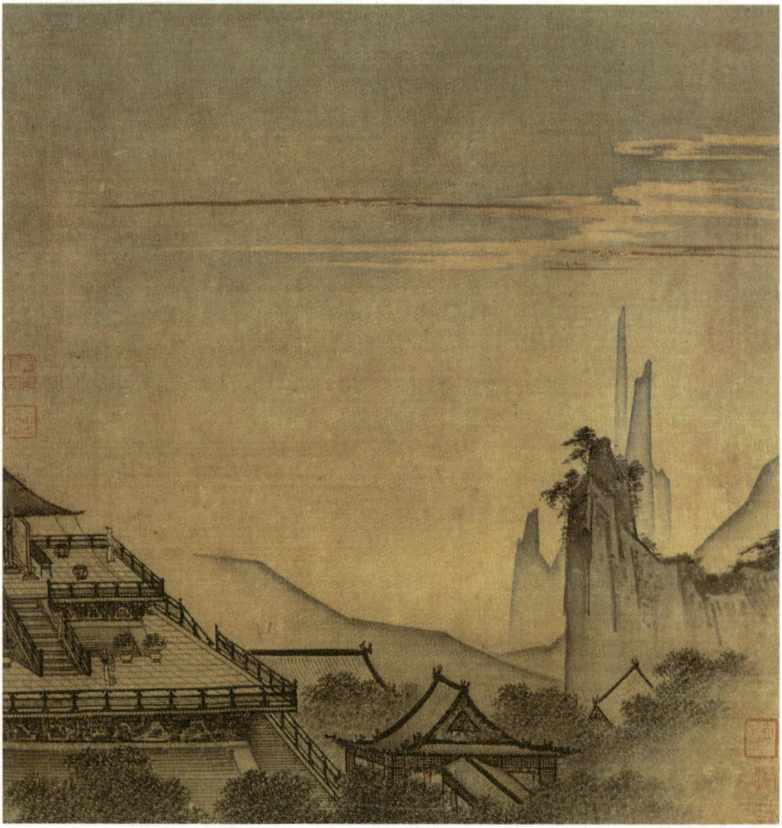

# 洞 仙 歌

佳景留心惯。况少年彼此，风情非浅。有笙歌巷陌，绮罗庭院。倾城巧笑如花面❶。恣雅态、明眸回美盼。同心绾。算国艳仙材❷，翻恨相逢晚。

缱绻❸。洞房悄悄，绣被重重，夜永欢馀，共有海约山盟，记得翠云偷翦❹。和鸣彩凤于飞燕❺。间柳径花阴携手遍。情眷恋。向其间、密约轻怜事何限。忍聚散。况已结深深愿。愿人间天上，暮云朝雨长相见。

## 注释

❶"倾城"句：形容女子美丽无比，笑容娇美，顾盼生辉。

❷国艳仙材：一国之内最为美艳，身材如仙女般娇媚。国色天香的意思。

❸缱绻：难舍难分。

❹翠云偷翦：古代女子为表爱意，会剪发以赠恋人。翠云，此指女子的头发。

❺"和鸣"句：指夫妇感情和谐。和鸣彩凤，《左传》记载："陈大夫卜妻敬仲，其妻占之曰：凤凰于飞，和鸣锵锵，有妫（guī）之后，将育于姜。"后世遂以彩凤和鸣喻夫妇和谐，这里指与所恋女子感情和谐。于飞燕，双飞燕。

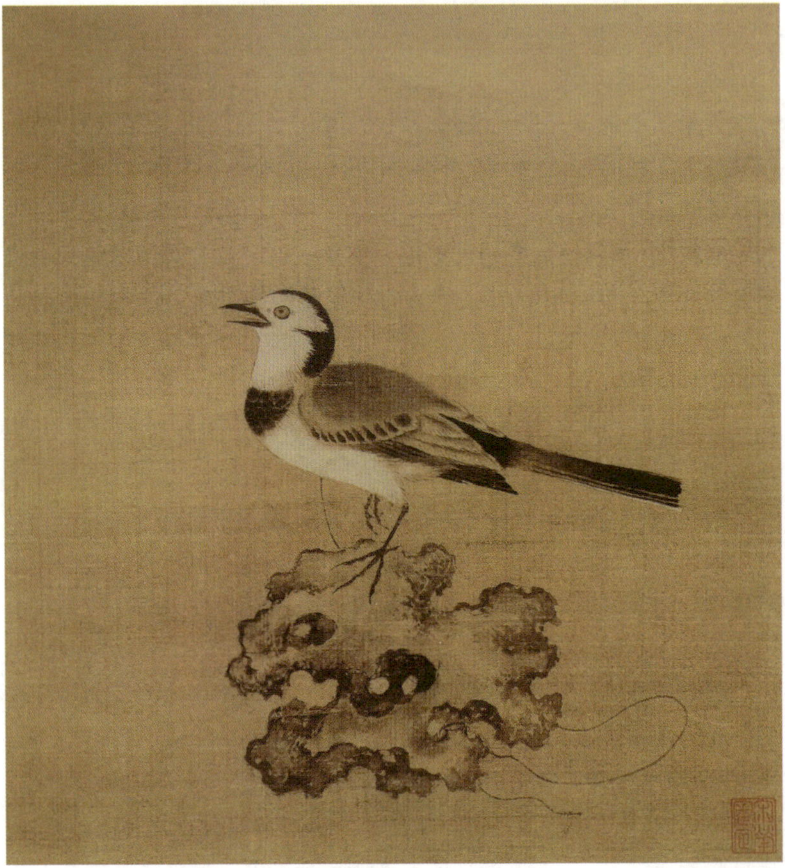

# 洞 仙 歌

乘兴，闲泛兰舟，渺渺烟波东去。淑气散幽香❶，满蕙兰汀渚❷。绿芜平畹❸，和风轻暖，曲岸垂杨，隐隐隔、桃花圃。芳树外，闪闪酒旗遥举。

羁旅。渐入三吴风景❹，水村渔市。闲思更远神京❺，抛掷幽会小欢何处。不堪独倚危樯，凝情西望日边❻，繁华地、归程阻。空自叹当时，言约无据。伤心最苦。伫立对、碧云将暮❼。关河远❽，怎奈向、此时情绪❾。

## 注释

❶淑气：和美的天气。

❷蕙兰汀渚：长有蕙兰的水中小洲。

❸平畹（wǎn）：即平野，平地。畹，古代以三十亩地为一畹。

❹三吴：古代指吴兴郡、吴郡、会稽郡为三吴，大致相当于今天苏南、浙江一带。

❺神京：京城，都城。这里指北宋都城汴京。

❻日边：指京城。这里指北宋都城汴京。《世说新语·夙惠》记载：晋明帝小的时候，元帝问他是长安远还是日（太阳）远。明帝非常聪明，说长安远。因为他看到身边的日（指元帝）却看不到长安。后人便以日边指帝都所在。

❼碧云：青云，黄昏时暗淡的云。

❽关河：本指函谷关和黄河，因其地形险要，为关中门户所在，故常用来指关隘，关防。这里泛指山河。

❾怎奈向：宋元时俗语，无可奈何的意思。向，语气助词，起加强语气的作用。

# 引驾行

　　红尘紫陌❶，斜阳暮草长安道，是离人、断肠处，迢迢匹马西征。新晴。韶光明媚，轻烟淡薄和气暖，望花村、路隐映，摇鞭时过长亭❷。愁生。伤凤城仙子❸，别来千里重行行❹。又记得临歧，泪眼湿、莲脸盈盈❺。

　　消凝。花朝月夕，最苦冷落银屏。想媚容、耿耿无眠，屈指已算回程。相萦❻。空万般思忆，争如归去睹倾城❼。向绣帏、深处并枕，说如此牵情。

### 注释

❶红尘紫陌：即紫陌红尘，形容京郊一带人烟丰阜。紫陌，京城郊野。

❷摇鞭：挥舞马鞭，策马前行的意思。

❸凤城仙子：本指秦穆公女儿弄玉。《列仙传》记载，秦穆公把女儿弄玉嫁给善于吹箫的萧史，为筑凤台以居，后二人成仙而去。此处以凤城仙子指歌妓。

❹千里重行行：长期在旅途奔波。《古诗十九首》有"行行重行行"诗写旅途凄苦。

❺莲脸：形容女子面容娇美如莲花。

❻相萦：这里是相思的意思。

❼倾城：指美女。

# 送 征 衣

过韶阳。璇枢电绕，华渚虹流❶，运应千载会昌。馨寰宇，荐殊祥。吾皇。诞弥月，瑶图缵庆❷，玉叶腾芳❸。并景贶、三灵眷祐❹，挺英哲、掩前王。遇年年、嘉节清和，颁率土称觞❺。

无间要荒华夏，尽万里、走梯航❻。彤庭舜张大乐，禹会群方❼。鹓行❽。望上国，山呼鳌抃❾，遥爇炉香。竟就日、瞻云献寿，指南山、等无疆❿。愿巍巍、宝历鸿基，齐天地遥长。

## 注释

❶"璇枢"二句：帝王诞生时的祥瑞之兆。璇枢，指北斗。相传黄帝的母亲附宝生他的时候，"见大电光绕北斗枢"，星垂郊野，感而有孕，二十月而生帝于寿丘。华渚，古地名。相传少昊帝的母亲生他的时候，"有大星如虹，下流华渚，女节梦接，感而生帝"。

❷瑶图缵庆：皇业有继，普天同庆。瑶图，指帝王家将来的图景，即帝业，也指帝王的谱系。缵（zuǎn），继承，延续。

❸玉叶腾芳：玉叶当中又开放出芳香之花，指皇族出生了杰出人物。玉叶，即金枝玉叶，代指皇族。

❹并景贶（kuàng）、三灵眷祐：上天眷顾赐福人间的意思。三灵，古人以天地人为三灵。贶，赐，赠。

❺率土称觞：国境之内安乐和谐的样子。率土，国之四境，国之全境。称觞，举杯相庆。

❻"无间"二句：不论是荒远之地还是华夏中原，都不远万里，翻山渡海而来。要荒，僻远之地。《尚书·禹贡》分疆域为甸、侯、绥、要、荒五服，每服五百里。要、荒为僻远之疆域。梯航，梯山航

海，既遇山以梯接，遇海以船渡。

⑦"彤庭"二句：像舜、大禹那样在朝廷奏和美之乐，宴请四方宾朋。《尚书·益稷》载："箫韶九成，凤皇来仪。"即指舜致教平而乐音和，君圣臣贤，天下大治。《尚书·大禹谟》记大禹曾大会诸侯，共伐有苗。

⑧鹓（yuān）行：鹓，传说中类似鸾凤鸟，飞行时井然有序。此处指大臣。鹓行，意为朝拜时如鹓鹭般整齐有序。

⑨山呼鳌抃（biàn）：抃，即鼓掌。呼声动山，拜舞如鳌，状群臣庆贺之盛况。

⑩"竟就日"句：终归于向皇帝进献寿礼，祝福寿比南山，万寿无疆。就日瞻云，指瞻视天子容颜。

# 十二时·秋夜

晚晴初，淡烟笼月，风透蟾光如洗❶。觉翠帐、凉生秋思。渐入微寒天气。败叶敲窗，西风满院，睡不成还起。更漏咽、滴破忧心❷，万感并生，都在离人愁耳。

天怎知、当时一句，做得十分萦系。夜永有时，分明枕上，觑著孜孜地❸。烛暗时酒醒，元来又是梦里。

睡觉来、披衣独坐❹，万种无憀情意❺。怎得伊来，重谐云雨❻，再整余香被。祝告天发愿，从今永无抛弃。

### 注释

❶蟾光：即月光。古代传说月中有大蟾蜍，故称。

❷更漏咽：更漏似乎在呜咽。

❸孜孜：接连不断，这里是深情款款的意思。

❹睡觉：睡醒。

❺无憀（liáo）：无聊。

❻云雨：用宋玉《高唐赋》巫山神女与楚王欢会典，指男女欢爱。

# 浪 淘 沙

　　梦觉、透窗风一线，寒灯吹息。那堪酒醒，又闻空阶，夜雨频滴。嗟因循、久作天涯客❶。负佳人、几许盟言，便忍把、从前欢会，陡顿翻成忧戚❷。

　　愁极。再三追思，洞房深处，几度饮散歌阑，香暖鸳鸯被，岂暂时疏散，费伊心力。殢云尤雨❸，有万般千种，相怜相惜。

　　恰到如今，天长漏永，无端自家疏隔。知何时、却拥秦云态❹，愿低帏昵枕，轻轻细说与，江乡夜夜，数寒更思忆❺。

### 注释

❶因循：轻率，随随便便。
❷陡顿：居然，竟至于。
❸殢云尤雨：沉湎于男女欢爱之中。殢、尤，沉湎，沉溺。云雨，即巫山云雨，用巫山神女与楚王欢会典，见宋玉《高唐赋》。
❹秦云：即秦云楚雨，喻男女之事。
❺寒更：寒夜。

# 笛家弄

花发西园[1]，草薰南陌，韶光明媚，乍晴轻暖清明后。水嬉舟动，禊饮筵开[2]，银塘似染[3]，金堤如绣[4]。是处王孙，几多游妓，往往携纤手。遣离人、对嘉景，触目伤怀，尽成感旧。

别久。帝城当日，兰堂夜烛，百万呼卢[5]，画阁春风，十千沽酒[6]。未省、宴处能忘管弦，醉里不寻花柳。岂知秦楼，玉箫声断[7]，前事难重偶。空遗恨，望仙乡[8]，一饷消凝[9]，泪沾襟袖。

### 注释

[1] 西园：宋时汴京城中一处园林，具体不详。

[2] 禊饮筵：祓禊之后的宴筵。旧俗于水旁灌濯以祓除妖邪，上巳为春禊，禊后之宴为禊饮宴。

[3] 银塘：波光粼粼的池塘。

[4] 金堤：初春时拂满嫩黄杨柳的湖堤。

[5] 呼卢：一种赌博游戏，掷骰游戏时大声呼"卢"以求胜出。

[6] 十千沽酒：以重金买酒豪饮。

[7] "岂知"二句：用萧史弄玉夫妇仙去典。此处指远离闺中女子，难通消息。

[8] 仙乡：仙界，神仙所居之处。

[9] 消凝：凝伫感伤的样子。

# 玉女摇仙佩·佳人

飞琼伴侣[1]，偶别珠宫[2]，未返神仙行缀[3]。取次梳妆[4]，寻常言语，有得几多姝丽[5]。拟把名花比。恐旁人笑我，谈何容易。细思算，奇葩艳卉，惟是深红浅白而已。争如这多情[6]，占得人间，千娇百媚。

须信画堂绣阁，皓月清风，忍把光阴轻弃。自古及今，佳人才子，少得当年双美。且恁相偎倚。未消得[7]，怜我多才多艺。愿奶奶、兰心蕙性[8]，枕前言下，表余深意。为盟誓。今生断不孤鸳被。

## 注释

[1] 飞琼：许飞琼，传说中的西王母侍女。

[2] 珠宫：仙女所居的宫殿。

[3] 行缀：行列。

[4] 取次：随便，或潦草、草率。

[5] 姝（shū）丽：美女。姝，美丽，美好。

[6] 争如：怎如，怎么比得上。

[7] 未消得：消不得，禁不起或当不起的意思。

[8] 兰心蕙性：兰蕙心性，形容心地美好善良。

# 夜半乐

艳阳天气，烟细风暖，芳郊澄朗闲凝伫。渐妆点亭台，参差佳树。舞腰困力，垂杨绿映，浅桃浓李夭夭[1]，嫩红无数。度绮燕、流莺斗双语[2]。

翠娥南陌簇簇，蹑影红阴，缓移娇步。抬粉面、韶容花光相妒。绛绡袖举。云鬟风颤，半遮檀口含羞[3]，背人偷顾。竞斗草、金钗笑争赌[4]。

对此嘉景，顿觉消凝，惹成愁绪。念解佩、轻盈在何处[5]。忍良时、孤负少年等闲度。空望极、回首斜阳暮。叹浪萍风梗知何去[6]。

**注释**

[1] 夭夭：美艳姣好的样子。《诗经·周南·桃夭》："桃之夭夭，灼灼其华。"

[2] 斗双语：双双相对而语。

[3] 檀口：朱唇。

[4] 斗草：古代女子一种游戏。

[5] 解佩：女子以信物相赠。用郑交甫邂逅江妃二女典。《列仙传》记，郑交甫游江汉，江妃二女见而悦之，手解玉佩与交甫。

[6] 浪萍风梗：如水中之萍，风中之梗，指行踪无定。

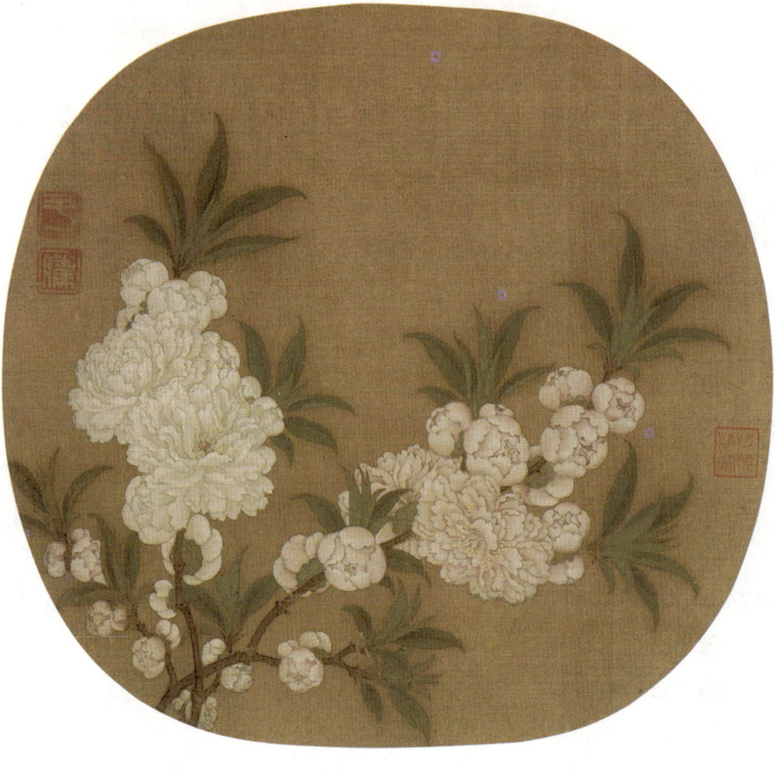

# 夜半乐

　　冻云黯淡天气①，扁舟一叶，乘兴离江渚。渡万壑千岩②，越溪深处③。怒涛渐息，樵风乍起④，更闻商旅相呼，片帆高举。泛画鹢、翩翩过南浦⑤。

　　望中酒旆闪闪⑥，一簇烟村，数行霜树。残日下、渔人鸣榔归去。败荷零落，衰柳掩映，岸边两两三三、浣纱游女。避行客、含羞笑相语。

　　到此因念，绣阁轻抛，浪萍难驻。叹后约丁宁竟何据！惨离怀、空恨岁晚归期阻，凝泪眼、杳杳神京路⑦，断鸿声远长天暮。

**注释**

❶冻云：下雪前凝聚的阴云。

❷万壑千岩：秀美的山川。

❸越溪：即若耶溪，在今浙江绍兴会稽山下。

❹樵风：顺风。《后汉书·郑弘传》唐李贤注引南北朝孔灵符《会稽记》谓，汉太尉郑弘尝采薪，得一遗箭，顷有人觅，弘还之。问何所欲，弘知其为神人，因曰："常患若耶溪载薪为难，愿旦南风，暮北风。"后果遂愿。后人因以郑公风或樵风指顺风，好风。

❺"泛画鹢"句：泛舟，驾船而去。鹢（yì），一种水鸟。古时绘鹢首于船头以压水神，后因以画鹢为船的代称。南浦，代指离别之地。

❻酒旆（pèi）：酒旗。

❼神京路：去汴京（今河南开封）之路。

169

# 轮台子

雾敛澄江，烟消蓝光碧。彤霞衬遥天，掩映断续，半空残月。孤村望处人寂寞，闻钓叟、甚处一声羌笛。九嶷山畔才雨过❶，斑竹作、血痕添色❷。感行客。翻思故国❸，恨因循阻隔。路久沈消息❹。

正老松枯柏情如织❺。闻野猿啼，愁听得❻。见钓舟初出，芙蓉渡头❼，鸳鸯滩侧。干名利禄终无益❽。念岁岁间阻，迢迢紫陌❾。翠蛾娇艳，从别后经今，花开柳拆伤魂魄❿。利名牵役。又争忍、把光景抛掷。

### 注释

❶九嶷山：在湖南宁远南六十里，因其山九溪皆相似，故称九嶷。传说舜帝南巡狩，崩于苍梧之野，葬于九嶷山。

❷斑竹：即湘竹，上有斑迹，故名。传说舜帝崩，其妃娥皇、女英悲啼，以泪挥湘竹，竹上尽显泪斑。

❸故国：这里指故乡，故园。

❹路久：长久在旅途。沈，同"沉"。

❺"正老松"句：以老松枯柏的枝杈纵横如织的姿态，拟纠结难解的心情。

❻愁听得：听到后激起愁情。得，语助词，无实际含义。

❼芙蓉渡：跟下面的"鸳鸯滩"一样，都是泛指一般的渡口和河滩。

❽干名利禄：追求名利俸禄。干，干进，追求。

❾紫陌：指京师郊野的道路。

❿"翠蛾"三句：用"人面桃花"和"章台柳"故事，喻指与所爱恋女子不得相见或者相见不能相亲的惆怅。

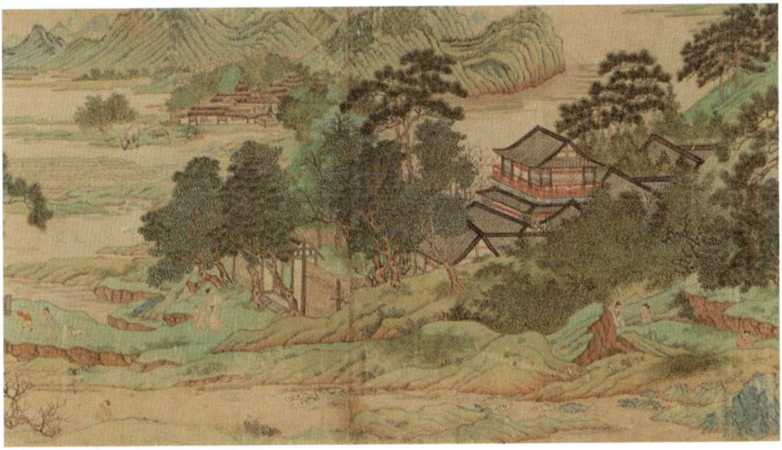

# 戚 氏

晚秋天。一霎微雨洒庭轩❶。槛菊萧疏❷，井梧零乱惹残烟。凄然。望乡关。飞云黯淡夕阳间。当时宋玉悲感，向此临水与登山❸。远道迢递，行人凄楚，倦听陇水潺湲❹。正蝉吟败叶，蛩响衰草❺，相应喧喧。

孤馆度日如年。风露渐变，悄悄至更阑。长天净，绛河清浅❻，皓月婵娟❼。思绵绵。夜永对景，那堪屈指，暗想从前。未名未禄❽，绮陌红楼❾，往往经岁迁延❿。

帝里风光好，当年少日，暮宴朝欢。况有狂朋怪侣，遇当歌、对酒竞留连⓫。别来迅景如梭⓬，旧游似梦，烟水程何限⓭。念利名、憔悴长萦绊⓮。追往事、空惨愁颜。漏箭移、稍觉轻寒⓯。听呜咽、画角数声残。对闲窗畔，停灯向晓⓰，抱影无眠。

## 注释

❶庭轩：庭院里的长廊。

❷槛菊：槛边的菊花。

❸"当时宋玉"两句：当年宋玉兴起悲伤之情，也是在这种肃杀之气中登山临水背井离乡吧。宋玉《九辩》："悲哉，秋之为气也！萧瑟兮草木摇落而变衰。僚僳兮若在远行，登山临水兮送将归。"

❹陇水潺湲：指愁绪满怀。陇水，河流名，源出陇山，因名。古有《陇水歌》："陇头流水，鸣声幽咽；遥望秦川，肝肠断绝。"潺湲，水流缓慢的样子。

❺蛩（qióng）：即吟蛩，蟋蟀。

❻绛河：天河。

⑦皓月婵娟：月光柔美可爱。

⑧未名未禄：没有获取功名。名：指功名。禄：俸禄。

⑨绮陌红楼：青楼，指妓女所居之处。

⑩迁延：延迟，拖延（回家）。

⑪"遇当歌"句：感叹人生苦短而迷恋酒色竟至于流连忘返。曹操《短歌行》中有"对酒当歌，人生几何"诗句，这里化用其成句。

⑫迅景如梭：日月如梭，光阴飞逝。

⑬烟水程：漫漫征程，旅途。

⑭"念利名"句：因为受名利牵累，使得心力交瘁。

⑮漏箭：古代用铜壶滴漏以计时的工具。

⑯停灯：吹灭灯烛。

中国古代文学经典书系

宋词藏美

# 辛弃疾词集

［宋］辛弃疾　　著

罗立刚　校注

春风文艺出版社
·沈阳·

**图书在版编目（CIP）数据**

辛弃疾词集/（宋）辛弃疾著；罗立刚校注. —沈
阳：春风文艺出版社，2025.1
（中国古代文学经典书系. 宋词藏美）
ISBN 978 - 7 - 5313 - 6646 - 1

Ⅰ. ①辛… Ⅱ. ①辛… ②罗… Ⅲ. ①宋词—选集
①I222.844

中国国家版本馆CIP数据核字（2024）第023234号

# 目录

# 浣溪沙·常山道中即事❶

北陇田高踏水频❷，西溪禾早已尝新❸，隔墙沽酒煮纤鳞❹。
忽有微凉何处雨，更无留影霎时云❺。卖瓜人过竹边村。

## 注释

❶常山：县名，宋属衢州，即今浙江常山。县境内有常山，山顶有湖，亦曰湖山，为上饶、衢州间往来必经之路，有"岭路"之称。即事：描写眼前景物人事。

❷踏水：用脚踏水车灌田。

❸禾早：水稻早熟。尝新：吃新米做的饭。

❹隔墙：指邻家。纤鳞：小鱼。

❺霎时：一眨眼的工夫。

# 浣溪沙

父老争言雨水匀❶，眉头不似去年颦❷。殷勤谢却甑中尘❸。
啼鸟有时能劝客，小桃无赖已撩人❹。梨花也作白头新❺。

## 注释

❶雨水匀：雨水很合理，风调雨顺的意思。

❷颦（pín）：皱眉头，是愁苦的神态。

❸"殷勤"句：真心实意地感谢不再担心揭不开锅。殷勤：情意恳切。甑（zèng）中尘：甑中布满尘土，揭不开锅的意思，形容很贫穷。甑，一种陶制的蒸食炊具。

❹无赖：顽皮可爱。

❺白头新：此指洁白梨花开满树枝。

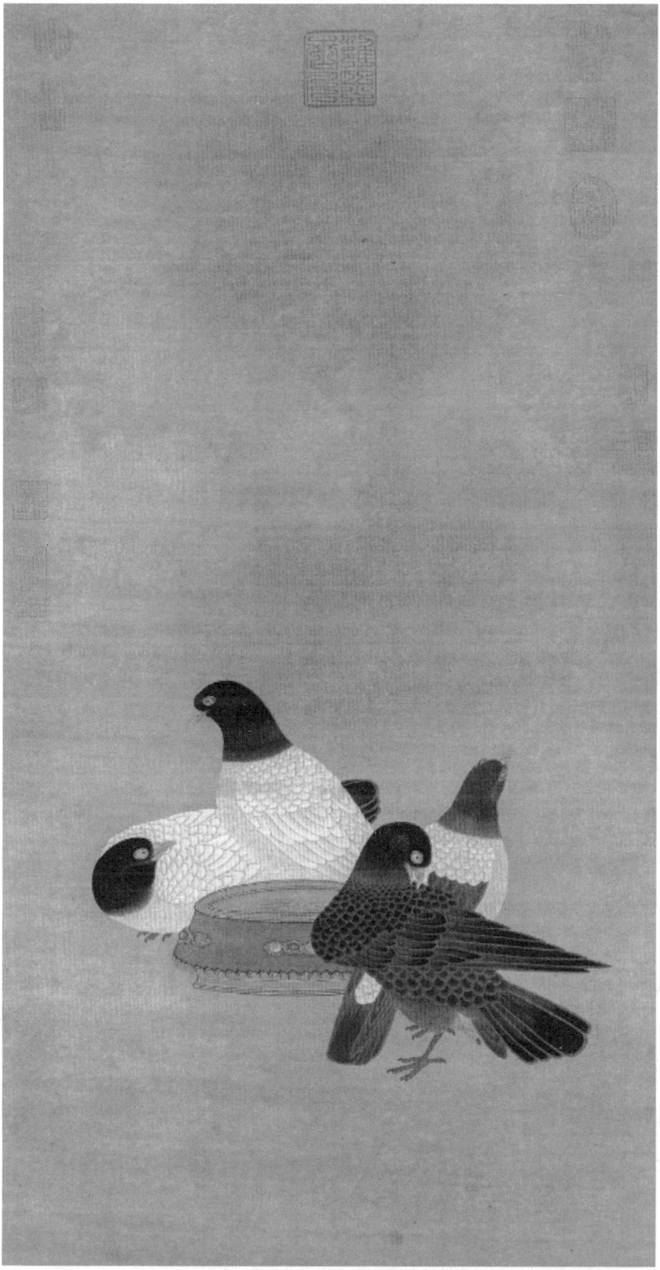

# 生查子·题京口郡治尘表亭[1]

悠悠万世功[2]，矻矻当年苦[3]。鱼自入深渊，人自居平土[4]。
红日又西沉，白浪长东去。不是望金山[5]，我自思量禹[6]。

## 注释

[1] 京口：即今江苏镇江，宋为镇江府行政中心。郡治：即府治所在地。尘表亭：亭名。据《北固山志》卷二《建置郡守宅》记载，尘表亭在城楼北隅，为北宋元祐年间郡守林希所建。原名婆罗亭，南宋庆元年间陈居仁守镇江时改名。

[2] 悠悠：久远。

[3] 矻（kū）矻：努力、勤劳的样子。

[4] "鱼自"二句：意谓大禹治水后，鱼儿自由自在地游于深水之中，人们得以在平地上安居乐业。盛赞大禹治水功业显著。这二句化用《孟子·滕文公下》："当尧之时，水逆行，泛滥于中国……使禹治之，禹掘地而注之海，驱蛇龙而放之菹（沼泽）……险阻既远，鸟兽之害人者消，然后人得平土而居之。"深渊：深水。

[5] 金山：在镇江城西北长江中。《舆地纪胜》卷七《镇江府景物》："金山，在江中，去城七里。旧名浮玉，唐李锜镇润州，表名金山。因裴头陀开山得金，故名。"

[6] 禹：大禹，相传为夏后氏首领，为帝颛顼的曾孙，黄帝轩辕氏第六代玄孙，因治黄河水患有功，受舜禅让继帝位。

# 生查子·独游雨岩[1]

溪边照影行[2]，天在清溪底。天上有行云，人在行云里。
高歌谁和余[3]? 空谷清音起[4]。非鬼亦非仙[5]，一曲桃花水[6]。

## 注释

[1]雨岩：在博山附近，因岩中有泉飞喷而出，如风雨之声，所以取名雨岩。

[2]"溪边"句：人在溪边走，影子倒映在溪水中。

[3]和（hè）余：与我的声音相互呼应。

[4]"空谷"句：空灵的山谷中传来自然山水发出的美妙声音。

[5]"非鬼"句：化用苏轼《夜泛西湖五绝（其五）》："湖光非鬼亦非仙，风恬浪静光满川。"

[6]桃花水：开遍桃花的溪水，这里泛指春天的流水。

# 菩萨蛮·金陵赏心亭为叶丞相赋❶

青山欲共高人语❷，联翩万马来无数❸。烟雨却低回❹，望来终不来。

人言头上发，总向愁中白。拍手笑沙鸥，一身都是愁❺。

## 注释

❶叶丞相：叶衡，字梦锡，婺州金华（今浙江金华市）人，高宗绍兴十八年（1148）进士，此时在建康任江东安抚使，不久升任右丞相兼枢密使。他力主抗金，任职期间积极加强战备，屡陈抗战大计，但受到主和派的阻挠和反对。

❷"青山"句：这是化用苏轼《越州张中舍寿乐堂》诗意："青山偃蹇如高人，常时不肯入官府。高人自与山有素，不待招邀满庭户。"高人：有高尚品格的人，此处指叶衡和作者自己。

❸"联翩"句：群山起伏如无数奔腾的战马。联翩：接连不断。

❹"烟雨"句：蒙蒙的细雨却徘徊不前。这里喻指主和派的百般阻挠。低回：徘徊不进的样子。

❺"拍手"二句：拍手嘲笑那些沙鸥，把身子都给愁白了。这里化用白居易《白鹭》诗："人生四十未全衰，我为愁多白发垂。何故水边双白鹭，无愁头上也垂丝？"

# 菩萨蛮·书江西造口壁❶

郁孤台下清江水❷，中间多少行人泪。西北望长安❸，可怜无数山。
青山遮不住，毕竟东流去。江晚正愁余❹，山深闻鹧鸪❺。

## 注释

❶造口：地名，在今江西万安县西南六十里，有皂口溪，溪水自此入赣江。

❷郁孤台：在今江西赣州市西北，唐宋时代为登台览景的名胜。清江：指赣江。

❸长安：本指汉唐故都，这里借指北宋故都汴京（今河南开封）。

❹愁余：使我发愁。

❺鹧鸪：鸟名。叫声像"行不得也哥哥"。这里暗指时事艰难，须小心应对。

# 丑奴儿·书博山道中壁❶

少年不识愁滋味，爱上层楼。爱上层楼，为赋新词强说愁❷。
而今识尽愁滋味，欲说还休。欲说还休，却道"天凉好个秋"！

## 注释

❶博山：山名，在信州永丰（今江西广丰）西约二十里。古名通
元峰，以其形似庐山香炉峰，故改今名。
❷强（qiǎng）说：勉强地讲，硬要说。

# 霜天晓角·旅兴

吴头楚尾①，一棹人千里②。休说旧愁新恨，长亭树，今如此③！
宦游吾倦矣④，玉人留我醉⑤。明日落花寒食，得且住，为佳耳⑥。

## 注释

①"吴头"句：指今江西北部一带，春秋时是吴、楚两国交界地，处于吴地长江的上游，楚地长江的下游，似首尾互相衔接。作者此时正离开豫章（今江西南昌）东行，路过古吴楚交界之地，故说"吴头楚尾"。

②棹（zhào）：划船的用具，形状似桨，这里代指船。

③今如此：如今已经这样（粗壮）。用东晋桓温语，感叹光阴消逝，人空老大。见刘义庆《世说新语·言语》。

④宦游：外出求官、做官。

⑤玉人：美人。

⑥"明日"三句：已是落花时节的寒食了，就该住下来才好吧。这里化用晋人帖："寒食近，且住为佳尔。"

# 清平乐·独宿博山王氏庵❶

绕床饥鼠，蝙蝠翻灯舞❷。屋上松风吹急雨，破纸窗间自语。
平生塞北江南❸，归来华发苍颜❹。布被秋宵梦觉，眼前万里江山。

## 注释

❶庵：草屋。

❷翻灯舞：绕着灯飞来飞去。

❸"平生"句：一生当中走遍了塞北和江南。塞北：本指长城以北，这里指沦陷的中原。江南：长江以南，这里指南宋所辖地区，主要在淮河以南。

❹华发苍颜：头发花白面容憔悴，感叹已经衰老。苍颜：面色青苍衰疲。

# 清平乐·村居

茅檐低小[1]，溪上青青草。醉里吴音相媚好[2]，白发谁家翁媪[3]。
大儿锄豆溪东，中儿正织鸡笼。最喜小儿亡赖[4]，溪头卧剥莲蓬。

## 注释

[1] 茅檐：草房，指简陋的房屋。

[2] 吴音：指江西上饶一带的口音，因这里古属吴国，故称。相媚
好：对话绵软好听。

[3] 翁媪（ǎo）：老翁和老妇。媪：古时对年老妇女的尊称。

[4] 亡赖：义同"无赖"，这里作"活泼顽皮"解。

# 清平乐·检校山园书所见[1]

连云松竹[2]，万事从今足。拄杖东家分社肉[3]，白酒床头初熟[4]。
西风梨枣山园，儿童偷把长竿。莫遣旁人惊去[5]，老夫静处闲看。

## 注释

[1] 检校：查看，游赏。山园：指作者在带湖别墅所开垦的田园。

[2] 连云松竹：即松竹连云。松竹茂密与山岚相连。

[3] 社肉：社日（此指秋社）祭神用的肉。

[4] "白酒"句：白酒刚刚从糟床里导出来。床，此指酿酒的糟床。

[5] 莫遣：不要指派。

# 清平乐·忆吴江赏木樨 ❶

少年痛饮，忆向吴江醒。明月团团高树影❷，十里水沉烟冷。

大都一点宫黄❸，人间直恁芬芳❹。怕是秋天风露❺，染教世界都香❻。

## 注释

❶吴江：地名，即今江苏吴江。木樨（xī）：即桂花，秋天开小花，有黄白二种，香气浓郁。

❷"明月"句：月亮里那一团团桂花树影摇曳生姿。古代传说月中有桂树，吴刚修仙用心不专，被天帝发配到月宫砍伐不死的月桂。团团：用李白《古朗月行》诗："仙人垂两足，桂树作（一作"何"）团团。"高树影：月亮里阴影暗处如桂树形状。

❸"大都"句：只不过是一点点淡黄颜色。大都：不过。宫黄：古代宫中妇女化妆用的黄色脂粉。这里用以比喻淡黄色的月光。

❹直恁（nèn）：这般，如此。

❺怕是：大概是，也许是。

❻教：同"叫"，"使得"之意。

# 卜算子

千古李将军❶，夺得胡儿马❷。李蔡为人在下中，却是封侯者❸。
芸草去陈根❹，笕竹添新瓦❺。万一朝家举力田❻，舍我其谁也？

## 注释

❶李将军：此指西汉抗击匈奴的名将李广。

❷"夺得"句：据《史记·李将军列传》记载，有一次李广在雁门关抗击匈奴，因寡不敌众，重伤被俘。匈奴人让他躺在一面网上，置于两匹马之间。他假装死去，偷眼看见旁边一个敌兵骑着一匹好马，于是突然一跃而起，将那人推下马，夺骑上马，再夺其弓箭，策马回奔数十里，把残部集合起来继续抗击匈奴。胡儿：指匈奴兵士。

❸"李蔡"二句：李蔡的为人不过下中等。李蔡，李广堂弟。据《史记·李将军列传》记载，李广、李蔡二人先后事汉文帝和武帝。李蔡的才能和人品在当时只能列为下中等，可是李蔡偏偏得到重用，官至宰相，封为列侯，李广却终生坎坷，不得封侯。

❹"芸草"句：锄草时懂得把老根挖除掉。陈根：老根。

❺"笕（jiǎn）竹"句：剖开竹子，便成瓦状，以作引水之用。笕，引水的长竹管。此作动词用。

❻"万一"句：如果国家重视选用能努力耕田的人。西汉时朝廷曾规定孝悌力田为选拔人才的科目之一，设这个科目的目的是奖励有孝悌之行和努力耕田的人，中选者可以受到赏赐并免除徭役。朝家：朝廷。力田：努力耕作。

# 阮郎归·耒阳道中为张处父推官赋❶

山前灯火欲黄昏，山头来去云。鹧鸪声里数家村，潇湘逢故人❷。

挥羽扇，整纶巾❸，少年鞍马尘。如今憔悴赋招魂❹，儒冠多误身❺。

## 注释

❶耒（lěi）阳：县名，今属湖南。宋代属衡州，隶属于荆湖南路。张处父推官：其人生平不详。从两人共忆"少年鞍马尘"的情况来看，可能是作者在山东抗金时的战友。推官：官名，州郡长官的助理。

❷"潇湘"句：用南朝梁柳恽《江南曲》"洞庭有归客，潇湘逢故人"成句。潇湘：潇水、湘水，在湖南零陵合流后称潇湘。这里指耒阳一带。

❸"挥羽"二句：像诸葛亮那样手挥羽扇、头戴纶巾，指挥若定。羽扇：羽毛扇。纶巾：青丝带做成的帽子。这里是作者自指。

❹憔悴赋招魂：一身疲惫地写着招魂之类的落魄文字。招魂：本楚辞篇名，这里借指抒发自己失意彷徨的作品。

❺"儒冠"句：用杜甫《奉赠韦左丞丈二十二韵》"纨袴不饿死，儒冠多误身"成句，感慨一身武艺却只能跟文人一样玩文字游戏。

# 西江月·夜行黄沙道中❶

明月别枝惊鹊❷，清风半夜鸣蝉。稻花香里说丰年，听取蛙声一片。
七八个星天外，两三点雨山前❸。旧时茅店社林边❹，路转溪桥
忽见❺。

### 注释

❶黄沙：指黄沙岭，在上饶城西四十里处。

❷明月别枝：明月上升到较树枝更高的天空。这里化用苏轼《次
周令韵送赴阙》诗："月明惊鹊未安枝。"

❸"七八个星"二句：何光远《鉴诫录》卷五"容易格"条："王
蜀卢侍郎延让吟诗，多着寻常容易言语。有《松门寺》诗云：'两三
条电欲为雨，七八个星犹在天。'"这里化用卢延让诗句。

❹茅店：茅草盖顶的小酒店或小客店。社林：土地庙旁边的
树林。

❺见：同"现"，出现。

# 西江月·遣兴

醉里且贪欢笑，要愁那得工夫？近来始觉古人书，信着全无是处❶。

昨夜松边醉倒，问松"我醉何如"？只疑松动要来扶，以手推松曰"去!"❷

### 注释

❶全无是处：完全没有对的地方。

❷"以手"句：用手推开松树，说："去你的吧!"这里用拟人的手法，摹写作者醉态。据《汉书·龚胜传》记载，龚胜为人正直，在一次讨论丞相王嘉推荐的人才是否合适时："博士夏侯常见胜应禄（左将军公孙禄）不和，起至胜前，谓曰：'宜如奏所言。'胜以手推常曰：'去!'"

# 太常引·建康中秋夜为吕叔潜赋[1]

一轮秋影转金波[2]，飞镜又重磨[3]。把酒问姮娥[4]：被白发、欺人奈何[5]！

乘风好去，长空万里，直下看山河。斫去桂婆娑，人道是、清光更多[6]。

## 注释

[1]吕叔潜：吕大虬（qiú），字叔潜，是辛弃疾的朋友，生平事迹不可考。

[2]金波：指月光。

[3]"飞镜"句：喻月亮重圆。飞镜：指月。古代传说月中有很多玉匠在月面打磨，使月面光洁可鉴。

[4]把酒：举起酒杯。姮娥：嫦娥，传说中的月中仙子。

[5]"被白发"句：因岁月流逝、白发丛生而无可奈何。语本唐薛能《春日使府寓怀》诗："青春背我堂堂去，白发欺人故故生。"奈何：怎么办。

[6]"斫（zhuó）去"二句：把月里婆娑的桂树砍去，人们就会说清澈的月光将更加明亮。这里化用杜甫《一百五日夜对月》诗："斫却月中桂，清光应更多。"斫：砍，削。桂婆娑：婆娑的月桂，这里喻指主和派的无端阻拦。

# 浪淘沙·山寺夜半闻钟

　　身世酒杯中，万事皆空。古来三五个英雄。雨打风吹何处是，汉殿秦宫？

　　梦入少年丛，歌舞匆匆。老僧夜半误鸣钟[1]。惊起西风眠不得，卷地西风。

## 注释

[1] 夜半误鸣钟：宋胡仔《苕溪渔隐丛话》前集卷二三引《王直方诗话》记载，欧阳修曾经讨论唐人诗句"姑苏城外寒山寺，夜半钟声到客船"的准确性，有评论者讲："句则佳也，其如三更不是撞钟时。"这里依此而言"误鸣"。

## 鹧鸪天

有客慨然谈功名，因追念少年时事❶，戏作。

壮岁旌旗拥万夫❷，锦襜突骑渡江初❸。燕兵夜娖银胡䩮❹，汉箭朝飞金仆姑❺。

追往事，叹今吾，春风不染白髭须❻。却将万字平戎策❼，换得东家种树书❽。

### 注释

❶少年时事：指作者青年时期在山东济南起兵抗金的那一段往事。

❷"壮岁"句：少壮之时擘举义旗率领着上万的起义军。这里化用黄庭坚《送范德孺知庆州》诗："春风旌旗拥万夫。"壮岁：少壮

之时。

❸锦襜（chān）突骑：穿着锦绣铠甲的精锐骑兵。突骑：冲突敌人军阵的骑兵。

❹燕兵：燕地的士兵，这里指追随自己的北方义军。娖（chuò）：谨慎貌，小心翼翼的样子。银胡䩫（lù）：饰银的箭袋。

❺汉箭：汉军的箭，代指汉军，这里代指起义军。金仆姑：箭名。《左传·庄公十一年》："公以金仆姑射南宫长万。"此泛指箭。

❻"春风"句：春风也不可能把花白的胡须染绿，意思是时过境迁，青春不再。这里化用欧阳修《圣无忧》词："好景能消光景，春风不染髭须。"

❼万字平戎策：指作者屡次上呈朝廷论抗金恢复中原故土策略的奏疏、策论等，今尚存者有《美芹十论》《九议》等数篇。平戎策，论平定外敌的策谋。

❽种树书：研究种树栽花的书籍。《史记·秦始皇本纪》记载秦始皇焚书："所不去者，医药卜筮种树之书。"

# 鹧鸪天·送人

唱彻阳关泪未干[1]，功名余事且加餐[2]。浮天水送无穷树[3]，带雨云埋一半山[4]。

今古恨，几千般，只应离合是悲欢？江头未是风波恶，别有人间行路难[5]。

## 注释

[1]唱彻：唱完，唱遍。阳关：古曲名，即《阳光三叠》，以王维《送元二使安西》诗入曲，多用来送别。

[2]余事：次要的事情。加餐：为"努力加餐"的省语，保重身体的意思。

[3]浮天水：形容水势很大，水天相连。

[4]"带雨"句：浓云带着细雨把山峰的上半部分都遮挡住了。

[5]人间行路难：人生在世与不同的人相处非常困难，世路多艰的意思。白居易《太行路》诗："行路难，不在水，不在山，只在人情反复间。"此用其意。

# 鹧鸪天·代人赋

陌上柔桑破嫩芽❶，东邻蚕种已生些❷。平冈细草鸣黄犊❸，斜日寒林点暮鸦❹。

山远近，路横斜，青旗沽酒有人家❺。城中桃李愁风雨，春在溪头荠菜花❻。

### 注释

❶破嫩芽：冒出了嫩芽。

❷些：一些，少许。

❸细草：春天柔嫩的小草。黄犊：小黄牛。

❹点暮鸦：起落归宿的乌鸦。

❺青旗沽酒：悬挂着青布酒招子的酒家。

❻"春在"句：溪边荠菜花开，显出盎然春意。

# 鹧鸪天·游鹅湖醉书酒家壁❶

春入平原荠菜花❷，新耕雨后落群鸦。多情白发春无奈❸，晚日青帘酒易赊❹。

闲意态，细生涯❺，牛栏西畔有桑麻。青裙缟袂谁家女❻，去趁蚕生看外家❼。

## 注释

❶鹅湖：鹅湖山，在今江西铅山东北。山上有湖，多生荷，原名荷湖，东晋人龚氏居山养鹅，更名鹅湖。山下有鹅湖寺，风景优美，辛弃疾常来游赏。

❷荠（jì）菜：一种二年生草本植物，花白色，野生，茎叶嫩时可食用。

❸多情白发：白发多情，满头的白发让人感慨连连。

❹青帘：古时候酒店门前挂的青布招牌。此代指酒店。

❺细生涯：田野生活，无关大局的小日子。

❻青裙缟袂（gǎo mèi）：黑裙白衣，农村妇女的打扮。缟：白色的生绢。袂：衣袖。

❼外家：娘家。

# 鹧鸪天·鹅湖归病起作

枕簟溪堂冷欲秋❶，断云依水晚来收❷。红莲相倚浑如醉❸，白鸟无言定自愁❹。

书咄咄❺，且休休❻，一丘一壑也风流❼。不知筋力衰多少，但觉新来懒上楼❽。

## 注释

❶枕簟（diàn）：枕头和凉席。簟：竹席。

❷断云：一片片的云。

❸浑：简直，几乎。

❹白鸟：白鹤、鹭鸶之类白色羽毛的鸟。

❺书咄（duō）咄：书写表示失意和不平的文字。

❻且休休：相当于"算了吧算了吧"。

❼一丘一壑：指寄情山水，隐居山林。

❽"不知"二句：感叹自己因为生病而精力衰退。语本刘禹锡《秋日书怀寄白宾客》诗："兴情逢酒在，筋力上楼知。"

# 瑞鹧鸪

乙丑奉祠归❶，舟次余干赋❷。

江头日日打头风❸，憔悴归来邴曼容❹。郑贾正应求死鼠❺，叶公岂是好真龙❻？

夙居无事陪犀首❼，未办求封遇万松❽。却笑千年曹孟德，梦中相对也龙钟❾。

## 注释

❶乙丑：此指开禧元年（1205）。奉祠归：指得到提举宫观的空衔后回江西铅山瓢泉隐居。这年三月，朝廷以辛弃疾荐人不当为由，将他降两职。六月，改差知隆兴府。人未动身，朝廷又撤回新命，另授予一个"提举冲祐观"的空衔，实际上是将他罢官遣返。

❷舟次：停泊船只。余干：地名，今属江西。

❸打头风：逆风。俗称"顶头风"。

❹邴（bǐng）曼容：西汉时人。《汉书·两龚传》说他："养志自修，为官不肯过六百石，辄自免去。"这里作者以邴曼容自比。

❺"郑贾"句：郑国的商人想买的应该就是那死老鼠啊。郑贾为先秦寓言中的人物。据《战国策·秦策三》：郑国人称未经雕琢的玉为"璞"，周国人称宰杀了但未经腊干的鼠为"朴"。周国人怀揣着他的"朴"到郑国的商人那里，问要不要买"朴"，郑国的商人说"要的"。不料周人把他的"朴"拿出来后，郑人一看是个老鼠，不是他所讲的"璞"，就不收了。作者用这个寓言，意在讽刺南宋朝廷但求抗金的空名，不务抗金之实。

❻"叶公"句：叶公所喜好的哪里是真龙呢。汉刘向《新序·杂事》记载："叶公子高好龙，雕文画之，于是天龙闻而示之，窥头于牖，施尾于堂，叶公见之，五色无主。是叶公非好龙也，好其似龙非龙也。"作者用这个寓言，也是讽刺南宋统治者好空名而不务实。

❼"孰居"句：日常生活空闲无事只能陪着犀首（喝酒）。据《史记·张仪列传》所附《犀首传》载："犀首者，魏之阴晋人也。名衍，姓公孙氏。"又该书《陈轸传》记载：陈轸使于秦，过梁欲见犀首，陈轸问道："公何好饮也?"犀首回答道："无事也。"这里化用犀首的典故，是说自己今后没什么事可做了，只有陪着喜欢喝酒的犀首饮酒。

❽"未办"句：一辈子未曾取得封侯之赏，只好到山林里去接纳千万松树为友。

❾"却笑"二句：可笑那作《龟虽寿》的曹操，虽有"烈士暮年，壮心不已"的豪语，但我与他梦中相遇，怕是也和我一样老态龙钟了。孟德：曹操的字。这里用梦见曹操老态龙钟，意思是就算曹操那样志在统一的大英雄，面对南宋的君臣，也只能寂寞老去无所作为，可见作者之痛心疾首。

# 玉楼春·戏赋云山

何人半夜推山去[1]？四面浮云猜是汝[2]。常时相对两三峰[3]，走遍溪头无觅处。

西风瞥起云横度[4]，忽见东南天一柱[5]。老僧拍手笑相夸，且喜青山依旧住[6]。

## 注释

[1]"何人"句：是谁在半夜三更把山给推走了？语本《庄子·大宗师》："夫藏舟于壑，藏山于泽，谓之固矣，然而夜半有力者负之而走，昧者不知也。"

[2]"四面"句：那些四面的浮云，我猜一猜就知道是你们。

[3]常时：平常时候。

[4]瞥（piē）起：骤起，忽然而起。

[5]东南天一柱：东南面一峰高耸，柱立于天地之间。

[6]依旧住：依旧在那里。住：停留。

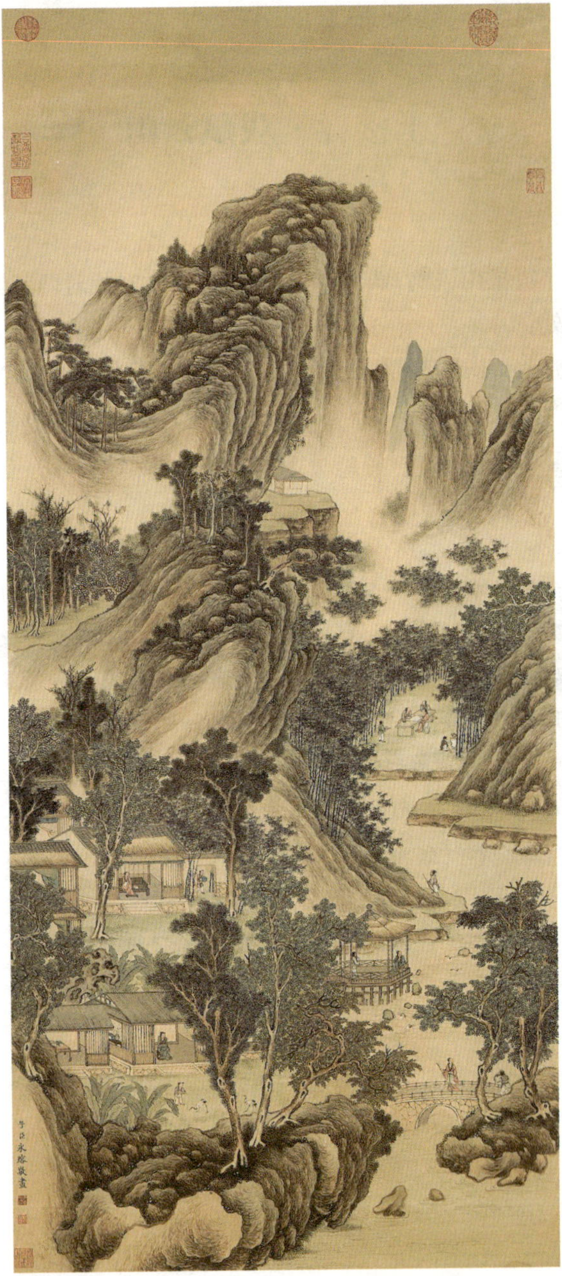
永瑢敬畫

# 玉楼春

　　三三两两谁家女，听取鸣禽枝上语："提壶沽酒已多时❶，婆饼焦时须早去❷。"

　　醉中忘却来时路，借问行人家住处。"只寻古庙那边行，更过溪南乌桕树❸。"

## 注释

❶提壶：鸟名，因其鸣声如叫"提壶"而得名。

❷婆饼焦：也是鸟名，因其啼声如"婆饼焦"而得名。梅尧臣《禽言》诗："婆饼焦，儿不食。尔父向何之？尔母山头化为石。"

❸乌桕（jiù）树：树名，春秋季叶色红艳夺目，不下丹枫。

# 鹊桥仙·己酉山行书所见[1]

松冈避暑，茅檐避雨，闲去闲来几度[2]。醉扶怪石看飞泉，又却是、前回醒处。

东家娶妇，西家归女[3]，灯火门前笑语。酿成千顷稻花香，夜夜费、一天风露。

### 注释

[1] 己酉：此指宋孝宗淳熙十六年（1189）。

[2] 几度：几次，几回。

[3] 归女：嫁女。归，"于归"的省写，指女子出嫁。

# 唐河传·效《花间》体❶

春水，千里，孤舟浪起，梦携西子❷。觉来村巷夕阳斜，几家，短墙红杏花。

晚云做造些儿雨，折花去，岸上谁家女。太狂颠❹，那岸边，柳绵❺，被风吹上天。

## 注释

❶《花间》体：《花间》即《花间集》，该书为五代后蜀赵崇祚所编，收录晚唐五代十八位词人的作品，是我国最早的文人词集，其中的大部分作品风格浓艳绮丽，内容多为男女之情，后世就称这种词为"花间体"。

❷西子：西施。这里代指作者意中的美人。

❹狂颠：这里是活泼洒脱的意思。

❺柳绵：柳絮。

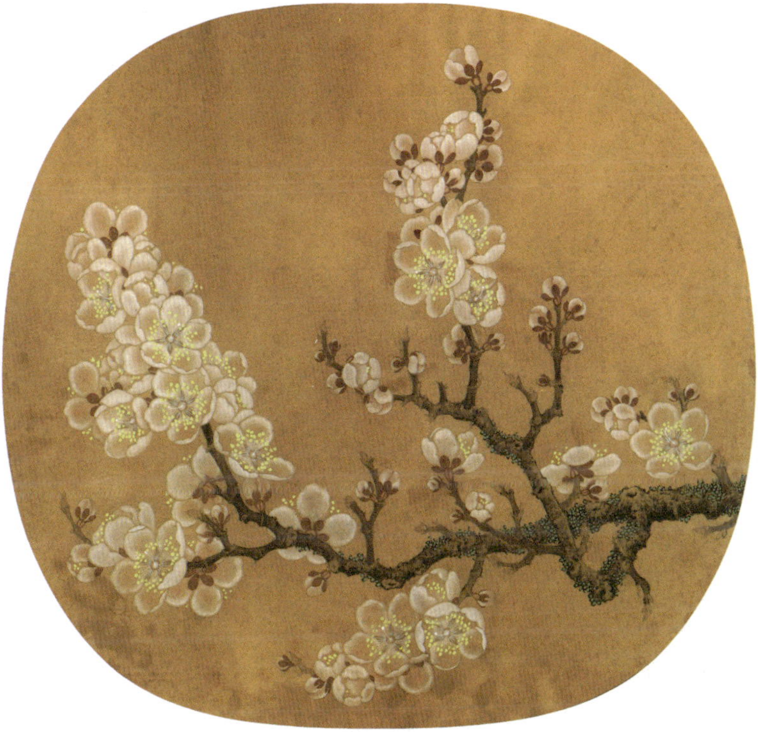

# 踏莎行

庚戌中秋后二夕●，带湖篆冈小酌❷。

夜月楼台，秋香院宇，笑吟吟地人来去。是谁秋到便凄凉？当年宋玉悲如许❸。

随分杯盘❹，等闲歌舞❺，问他有甚堪悲处？思量却也有悲时：重阳节近多风雨❻。

## 注释

●庚戌：此指宋光宗绍熙元年（1190）。

❷篆冈：带湖边的一个小山坡。

❸"当年"句：当年的宋玉是那么的悲伤感慨。宋玉，战国时楚国作家，他的《九辩》中有许多悲秋的句子，如"悲哉秋之为气也，萧瑟兮草木摇落而变衰"，等等。

❹随分：随意，随便。

❺等闲：平常。

❻"重阳"句：重阳节马上到了，秋风秋雨也多起来了。化用北宋诗人潘大临"满城风雨近重阳"句意（见释惠洪《冷斋夜话》卷四），借喻北人"秋猎"，南宋形势又将风雨飘摇，十分危急。

# 南乡子·登京口北固亭有怀❶

何处望神州❷？满眼风光北固楼。千古兴亡多少事？悠悠❸，不尽长江滚滚流❹。

年少万兜鍪❺，坐断东南战未休❻。天下英雄谁敌手？曹刘❼。生子当如孙仲谋❽。

## 注释

❶京口：今江苏镇江。北固亭：亦名北固楼，在镇江东北长江南岸的北固山上，为东晋时蔡谟所建。

❷神州：本指中国，这里特指被金人占领的中原地区。

❸悠悠：连绵不断的样子。

❹"不尽"句：江水昼夜不息滚滚东流。这里化用杜甫《登高》诗"不尽长江滚滚来"诗意。

❺年少：指三国吴大帝孙权，他继承父兄大业为吴主时只有十九岁。万兜鍪（móu）：千军万马。兜鍪，武士的头盔，这里代指士兵。

❻"坐断"句：指孙权据守东南地区，不断地与敌人作战。坐断：据守，占据。

❼"天下"二句：天下英雄中谁堪称得上是对手呢？只有曹操和刘备。据《三国志·蜀书·先主传》记载，曹操曾对刘备说："今天下英雄，惟使君（刘备）与操耳。"

❽"生子"句：生孩子就要生像孙权那样的英雄。据《三国志·吴书·吴主传》裴松之注，一次曹操与孙权对阵打仗，见孙权军伍整肃，气势雄壮，忍不住赞叹说："生子当如孙仲谋，刘景升（刘表）儿子若豚犬耳！"仲谋：孙权的字。

# 蝶恋花·戊申元日立春席间作❶

谁向椒盘簪彩胜❷？整整韶华❸，争上春风鬓❹。往日不堪重记省❺，为花长把新春恨。

春未来时先借问，晚恨开迟，早又飘零近。今岁花期消息定，只愁风雨无凭准。

## 注释

❶戊申：此指宋孝宗淳熙十五年（1188）。

❷椒盘簪彩胜：好朋友们头上插戴着春胜畅饮花椒醇酒。椒盘：《尔雅翼》记载，古代有正月初一喝花椒酒的习俗，盛椒以盘，称椒盘。簪：盍簪，指朋友聚会。盍即"合"，头上的簪聚在一起，意即朋友相聚。彩胜：即春幡、春胜、幡胜。宋人多于立春之日剪彩绸为春幡，或戴在头上，或缀于花下，或剪为春蝶、春钱、春胜等以为戏。见《东京梦华录》《梦梁录》。

❸整整韶华：（因彩胜）整齐而展示出美好的风采。

❹争上春风鬓：争着显在如春风吹拂的两鬓之上。依词意应是指喝椒酒后呈现容光焕发的样子。

❺记省：回忆，回首。

# 蝶恋花·月下醉书雨岩石浪[1]

九畹芳菲兰佩好[2]，空谷无人，自怨蛾眉巧[3]。宝瑟泠泠千古调[4]，朱丝弦断知音少[5]。

冉冉年华吾自老[6]，水满汀洲，何处寻芳草？唤起湘纍歌未了[7]，石龙舞罢松风晓[8]。

## 注释

[1]石浪：据作者所作他词注文，是博山中"雨岩"那里一块巨石的名称，该石形状古怪，长三十余丈。

[2]"九畹（wǎn）"句：满眼的芳菲当中，兰花最让人感到适宜。畹：古制，一畹为十二亩，九畹，极言其多。芳菲：花草芳香茂盛。

[3]"自怨"句：独自哀叹枉有精美娇好的面容。

[4]泠（líng）泠：泉水流动时清越的声音，这里借喻瑟声。

[5]"朱丝"句：就算把琴丝弹到断了弦，也很少有知音来欣赏。

[6]"冉冉"句：岁月推移我自老去。这是化用屈原《离骚》："老冉冉其将至兮，恐修名之不立。"冉冉：渐渐地。

[7]唤起湘纍：把屈原叫起来。纍：古人称冤屈而死为"纍"，屈原含冤投湘水而死，故称湘纍。屈原赋作中常以兰花喻高洁品质，作者醉中月下独处"石浪"而想到含冤投江的屈原，实则透露出其幽独孤寂的情怀。

[8]石龙：指那块"石浪"巨石，因其长三十余丈，故称之为石龙。

# 临江仙

　　苍壁初开❶，传闻过实，客有来观者，意其如积翠、清风、岩石、玲珑之胜❷。既见之，乃独为是突兀而止也❸，大笑而去。主人下一转语，为苍壁解嘲。

　　莫笑吾家苍壁小，棱层势欲摩空❹。相知惟有主人翁。有心雄泰华❺，无意巧玲珑。

　　天作高山谁得料，解嘲试倩扬雄❻。君看当日仲尼穷❼？从人贤子贡❽，自欲学周公❾。

## 注释

　❶苍壁：作者在瓢泉别墅附近开山路时发现的一座石壁，因爱其高峻，取名苍壁。

　❷积翠、清风：即积翠岩、清风峡，都在铅山县境内。岩石、玲珑：指作者的朋友何异铅山别墅里的两座美丽的山石。

　❸突兀而止：只不过就是高峻的样子。

　❹棱层：山高而险的样子。摩空：上接青天。

　❺雄泰华：称雄于泰岳、华山。

　❻"解嘲"句：只有请扬雄来驳难解嘲。倩（qiàn）：请。扬雄：西汉辞赋家，曾作《解嘲》一文。

　❼仲尼：孔子，字仲尼。

　❽"从人"句：追随（孔子）的人中有学生认为子贡十分贤能。《论语·子张》记载时人语："子贡贤于仲尼。"从人：门生，徒弟。子贡：孔子的学生，复姓端木，名赐，字子贡。

❾周公：即姬旦，西周初年著名的政治家，为孔子儒家学派所尊崇的理想人物。这里用突兀的苍壁与"积翠"等秀美之景对比，拟之以孔子与其弟子子贡等人对比，表达苍壁虽无外饰，却如周公一般有高远之志。

# 一剪梅·中秋无月

忆对中秋丹桂丛。花在杯中，月在杯中。今宵楼上一尊同❶。云湿纱窗，雨湿纱窗。

浑欲乘风问化工❷。路也难通，信也难通。满堂惟有烛花红。杯且从容❸，歌且从容。

## 注释

❶一尊同：同样是一杯酒。

❷"浑欲"句：真想乘风飞上去问一问天公。浑欲：真想。化工：化生万物的大自然。

❸杯：酒杯。这里指饮酒。

# 小重山·三山与客泛西湖①

绿涨连云翠拂空②。十分风月处③，着衰翁④。垂杨影断岸西东。
君恩重，教且种芙蓉⑤。

十里水晶宫⑥。有时骑马去，笑儿童⑦。殷勤却谢打头风⑧。船儿
住，且醉浪花中。

### 注释

①三山：福州城，因城内有越王山、九仙山、乌石山而得名。西
湖：这里指福州城西的西湖。

②"绿涨"句：湖面的碧波与远天的白云相接，水天一片翠绿。

③"十分"句：风景最为秀美之处。风月：偏意复词，重在
"风"，即风景。

④着衰翁：突兀地站着一个老人。衰翁：作者自指，作者写此词
时已经五十三岁。

⑤芙蓉：荷花的别名。

⑥"十里"句：指福州西湖上遗留的五代闽王王延钧所建的水亭
台榭。据《闽都记》："西湖周回十数里，闽王延钧筑室其上，号水
晶宫。"

⑦笑儿童：引得小孩子发笑，为儿童所笑。

⑧打头风：顶头而吹的大风。

# 定 风 波

再用韵。时国华置酒，歌舞甚盛❶。

莫望中州叹黍离❷，元和圣德要君诗❸。老去不堪谁似我？归卧，青山活计费寻思❹。

谁筑诗坛高十丈？直上，看君斩将更搴旗❺。歌舞正浓还有语：记取，须鬓不似少年时❻。

## 注释

❶国华：卢彦德，字国华，浙江丽水人，进士出身，此时在福州任福建提点刑狱使。作者曾写过一首《定风波》词赠给卢国华。这一次，卢设宴招待，作者在席间又用原韵写了这一首送给他。

❷"莫望"句：不要北望中原而兴起国家败亡的悲伤。中州：中原，此指沦陷于金人之手的中原地区。黍离：《诗经》篇名。周平王为避犬戎之害而东迁，周大夫经过西周故都，看到宫殿宗庙成了废墟，上面长满了黍子，十分感伤，写了《黍离》这首伤悼的诗。后世往往用"黍离"来代指故国的残破。

❸"元和"句：唐代韩愈因为唐宪宗元和年间（806—820）朝廷平定几处藩镇割据势力，使全国得到某种程度的统一，就写了一首《元和圣德诗》来歌颂此事。这里借用韩诗篇名，勉励卢国华要为朝廷收复中原失地而写出乐观的作品。

❹青山活计：退隐的生活。青山：此指隐居之地。活计：谋生的办法。

❺斩将更搴（qiān）旗：打仗时杀死敌方大将，还拔取其军旗。这里借喻占领文坛领袖的地位。

❻须鬓：胡须。

# 破阵子·为陈同甫赋壮词以寄之

醉里挑灯看剑❶，梦回吹角连营❷。八百里分麾下炙❸，五十弦翻塞外声❹。沙场秋点兵。

马作的卢飞快❺，弓如霹雳弦惊❻。了却君王天下事❼，赢得生前身后名。可怜白发生！

## 注释

❶挑灯看剑：把油灯拨亮凝神看着宝剑，形容烈士满怀仗剑行天下的豪情。

❷梦回：梦醒。吹角：吹响号角。连营：连绵不断的军营帐幕。

❸"八百里"句：把烤熟的牛肉分给部下一起吃。八百里：指牛。《世说新语·汰侈》："王君夫（恺）有牛，名八百里驳。"麾（huī）下：部下。炙（zhì）：烤熟的肉。

❹"五十弦"句：军乐奏响塞外激越的乐音。五十弦：本指古乐器瑟，此泛指军中各种乐器。翻：演奏。塞外声：边塞的音乐，其声调激昂雄壮。

❺的卢：古代烈性名马。《相马经》："马白额入口齿者，名曰榆雁，一名的卢。"这里用以泛指骏马。

❻"弓如"句：拉满弓弦射箭如霹雳雷电。《南史·曹景宗传》载，曹景宗对人回忆他少年时在家乡与同辈数十人骑马练武，"拓弓弦作霹雳声，箭如饿鸱叫"。这里是描写沙场点兵的景象。

❼了却：这里当"完成"讲。天下事：此指收复中原的大业。

# 行香子·三山作

　　好雨当春，要趁归耕。况而今已是清明。小窗坐地[1]，侧听檐声。恨夜来风，夜来月，夜来云。

　　花絮飘零，莺燕丁宁[2]："怕妨侬湖上闲行。"天心肯后[3]，费甚心情。放霎时阴，霎时雨，霎时晴[4]。

## 注释

**❶坐地**：坐着。地，语助词，无义。

**❷丁宁**：同叮咛，再三嘱咐。

**❸天心**：老天爷的心意。喻朝廷。

# 青玉案·元夕[1]

东风夜放花千树[2]，更吹落，星如雨[3]。宝马雕车香满路[4]，凤箫声动[5]，玉壶光转[6]，一夜鱼龙舞[7]。

蛾儿雪柳黄金缕[8]，笑语盈盈暗香去。众里寻他千百度[9]，蓦然回首[10]，那人却在，灯火阑珊处[11]。

## 注释

[1] 元夕：旧历正月十五为上元节，这晚称元夕，又称元宵。我国自古有元夕观灯的风俗。

[2] "东风"句：形容元宵灯火灿烂，像东风吹开了千万树花朵。

[3] 星如雨：元宵花灯如闪烁的雨滴，状花灯之盛。

[4] 宝马雕车：装饰华丽的车马。这句化用唐郭利贞《上元》诗："倾城出宝骑，匝路转香车。"

[5] 凤箫：箫的美称。

[6] 玉壶：喻月亮。

[7] 鱼龙舞：指鱼灯、龙灯等各呈异彩。

[8] "蛾儿"句：那蛾儿、雪柳的头饰都闪着一丝丝的金黄。这里描绘元宵节时盛装的妇女们穿戴得十分整齐。蛾儿、雪柳，都是古代妇女的头饰。蛾儿：也称闹蛾儿。雪柳：一种雪柳状头饰。《东京梦华录》卷六"正月十六日"条："市人卖玉梅、夜蛾、蜂儿、雪柳……"

[9] 众里：人群中。千百度：千百次。

[10] 蓦然：忽然，猛然。

[11] 阑珊：零落，冷落。

# 江神子·和人韵

梨花着雨晚来晴。月胧明①，泪纵横。绣阁香浓，深锁凤箫声②。未必人知春意思，还独自，绕花行。

酒兵昨夜压愁城③，太狂生④，转关情。写尽胸中，块垒未全平⑤。却与平章珠玉价⑥，看醉里，锦囊倾⑦。

## 注释

①月胧明：月色微明。

②凤箫：用秦穆公女儿弄玉与善吹箫丈夫萧史骑凤飞升典，这里是对箫的美称。

③"酒兵"句：昨夜借酒浇愁。酒兵：指酒。语出《南史·陈暄传》："酒犹兵也，兵可千日而不用，不可一日而不备；酒可千日而不饮，不可一饮而不醉。"愁城：形容内心愁苦既多且浓，如一座城池，轻易攻不破。

④太狂生：十分癫狂。生，语助词，无义。

⑤块垒：心里的牢骚愁烦。

⑥平章：品评。

⑦锦囊：这里指优美的诗篇。

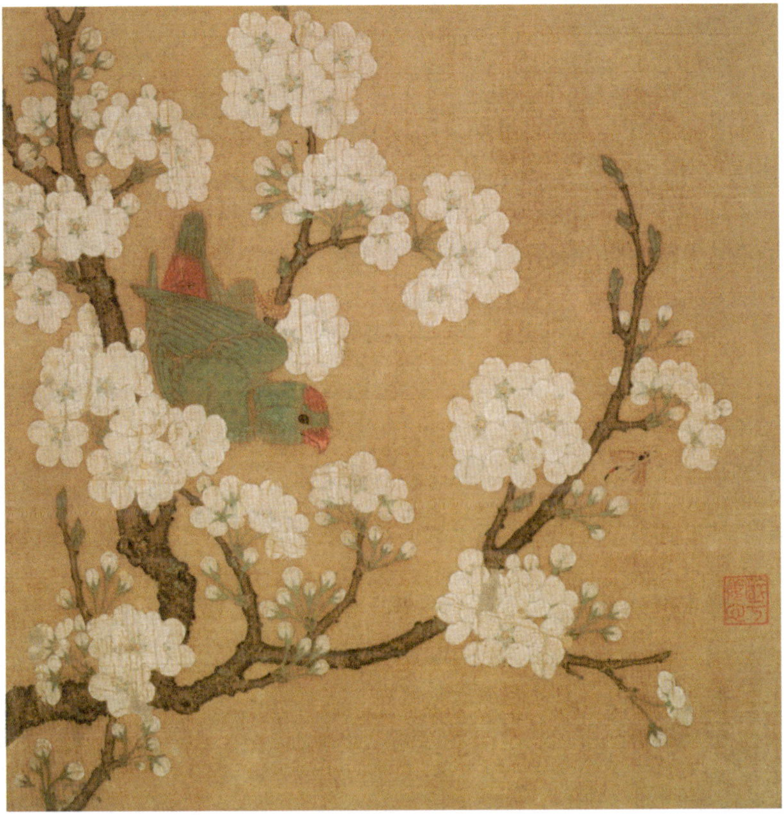

# 粉蝶儿·和赵晋臣敷文赋落梅❶

昨日春如、十三女儿学绣❷，一枝枝、不教花瘦❸。甚无情❹，便下得❺，雨僝风僽❻。向园林、铺作地衣红绉❼。

而今春似、轻薄荡子难久。记前时、送春归后，把春波，都酿作，一江醇酎❽。约清愁、杨柳岸边相候。

## 注释

❶赵晋臣敷文：赵不迁，字晋臣，绍兴二十四年（1154）进士，官至敷文阁学士。他寓居上饶时，常与辛弃疾唱和。

❷十三女儿：小女儿。这里拟人手法将初春比作少女。

❸不教花瘦：不让花显得瘦小，意思是把花绣得很肥大。

❹甚无情：真是无情。

❺下得：忍得，忍不住。

❻雨僝（chán）风僽（zhòu）：被风雨折磨。

❼地衣红绉：红色有皱纹的地毯，这里指铺满地面的落花。

❽醇酎（chún zhòu）：汁浓味厚的美酒。

# 千年调

蔗庵小阁名曰巵言，作此词以嘲之❶。

巵酒向人时❷，和气先倾倒。最要然然可可❸，万事称好❹。滑稽坐上❺，更对鸱夷笑❻。寒与热，总随人，甘国老❼。

少年使酒❽，出口人嫌拗❾。此个和合道理，近日方晓。学人言语，未会十分巧。看他们，得人怜⑩，秦吉了⑪。

## 注释

❶蔗庵：作者友人郑汝谐任信州（今江西上饶）知州时，在上饶城边山上所建住宅名。巵（zhī）言：随便漫谈。语出《庄子·寓言》："寓言十九，重言十七，巵言日出，和以天倪。"

❷巵酒向人：那巵酒杯一满就冲着喝酒的人，这里借指那些点头哈腰讨好别人者。巵，古代一种盛酒器，空时仰起，倒满酒就会倾斜向人。

❸然然可可：是是是，可以可以，唯唯诺诺的意思。

❹万事称好：什么事都讲好话。典出《世说新语》刘孝标注引《司马徽别传》记载，司马徽为人谦逊，不管问他什么问题，他都讲好话。他夫人说："别人有了疑问来问你，你就应该跟他辩剖清楚，怎么可以什么都说好？那样的话，别人哪里还用来找你讨主意呢。"司马徽听了，说："你这话也讲得很好。"

❺滑（gǔ）稽：古时酒席上用来斟酒的一种壶，圆滑便于顺手旋转，倒完又灌，整日不停都不觉得。这里用来比喻那些善于应变，花言巧语层出不穷的人。

❻鸱（chī）夷：古时一种皮制的酒袋，便于携带，和滑稽一样很受酒徒欢迎。

❼甘国老：甘草一般的和事佬。《本草·草部·上品之上》："甘草，国老，味甘平，无毒，主五脏六腑寒热邪气。"注引《药性论》："甘草……诸药众中为君，治七十二种乳石毒，解一千二百般草木毒，调和使诸药有功，故号国老之名。"这里用甘草比喻那些调和派。

❽使酒：借着酒劲任性使气。

❾拗：固执，这里指与世俗格格不入。

❿怜：喜爱。

⓫秦吉了：一种黑色羽毛的小鸟，又名鹩哥，能学人说话，舌头灵巧胜过鹦鹉。这里用以比喻那些善于学舌的小人。

# 祝英台近·晚春

宝钗分①，桃叶渡②，烟柳暗南浦③。怕上层楼，十日九风雨。断肠片片飞红，都无人管，更谁劝、啼莺声住？

鬓边觑④，试把花卜归期⑤，才簪又重数⑥。罗帐灯昏，哽咽梦中语⑦："是他春带愁来，春归何处，却不解、带将愁去⑧！"

## 注释

①宝钗分：古时情人分别时女方将头上的金钗掰为两股，双方各持一股以为信物。

②桃叶渡：渡口名，在今江苏南京秦淮河与青溪合流处。传说东晋王献之有妾名桃叶，曾在这里渡河，王献之作《桃叶歌》相送，该地因此得名。这里借指情人分别之地。

③南浦：南朝江淹《别赋》中有"送君南浦，伤如之何"句，后世遂用"南浦"泛指分别之地。

④觑（qù）：斜视。

⑤花卜归期：古代妇女所用的一种占卜方法，其法未详，大约是以所戴之花的花瓣单双数来预卜离人的归期。

⑥簪：插在头上。重数：再数一回，极言盼归心切。

⑦哽咽：声气阻塞，形容极度伤心。

⑧"是他"三句：是因为春天让人萌生愁情，现在春天不知到哪里去了，却不懂得把愁绪带走。

# 最 高 楼

吾拟乞归①，犬子以田产未置止我②，赋此骂之。

吾衰矣③，须富贵何时④。富贵是危机。暂忘设醴抽身去⑤，未曾得米弃官归⑥。穆先生，陶县令，是吾师。

待葺个、园儿名佚老⑦，更作个、亭儿名亦好，闲饮酒，醉吟诗。千年田换八百主⑧，一人口插几张匙⑨。便休休，更说甚，是和非。

## 注释

①乞归：向朝廷请求罢官归隐。

②犬子：古人在人前对自己儿子的谦称。

③吾衰矣：我已经衰老了。语本《论语·述而》："甚矣，吾衰也！久矣，吾不复梦见周公。"

④"须富贵"句：一定要为荣华富贵奋斗到什么时候呢。语本汉代杨恽《报孙会宗书》："人生行乐耳，须富贵何时。"

⑤"暂忘"句：即使暂时忘记了准备甜酒也要抽身而去。此用穆生去楚典。据《汉书·楚元王传》载，元王至楚国封地，用穆生等人为中大夫。穆生不嗜酒，元王就经常置醴（甜酒）相待。后来元王的孙子戊即位，忘了设醴之事，穆生说："醴酒不设，王之意怠。不去，楚人将钳我于市。"于是称病离去。

⑥"未曾"句：用晋陶潜不愿为五斗米折腰典。据《宋书·陶潜传》载，陶潜（渊明）为彭泽县令，郡里派督邮视察到县，县吏告诉他，应该穿上公服，束上官带去拜见督邮。陶潜感叹说："我不能为五斗米折腰向乡里小人！"当天就解印挂冠，辞职回乡。

❼佚（yì）老：安逸养老之意。语本《庄子·大宗师》：“夫大块载我以形，劳我以生，佚我以老，息我以死。”

❽“千年”句：富贵无常的意思。语出《景德传灯录》卷一一记载：有和尚问韶州灵树如敏禅师：“如何是和尚家风？”禅师说：“千年田，八百主。”和尚又问：“如何是千年田，八百主？”禅师回答道：“郎当屋舍无人修。”

❾“一人”句：这是化用当时南方谚语“一口不能著两匙”，意思是不要贪心多求。

# 丑奴儿近·博山道中效李易安体❶

千峰云起，骤雨一霎儿价❷。更远树斜阳，风景怎生图画❸。青旗卖酒❹，山那畔、别有人家❺。只消山水光中，无事过这一夏。

午醉醒时，松窗竹户❻，万千潇洒。野鸟飞来，又是一般闲暇。却怪白鸥，觑着人欲下未下❼。旧盟都在❽，新来莫是，别有说话❾？

## 注释

❶李易安：李清照（1084—1155？），号易安居士，济南章丘（今属山东）人。著名文学家李格非女，金石博物学家赵明诚妻。工诗文，尤以词擅名，卓然为宋词一大家。

❷一霎儿价：一阵子。价，语尾助词。

❸怎生：怎样，如何。

❹青旗：酒店门口悬挂的青布招子。

❺山那畔：山那边。

❻松窗竹户：松竹掩映的窗下门前。

❼觑（qù）：窥探，偷看。

❽旧盟：指过去和鸥鸟结成朋友的盟约。作者隐居带湖之初，写过一首《水调歌头·盟鸥》，其中说："凡我同盟鸥鹭，今日既盟之后，来往莫相猜。"旧盟当指此而言。

❾别有说话：另外有说法，改口悔约的意思。

# 一枝花·醉中戏作

千丈擎天手❶，万卷悬河口❷。黄金腰下印，大如斗❸。更千骑弓刀❹，挥霍遮前后。百计千方久。似斗草儿童❺，赢个他家偏有。

算枉了，双眉长恁皱❻，白发空回首。那时闲说向，山中友。看丘陇牛羊❼，更辨贤愚否。且自栽花柳。怕有人来，但只道今朝中酒❽。

## 注释

❶"千丈"句：比喻能够支撑国家大局的杰出人才。擎（qíng）天手：举手托起天那样能为国家担当重任的人。

❷"万卷"句：意谓极有学问和口才。悬河口：口若悬河，口才极好。语本《晋书·郭象传》："王衍每言：'听象言，如悬河泻水，注而不竭。'"

❸"黄金"二句：谓杀敌立功，加官晋爵，佩上黄金印。语本《世说新语·尤悔》："明年杀诸贼奴，当取金印如斗大，系肘后。"

❹千骑弓刀：成千上万全副武装的骑兵。

❺斗草儿童：玩斗百草游戏的小孩子。斗草，古代妇女儿童春夏间采百草以较胜负的一种游戏。南朝梁宗懔《荆楚岁时记》："五月五日，四民并踏百草，又有斗百草之戏。"

❻恁（nèn）：这样，如此。

❼丘陇牛羊：山原上放牧的牛羊。语本古乐府："今日牛羊上丘陇，当时近前面发红。"

❽中（zhòng）酒：醉酒。中，为外物所伤。

# 水调歌头·寿赵漕介庵❶

千里渥洼种❷，名动帝王家。金銮当日奏草❸，落笔万龙蛇❹。带得无边春下❺，等待江山都老❻，教看鬓方鸦❼。莫管钱流地❽，且拟醉黄花❾。

唤双成❿，歌弄玉⓫，舞绿华⓬。一觞为饮千岁⓭，江海吸流霞⓮。闻道清都帝所⓯，要挽银河仙浪，西北洗胡沙⓰。回首日边去⓱，云里认飞车⓲。

## 注释

❶赵介庵：名彦端，字德庄（介庵是其别号），宋皇族，当时仟江南东路计度转运副使，驻节建康（今江苏南京市）。漕：指转运使，宋代负责财政、赋税及粮饷的官员。

❷渥洼（wò wā）种：天马的血缘。喻指赵彦端的皇族身份。据《汉书·武帝纪》载，汉武帝元鼎四年（前113）秋，骏马生于渥洼（今甘肃安西）水中，号称"天马"，有人献给武帝。

❸金銮：金銮殿，宫中殿堂，皇帝受朝议事处。奏草：草拟给皇帝的奏章。

❹"落笔"句：落笔万言，如龙蛇灵动飞舞，赞美赵彦端文思泉涌，书法潇洒灵动。

❺"带得"句：把无边的春色带到人间。

❻江山都老：国家长时间稳固，这是暗寓赵治国才能出众，能使国家长治久安。

❼"教看"句：让人看双鬓仍像乌鸦的羽毛一般黑而有光泽。这是祝愿赵彦端永葆青春。

⑧钱流地：这里赞扬赵彦端担任江东转运副使，百姓丰足，地方富得流油。据载唐代中期有个能干的理财官员叫刘晏，他管理赋税、盐铁等事时，曾使水陆运输通畅，物价稳定，国家财政收入大增。曾自称："如见钱流地上。"事见《新唐书·刘晏传》。

⑨醉黄花：重阳节饮酒赏菊。黄花，菊花。据史料记载，赵彦端的生日刚好在重阳节前一日，因此本篇用"醉黄花"来应合节令，既赞赵彦端闲雅风度，又含祝寿之意。

⑩双成：董双成，传说中的仙女，为西王母侍女，会吹箫和笙。这里借指酒宴上的乐妓。

⑪弄玉：秦穆公女。据《列仙传》记载，秦穆公将女儿弄玉嫁给会吹箫的萧史，两人后来成仙飞去。这里借指酒宴上的歌妓。

⑫绿华：萼绿华，传说中的仙女。其事见《真诰·运象篇》。这里借指酒宴上的舞女。

⑬"一觞"句：为健康长寿干杯。觞（shāng）：酒杯。为饮千岁：为健康长寿而饮。

⑭"江海"句：像长江大海吞纳百川一样喝尽美酒，痛饮的意思。流霞：传说中的仙酒。这里指美酒。

⑮清都：传说中天帝居住的地方。这里指宋帝的宫殿。

⑯"要挽"二句：要挽起银河的水，把西北带的胡沙洗净，即举兵北伐，驱逐金人，恢复中原的意思。西北：此指为金所占据的中原。胡沙：胡地的风沙，喻指占据中原的少数民族政权。

⑰日边：本指太阳旁边，因古代皇帝称天子，故引申指侍从君王。

⑱"云里"句：指认在云端奔驰的车驾，喻指赵氏回朝得到重用的意思。飞车：神话传说中奇肱国制造的一种能随风远行的飞车。《帝王世纪》记载："奇肱氏能为飞车，从风远行。"

# 水调歌头·盟鸥❶

带湖吾甚爱，千丈翠奁开❷。先生杖屦无事❸，一日走千回。凡我同盟鸥鹭，今日既盟之后，来往莫相猜❹。白鹤在何处，尝试与偕来❺。

破青萍，排翠藻，立苍苔。窥鱼笑汝痴计❻，不解举吾杯。废沼荒丘畴昔❼，明月清风此夜，人世几欢哀。东岸绿阴少，杨柳更须栽❽。

### 注释

❶盟鸥：与鸥鸟结盟，相约为友。

❷翠奁（lián）：翡翠镜匣。这是形容带湖水清碧明澈，就像打开的一方翡翠明镜。

❸先生：作者自指。杖屦（jù）：拄着手杖，穿着麻鞋。

❹"凡我"三句：《左传·僖公九年》："齐侯盟诸侯于葵丘曰：凡我同盟之人，既盟之后，言归于好。"这里套用其语，作为与鸟儿的盟誓之言。莫相猜：不要互相猜疑。

❺偕（xié）来：一道来，一块儿来。

❻"窥鱼"句：可笑你（鸥鹭）偷窥水中鱼儿只是痴想捕捉它们为食。《庄子》记载，庄子与惠子游于濠梁之上，两人就是否能知水中鱼儿的快乐有一段著名的论辩。这里隐寓其意，谓鸥鹭虽为盟友，却也不能真正懂得作者心事，透出其内心孤独。

❼废沼荒丘：荒废的池沼和小土山。畴（chóu）昔：以往，以前。

❽"东岸"二句：化用杜甫《舍弟占归草堂检校聊示此诗》："东林竹影薄，腊月更须栽。"

# 水调歌头·送杨民瞻<sup>❶</sup>

日月如磨蚁<sup>❷</sup>，万事且浮休<sup>❸</sup>。君看檐外江水，滚滚自东流。风雨瓢泉夜半<sup>❹</sup>，花草雪楼春到<sup>❺</sup>，老子已菟裘<sup>❻</sup>。岁晚问无恙，归计橘千头<sup>❼</sup>。

梦连环<sup>❽</sup>，歌弹铗<sup>❾</sup>，赋登楼<sup>❿</sup>。黄鸡白酒<sup>⓫</sup>，君去村社一番秋。长剑倚天谁问<sup>⓬</sup>，夷甫诸人堪笑<sup>⓭</sup>，西北有神州<sup>⓮</sup>。此事君自了<sup>⓯</sup>，千古一扁舟<sup>⓰</sup>。

## 注释

❶杨民瞻：作者的朋友，生平事迹不详。

❷"日月"句：这里指时光不断地流逝。《晋书·天文志》："日月东行而天牵之以西没，譬之蚁行磨石之上，磨左旋而蚁右去，磨急而蚁迟，故不得不随磨以左旋焉。"意谓宇宙像磨盘，日月像磨盘上的蚂蚁，日夜不停地随磨盘转动。

❸浮休：这句指万事万物不断地生死。语本《庄子·刻意》："其生若浮，其死若休。"

❹瓢泉：作者于淳熙末年新觅到的一个乡村住所，在今江西铅山境内。

❺雪楼：作者带湖别墅里的一座楼名。

❻老子：老头子，老汉，作者自称。菟（tù）裘：古地名，在今山东境内，诗词中多喻指退居之所。据《左传·隐公十一年》："羽父请杀桓公，将以求太宰，公曰：为其少故也，吾将授之矣。使营菟裘，吾将老焉。"后人因此将退休养老之所称为菟裘。

❼橘千头：典出《襄阳耆旧传》："李衡为丹阳太守，遣人往武陵

龙阳氾洲上作宅，种橘千株。临死，敕儿曰：'吾州里有千头木奴，不责汝食，岁上匹绢，亦当足用耳。'"

❽梦连环：连环梦，归乡之梦。语本韩愈《送张道士》诗："昨宵梦倚门，手取连环持。"环与"还"谐音，故以"连环"喻还家。

❾歌弹铗：用战国时冯谖弹铗思归典，寓壮志难酬之意。

❿赋登楼：写下《登楼赋》。东汉末年，王粲避中原之乱去荆州依附刘表，曾登江陵城楼，作《登楼赋》，抒发思乡之情。这里借指写诗填词怀念家乡。

⓫黄鸡白酒：秋社日宴席上的食品，喻指隐退山野的日常酒食。

⓬"长剑"句：谁会去问一声倚天长剑的怒吼呢。这里指主战派的言论无人过问。长剑倚天：语本宋玉《大言赋》："长剑耿耿倚天外。"

⓭夷甫诸人：夷甫，西晋末宰相王衍的字。王衍喜空谈，不管国事，最终导致国家破败。这里喻指南宋主和派众人。

⓮"西北"句：西北一带是神州大地。神州，这里指北方失陷的国土。

⓯此事：指恢复中原的大事。

⓰"千古"句：用春秋时越大夫范蠡泛舟五湖故事，喻指退隐江湖的自在生活。

# 水调歌头

壬子三山被召❶，陈端仁给事饮饯席上作❷。

长恨复长恨，裁作短歌行❸。何人为我楚舞，听我楚狂声❹？余既滋兰九畹，又树蕙之百亩，秋菊更餐英❺。门外沧浪水，可以濯吾缨❻。

一杯酒，问何似，身后名❼？人间万事，毫发常重泰山轻❽。悲莫悲生离别，乐莫乐新相识❾，儿女古今情。富贵非吾事，归与白鸥盟❿。

## 注释

❶壬子：此指宋光宗绍熙三年（1192）。三山：指福州。

❷陈端仁：陈岘，字端仁，闽县（今福建闽侯）人，此时被免官家居。给事：官名，即给事中。

❸裁：剪裁，制作。短歌行：汉乐府曲调名，这里借指这首《水调歌头》词。

❹"何人"句：有谁能为我跳上一曲家乡的舞蹈吗？那么就让我为他高唱一首故乡的歌。这里隐含刘邦安慰戚夫人故事：高祖晚年欲废吕后所生太子另立戚夫人所生赵王如意，但因吕后性格刚毅，又请来贤人商山四皓辅佐太子，使刘邦无法实现其想法。戚夫人为之痛泣，刘邦安慰她道："为我楚舞，吾为若（你）楚歌。"（见《史记·留侯世家》）刘邦为楚人，让戚夫人跳楚地的舞蹈而他唱楚地的歌曲，是为了表达"老感情"。作者因为陈端仁为闽人，在闽地与之相别，故隐用此典，喻指两人感情很深。楚狂：指春秋时楚国狂人接舆。据

《论语·微子》，接舆曾在孔子面前唱歌，嘲笑他政治上到处碰壁，其中有"已而，已而，今之从政者殆而"的话。这里用"楚狂"接舆所歌，表达对陈端仁罢官家居的同情。

❺"余既"三句：化用屈原《离骚》："余既滋兰之九畹兮，又树蕙之百亩"及"朝饮木兰之坠露兮，夕餐秋菊之落英"。这里活用屈原诗句，赞誉陈端仁一向洁身自好，勤修美德。

❻"门外"二句：语出《楚辞·渔父》："渔父莞尔而笑，鼓枻而去，乃歌曰：'沧浪之水清兮，可以濯吾缨；沧浪之水浊兮，可以濯吾足。'"这里用以表示不与世俗同流合污。沧浪：指汉水。濯（zhuó）：洗涤。缨：帽带子。

❼"一杯酒"三句：正常语序应为"问一杯酒何似身后名"，因词律所限倒置成现在句式。典出《世说新语·任诞》："张季鹰（翰）纵任不拘，时人号为江东步兵。或谓之曰：'卿乃可纵适一时，独不为身后名耶？'答曰：'使我有身后名，不如即时一杯酒。'"这里用张翰重即时之酒而轻身后之名，表达不为时重、难成功名的苦闷。

❽"人间"二句：人世间万种事端，有的虽然看上去如毫发之轻却常有千钧之重，有的看上去如泰山之重却只能轻看。这里用重毫发而轻泰山、明大义而轻名利与陈端仁共勉。

❾"悲莫悲"二句：用屈原《九歌·少司命》诗："悲莫悲兮生别离，乐莫乐兮新相知。"抒发与陈端仁离别时的痛苦，同时又为两人有共同的人生观而感到宽慰。

❿"归与"句：回归本真与白鸥结下自由翱翔的盟约。古人常以与白鸥结盟表达厌倦世俗希望重返本真的追求。白鸥盟：另参前《水调歌头·盟鸥》。

# 水调歌头·席上为叶仲洽赋❶

高马勿捶面，千里事难量。长鱼变化云雨，无使寸鳞伤❷。一壑一丘吾事❸，一斗一石皆醉❹，风月几千场。须作猰毛磔❺，笔作剑锋长❻。

我怜君❼，痴绝似，顾长康❽。纶巾羽扇颠倒❾，又似竹林狂❿。解道澄江如练⓫，准备停云堂上⓬，千首买秋光。怨调为谁赋，一斛贮槟榔⓭。

## 注释

❶叶仲洽：信州（上饶）人，余不详。

❷"高马"四句：化用杜甫《三韵三首》其一："高马勿捶面，长鱼无损鳞。辱马马毛焦，困鱼鱼有神。君看磊落士，不肯易其身。"用以赞扬友人的磊落情操，并为其失意受挫鸣不平。捶：敲打。

❸"一壑"句：谓寄情山水，自得其乐。

❹"一斗"句：用战国时齐人淳于髡事。据《史记·滑稽列传》："（齐）威王大说（悦），置酒后宫，召髡，赐之酒，问曰：'先生能饮几何而醉？'对曰：'臣饮一斗亦醉，一石亦醉。'"

❺"须作"句：语本《晋书·桓温传》："温豪爽有风概，姿貌甚伟。刘惔尝称之曰：'温眼如紫石棱，须作猰毛磔，孙仲谋、晋宣王之流亚也。'"这是用"猰毛磔"形容友人容貌威猛。磔（zhé）：裂开，张开。

❻"笔作"句：这是称赞友人诗笔如剑锋犀利有力。

❼怜：这里是喜爱的意思。

❽"痴绝"二句：谓友人的性格和才艺很像晋代画家顾恺之。顾

恺之，字长康，小字虎头，晋陵无锡（今江苏无锡）人。《晋书·顾恺之传》："初，恺之在桓温府，常云：'恺之体中痴黠各半，合而论之，正得平耳。'故俗传恺之有三绝：才绝，画绝，痴绝。"

❾纶巾羽扇：头戴纶巾，手持羽扇。

❿竹林狂：竹林七贤那般狂傲。《世说新语·任诞》："陈留阮籍、谯国嵇康、河内山涛，三人年皆相比，康年少亚之。预此契者，沛国刘伶，陈留阮咸，河内向秀，琅邪王戎。七人常集于竹林之下，肆意酣畅，故世谓'竹林七贤'。"

⓫"解道"句：这是称赞友人有谢朓般的诗才。南齐诗人谢朓《晚登三山还望京邑》诗中有："余霞散成绮，澄江静如练"，为千古名句。

⓬停云堂：作者瓢泉别墅里一屋名。

⓭一斛贮槟榔：典出《南史·刘穆之传》：刘穆之年轻时家贫，常往妻兄江家乞食，多见辱。一次江家有宴会，告知他别去，他又去吃。食毕，求槟榔消食，被江氏兄弟挖苦了一番。后来刘穆之当了大官，"将召妻兄弟，妻泣而稽颡以致谢，穆之曰：'本不匿怨，无所致忧。'及至，醉饱，穆之乃令厨人以金柈贮槟榔一斛以进之"。

# 水调歌头

赵昌父七月望日用东坡韵叙太白、东坡事见寄❶，过相褒借❷，且有秋水之约❸；八月十四日，余卧病博山寺中❹，因用韵为谢，兼寄吴子似❺。

我志在寥阔❻，畴昔梦登天❼。摩挲素月❽，人世俯仰已千年❾。有客骖鸾并凤❿，云遇青山、赤壁⓫，相约上高寒⓬。酌酒援北斗⓭，我亦虱其间⓮。

少歌曰⓯："神甚放，形则眠⓰。鸿鹄一再高举，天地睹方圆⓱。"欲重歌兮梦觉，推枕惘然独念⓲：人事底亏全⓳？有美人可语，秋水隔婵娟⓴。

## 注释

❶ 赵昌父：作者友人，名蕃，字昌父，家居信州玉山（今属江西）之章泉，世称章泉先生，与辛弃疾多有诗词唱和。望日：阴历每月十五日。用东坡韵：这里指用苏轼《水调歌头》（明月几时有）的韵脚填词。

❷ 过相褒借：赞扬过甚。

❸ 秋水之约：到秋水来的预约。秋水：此指作者瓢泉别墅的秋水堂。

❹ 卧病：因病卧床休养。

❺ 吴子似：吴绍古，字子似，鄱阳（今江西鄱阳）人，时任铅山县尉。有史才，工诗词，与辛弃疾交往甚密，常互相唱和。

❻ 寥阔：寥廓，旷远、广阔之意。

❼ "畴（chóu）昔"：曾经梦到登上天庭。畴昔：往日。畴，助词，无义。梦登天：化用楚辞《九章·惜诵》："昔余梦登天兮，魂中

道而无枝。”

⑧摩挲（suō）：用手抚摸。素月：皎洁的明月。

⑨俯仰：一低头一抬头，形容时间过得很快。王羲之《兰亭集序》：“向之所欣，俯仰之间，已为陈迹。”

⑩骖（cān）鸾（luán）并凤：驾着鸾鸟和凤凰。这里骖、并都作动词用，“骖”指驾三匹马拉车，“并”指控两只凤凰飞行。鸾：传说中凤凰一类的鸟。

⑪青山、赤壁：这里代指李白和苏轼。据《新唐书·李白传》，李白死后葬在当涂谢家青山之东麓（在今安徽当涂山）；苏轼贬官黄州时，有赤壁之游，并写下了著名的前后《赤壁赋》和《念奴娇·赤壁怀古》词等。李白、苏轼都曾写下咏月的名篇，故云。

⑫高寒：天上高寒之处，这里指月宫。语本苏轼《水调歌头》词：“我欲乘风归去，又恐琼楼玉宇，高处不胜寒。”

⑬“酌酒”句：拿起北斗当酒勺。化用屈原《九歌·东君》：“援北斗兮酌桂浆。”

⑭“我亦”句：意谓我也有幸厕身于李白、苏轼之间。虱其间：语本韩愈《泷吏》诗：“不知官在朝，有益国家不。得无虱其间，不文亦不武。”虱，作动词用，意谓无才而渺小，不配与他人为伍。

⑮少歌：小声吟唱。楚辞《九章·抽思》有“少歌”，王逸注：“小吟讴谣以乐志也。少亦作小。”

⑯“神甚放”二句：精神完全放松，形骸躯壳就会睡着。

⑰“鸿鹄”二句：神游物外如鸿鹄高翔，看到天圆地方的世界。这里化用贾谊《惜誓》：“黄鹄之一举兮，知山川之纡曲；再举兮睹天地之圆方。”鸿鹄（hú）：大雁和天鹅。古人常将二者并提，泛指高飞的大鸟。

⑱推枕惘然：（醒来）推开枕头，恍然若失。这里化用苏轼《水龙吟》（小舟横截春江）词：“推枕惘然不见，但空江、月明千里。”

⑲底：为什么。亏全：缺损与圆满。

⑳“有美人”二句：化用杜甫《寄韩谏议》诗：“美人娟娟隔秋水。”美人：这里指知己朋友，如赵昌父、吴子似等。娟娟：姿容美丽。

# 水调歌头

舟次扬州❶，和杨济翁、周显先韵❷。

落日塞尘起❸，胡骑猎清秋❹。汉家组练十万❺，列舰耸层楼❻。谁道投鞭飞渡❼，忆昔鸣髇血污，风雨佛狸愁❽。季子正年少，匹马黑貂裘❾。

今老矣，搔白首，过扬州❿。倦游欲去江上，手种橘千头⓫。二客东南名胜⓬，万卷诗书事业，尝试与君谋。莫射南山虎⓭，直觅富民侯⓮。

## 注释

❶次：停留。扬州：即今江苏扬州。

❷杨济翁：名炎正，江西吉水人，诗人杨万里的族弟。周显先：字、里、生平不详。

❸塞尘起：边塞尘土飞扬，指边境发生战事。

❹"胡骑"句：北方的敌人借着秋天发起战争。胡骑：北方少数民族的骑兵。这里指金兵。猎清秋：趁凉爽的秋天发动战争。古时北方游牧部落常趁秋高马肥侵扰南方。这两句指绍兴三十一年（1161）金主完颜亮带兵南侵。

❺汉家：代指南宋朝廷。组练：指军队。

❻列舰：排列起来的战舰。

❼投鞭飞渡：东晋时，前秦苻坚举兵南侵，号称大军九十万，他夸口说："以吾之众旅，投鞭于江，足断其流。"这里借以讽刺完颜亮侵宋时的嚣张气焰。

⑧"忆昔"二句：指完颜亮侵宋失败，自身被部下杀死。鸣髇(xiāo)，即鸣镝，古时匈奴人用的一种响箭，射时发声。西汉时，匈奴头曼单于的太子冒顿对其部下说："如果我用鸣镝射某人，不跟着我射的，就要被处死。"后来他随父打猎，以鸣镝射头曼，部下也跟着射，一下子就射死了头曼单于（见《史记·匈奴列传》）。血污：死于非命。佛狸：北魏太武帝拓跋焘的小名。他南侵受挫，回去后被内宦杀死。这里用此二典，借指完颜亮采石矶战败后被部下杀死。

⑨"季子"二句：战国时策士苏秦，字季子，曾游说六国，使合纵抗秦，佩六国相印。这里作者以苏秦自喻，说明当年自己趁完颜亮之死在北方起兵抗金，像苏秦一样南北奔走，年轻有为。黑貂裘：苏秦游说诸侯时所穿的衣服。

⑩过扬州：来到扬州。扬州既是完颜亮兵败被杀之地，又是当年辛弃疾奉表渡江归宋时经行的一道重要关口，那段经历他终生难忘，直到晚年。

⑪"手种"句：意谓隐居后以耕种为生。种橘，典出《襄阳耆旧传》："李衡为丹阳太守，遣人往武陵龙阳汜洲上作宅，种橘千株。临死，敕儿曰：'吾州里有千头木奴，不责汝食，岁上匹绢，亦当足用耳。'"

⑫"二客"句：这里是称赞杨、周二人为江南名士。名胜：本指众人欣赏的著名景点，这里喻指为众人所崇拜的代表性人物，作名士、名流解。

⑬"莫射"句：不要再从军的意思。据《史记·李将军列传》载，李广为右北平太守时，曾射杀猛虎；罢官闲居蓝田南山时，把石头错认为虎，发箭中石没镞。

⑭"直觅"句：就去谋求当富民侯吧。汉武帝晚年后悔太多征伐之事，封丞相为富民侯。此句与前一句联系起来，表面上是叫朋友不要以射杀老虎作为人生追求，安心去做太平宰相，实际上是感叹南宋朝廷大敌当前却偃武修文，轻重失当。

# 满江红·暮春

家住江南，又过了、清明寒食。花径里，一番风雨，一番狼藉❶。红粉暗随流水去❷，园林渐觉清阴密❸。算年年、落尽刺桐花❹，寒无力。

庭院静，空相忆。无说处，闲愁极。怕流莺乳燕❺，得知消息。尺素如今何处也❻？彩云依旧无踪迹❼。谩教人、休去上层楼❽，平芜碧❾。

## 注释

❶狼藉：此指落花散乱的样子。

❷红粉：本指妇女化妆用的胭脂与白粉，这里指落花。

❸清阴密：清凉的树荫越来越浓密，春日渐老的意思。

❹刺桐：豆科落叶乔木，形似梧桐而有黑色圆锥形棘刺，早春开花，颜色黄红或紫红。

❺"怕流莺"句：担心巧嘴的黄莺和小燕子（多嘴泄密）。流莺：鸣声婉转的黄莺鸟。乳燕：这里泛指燕子。

❻尺素：书信。

❼"彩云"句：美丽的云朵依然没有一点踪迹。联系词人南归而受排挤的现实，这里或是借彩云喻指北伐的大业。

❽谩：徒然，枉然。

❾平芜：杂草繁茂的原野。

# 满江红·中秋寄远

　　快上西楼，怕天放、浮云遮月。但唤取、玉纤横管❶，一声吹裂❷。谁做冰壶凉世界❸，最怜玉斧修时节❹。问嫦娥、孤令有愁无❺？应华发❻。

　　云液满❼，琼杯滑❽。长袖舞，轻歌咽。叹十常八九❾，欲磨还缺。但愿长圆如此夜，人情未必看承别❿。把从前、离恨总成欢，归时说。

## 注释

❶玉纤横管：美人用横笛吹奏乐曲。玉纤，女子洁白细嫩的手指。横管，横笛。

❷"一声"句：一声清脆的笛声，有穿云裂石之妙。这是用苏轼诗成句"一声吹裂翠崖岗"。

❸冰壶凉世界：清澈的月光使天地变得凉爽。冰壶，指月亮。

❹"最怜"句：最喜欢月轮圆满的时候。怜：喜爱。玉斧修：据唐段成式《酉阳杂俎》载：月亮是由七种宝石合成的，天上有八万二千户玉匠持斤斧轮流修磨使之光亮。

❺嫦娥：神话传说中的月中仙子。孤令：同"孤零"，孤零零地，孤孤单单地。

❻华发：头发花白，指衰老。

❼云液：天上的仙酒。酒的美称。

❽琼杯：玉杯。酒杯的美称。

❾十常八九：十分之八或十分之九，绝大多数。

❿看承：别样看待，特别看待。

# 满江红·建康史帅致道席上赋❶

鹏翼垂空❷，笑人世、苍然无物❸。又还向、九重深处❹，玉阶山立❺。袖里珍奇光五色，他年要补天西北❻。且归来、谈笑护长江，波澄碧❼。

佳丽地❽，文章伯❾。金缕唱❿，红牙拍⓫。看尊前飞下⓬，日边消息⓭。料想宝香黄阁梦⓮，依然画舫青溪笛⓯。待如今、端的约钟山⓰，长相识。

## 注释

❶史帅致道：史正志，字致道，扬州（今属江苏）人，高宗绍兴二十一年（1151）进士。孝宗乾道三年（1167）至六年任建康留守、知府兼沿江水军制置使。在宋代，留守、经略使、制置使等类军职称"守帅"或"阃（kǔn）帅"，此处尊称史正志为史帅。

❷"鹏翼"句：大鹏的羽翼翻飞如垂天云朵一般。《庄子·逍遥游》上说：有一种巨鸟名鹏，"背若泰山，翼若垂天之云"，一飞就是九万里。这里用大鹏喻史正志。

❸苍然无物：莽莽苍苍，混沌不清，什么也看不见。这里用高飞的大鹏藐视人世，比喻史帅才能超群。

❹九重：九重天，天的最高处，此喻皇宫。《吕氏春秋》载："天有九野，何谓九野？中央曰钧天，东方曰苍天，东北曰变天，北方曰玄天，西北曰幽天，西方曰颢天，西南曰朱天，南方曰炎天，东南曰阳天。"

❺玉阶山立：位列朝班，稳如泰山。玉阶，宫殿里铺砌玉石的台阶。山立，正立如山，不动摇。这里喻指史正志居高位而处事稳健。

❻"袖里"二句：衣袖里藏着五色补天石，将来定会把西北的天空补好。这里用女娲炼五色石补天，重立四极的典故，喻指史正志胸怀恢复中原的策略，将来定能收复失地、统一疆宇。天西北：这里指当时被金人占领的中原地区。

❼"且归来"三句：归来之后，谈笑之间就守护好长江一带，使江水清澈澄净。这里赞誉史正志防守长江有功。波澄碧：波浪清澈，象征长江防线稳定。

❽佳丽地：指建康（金陵）。语本南朝齐谢朓《入朝曲》："江南佳丽地，金陵帝王州。"

❾文章伯：文坛领袖。

❿金缕：《金缕曲》，古乐曲名。这里代指宴会上演唱的歌曲。

⓫红牙拍：古代打击乐器名，即拍板，亦名牙板，因其色红，故称红牙拍。

⓬尊前：酒席上。尊，即樽，酒杯。

⓭"日边"句：皇帝那里来的好消息。日边：指朝廷。古人以皇帝为天子，故称。

⓮宝香黄阁：代指丞相府。宝香，名贵的香料。黄阁，黄色的楼阁。汉代丞相府大门涂成黄色，后代就用"黄阁"作为丞相府的代称。

⓯画舫青溪笛：在青溪里乘着装饰华美的船儿听着悠扬的笛曲。青溪，水名。三国时吴王孙权在建康开凿的一条人工河，源于钟山，流入秦淮河。

⓰端的：真的，果真。钟山：又名蒋山，在今南京市东。

# 满 江 红

点火樱桃❶，照一架、荼蘼如雪❷。春正好，见龙孙穿破❸，紫苔苍壁。乳燕引雏飞力弱❹，流莺唤友娇声怯❺。问春归、不肯带愁归，肠千结。

层楼望，春山叠。家何在？烟波隔。把古今遗恨，向他谁说？蝴蝶不传千里梦❻，子规叫断三更月❼。听声声、枕上劝人归，归难得❽。

## 注释

❶"点火"句：形容樱桃红得像着了火。

❷照：映衬，映照。荼蘼（tú mí）：或作酴醾（音同荼蘼），花名，春末夏初开白花。

❸龙孙：竹笋的别称。

❹乳燕引雏：哺乳的燕子引领着小燕子。

❺流莺：黄莺，鸣声美听。

❻"蝴蝶"句：纵然化为蝴蝶，也不可能把梦境传到千里之外。典出《庄子·齐物论》："昔者庄周梦为胡蝶，栩栩然胡蝶也；自喻适志与，不知周也。俄然觉，则蘧蘧然周也。不知周之梦为胡蝶与，胡蝶之梦为周与？"

❼"子规"句：子规鸟那凄凉的悲鸣，使深夜三更的月光更加让人愁肠寸断。子规：即杜鹃鸟，相传为蜀古国望帝死后魂魄所化，鸣声如"不如归去"，甚为悲苦。

❽归难得：难得归去，无家可归。词人由金国南奔，所以说无法归家。

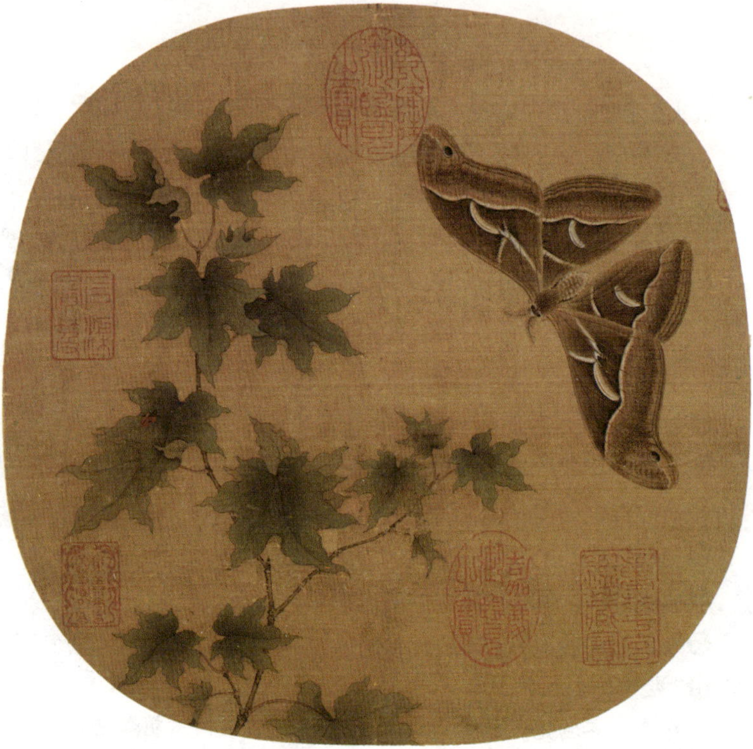

# 满江红

汉水东流，都洗尽、髭胡膏血❶。人尽说、君家飞将❷，旧时英烈。破敌金城雷过耳❸，谈兵玉帐冰生颊❹。想王郎、结发赋从戎❺，传遗业。

腰间剑，聊弹铗❻。尊中酒，堪为别。况故人新拥，汉坛旌节❼。马革裹尸当自誓❽，蛾眉伐性休重说❾。但从今、记取楚台风❿，庾楼月⓫。

## 注释

❶髭（zī）胡：代指金朝统治者。髭，男子嘴边的胡须。金男子喜留髭胡，故称。

❷飞将：指西汉名将李广。据《史记·李将军列传》："（李）广居右北平，匈奴闻之，号曰汉之飞将军，避之数岁，不敢入右北平。"

❸金城：汉代郡名，辖今甘肃兰州、青海西宁一带。李广曾任陇西太守，在这一带与匈奴作战。雷过耳：名声如雷贯耳。

❹"谈兵"句：是说"王郎"家的祖辈曾在中军帐中谈论军事，议论非常透辟，使人听了如冰生双颊，感到十分爽利痛快。玉帐：古代军中主将的大帐。

❺"想王郎"句：遥想王粲很年轻的时候就写下了《从军》名篇。王郎：三国时王粲，有大才，因中原大乱避难荆州（在南宋为江陵府底故地），后投曹操，随军西征汉中张鲁，作《从军诗》五首美其事。结发：古代男子二十岁开始束发，表示成年。

❻弹铗：用手敲击佩剑。战国时，齐国孟尝君门下食客冯谖因不受重用，就弹铗作歌，表示不满。这里作者自比冯谖，抒发不得志的

牢骚。

⑦"汉坛"句：被委任为汉中地区的重要官员。汉坛：汉高祖刘邦曾在汉中筑坛拜韩信为大将，这里泛指拜将之坛。旌节：唐宋时代皇帝授予节度使令其专制军事的旗帜和信符。

⑧马革裹尸：战死沙场，为国捐躯的意思。据《后汉书·马援传》，东汉名将马援曾发愿说："男儿要当死于边野，以马革裹尸还葬耳，何能卧床上在儿女子手中耶?"这里是勉励朋友到前线立功，奋不顾身。

⑨蛾眉伐性：贪恋美色会摧残性命。汉代枚乘《七发》中说："皓齿蛾眉，命曰伐性之斧。"蛾眉：细长的眉妆，代指女子。

⑩楚台：即兰台，故址在今湖北江陵。春秋时楚王所筑，战国时楚襄王曾同宋玉在此披襟迎风。

⑪庾楼：即武昌黄鹤山上的南楼。东晋初庾亮曾与其部下一同登楼赏月吟诗，故称庾楼。

# 满江红

江行，简杨济翁、周显先❶。

过眼溪山，怪都似、旧时曾识。还记得、梦中行遍，江南江北。佳处径须携杖去❷，能消几緉平生屐❸？笑尘劳、三十九年非❹，长为客。

吴楚地，东南坼❺。英雄事，曹刘敌❻。被西风吹尽，了无尘迹。楼观甫成人已去❼，旌旗未卷头先白❽。叹人生、哀乐转相寻❾，今犹昔。

## 注释

❶简：书信。这里作动词用，写信的意思。杨济翁、周显先：见前《水调歌头》（落日塞尘起）注。

❷径须：直须，完全应该。

❸"能消"句：还能再消耗多少双鞋呢？典出《世说新语·雅量》：阮遥集（孚）喜爱木屐，曾叹息说："未知一生当着几量屐"。緉（liàng），一双。屐（jī），六朝人登山用的有齿木鞋。

❹三十九年非：前面所活的三十九年都做错了。《淮南子·原道训》记载，春秋时卫国大夫蘧（qú）伯玉"年五十而知四十九年之非"。作者时年三十九岁，故这里套用之。

❺"吴楚地"二句：吴和楚被划为东南两方。用杜甫《登岳阳楼》诗"吴楚东南坼"句意。此处写沿江而行所见东南美景。

❻"英雄事"二句：天下英雄所关注的大业，曹操和刘备旗鼓相当。据《三国志·蜀书·先主传》，曹操曾对刘备说："今天下英雄，

唯使君与操耳。"这里借古喻今，暗含当世无英雄之叹。

⑦"楼观"句：刚刚把楼观建起来，要邀请的人却走了。

⑧旌旗未卷：战事还没有结束。古时作战结束后才把战旗卷起来收藏，这里表示战事尚未结束，意即恢复大业还未完成。

⑨转相寻：辗转纠缠。

# 满江红

敲碎离愁，纱窗外、风摇翠竹❶。人去后，吹箫声断，倚楼人独。满眼不堪三月暮❷，举头已觉千山绿❸。但试把、一纸寄来书，从头读。

相思字，空盈幅❹；相思意，何时足。滴罗襟点点，泪珠盈掬❺。芳草不迷行客路，垂杨只碍离人目❻。最苦是、立尽月黄昏，栏干曲。

## 注释

❶ "风摇"句：用秦观《满庭芳》词"风摇翠竹，疑是故人来"成句，表达对故人的思念之情。

❷ 不堪：难以忍受。

❸ 千山绿：（春花凋尽）群山绿遍。

❹ 盈幅：满纸，满篇。

❺ 盈掬（jū）：就是俗语说的"满把"。掬，用手捧。这里形容泪水多。

❻ 碍：遮隔。

# 满江红

倦客新丁①，貂裘敝、征尘满目②。弹短铗、青蛇三尺③，浩歌谁续？不念英雄江左老④，用之可以尊中国⑤。叹诗书、万卷致君人，翻沉陆⑥。

休感慨，浇醽醁⑦。人易老，欢难足。有玉人怜我，为簪黄菊⑧。且置请缨封万户⑨，竟须卖剑酬黄犊⑩。甚当年、寂寞贾长沙，伤时哭⑪。

## 注释

①"倦客"句：用马周失意新丰旅舍典，寓作者南来失意心情。据《旧唐书·马周传》，唐代马周早年未遇时，寄住于长安郊外新丰的旅店中，"主人唯供诸商贩而不顾待，周遂命酒一斗八升，悠然独酌，主人深异之"。后来马周发迹，被唐太宗任命为监察御史。

②"貂裘"二句：战袍已经破旧，脸上满是征尘。貂裘敝：用苏秦典。据《战国策·秦策》记载，苏秦游说秦王不成功，滞留他乡，"黑貂之裘敝，黄金百斤尽"，十分狼狈。这里借指作者在南宋不得意。

③弹短铗：用冯谖弹铗事，见前《满江红》（汉水东流）注。青蛇：指宝剑。

④江左老：老死在南方。江左，指江南地区。

⑤尊中国：使中国处于一尊的地位。这里指驱逐金人、收复中原的意思。

⑥"叹诗书"二句：空叹胸有万卷诗书、具有辅佐君王的大本领，反而多年沉沦，难展抱负。沉陆：即陆沉，语出《庄子·则阳》，原

意为无水而沉。这里借指人才被埋没。

⑦醽醁（líng lù）：美酒名。这里泛指酒。

⑧"有玉人"二句：有美人因为同情我，替我戴上黄色的菊花。这里化用苏轼《千秋岁·重阳徐州作》"美人怜我老，玉手簪金菊"词意。玉人：美人。簪：在头上插戴头饰，这里指在重阳节按当时习俗插戴菊花。

⑨"且置"句：暂且放下那些为国靖边得封侯王的功名之心。这里表达的是作者报国无门的无奈心情。请缨：指请求上前线杀敌立功。据《汉书·终军传》，终军请求皇帝给他一条长缨（长绳子），他能去把南越王捆来献给朝廷。万户：指万户侯。

⑩卖剑酬（chóu）黄犊：把武器卖掉，换些耕牛去当农民。典出《汉书·龚遂传》："民有带持刀剑者，使卖剑买牛，卖刀买犊。"酬，同"酬"。

⑪"甚当年"二句：正像当年不得意的贾谊一样，伤时流泪。据《汉书·贾谊传》，贾谊曾向皇帝上疏，说是："臣窃惟事势，可为痛哭者一，可为流涕者二，可为长太息者六。"贾长沙：贾谊，因他曾做过长沙王太傅，故称。

# 满江红·送李正之提刑入蜀❶

蜀道登天❷，一杯送、绣衣行客❸。还自叹、中年多病，不堪离别。东北看惊诸葛表❹，西南更草相如檄❺。把功名、收拾付君侯❻，如椽笔❼。

儿女泪，君休滴❽；荆楚路❾，吾能说。要新诗准备，庐山山色。赤壁矶头千古浪❿，铜鞮陌上三更月⓫。正梅花、万里雪深时，须相忆⓬。

## 注释

❶李正之提刑：李大正，字正之，原为张孝祥幕僚，在孝宗乾道、淳熙年间曾任多处地方行政长官，淳熙十一年（1184）冬从江西奉命任利州路（今川北、陕南一带）提点刑狱使。此词是李大正离江西赴四川任时赠给他的。

❷蜀道登天：这里用李白诗意，说明去四川的道路十分艰难。李白《蜀道难》："噫吁嚱，危乎高哉！蜀道之难，难于上青天！"

❸绣衣行客：西汉武帝时设绣衣直指官，派往各地审理重大案件，这种官员身穿绣衣，以示尊贵。提点刑狱使的职责与绣衣直指官相似，所以这里借以称呼李大正。

❹诸葛表：诸葛亮的《出师表》。三国时蜀汉丞相诸葛亮出师北伐曹魏，有《出师表》上后主刘禅。这里借指李大正入蜀后会有筹措北伐的惊人举动。

❺相如檄：汉武帝时巴蜀地区因故发生动乱，司马相如奉武帝之命安抚巴蜀百姓，写了著名的《喻巴蜀檄》。这里借指李大正入蜀必能镇抚巴蜀一方，使之安定。

❻君侯：古时对达官贵人的尊称。这里指李大正。

⑦如椽笔：大手笔。语出《晋书·王珣传》："珣梦人以大笔如椽与之。既觉，语人曰：'此当有大手笔事。'"

⑧"儿女"二句：不要像小儿女那般在分别时流眼泪。这里用唐王勃《送杜少府之任蜀州》诗："无为在歧路，儿女共沾巾。"

⑨荆楚路：李大正入蜀要经过江西、湖北等地，这些地方古时属楚国。作者曾在那里为官，故下文说"吾能说"。

⑩"赤壁"句：号称三国古战场的赤壁矶让人兴起千古兴亡的无限感慨。北宋苏轼曾在湖北黄州赤壁抒怀，写下前后《赤壁赋》及《念奴娇·赤壁怀古》词等。

⑪铜鞮陌：在湖北襄阳。此即代指襄阳。这也是李大正要经行之地。

⑫"正梅花"二句：在雪深梅开之时，虽相隔于万里之外，也肯定会彼此思念。这里化用杜甫《寄杨五桂州谭》诗："梅花万里外，雪片一冬深。闻此宽相忆，为邦复好音。"喻指二人冰清玉洁的友谊。

# 满江红·送信守郑舜举被召①

　　湖海平生②，算不负、苍髯如戟③。闻道是、君王着意④，太平长策⑤。此老自当兵十万⑥，长安正在天西北⑦。便凤凰、飞诏下天来⑧，催归急。

　　车马路，儿童泣。风雨暗，旌旗湿。看野梅官柳，东风消息⑨。莫向蔗庵追语笑⑩，只今松竹无颜色。问人间、谁管别离愁，杯中物⑪。

## 注释

　　❶信守：信州（上饶）太守。郑舜举：见前《千年调》（厄酒向人时）注。被召：奉皇帝圣旨进京。据记载，此次郑舜举自信州奉召入朝，任吏部考功员外郎。

　　❷"湖海"句：古时称志在四方的读书人为湖海之士，这里是称赞郑舜举一生抱负远大。

　　❸苍髯如戟：黑色的胡须粗硬如剑戟，这里是形容郑舜举容貌威武。戟：古代一种长杆头上附有月牙状利刃的兵器。

　　❹着意：留心，关注到。

　　❺太平长策：能致国家长久太平的计策。

　　❻"此老"句：这个老头子能抵得上十万雄兵，这里称赞郑舜举精于军事，有将帅之才。据《五朝名臣言行录》卷七注引《名臣传》：北宋时范仲淹镇守延安，西夏军不敢来犯，互相告诫说："无以延州为意，今小范老子，腹中自有数万兵甲……"

　　❼"长安"句：意思是中原失地正等待我们去收复。长安：今西安，历史上西汉、隋、唐都建都于此，这里代指被金兵占领的北宋故

都汴京（今河南开封）。

⑧"便凤凰"句：指得到皇帝的诏令。典出《邺中记》："石季龙皇后在观上，有诏书五色纸，著凤口中，凤既衔诏，侍人放数百丈飞绳，辘轳徊转，凤凰飞下。"

⑨"看野梅"二句：看那和煦春风中的红梅绿柳多么迤荡。喻指郑氏得皇帝召书，如梅花杨柳得沐春风。这里用杜甫《西郊》诗"市桥官柳细，江路野梅香"成句。官柳：官道上种的柳树。

⑩蔗庵：郑舜举在信州的住所。

⑪杯中物：酒。语本陶渊明《责子诗》："且进杯中物。"

# 八声甘州

夜读《李广传》❶，不能寐❷，因念晁楚老、杨民瞻约同居山间❸，戏用李广事，赋以寄之。

故将军饮罢夜归来，长亭解雕鞍。恨灞陵醉尉，匆匆未识，桃李无言❹。射虎山横一骑，裂石响惊弦❺。落魄封侯事❻，岁晚田园。

谁向桑麻杜曲，要短衣匹马，移住南山❼。看风流慷慨，谈笑过残年❽。汉开边、功名万里❾，甚当时、健者也曾闲❿？纱窗外，斜风细雨，一阵轻寒。

## 注释

❶《李广传》：即司马迁《史记》中的《李将军列传》。李广（？—前119），西汉名将。陇西成纪（今甘肃秦安）人。率军抵御匈奴入侵，英勇善战，匈奴数年不敢侵扰，称之为"飞将军"。但李广一生命运多舛，不但未被封侯，还多次被罢免或降职，最后被迫自杀。

❷不能寐：不能入睡。

❸晁楚老、杨民瞻：作者友人，生平不详。

❹"故将军"五句：据《史记·李将军列传》，公元前129年，李广因与匈奴作战失利被罢官，闲居在长安附近的终南山。一天在外打猎饮酒至深夜醉归，经过灞陵亭。亭尉也喝醉了酒，呵斥李广，不让通行。李广的从人说："这是故李将军。"亭尉说："现任将军尚且不准夜行，何况故将军！"命令李广宿于亭下。这五句就是简括叙述这个故事。"桃李无言"，是汉代民谚"桃李无言，下自成蹊"的略写，

意思是：桃李虽不会说话，但喜爱它们的人络绎不绝，在树下踩出了路来。司马迁在《李将军列传》末尾引用这个谚语来赞美李广虽不善辞令，却是一个天下景仰的英雄。

❺"射虎"二句：同上《李将军列传》载，一次李广出猎，误将草中巨石认成老虎，引弓发箭猛射，箭中石头，连同箭羽都没入石中。一骑：单人匹马，这里指李广。

❻"落魄"句：同上《李将军列传》载，自从汉朝抗击匈奴以来，李广没有一次不在其中，他参加过大小七十余战，战功累累，但一直未得封侯。落魄：失意，不得志。

❼"谁向"三句：这里描绘李广罢官隐退的生活，寄寓不为当局所用的感慨。化用杜甫《曲江三章》："自断此生休问天，杜曲幸有桑麻田。故将移住南山边，短衣匹马随李广，看射猛虎终残年。"杜曲，地名，在长安（今西安）城南。南山：终南山，李广罢官后住此。

❽谈笑过残年：在说说笑笑中度过余生。残年：晚年。

❾开边：开辟疆土。功名万里：在万里边疆建立功名。

❿健者：这里指强健勇武却被闲置的李广。

# 汉宫春·立春日

春已归来，看美人头上，袅袅春幡①。无端风雨，未肯收尽余寒。年时燕子，料今宵、梦到西园②。浑未办、黄柑荐酒③，更传青韭堆盘④。

却笑东风从此，便薰梅染柳⑤，更没些闲。闲时又来镜里，转变朱颜。清愁不断，问何人、会解连环⑥？生怕见、花开花落，朝来塞雁先还⑦。

## 注释

❶春幡：古人的一种头饰。古代每逢立春之日，士大夫之家喜剪裁小幡，或戴在头上，或缀于花下，以示喜庆。

❷西园：此处泛指北宋汴京的名园。汉长安西郊有上林苑，北宋汴京有琼林苑，均称西园。

❸黄柑荐酒：当时习俗，人们于立春之日拿出黄柑酿制的腊酒互相祝贺。

❹青韭堆盘：餐盘中盛满春日的嫩韭。古时习俗，立春日以葱、蒜、韭、蓼蒿、芥五种辛辣之物做成菜肴，意在驱除身上寒气。

❺薰梅染柳：（春风）薰染梅树柳枝，吹开了梅花，吹绿了柳树。

❻解连环：这里活用旧典，说明作者心中的忧愁之结如玉连环一般无法解开。据《战国策·齐策》记载，秦昭王派使者赠给齐国执政的君王后一副玉连环，问："你们齐国人聪明，能解开这玉连环吗？"君王后将此环遍示群臣，没有一个人能想出办法。于是君王后用铁锤一下将玉连环击破，对秦国使者说："我已将玉连环解开了！"

❼塞雁先还：北归的大雁先回去了。雁为候鸟，秋日南迁，春天北返。这里用在雁先于作者北还，寓词人不得北归的愁苦之情。

# 汉宫春·会稽蓬莱阁观雨①

秦望山头②，看乱云急雨，倒立江湖③。不知云者为雨，雨者云乎④？长空万里，被西风、变灭须臾⑤。回首听、月明天籁，人间万窍号呼⑥。

谁向若耶溪上⑦，倩美人西去⑧，麋鹿姑苏⑨？至今故国人望⑩，一舸归欤⑪。岁云暮矣⑫，问何不、鼓瑟吹竽⑬？君不见、王亭谢馆⑭，冷烟寒树啼乌。

### 注释

❶会稽：今浙江绍兴。蓬莱阁：在会稽卧龙山下，五代吴越王钱镠所建，南宋淳熙元年（1174）其八世孙钱端礼重修，为著名的游览胜地。

❷秦望山：在会稽东南四十里。秦始皇曾登此山以望东海，并令李斯刻石纪念，后世名之为秦望山。

❸"看乱云"二句：形容秦望山头乱云翻滚，急雨瓢泼，直有江湖倒立之势。这里化用杜甫《太清宫赋》"九天之云下垂，四海之水皆立"诗句。

❹"不知"二句：不知道是哪些是云哪些是雨，形容天空茫茫一片，云雨莫辨。语本《庄子·天运》："云者为雨乎？雨者为云乎？"

❺"长空"三句：顷刻之间雨过天晴，长空万里如洗。须臾：片刻，一会儿，形容时间很短。

❻"回首"三句：回首之际，就听到明月之中，世间各种声音如天籁一般大合奏。语本《庄子·齐物论》："汝闻人籁而未闻地籁，汝闻地籁而未闻天籁夫？……夫大块噫气，其名为风，是唯无作，作则

万窍怒号。"天籁（lài）：大自然的音响，这里指风声。

⑦若耶溪：在会稽南二十多里，相传是春秋时越国美人西施浣纱之处，亦名浣纱溪。

⑧美人西去：指西施被送到吴国。

⑨"麋鹿"句：昔日吴王为西施所筑的姑苏台已成为麋鹿栖息之地。指吴国灭亡。语本《史记·淮南衡山列传》：伍被怅然曰："臣闻子胥谏吴王，吴王不用，乃曰'臣今见麋鹿游姑苏之台也'。臣今亦见宫中生荆棘，露沾衣也。"

⑩故国：西施的故乡，指会稽。春秋时越国建都于此。

⑪"一舸"句：有没有一艘船回来啊。意思是越人还在盼望着西施乘船归来。舸：船。欤（yú）：语助词。

⑫岁云暮：一年将尽。语本《诗经·小雅·小明》："岁聿云暮。"云，语助词，无义。

⑬鼓瑟吹竽：弹奏乐器取乐，及时行乐的意思。语本《战国策·齐策一》："临淄甚富而实，其民无不吹竽鼓瑟，击筑弹琴，斗鸡走犬，六博蹹踘者。"

⑭王亭谢馆：王、谢两大家族所居的亭台楼阁，喻指权贵所成繁华之所。东晋时王、谢两家为豪门贵族，子弟众多，大多住在会稽。

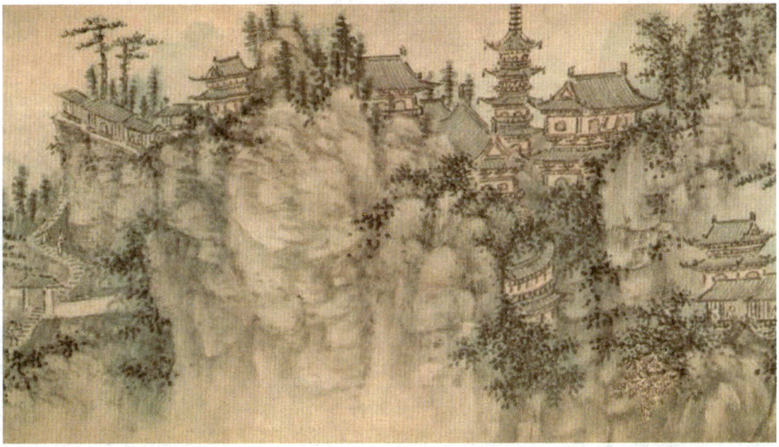

## 念奴娇·登建康赏心亭
## 呈史留守致道❶

　　我来吊古，上危楼赢得❷，闲愁千斛❸。虎踞龙蟠何处是❹？只有兴亡满目❺。柳外斜阳，水边归鸟，陇上吹乔木❻。片帆西去，一声谁喷霜竹❼?

却忆安石风流⑧，东山岁晚⑨，泪落哀筝曲⑩。儿辈功名都付与，长日惟消棋局⑪。宝镜难寻⑫，碧云将暮⑬，谁劝杯中绿⑭？江头风怒，朝来波浪翻屋⑮。

### 注释

❶赏心亭：在建康城西下水门之城上，下临秦淮河，始建于北宋初年。史致道：指史正志。

❷危楼：高楼。这里指赏心亭。因其建于城楼之上，故称。

❸闲愁：无法排解的愁苦。斛（hú）：古代容器，一斛等于十斗。

❹虎踞龙蟠：形容南京的地势险要。三国时诸葛亮评论金陵地形

说："钟山龙蟠，石头（南京古有石头城）虎踞，此帝王之宅。"

❺"只有"句：只看到满目六朝兴亡的历史遗迹。从三国吴开始，到隋灭陈止，共有六个朝代建都金陵，先后被灭。

❻"陇上"句：风吹动着田野上的高大树木。陇：通"垄"，田埂。

❼喷霜竹：吹奏嘹亮的笛曲。霜竹，代指笛子。

❽安石风流：谢安才华出众为人洒脱。安石，东晋谢安，字安石，孝武帝时任宰相，曾在淝水之战指挥东晋八万军队，击败北方前秦苻坚八十万之众。

❾东山：在会稽（今浙江绍兴），是谢安早年未仕时隐居之地。岁晚：指谢安晚年想回东山隐居，但夙愿没有实现。据《晋书·谢安传》："（谢安）屡违朝旨，高卧东山。"

❿"泪落"句：谢安晚年，因功高受到孝武帝的猜忌，处境甚危。一次，孝武帝召擅长音乐的桓伊参加宴会，谢安也在座。桓伊弹筝作歌为谢安表忠心，声节慷慨，谢安感动流泪，孝武帝也觉得惭愧。事见《晋书·桓伊传》。

⓫"儿辈"二句：把功名都付与侄儿辈，整天以围棋作为消遣。谢安在淝水之战时，放手让子侄辈到前线去破敌立功。据《晋书·谢安传》载：谢玄等人大破苻坚军，捷报送到相府时，谢安正与客人下棋。他不动声色地把捷报放到床上，继续下棋。客人忍不住问起来，他才慢慢地回答说："小儿辈遂已破贼。"

⓬"宝镜"句：找不到那宝镜来照见满怀的忠诚。据李濬《松窗杂录》载，唐朝时有渔人在秦淮河上得一古铜镜，照之尽见人肺腑，渔人吓得手腕战栗，铜镜掉进水里。李德裕穷索水底，终不可复得。

⓭"碧云"句：将近黄昏，天空越来越暗，暗喻衰老迟暮之意。

⓮"谁劝"句：有谁会用美酒来劝解呢？用白居易《和梦得游春诗一百韵》："行看鬓间白，谁劝杯中绿？"成句。杯中绿：指酒。

⓯波浪翻屋：汹涌的波浪似要冲进房室之中。这里喻指词人心潮澎湃难以平静。杜甫《观李固请司马弟山水图》诗中有："高浪垂翻屋，崩崖欲压床。"

# 念奴娇·书东流村壁❶

野棠花落❷，又匆匆过了，清明时节。刬地东风欺客梦❸，一枕云屏寒怯❹。曲岸持觞❺，垂杨系马，此地曾经别。楼空人去，旧游飞燕能说❻。

闻道绮陌东头❼，行人曾见，帘底纤纤月❽。旧恨春江流不尽，新恨云山千叠。料得明朝，尊前重见❾，镜里花难折❿。也应惊问：近来多少华发⓫？

## 注 释

❶东流村：指东流县境内的某村。东流县，即今安徽省东至县，靠近长江边。

❷野棠花：即棠梨花，白色，长江流域野生极多。

❸刬（chǎn）地：无端地，平白无故地。欺客梦：犹言惊客梦。

❹云屏：云母装饰的屏风。寒怯：怯寒，害怕寒冷。

❺曲岸：蜿蜒的江岸。持觞：举杯。

❻"楼空"二句：美人离去，妆楼已空，只剩下往日的燕子还在那里诉说故事。这里用唐代名妓关盼盼与张建封恋爱的故事，抒怀旧之情。

❼闻道：听说。绮陌：街衢的美称。

❽纤纤月：喻美人。唐宋词中多用月喻美人。纤纤：细长的样子，喻美人身段。有人认为纤纤月喻美人足，也可通。

❾尊前：酒杯前。指宴会上。

❿"镜里"句：镜中之花是空幻之相，不可能攀折，这里比喻难以接近心仪之人。

⓫华发：花白头发。

107

# 念奴娇·瓢泉酒酣和东坡韵❶

倘来轩冕❷，问还是、今古人间何物？旧日重城愁万里❸，风月而今坚壁❹。药笼功名❺，酒垆身世❻，可惜蒙头雪❼。浩歌一曲❽，坐中人物三杰❾。

休叹黄菊凋零，孤标应也，有梅花争发❿。醉里重揩西望眼，惟有孤鸿明灭⓫。万事从教⓬，浮云来去，枉了冲冠发⓭。故人何在，长庚应伴残月⓮。

### 注释

❶和东坡韵：用苏轼《念奴娇·赤壁怀古》之韵。

❷"倘来"：意谓官职不是一个人的根本之物，只是一种偶然得来寄附于人的东西。语本《庄子·缮性》："轩冕在身，非性命也，物之倘来，寄者也。"倘来：意外得来。轩冕：高车博冠，是古代达官显贵的装束。冕，古代大夫以上官员所戴的礼冠。

❸重城愁：胸中块垒像重复相叠的城池，难于击破，形容愁绪繁多。

❹"风月"句：将大好的风景都拒之脑后。坚壁：本指战争中坚守营垒或据点，并将周围物资转移或收藏起来，使入侵之敌不得掠夺或利用。这里借指自己心绪不好，无心欣赏风月美景。

❺"药笼"句：用"药笼"的作用去谋取功名。药笼：指国家危难时必需的人才。据《新唐书·元行冲传》载，元行冲向当权的大臣狄仁杰进言说：国家储备人才，好比富贵人家储备人参、白术、灵芝、肉桂等以防疾病一样，我愿当你门下的一味药物。狄仁杰笑着说："君正吾药笼中物，不可一日无也！"

❻"酒垆"句：当垆卖酒的出身，喻指出身低微，因作者为南归

109

将领，屡受排挤，故有此语。据《史记·司马相如列传》载，卓文君夜奔司马相如，二人无以为生，就到临邛，"买一酒舍酤酒，而令文君当垆。相如身自著犊鼻裈（杂役工穿的牛鼻型短裤）与保庸（雇工）杂作，涤器于市中。"

❼蒙头雪：指满头白发。

❽浩歌：大声歌唱。语本屈原《九歌·少司命》："望美人兮未来，临风恍兮浩歌。"

❾三杰：据《史记·高祖本纪》记载，汉高祖刘邦曾说："夫运筹策帷帐之中，决胜于千里之外，吾不如子房（张良）。镇国家，抚百姓，给馈饷，不绝粮道，吾不如萧何。连百万之军，战必胜，攻必取，吾不如韩信。此三者，皆人杰也，吾能用之，此吾所以取天下也。"这里借指有雄才大略的作者友人。

❿"孤标"二句：正常语序当为"应也有梅花孤标争发"，因词调节拍故断为两句。意思是也应该有孤立特出的寒梅在严冬怒放，喻指清新脱俗有凛然傲骨的人挺起脊梁抗争。

⓫孤鸿明灭：孤独的大雁时隐时现。

⓬从教：任从，听从。

⓭冲冠发：愤怒得头发都竖了起来，顶起了帽子，形容极度愤怒。语本《史记·廉颇蔺相如列传》："相如视秦王无意偿赵城，因持璧却立，倚柱怒，发上冲冠。"

⓮"长庚"句：长庚星与残月相伴。长庚：即启明星，又称金星、太白星。这里用启明星出现而月残的黎明之景，暗喻全新的政治氛围。

# 声声慢

滁州旅次登奠枕楼作①，和李清宇韵②。

征埃成阵③，行客相逢，都道幻出层楼④。指点檐牙高处⑤，浪涌云浮。今年太平万里，罢长淮千骑临秋⑥。凭栏望，有东南佳气，西北神州⑦。

千古怀嵩人去⑧，还笑我身在，楚尾吴头⑨。看取弓刀陌上⑩，车马如流。从今赏心乐事⑪，剩安排、酒令诗筹⑫。华胥梦⑬，愿年年、人似旧游。

## 注释

❶滁州：今安徽滁州市。旅次：客中居住之所。作者为山东人，流寓南方，故视滁州官舍为旅次。奠枕楼：作者于乾道八年（1172）在滁州所建的一座用来安顿百姓和供客商居住的房子。奠枕，安居的意思。

❷李清宇：延安人，作者在滁州结交的一个朋友。

❸征埃：征尘，代指离家奔波的人们。

❹幻出层楼：奇迹般地出现一座高楼。

❺檐牙：屋檐边翘起的尖角。

❻"罢长淮"句：停下了淮河岸边军人在秋天对峙的局面。罢：停止。长淮：淮河。千骑临秋：此指金兵的侵扰。金兵常在秋高马肥时南下攻宋。

❼"凭栏"三句：凭栏远眺，除了东南祥瑞之气外，还有那沦陷的中原。佳气：吉祥之气。古人有望气之说，以为什么地方有某种兆

头，上空就有某种云气。神州：古代中国的别称，这里指失陷的中原。

⑧怀嵩人：指唐代李德裕。他曾被贬为滁州刺史，在滁州建了一座"怀嵩楼"，表示对洛阳附近嵩山故居的怀念。后来李德裕北归，此楼成为滁州名胜。

⑨"楚尾"句：滁州是古代楚国与吴国的边界，在楚的东面，吴的西面，故称为楚尾吴头。

⑩弓刀陌：布满手持武器巡逻兵丁的道路。

⑪赏心乐事：指玩赏之心与欢乐之事。古人称良辰、美景、赏心、乐事为"四美"。

⑫剩：此处作"尽"、"尽管"解。酒令：古人饮酒多行酒令，以输赢定谁该饮酒。诗筹：古人宴会上用抽签的办法来限韵作诗。筹，是写有诗题和韵脚的竹签。

⑬华胥梦：好梦。《列子·黄帝篇》记载：黄帝曾"昼寝而梦游华胥氏之国"。

# 木兰花慢

中秋饮酒将旦❶，客谓前人诗词有赋待月，无送月者，因用《天问》体赋❷。

可怜今夕月，向何处、去悠悠？是别有人间，那边才见，光影东头❸？是天外，空汗漫❹，但长风浩浩送中秋？飞镜无根谁系❺？姮娥不嫁谁留❻？

谓经海底问无由❼，恍惚使人愁。怕万里长鲸，纵横触破，玉殿琼楼❽。虾蟆故堪浴水，问云何玉兔解沉浮❾？若道都齐无恙❿，云何渐渐如钩？

## 注释

❶将旦：快要天亮。

❷天问：《楚辞》篇名，屈原所作，作者向天提出种种奇问。

❸"那边"二句：另一边才刚刚升起来，月影挂上东边的天空吗？

❹汗漫：广大无边。

❺"飞镜"句：月轮悬空无根，是谁把它系在那里的呢？飞镜：此指月亮。

❻"姮娥"句：月中仙子姮娥一直没有出嫁，是谁将她留下的？姮娥：嫦娥，传说中的月中仙子。

❼"谓经海底"句：听说（月亮）是从海底升起，但根本就无从问起。语本唐卢仝《月蚀》诗："烂银盘从海底出，出来照我草屋东。"古人认为月亮是从海底出来的。问无由：无从询问。

❽"怕万里"三句：如果月亮行经海底，就使人担心大海里那万

113

里长鲸劈波斩浪，会撞坏月宫中的玉殿琼楼。玉殿琼楼：此指神话传说的月中宫殿。

❾"虾蟆"二句：如果说月中虾蟆本来会游泳的话，那么玉兔何以能在水中自由沉浮？神话传说，月宫中有蟾蜍（虾蟆）戏水，玉兔捣药。堪：能够。

❿都齐无恙（yàng）：全部整整齐齐，完好无损。

# 木兰花慢·滁州送范倅❶

老来情味减，对别酒，怯流年❷。况屈指中秋❸，十分好月，不照人圆。无情水，都不管，共西风只管送归船。秋晚莼鲈江上❹，夜深儿女灯前❺。

征衫便好去朝天❻，玉殿正思贤❼。想夜半承明❽，留教视草❾，却遣筹边❿。长安故人问我⓫，道愁肠殢酒只依然⓬。目断秋霄落雁，醉来时响空弦⓭。

## 注 释

❶范倅（cuì）：范姓的副手。此指辛弃疾在滁州的副手范昂，时任滁州通判。倅，副职。

❷怯流年：怕年光逝去。

❸"况屈指"句：何况屈指一算，中秋节又快到了。

❹莼（chún）鲈：指莼菜羹和鲈鱼脍，是江东的两种特产佳肴。本句与前一句隐含晋朝人张翰见秋风起而思乡典。《晋书·张翰传》记载：江南人张翰在洛阳为官，一日见秋风起，想到故乡吴中的菰菜、莼羹和鲈鱼，说："人生最重要的是能够活得适意，怎么能够为了名位跑到千里之外来当官呢？"于是弃官还乡。此事另见于《世说新语·识鉴》，惟《世说》作"菰菜羹、鲈鱼脍"。

❺"夜深"句：设想范昂到家后深夜与儿女团聚的景象。

❻征衫：穿上离家远行时的衣服。朝天：朝见皇帝。

❼玉殿：代指朝廷、皇帝。

❽承明：汉代皇宫中建筑，称承明庐，是文学侍从之臣起草文稿和值班之所。这里代指南宋皇宫中的草诏之所。

⑨视草：唐代朝廷设翰林待诏，任务是检视皇帝诏书的草稿，称为"视草"。这里是祝愿范昂入朝担任类似文职。

⑩筹边：筹划边防事务，此指被派到宋金边境的滁州任职。

⑪长安故人：京城里的老朋友。这里指范姓副职在南宋都城临安（今杭州）的旧友。

⑫愁肠殢（tì）酒：为化解愁苦而沉湎于美酒之中。殢酒，病酒，困酒。

⑬"目断"二句：举目远望，那秋日碧空中的落雁，让人在沉醉之中不由得想起听到空弦都下坠的孤雁。响空弦：据《战国策·楚策》记载，更羸与魏王一道在高台之下，仰见飞鸟，就引弓虚发（只拉弓不射箭），居然惊落了一只孤雁。魏王问其原因，更羸说："这是一只受伤的雁，伤还未好，对弓箭十分恐惧，听到弓弦声就惊落下来了。"这里借喻作者自己在南宋官场孤危的处境。

# 木兰花慢·席上送张仲固帅兴元❶

汉中开汉业❷，问此地，是耶非？想剑指三秦❸，君王得意，一战东归。追亡事，今不见❹，但山川满目泪沾衣❺。落日胡尘未断❻，西风塞马空肥❼。

一编书是帝王师❽，小试去征西❾。更草草离筵，匆匆去路，愁满旌旗。君思我，回首处，正江涵秋影雁初飞❿。安得车轮四角⓫，不堪带减腰围⓬。

## 注释

❶张仲固：张坚，字仲固，作者友人。淳熙六年（1179）秋由江西转运判官调任兴元知府。帅：宋代地方军政长官的通称。这里作动词用。兴元：原为汉中郡，唐代改为兴元府，府治在今陕西汉中。

❷"汉中"句：在汉中奠定了汉朝的基业。秦朝灭亡后，项羽封刘邦为汉王，管辖今汉中及四川北部一带。后来刘邦以汉中为基地，东向伐楚，最终打败项羽，成就帝业。

❸剑指三秦：指刘邦占领三秦地区。项羽灭秦后，将原秦地划为三块，分封给秦的三个降将，称为三秦。后来刘邦东征，先灭掉三秦。

❹"追亡事"二句：现在再也看不到萧何追韩信的事情了。韩信初归刘邦，不受重用，愤然离去。萧何得知后，连夜将韩信追回，并向刘邦建议，拜韩信为大将，终于打败了项羽，建立汉朝。事见《史记·淮阴侯列传》。

❺"但山川"句：只要看到满眼的大好河山就忍不住泪下沾巾。这里用唐李峤《汾阴行》"山川满目泪沾衣"成句，但李峤诗在感慨

117

人生苦短，而作者意在神州陆沉的悲伤。

⑥胡尘：胡地的战尘。这里指金兵所掀起的战事。

⑦"西风"句：秋风中战马空有一身肥膘。意思是秋高马肥，正是用兵的时候，可是南宋政府却采取苟安政策，只能是"塞马空肥"。

⑧"一编"句：用张良得兵书典，鼓励张坚施展才能为国立功。据《史记·留侯世家》记载，刘邦的谋臣张良少年时经过下邳（今江苏邳县）圯（yí）桥，桥上一位老人拿出一编（部）书（即《太公兵法》）送给他，告诉他读了此书就能成为"王者师"。

⑨小试：小试锋芒，小试牛刀。征西：此指张坚任汉中帅的职务。

⑩"正江涵"句：正在那秋江萧瑟北雁南归之时。这里化用唐杜牧《九日齐山登高》"江涵秋影雁初飞"诗意，从对方的角度想象友人别后思念作者之景，委婉表达作者对友人的惦念。

⑪"安得"句：怎么样才能让车轮上长出四个角来把轮子固定住呢。这里化用唐陆龟蒙《古意》诗"愿得双车轮，一夜生四角"诗意，表达挽留之意。

⑫"不堪"句：忍受不了（思念的痛苦）而使人消瘦。据《梁书·昭明太子传》记载，萧统因为母亲丁贵嫔去世，非常悲伤，一个"腰带十围"的壮汉，竟至于"减削过半"。

# 水龙吟·登建康赏心亭❶

楚天千里清秋❷，水随天去秋无际。遥岑远目❸，献愁供恨，玉簪螺髻❹。落日楼头，断鸿声里❺，江南游子。把吴钩看了❻，栏干拍遍，无人会❼，登临意。

休说鲈鱼堪脍，尽西风、季鹰归未❽？求田问舍，怕应羞见，刘郎才气❾。可惜流年，忧愁风雨，树犹如此❿。倩何人、唤取红巾翠袖⓫，揾英雄泪⓬。

## 注释

❶建康赏心亭：见前《念奴娇·登建康赏心亭呈史留守致道》注。

❷楚天：泛指江南的天空。因长江中下游各省战国时都属于楚国，故称。

❸"遥岑"句：纵目眺望远山。遥岑：远山。

❹"玉簪"句：就像美人头上的碧玉簪和螺形发髻。这里用妇女头饰喻重峦叠嶂。

❺断鸿：失群的孤雁。

❻吴钩：春秋时期吴国制造的一种兵器，似剑而曲。这里借指腰间佩剑。

❼会：领会，理解。

❽"休说"三句：不要说什么美味的鲈鱼已经可以切成上好的鱼片，西风已经吹起，思归的张翰是不是已经回来了？这里用张翰思归典（事见前《木兰花慢·滁州送范倅》），表达词人国事未了、无意家园琐事的情怀。脍：细切的鱼片。

❾"求田"三句：（不以国事为重，）一味地谋划家里那一亩三分

119

田地，恐怕遇到胸怀天下的刘备就会感到羞愧无地自容吧。这里用陈登、刘备评价许汜典，表达对目光短浅只知为家园谋划者的不屑。据《三国志·魏书·陈登传》载：许汜去见陈登（字元龙），陈登瞧不起他，叫他睡下床，自己睡大床。后来许汜将此事告诉刘备，刘备就批评许汜说："你有国士之名，如今天下大乱，帝王流离失所，希望你忧国忘家，有救世之志，你却只知求田问舍，所说的话没有可取之处。你还说陈登对你傲慢，让你睡下床，如果是我接待你，我就自睡百尺楼上，让你睡地下，岂止是上下床之间！"刘郎：指刘备。

⑩树犹如此：（昔日种植的）树都已经如此粗壮了，喻时光易逝而壮志未酬。典出《世说新语·言语》：东晋大将桓温北征路过金城，看到自己早年所种的柳树已有十围粗，感叹说："木犹如此，人何以堪！"于是攀枝折条，流下眼泪。

⑪倩：请，请求。红巾翠袖：代指美女。

⑫揾（wèn）：擦去，揩掉。

# 水龙吟·甲辰岁寿韩南涧尚书❶

渡江天马南来❷，几人真是经纶手❸？长安父老❹，新亭风景，可怜依旧❺。夷甫诸人，神州陆沉❻，几曾回首！算平戎万里❼，功名本是，真儒事❽，公知否？

况有文章山斗❾，对桐阴、满庭清昼❿。当年堕地，而今试看，风云奔走⓫。绿野风烟⓬，平泉草木⓭，东山歌酒⓮。待他年整顿，乾坤事了，为先生寿。

## 注释

❶甲辰岁：指宋孝宗淳熙十一年（1184）。韩南涧：韩元吉（1118—1187），字无咎，号南涧，河南许昌人。南渡后寓居上饶。做过吏部尚书，是一位抗战派的官员，政绩和文学都驰名于当时。

❷"渡江"句：这里借指公元1127年宋室为金人所逼被迫南迁。西晋末年，中原大乱，统治者将北方放弃给匈奴等入侵者，逃到江南，建立东晋政权。当时，琅邪王司马睿与另外四个王子一齐渡江，过江后司马睿做了皇帝（即晋元帝）。童谣说："五马浮渡江，一马化为龙。"（事见《晋书·元帝纪》）皇帝号称天子，晋朝皇帝又姓司马，故称天马。

❸经纶手：筹划、治理国家的能手。

❹"长安"句：此指中原沦陷区的父老们。典出《晋书·桓温传》：桓温举兵北伐，一直打到长安郊外的灞上，长安父老持牛酒迎接桓温，大家感动得哭着说："不图今日复见官军！"

❺"新亭"二句：新亭一带的风景依然如旧（但江山已经易主）。典出《世说新语·言语》：晋南迁后，渡江的士大夫们经常在金陵郊

外的新亭相聚饮酒。一次，周颙感叹说："风景不殊，正自有山河之异!"于是众人"皆相视流涕"。

⑥"夷甫"三句：据《晋书·桓温传》，桓温北伐时，登高远望中原，感叹说："遂使神州陆沉，百年丘墟，王夷甫诸人不得不任其责!"夷甫：西晋末宰相王衍的字。王衍喜空谈，不管国事，最终导致国家破败。这里暗指南宋当权者尚空谈，不图恢复。陆沉：国土沦陷。

⑦平戎：此指打败金兵，收复失地。

⑧真儒：大儒，有真学问和大本领的读书人。

⑨"况有"句：更何况还是文坛的泰山北斗。这里是用唐代韩愈拟韩元吉。《新唐书·韩愈传》赞："自愈之没，其言大行，学者仰之如泰山北斗云。"山斗："泰山北斗"的省写。

⑩"对桐阴"二句：梧桐树阴下，满庭院都是清朗月光，照地如同白昼。这里是赞誉韩元吉的光荣家世。韩元吉是北宋时中原地区著名"颍川韩氏"家族的后裔。颍川韩氏在汴京门第前多植桐木，以区别于相州韩氏大族。

⑪"当年"三句：是赞扬韩元吉当年像渥洼神马降生人间，如今风云际会，要在政坛大显身手。这里化用了黄庭坚《次韵邢敦夫》诗："渥洼麒麟儿，堕地志千里。"及苏轼《和张昌言喜雨》诗："百神奔走会风云。"

⑫绿野：绿野堂，是唐代名相裴度在洛阳的别墅。

⑬平泉：平泉庄，是唐代名相李德裕在洛阳郊外的别墅。

⑭东山：山名，在今浙江上虞西南，是东晋名相谢安的隐居地。以上三句，都是以古代名相的别墅来赞美韩元吉在上饶的隐居之所。

# 水龙吟·过南剑双溪楼❶

举头西北浮云❷，倚天万里须长剑❸。人言此地，夜深长见，斗牛光焰❹。我觉山高，潭空水冷❺，月明星淡。待燃犀下看，凭栏却怕，风雷怒，鱼龙惨❻。

峡束苍江对起❼，过危楼、欲飞还敛❽。元龙老矣❾，不妨高卧，冰壶凉簟❿。千古兴亡，百年悲笑，一时登览。问何人又卸，片帆沙岸，系斜阳缆⓫。

## 注 释

❶南剑：宋州名，属福建路，治所在今福建南平。双溪楼：在南平剑溪、樵川二水汇合处的潭边。

❷"举头"句：一抬头就可以看到浮云近在人边（形容双溪楼高耸入云）。西北浮云：语本《古诗十九首》："西北有高楼，上与浮云齐。"

❸"倚天"句：这里形容双溪楼耸立如剑，直插天外。语本宋玉《大言赋》："方地为车，圆天为盖，长剑耿耿倚天外。"

❹"人言"三句：据《晋书·张华传》及《拾遗记》记载，西晋张华夜间常见紫气上冲到斗宿与牛宿两个星座之间，便问雷焕，雷焕断定是斗、牛二星宿对应的丰城（今属江西）埋有宝剑，紫气是宝剑精光上彻于天。张华于是推荐雷焕去当丰城令，雷焕果然在该县监狱地基下挖出两把宝剑。张、雷各得一把。张华的那把在他被杀后失踪。雷焕死后，他的儿子雷华佩其剑过延平津（即剑溪），宝剑忽从腰间发出响声，飞入水中。雷华急令人入水寻剑，但入水之后，只见两条龙光彩照水，在波浪中翻腾。于是双剑皆失。这三句概述这个传说，将双溪楼耸立天外描绘得更见气势。

⑤潭空水冷：潭影幽空深杳，潭水清澈凛冽。据《舆地纪胜·南剑州》记载：剑溪、樵川"二水交通，汇为澄潭，是为宝剑化龙之津"。这里以潭空指其渊深莫测。

⑥"待燃犀"句：想要点燃火把下去一探究竟，但是一扶着栏杆，就怕宝剑所化之龙暴怒起来，水中的妖魔都将惨死。这里用《晋书·温峤传》典：东晋将军温峤至牛渚矶，见水深不可测，听民间传说水下多怪物，就点燃犀角下照，一会儿见水底涌出各种妖怪，奇形怪状，还有乘马车、穿红衣的。风雷：古代传说巨龙腾飞时，往往风雨大作，电闪雷鸣。这里指双溪里宝剑所化之龙。鱼龙：指温峤见到的水中妖魔。作者用宝剑化龙降伏水中妖魔，暗含自己报效国家、惩治群小的宏愿。

⑦"峡束"句：两边山峡相对紧束着谷底的双溪。这里是描述双溪楼周边的山水形势，化用杜甫《秋日夔府咏怀》诗："峡束苍江起，岩排古树圆"。

⑧危楼：高楼，此指双溪楼。敛：收束住（指溪水）。

⑨元龙：三国时豪士陈登，字元龙。陈登高卧不理睬求田问舍的许汜，是以家国为怀，这里作者以学陈登高卧在山野，表达自己虽有一腔报国之情，却不受重视的无奈。

⑩"冰壶"句：喝冷水，睡凉席。指隐居生活。

⑪系斜阳缆：系缆斜阳，在斜阳照耀下系缆泊舟。

# 水龙吟

用"些"语再题瓢泉①，歌以饮客，声韵甚谐，客皆为之釂②。

听兮清珮琼瑶些③。明兮镜秋毫些④。君无去此⑤，流昏涨腻⑥，生蓬蒿些。虎豹甘人，渴而饮汝，宁猿猱些⑦。大而流江海，覆舟如芥⑧，君无助，狂涛些。

路险兮山高些。块予独处无聊些⑨。冬槽春盎⑩，归来为我，制松醪些⑪。其外芳芬，团龙片凤⑫，煮云膏些⑬。古人兮既往，嗟余之乐，乐箪瓢些⑭。

## 注释

❶用"些"语：用《楚辞》中楚地方言"些"为句尾，意思是模仿《楚辞》用"些"字作结，"些"前一字押韵，是作者呈文显才的一种表现。

❷釂（jiào）：把杯中的酒喝干。《礼记·曲礼上》："长者举未釂，少者不敢饮。"《疏》云："釂，尽也。"

❸清珮琼瑶：（泉声）清越如珮玉琼瑶碰到一起那么悦耳动听。珮、琼瑶，都是美玉名。

❹"明兮"句：（泉水）清澈透明，像镜子那样能照见最细微的东西。秋毫：秋天鸟类换毛时长的新毛，很细小。多用来形容细微的东西。

❺君无去此：你不要离开这里。这里用拟人手法指瓢泉水。

❻"流昏"句：流到混浊的地方，涨满污垢之物。

❼"虎豹"三句：（那些污浊之地）虎豹喜欢吃人，（吃脏的）口

渴了就要来将你痛饮，宁可留在这里让山中的猿猱饮用。虎豹甘人：《楚辞·招魂》里描写地府有虎首牛身的魔怪，专门吃人，其中有"此皆甘人"之句，意思是它们以吃人为甘美。猿猱（náo）：猴子。猱，猴的一种。

⑧"大而"二句：（瓢泉）汇入长江大海，波涛足以把船像芥子一样倾覆。语出《庄子·逍遥游》："水之积也不厚，则其负大舟也无力。覆杯水于坳堂之上，则芥为之舟，置杯焉则胶，水浅而舟大也。"

⑨"块予"句：我木然地孤独自处。块：块然，麻木不仁、木然无知的样子。

⑩"冬槽"句：冬天的酒槽春天的酒罐。槽：制酒的槽床。盎：盛酒用的瓦盆。

⑪松醪（láo）：用松膏酿造的一种酒。

⑫团龙片凤：团龙、片凤茶饼，皆为宋代茶名。

⑬云膏：一种浓茶。

⑭乐箪（dān）瓢：乐于过清贫的生活。据《论语·雍也》记载，孔子曾称赞他的大弟子颜回甘于"一箪食，一瓢饮"（意思是用竹盒盛饭，用木瓢饮水）的平民生活。后世就用"箪瓢"代指清贫而高洁的生活。

# 永遇乐·京口北固亭怀古<sup>❶</sup>

千古江山，英雄无觅，孙仲谋处<sup>❷</sup>。舞榭歌台，风流总被<sup>❸</sup>，雨打风吹去。斜阳草树，寻常巷陌，人道寄奴曾住<sup>❹</sup>。想当年，金戈铁马，气吞万里如虎<sup>❺</sup>。

元嘉草草<sup>❻</sup>，封狼居胥<sup>❼</sup>，赢得仓皇北顾<sup>❽</sup>。四十三年<sup>❾</sup>，望中犹记，烽火扬州路<sup>❿</sup>。可堪回首<sup>⓫</sup>，佛狸祠下<sup>⓬</sup>，一片神鸦社鼓<sup>⓭</sup>。凭谁问：廉颇老矣，尚能饭否<sup>⓮</sup>?

## 注释

❶京口北固亭：见前《南乡子·登京口北固亭有怀》注。

❷孙仲谋：孙权（182—252），字仲谋，三国吴的开国皇帝。镇江是吴国对抗魏国的战略要地，孙权经常巡此以备战。

❸风流：这里指孙权的英雄业绩。

❹寄奴曾住：南朝宋开国皇帝刘裕小字寄奴，他家自其高祖随晋南渡，即侨居于镇江。刘裕出生于镇江，后来又从这里起事，终成就大业，代晋称帝。

❺"想当年"三句：这是颂扬刘裕北伐的功业。金戈铁马：形容刘裕的军队兵强马壮。气吞万里：指刘裕两次北伐中原，驰骋于北方万里之地，灭南燕、后秦，收复洛阳、长安。

❻元嘉：南朝宋文帝刘义隆的年号。草草：匆忙，仓促。

❼"封狼"句：汉武帝元狩四年（前119），大将霍去病率五万骑兵远征匈奴，歼敌七万余人，封狼居胥山（在今内蒙古自治区五原西北）而还。后用"封狼居胥"代指北伐立功。据《宋书·王玄谟传》，元嘉年间，王玄谟屡次向宋文帝陈说讨伐北魏之策，宋文帝被说动

了，对人说："闻玄谟陈说，使人有封狼居胥意。"

⑧仓皇北顾：元嘉二十七年（450），刘宋大将王玄谟北伐失败，北魏军队乘胜追到长江北岸，声称要渡江。宋都建康（今南京市）震恐，宋文帝登烽火楼北望，对轻率北伐表示后悔。这里是影射宋孝宗隆兴元年（1163）张浚仓促北伐失败事。

⑨"四十三"句：自稼轩于绍兴三十二年（1162）奉表南渡至作此词时，恰好四十三年（1162—1205）。

⑩"烽火"句：隆兴北伐失败后，金兵乘机渡过淮河，攻陷濠州、滁州，兵锋直指扬州。

⑪可堪：哪堪，岂堪。

⑫佛狸祠：北魏太武帝拓跋焘（小字佛狸）击败王玄谟北伐军，统率追兵到达长江北岸瓜步山（在今江苏六合），在山上建立行宫。后世改建为祠，称佛狸祠。

⑬神鸦：栖息在祠庙里啄食祭品的乌鸦。社鼓：民间祭祀土地神时的乐鼓。

⑭"廉颇"二句：战国时赵国大将廉颇，年老后尚能一餐吃一斗米的饭、十斤肉，还能饭后披甲上马。见《史记·廉颇蔺相如列传》。这里用以表示自己虽然老了，但仍像廉颇一样有雄心和胆识。

# 沁园春·带湖新居将成①

三径初成②，鹤怨猿惊③，稼轩未来。甚云山自许，平生意气；衣冠人笑，抵死尘埃④。意倦须还，身闲贵早，岂为莼羹鲈脍哉⑤！秋江上，看惊弦雁避⑥，骇浪船回。

东冈更葺茅斋⑦。好都把、轩窗临水开⑧。要小舟行钓，先应种柳；疏篱护竹，莫碍观梅。秋菊堪餐，春兰可佩⑨，留待先生手自栽。沉吟久⑩，怕君恩未许，此意徘徊。

## 注释

❶带湖：在信州（今江西上饶市）府城灵山门外。辛弃疾在这里买地建造了一幢别墅。写此词时，他还在做江西安抚使。

❷三径：汉代蒋诩隐居时，曾在门前开三径（即修三条小路），后人就以此作为隐居的代称。

❸"鹤怨"句：白鹤和猿猴都感到怨苦和惊怪。语本南朝孔稚珪《北山移文》："蕙帐空兮夜鹤怨，山人去兮晓猿惊。"

❹"衣冠"二句：在官场沉沦，四处奔走，身上沾满灰尘，招人耻笑。抵死：老是，总是。

❺莼羹鲈脍：江南水乡的美味食品。代指隐居的乐趣。用张翰因秋风起而思念家乡美食遂辞官南归之典。

❻惊弦雁避：孤雁受到惊吓，听到空弦声也会避让。这里指词人因为不断受到排挤已如惊弓之鸟。更嬴引弓虚发惊吓孤雁落地典出《战国策·楚策》。

❼葺（qì）：用茅草盖房子。茅斋：茅草盖顶的书房。

❽轩窗临水：窗户朝着屋外的湖面，寓寄情山水的意思。语本北

129

宋吕夷简诗："贺家湖上天花寺，——轩窗向水开。"见陆游《老学庵笔记》卷六。

❾"秋菊"二句：秋菊可为食料，春兰可供佩戴。屈原《离骚》中有"夕餐秋菊之落英""纫秋兰以为佩"的句子，这里化用其意，表示自己的高洁。

❿沉吟：迟疑不决。

山禽矜逸態
梅粉弄輕柔
已有丹青約
千秋指白頭

宣和殿御製并書

# 沁园春·再到期思卜筑<sup>❶</sup>

一水西来，千丈晴虹<sup>❷</sup>，十里翠屏<sup>❸</sup>。喜草堂经岁，重来杜老<sup>❹</sup>；斜川好景，不负渊明<sup>❺</sup>。老鹤高飞，一枝投宿<sup>❻</sup>，长笑蜗牛戴屋行<sup>❼</sup>。平章了<sup>❽</sup>，待十分佳处，着个茅亭<sup>❾</sup>。

青山意气峥嵘，似为我、归来妩媚生<sup>❿</sup>。解频教花鸟<sup>⓫</sup>，前歌后舞；更催云水，暮送朝迎。酒圣诗豪，可能无势，我乃而今驾驭卿<sup>⓬</sup>。清溪上，被山灵却笑<sup>⓭</sup>，白发归耕。

## 注释

❶期思：地名，在铅山县境内。原名奇师，辛弃疾改名期思，具体在今铅山县稼轩乡横畈村瓜山脚下，瓢泉就在这里。辛弃疾赴福建任职之前曾来此地居留。卜筑：选地造屋。

❷晴虹：晴空彩虹。山中因雾岚水分较多，常在晴天出现彩虹。

❸翠屏：山岭苍翠如同竖立的屏风。

❹"喜草堂"二句：这里以杜甫重归草堂比喻自己重到期思。唐代诗人杜甫于唐肃宗乾元二年（759）因关中饥馑，弃官入蜀依严武，次年在成都浣花溪卜筑草堂。代宗宝应元年（762）冬，西川兵马使徐知道反叛，杜甫奔梓州避难。其后往来于汉州、阆州、梓州间，到广德二年（764）春，严武再次镇蜀，杜甫方得重归成都草堂。

❺"斜川"二句：这里作者自比东晋大诗人陶渊明，以期思比斜川。陶渊明有《游斜川》诗，诗前的序中叙述了晋安帝隆安五年（401）正月五日他与邻居同游风景秀美的斜川（在今江西都昌附近），眺望曾城、庐山的情景。

❻"老鹤"二句：取意于《庄子·逍遥游》："鹪鹩巢于深林，不

132

过一枝。"意思是：我好比一只老鹤在天上高飞，归宿时只不过占深林中的一枝而已。

❼蜗牛戴屋行：蜗牛背着硬壳似圆形小屋，爬行时如戴屋而行。这里用以嘲笑那些目光短浅、死死守着小家宅园的人。

❽平章：筹划，品评。

❾着：这里是构筑、建造的意思。

❿"青山"三句：高峻的青山喜我归来，显得格外秀丽。峥嵘（zhēng róng）：山势高峻的样子。妩媚：原指女子姿态美好，这里形容青山秀美。

⓫解：懂得。

⓬"酒圣"三句：那些酒圣、诗豪可能都没有这样的权势，像我现在这样驱使驾驭着你们。酒圣诗豪：酒中的圣人、诗坛的豪杰。驾驭：主宰，统率。卿：本是"你"的意思，此处拟人手法指自然山水。

⓭山灵：山神。

# 沁园春

灵山齐庵赋❶。时筑偃湖未成❷。

叠嶂西驰，万马回旋，众山欲东❸。正惊湍直下❹，跳珠倒溅❺；小桥横截，缺月初弓❻。老合投闲❼，天教多事，检校长身十万松❽。吾庐小，在龙蛇影外❾，风雨声中。

争先见面重重，看爽气、朝来三数峰❿。似谢家子弟，衣冠磊落⓫；相如庭户，车骑雍容⓬。我觉其间，雄深雅健，如对文章太史公⓭。新堤路，问偃湖何日，烟水蒙蒙？

## 注释

❶灵山：山名，在上饶境内，绵延一百余里。齐庵：庵名，在灵山上，四周是茂密的松林。

❷偃湖：辛弃疾在灵山下开挖的小湖。

❸"叠嶂"三句：重重叠叠的山峰势如万马奔腾，疾驰向西，忽又盘旋回转，掉头向东而去。叠嶂：重叠的山峰。

❹惊湍：溪涧中的急流。

❺跳珠：溅起的水珠。

❻"小桥"二句：小桥架在急流之上，横截水面，其状如弓形的弦月。

❼投闲：指离开官场，过闲散的生活。

❽检校：考察管理。

❾龙蛇：这里形容盘曲的松树。

❿"看爽气"句：看着那几座高耸的山峰，清爽的朝气扑面而来。

此句语本《世说新语·简傲》："（王子猷）以手版拄颊云：'西山朝来，致有爽气。'"

⓫"似谢家"二句：就像东晋大族谢家子弟那样服饰自然洒脱，比喻山峰的俊秀脱俗。磊落：开朗洒脱的样子。

⓬"相如"二句：就像司马相如府第那样，车骑往来雍容闲雅，气度不凡。《史记·司马相如列传》："相如之临邛，从车骑，雍容闲雅甚都。"

⓭"我觉"三句：这里用司马迁文章的雄深雅健比拟灵山诸峰的非凡气概。《新唐书·柳宗元传》："韩愈评其（柳宗元）文曰：'雄深雅健，似司马子长（迁），崔、蔡不足多也。'"太史公：指汉代史学家、文学家司马迁。司马迁曾为太史令，人称太史公。

# 沁园春·将止酒，戒酒杯使勿近

杯汝来前：老子今朝，点检形骸[1]。甚长年抱渴[2]，咽如焦釜[3]；于今喜睡[4]，气似奔雷[5]。汝说"刘伶，古今达者，醉后何妨死便埋[6]。"浑如此[7]，叹汝于知己[8]，真少恩哉[9]！

更凭歌舞为媒，算合作人间鸩毒猜[10]。况怨无小大，生于所爱；物无美恶，过则为灾。与汝成言[11]："勿留亟退[12]，吾力犹能肆汝杯[13]。"杯再拜，道："麾之即去，招亦须来[14]。"

## 注释

[1] "点检"句：检查自己的身体，言下之意是要保养身体，不再纵酒了。

[2] 抱渴：患酒渴病。此用晋刘伶事。《世说新语·任诞》："刘伶病酒，渴甚，从妇求酒。"

[3] "咽如"句：喉咙里干渴得如同烧焦的锅底。釜（fǔ）：古代的一种锅。

[4] 喜睡：喜欢睡觉，只想睡觉。

[5] "气似"句：呼吸之间，鼾声如雷。

[6] "汝说刘伶"三句：汝说：你说。这里是借用酒杯的口气来写，"汝"称酒杯。典出《世说新语·文学》刘孝标注引《名士传》："（刘）伶字伯伦，沛郡人。肆意放荡，以宇宙为狭。常乘鹿车，携一壶酒，使人荷锸随之，云：'死便掘地以埋。'土木形骸，遨游一世。"

[7] 浑如此：（你）竟然如此（说）。浑，这里作"竟""直"解。

[8] 知己：指嗜酒的人。

[9] 真少恩哉：真的是寡恩少义啊。这里是谴责酒伤人，把人醉

死，是对嗜酒者"少恩"。

⑩"更凭"二句：加上以歌舞作为媒介，喝酒就更多，对人的危害就更大，想想都像是喝毒药。鸩（zhèn）毒：传说中的鸩鸟的羽毛，有剧毒。猜：怀疑。

⑪成言：说好，约定。

⑫亟（jí）退：赶快退下。亟，急切，尽快。

⑬"吾力"句：我还有余力把你砸个粉碎。这是套用《论语·宪问》："吾力犹能肆诸于朝。"肆：原意为处死刑后陈尸于市，这里作"打碎"讲。

⑭"麾之"二句：叫走就走，叫来就再来。《汉书·汲黯传》载，汉代汲黯辅佐少主，严守城池时，"招之不来，麾之不去，虽自谓贲育弗能夺也"。言其意志坚决。这里反用其意，说是酒杯听作者的话。

# 贺新郎·赋琵琶

凤尾龙香拨❶。自开元、霓裳曲罢❷，几番风月。最苦浔阳江头客❸，画舸亭亭待发❹。记出塞、黄云堆雪❺。马上离愁三万里，望昭阳宫殿孤鸿没❻。弦解语，恨难说❼。

辽阳驿使音尘绝❽。琐窗寒、轻拢慢捻❾，泪珠盈睫。推手含情还却手❿，一抹梁州哀彻⓫。千古事、云飞烟灭。贺老定场无消息⓬，想沉香亭北繁华歇⓭。弹到此，为呜咽。

## 注释

❶ "凤尾"句：唐玄宗宠妃杨玉环所弹的琵琶。据载杨玉环善弹琵琶，所用琵琶以逻娑檀木做槽，龙香柏木为拨。凤尾：指琵琶槽的形状。

❷ 开元：唐玄宗李隆基的年号（713—741）。霓裳曲罢：演完了《霓裳羽衣曲》。暗指唐玄宗天宝末年安禄山叛乱，攻入长安，玄宗仓促出逃，在马嵬坡被迫缢死杨贵妃事。

❸ 浔阳江头客：指唐代诗人白居易。白居易曾被贬官江州（今江西九江），作《琵琶行》写入夜浔阳江头送客时听到京城流落此地的琵琶女演奏琵琶一曲，兴起同是天涯沦落人的所闻所思所感。

❹ 画舸（gě）：装饰华丽的大船。

❺ 出塞：汉元帝对匈奴和亲，将王昭君远嫁呼韩邪单于，传说她在马上弹琵琶抒发怨恨。黄云堆雪：语本欧阳修咏王昭君的《明妃曲》："不识黄云出塞路，岂知此声能断肠。"黄云：指沙漠上飞扬的尘土。

❻ 昭阳：昭阳宫，汉代京城长安未央宫里一宫殿名。

❼"弦解语"二句：虽然琵琶能够表达人的心思，但人的怨恨却很难说清楚。

❽辽阳：地名，在今辽宁境内，古时是边防之地。驿使音尘绝：驿道上送信的使者没有带来书信。沈佺期《独不见》拟怨妇声口作"九月寒砧催木叶，十年征戍忆辽阳。白狼河北音书断，丹凤城南秋夜长"，这里借以描写孤苦念远的凄凉悲苦之情。

❾琐窗：雕花的窗户，这里代指女子的闺房。拢、捻：琵琶指法。用左手指扣弦为拢，用左手指揉弦为捻。

❿"推手"句：推手和却手都饱含深情。推手、却手：都是弹奏琵琶的指法，用右手指往前弹叫推手，往后弹叫却手。

⓫抹：弹琵琶的一种指法，用右手指顺手往下拨弦。梁州：唐宋歌舞大曲，又称《凉州大曲》，既歌且舞，以琵琶伴奏。

⓬"贺老"句：当年乐坛如定海神针般存在的贺老早已消息全无（亡故之后为人遗忘）。贺老：唐玄宗时任梨园供奉的琵琶名手贺怀智；定场：能压住场子。

⓭沉香亭：唐代长安兴庆宫中亭子名。唐玄宗与杨贵妃经常在此游玩取乐。

# 贺新郎·同父见和，再用韵答之❶

老大那堪说？似而今、元龙臭味❷，孟公瓜葛❸。我病君来高歌饮❹，惊散楼头飞雪。笑富贵、千钧如发❺。硬语盘空谁来听❻？记当时、只有西窗月。重进酒，换鸣瑟❼。

事无两样人心别。问渠侬❽：神州毕竟，几番离合❾？汗血盐车无人顾❿，千里空收骏骨⓫。正目断、关河路绝⓬。我最怜君中宵舞⓭，道男儿、到死心如铁。看试手，补天裂⓮。

## 注释

❶同父：陈亮（1143—1194），字同父（一作"同甫"），号龙川，婺州永康（今浙江永康）人，南宋著名爱国人士，思想家，词人。因主张抗金，屡遭排挤。与辛弃疾为志同道合的朋友。陈亮收到辛弃疾的《贺新郎》（把酒长亭说）一词后，步辛词韵和了一首回寄，辛弃疾读了陈亮的和词后，又步原韵写下此词酬答。

❷"元龙"句：意谓陈亮是像三国时陈登那样的湖海豪士，自己和他性情趣味相投。元龙：陈登，字元龙，有湖海之豪，参见前选《水龙吟·登建康赏心亭》"求田"三句注。臭味：指性情趣味相投。

❸"孟公"句：孟公：陈遵，字孟公，西汉名士，性豪爽，嗜酒，好客。其事见《汉书·游侠传》。瓜葛：连带关系，指交游。这里以陈亮比陈遵，说他像陈遵一样豪爽好交游，这也与自己十分投合。

❹我病君来：指淳熙十五年（1188）冬陈亮来访时，辛弃疾正病卧于带湖别墅的雪楼上。

❺"笑富贵"句：可笑那被看得千钧之重的富贵人生，却不过如

头发丝那般轻飘不足道。

❻硬语盘空：语本韩愈《荐士》诗："横空盘硬语，妥帖力排奡。"原意指诗歌语言刚硬，这里借指作者和陈亮的政治言论刚直强硬，不合时宜，不合当权者的口味。

❼"重进酒"二句：指二人彻夜长谈一次又一次地斟酒畅饮，一遍又一遍地变换演奏的乐曲。

❽渠侬：他们。江浙方言，称自己为"我侬"，称他人为"渠侬"。这里用"渠侬"指杭州小朝廷的那些当权人物。

❾离合：分裂和统一。离，此指中原沦陷，祖国分裂。合，指国家恢复统一。

❿"汗血"句：用汗血宝马去拉盐车，还没人看上一眼，喻指大才被埋没和受屈辱。典出《战国策·楚策四》：一匹骏马被人用来拖着笨重的盐车上太行山，中途蹄损膝折，全身溃烂，还被强迫继续拉车上行。汗血：古代西域大宛国产的一种骏马。《汉书·武帝纪》应劭注："大宛旧有天马种，蹋石汗血，汗从前肩髆出，如血，号一日千里。"

⓫"千里"句：据《战国策·燕策一》记载，燕昭王想招贤，郭隗就给他讲了这样一个故事：古时有个国王想买千里马，有人替他花五百金买了一副死马骨。国王大怒说："我要的是千里马，你为何买一副马骨架？"这人说："如果为了马骨架都肯出五百金，更何况是活马！这样做，大家就都知道您买马的诚意了。"果然不到一年，国王就买到了三匹千里马。这句反用此典，说明南宋时，真正的人才得不到重用，收买到千里马的骨架也是白搭。

⓬"关河"句：收复大好河山的道路被人阻绝。关河：函谷关和黄河，是古代战略要地的代称，这里指为金人占领的中原。

⓭中宵舞：典出《晋书·祖逖传》记载：祖逖与司空刘琨俱为司州主簿，两人感情很好，共被同寝。中夜，闻荒鸡鸣，祖逖踢醒刘琨，说："这不是不好的声音哦。"于是两人起床练习剑舞。刘琨、祖逖都是意气风发的青年，每次谈起世事，都会中宵起坐，跟对方讲：

"若四海鼎沸，豪杰并起，我们兄弟两人最好避免在逐鹿中原的情况下相见（以免互相残杀）。"这里以祖逖、刘琨比喻作者与陈亮之间的关系。

⓮补天裂：古代神话有女娲炼石补天的故事。这里用女娲补天典，比喻收复中原失地，完成统一大业。

# 贺新郎·用前韵送杜叔高[1]

细把君诗说。恍余音、钧天浩荡[2]，洞庭胶葛[3]。千丈阴崖尘不到[4]，惟有层冰积雪[5]。乍一见、寒生毛发。自昔佳人多薄命[6]，对古来、一片伤心月。金屋冷[7]，夜调瑟。

去天尺五君家别[8]。看乘空、鱼龙惨淡[9]，风云开合。起望衣冠神州路[10]，白日消残战骨。叹夷甫、诸人清绝[11]！夜半狂歌悲风起，听铮铮、阵马檐间铁[12]。南共北，正分裂。

## 注释

[1] 用前韵：用赠陈亮的《贺新郎》（把酒长亭说）的韵脚。杜叔高：杜斿（yóu），字叔高，金华兰溪（今属浙江）人。弟兄五人都很有才华，人称"金华五高"。叔高行三，工于诗。

[2] 钧天浩荡：此指诗作情韵悠远，如仙乐回荡于九天之上。钧天：钧天广乐，天上的音乐、仙乐。《史记·赵世家》载：赵简子得病，五天不省人事，醒来后对人说："我之帝所甚乐，与百神游于钧天广乐，九奏万舞，不类三代之乐。"

[3] 洞庭胶葛：像上古时的音乐那样空旷深远，这里是赞美杜叔高的诗神奇美妙，意境高远。据《庄子·天运篇》载，上古时黄帝曾张咸池之乐于洞庭之野。胶葛：空旷深远。司马相如《上林赋》："张乐乎胶葛之㝢"。

[4] "千丈"句：高耸的山崖不染世间尘埃，这里是形容诗境幽远隽峭。阴崖：太阳照不到的高崖。

[5] 层冰积雪：晶莹剔透如冰雪般无瑕，喻诗意洁净脱俗。语本屈原《九歌·湘君》："桂棹兮兰枻，斫冰兮积雪。"

❻"自昔"句：自古以来都是红颜多薄命，这里以佳人喻有高妙诗才的杜叔高，以红颜薄命喻杜叔高未受到应有的重视。

❼金屋冷：用金屋藏娇典。据《汉武故事》记载，汉武帝小时候对姑母说："若得阿娇作妇，当作金屋贮之也。"武帝即位后，立阿娇为皇后，不久阿娇失宠被幽闭于长门宫。这里以"金屋冷"喻指杜叔高受到冷遇。

❽"去天"句：高门大户的人家跟一般家庭是不一样的。这里是说杜叔高出身有名的世家大族，与一般人家有别。去天五尺：指显赫的家族。北朝时，长安城南韦、杜二大族最受皇帝宠信，势力很大，当时民谣说："城南韦杜，去天尺五。"（见《辛氏三秦记》）

❾"看乘空"句：眼看着鱼化为龙一飞冲天，却难免惨淡结局。乘空：飞上天空。

❿"衣冠"句：有着悠久文明传统的中原大地。衣冠：因古代礼制特别重视用衣着和帽子来区分贵贱高低，故代指华夏传统文明。神州：此指被金人占领的广大中原地区。

⓫"叹夷甫"二句：可叹那些王夷甫之流一味清谈。王夷甫：西晋末宰相王衍，字夷甫，是一个清谈误国的人。参见前选《水龙吟·甲辰岁寿韩南涧尚书》"夷甫"三句注。这里"夷甫诸人"暗指南宋当权者。清绝：极尽能事去崇尚清谈。

⓬"铮铮"句：屋檐下的风铃都发出阵阵清脆的声音。铮铮：金属撞击发出的清脆响声。檐间铁：屋檐下的风铃，称为"铁马"，又名"檐马"。

# 贺 新 郎

别茂嘉十二弟❶。鹈䴂、杜鹃实两种,见《离骚补注》❷。

绿树听鹈䴂。更那堪、鹧鸪声住,杜鹃声切。啼到春归无寻处,苦恨芳菲都歇❸。算未抵、人间离别。马上琵琶关塞黑❹,更长门、翠辇辞金阙❺。看燕燕,送归妾❻。

将军百战身名裂❼。向河梁、回头万里,故人长绝❽。易水萧萧西风冷,满座衣冠似雪。正壮士、悲歌未彻❾。啼鸟还知如许恨❿,料不啼、清泪长啼血⓫。谁共我,醉明月?

## 注释

❶茂嘉十二弟:即辛茂嘉,是作者的族弟,因其排行十二,故称十二弟。此时族弟因事调官桂林,作者作此词相送。

❷鹈䴂(tí jué)、杜鹃:两种鸟,啼声皆悲。《离骚补注》:书名,宋洪兴祖撰。其中说:"子规(杜鹃)、鹈䴂二物也。"

❸"啼到"二句:化用屈原《离骚》"恐鹈䴂之先鸣兮,使夫百草为之不芳"诗意,抒发对族弟离别的不舍之情。芳菲,指各种花草。

❹"马上"句:用昭君出塞的凄凉之景抒发送别族弟的悲苦之情。马上琵琶:用西汉王昭君出塞远嫁匈奴事。晋石崇《王明君辞序》曾推测王昭君出塞的情况说:"昔公主嫁乌孙,令琵琶马上作乐,以慰其道路之思。其送明君(昭君),亦必尔也。"关塞黑:语本杜甫《梦李白二首》:"魂来枫林青,魂返关塞黑。"借指王昭君出塞时边关要塞一片昏暗。

❺长门:汉宫名。武帝陈皇后失宠后幽居之所。翠辇(niǎn):

用翠羽装饰的宫车。金阙：宫殿。

❻"看燕燕"二句：《诗经·邶风·燕燕》："燕燕于飞，差池其羽。之子于归，远送于野。瞻望弗及，泣涕如雨。"据汉代毛苌的解释，这是春秋时卫国庄姜夫人送归妾之作。据《左传·隐公三年、四年》记载，卫庄公夫人庄姜无子，以庄公妾戴妫（guī）之子完为子。完即位不久，就在一次政变中被杀，戴妫遂被遣返。庄姜远送于野，作《燕燕》诗以赠别。

❼"将军"句：李陵将军抗击匈奴身经百战最终却落得个身败名裂的结局。将军：指西汉抗击匈奴的李陵将军，他多次与匈奴作战，立下不少战功，但最后一次兵尽粮绝投降匈奴，所以说"身名裂"。

❽"向河梁"三句：在河桥之上回望万里之外的家乡，作生离死别。据《汉书·苏武传》记载，李陵被迫投降后，曾面见被匈奴扣押在那里的苏武。李陵感叹自己已投降而苏武坚贞不屈，所以在送别苏武时讲："异域之人，一别长绝。"辛词借用此典"长绝"的意思，表达与族弟经此一别就很难再见，并没有李陵与苏武告别即属不同国人的意思。河梁：河桥。故人：本指李陵作别的苏武，这里代指作者族弟。长绝：永别。

❾"易水"四句：用荆轲辞燕入秦刺秦王事。据《史记·刺客列传》记载：战国末年，燕太子丹命荆轲行刺秦王嬴政。荆轲离开燕国时，太子丹及众宾客皆白衣素服相送于易水之上。在饯别宴会上，高渐离击筑，荆轲和乐而歌："风萧萧兮易水寒，壮士一去兮不复还。"未彻：没有结束，指歌声犹在耳中回荡。这里用荆轲别离众人的悲壮气氛，渲染作者与族弟离别时的悲伤场面。

❿还知：倘若知道，如果知道。如许：这么多。

⓫啼血：指杜鹃悲苦的啼声。相传商朝时蜀王杜宇称帝，号望帝，为蜀治水有功，后禅位臣子，退隐西山，死后化为杜鹃鸟，啼声凄切。

# 贺新郎

邑中园亭❶，仆皆为赋此词❷。一日，独坐停云❸，水声山色，竞来相娱，意溪山欲援例者❹，遂作数语，庶几仿佛渊明思亲友之意云❺。

甚矣吾衰矣❻！怅平生、交游零落，只今余几？白发空垂三千丈❼，一笑人间万事。问何物、能令公喜❽？我见青山多妩媚，料青山、见我应如是❾。情与貌，略相似。

一尊搔首东窗里❿。想渊明、停云诗就，此时风味。江左沉酣求名者，岂识浊醪妙理⓫！回首叫、云飞风起⓬。不恨古人吾不见，恨古人、不见吾狂耳⓭。知我者，二三子⓮。

## 注释

❶邑：县城，这里指铅山城。

❷赋此词：这里指用《贺新郎》词牌填词。

❸停云：停云堂，作者瓢泉别墅内堂名。

❹援例：依照前面的例子，这里指参照以前填《贺新郎》词以歌咏的例子。

❺"庶几"句：跟陶渊明思念亲友的意思差不多。渊明思亲友：东晋诗人陶渊明有《停云》诗四首，自谓"思亲友"之作。

❻"甚矣"句：我已经很衰老了。这是孔子感叹自己衰老的话。

❼"白发"句：满头的白发垂落得老长老长的，衰老不堪的意思。这里化用李白《秋浦歌》："白发三千丈，缘愁似个长。"

❽"问何物"二句：有什么事情能让你喜欢呢？《世说新语·宠礼》记载，王恂、郗超并有奇才，为大司马桓温所赏识，荆州人说此

二人"能令公（桓温）喜，能令公怒"，这里套用此语。

❾应如是：应该也是那样（妩媚）。

❿"一尊"句：透过东窗的那座青山似乎在那里挠头愁思。这里是用拟人手法，将作者的愁绪外化为与之相对的青山。陶渊明《停云》诗中有："静寄东轩，春醪（láo）独抚。良朋悠悠，搔首延伫。"这里化用其语。搔首：挠头，烦急的样子。

⓫"江左"二句：南朝士人只知醉心于求取功名利禄，不能懂得浊酒中的妙理。江左：长江以东，南北朝时期，宋齐梁陈诸朝都建都金陵，偏安一隅，朝臣中多名士风度，尚清谈而轻事功，终皆覆亡。浊醪：浊酒。

⓬云飞风起：化用汉高祖刘邦《大风歌》："大风起兮云飞扬，威加海内兮归故乡，安得猛士兮守四方。"表达作者跟崇山峻岭一样有远大的志向（与南朝名士所欣赏的青山妙峰不同）。

⓭"不恨"三句：化用南朝张融语："不恨我不见古人，所恨古人不见我。"（《南史·张融传》）表达作者狂放不羁的性情。

⓮"知我者"二句：真正了解我的知心朋友，也只有二三人而已。二三子：语本《论语·先进》："非我也，夫二三子也。"此处指少数几个知心朋友。

# 摸鱼儿·观潮上叶丞相❶

望飞来、半空鸥鹭❷，须臾动地鼙鼓❸。截江组练驱山去❹，鏖战未收貔虎❺。朝又暮。谙惯得、吴儿不怕蛟龙怒❻。风波平步❼。看红旆惊飞❽，跳鱼直上，蹙踏浪花舞❾。

凭谁问，万里长鲸吞吐❿，人间儿戏千弩⓫。滔天力倦知何事⓬，白马素车东去⓭。堪恨处，人道是、属镂怨愤终千古⓮。功名自误。谩教得陶朱，五湖西子，一舸弄烟雨⓯。

## 注释

❶观潮：指观赏钱塘江潮。叶丞相：即叶衡，见前《菩萨蛮·金陵赏心亭为叶丞相赋》注。

❷鸥鹭：沙鸥和白鹭，两种白色的水鸟。这里用以比喻潮水来时白色的浪花。

❸动地鼙（pí）鼓：形容潮水的轰鸣巨响如振动大地的战鼓。语本白居易《长恨歌》："渔阳鼙鼓动地来。"鼙鼓：古代军中的一种战鼓。

❹组练："组甲被练"的省写，是古代军士所穿的两种白色衣甲，引申指军队。这里形容潮水涌来如白衣战士前驱般排山倒海。

❺"鏖（áo）战"句：潮水来势凶猛，就像勇士大战那样相持不下。鏖战：激烈地战斗。貔（pí）：一种猛兽。这里喻士兵。

❻谙惯得：直纵容得。谙，直，浑。吴儿：指江浙一带弄潮的青少年。

❼"风波"句：在潮头搏击如同在平地上走路一样。

❽红旆（pèi）：红旗。这里指弄潮儿所举相互招引的红色旗帜。

❾躄（cù）踏：踩踏。

❿长鲸吞吐：像巨鲸那样吞吐着，这里指潮水奔涌。语本左思《吴都赋》："长鲸吞航，修鲵吐浪。"

⓫"人间"句：谓当年吴越王钱镠用弓弩射钱塘江潮简直是开玩笑。据《宋史·河渠志》载：五代时吴越王钱镠曾在杭州候潮门外布置士兵以强弩数百射潮，想止住潮水冲击，以便筑堤。

⓬滔天力倦：滔天的潮水缺了后劲。

⓭"白马"句：驾着白色的车马往东而去，喻指潮水退去。这里用伍子胥魂化钱塘潮典，据《太平广记》卷二九一"伍子胥"条载：春秋时吴国忠臣伍子胥含冤死后被抛尸钱塘江，后来人们在钱塘江边"时有见子胥乘素车白马在潮头之中，因立庙以祠焉"。

⓮属镂：伍子胥自杀所用的宝剑。《史记·吴太伯世家》记载：春秋时吴王夫差不听伍子胥的忠告，与越王勾践讲和，放虎归山。后又听信奸臣的谗言，赐给伍子胥一把属镂剑，令其自杀。

⓯陶朱：陶朱公，即范蠡。据《史记·越王勾践世家》载，范蠡帮助勾践灭吴之后，知道勾践这个人只可共患难，不可共安乐，就弃官而去，变姓名，自号鸱夷子皮，浮海出齐经商。后止于陶，又自号陶朱公。又，相传范蠡献西施于吴王，吴灭后，他复取西施泛舟五湖而去。

# 摸鱼儿

淳熙己亥❶，自湖北漕移湖南❷，同官王正之置酒小山亭❸，为赋。

更能消、几番风雨❹，匆匆春又归去。惜春长怕花开早，何况落红无数❺。春且住，见说道、天涯芳草无归路❻。怨春不语。算只有殷勤❼，画檐蛛网❽，尽日惹飞絮❾。

长门事❿，准拟佳期又误。蛾眉曾有人妒⓫。千金纵买相如赋，脉脉此情谁诉⓬？君莫舞，君不见、玉环飞燕皆尘土⓭！闲愁最苦。休去倚危栏⓮，斜阳正在，烟柳断肠处⓯。

## 注释

❶淳熙己亥：即宋孝宗淳熙六年（1179）。

❷自湖北漕移湖南：由荆湖北路转运副使调任荆湖南路转运副使。漕，漕司，宋代称转运使为漕司，省称漕。这里的"湖北"、"湖南"都是宋代的行政区划。

❸同官王正之：同僚王正之。王正之淳熙六年任荆湖北路转运判官，与辛弃疾为同僚，故称同官。小山亭：亭名。据宋王象之《舆地纪胜》记载，该亭在鄂州（今湖北武汉）湖北转运副使衙门院内。

❹消：经受。

❺落红：落花。

❻见说道：听说是。

❼算：算起来，看来。

❽画檐：雕饰华美的屋檐。

❾惹：粘住。

⑩长门事：用汉武帝陈皇后失宠典。据《文选·长门赋序》，汉武帝的皇后陈氏先得宠幸，后来失宠，被幽闭于长门宫。陈皇后听说司马相如善写辞赋，就用黄金百斤请他写了一篇《长门赋》。相如将此赋献给武帝，武帝读了很受感动，于是陈皇后重新得宠。下文"千金买赋"亦指此事。

⑪"蛾眉"句：曾经因为长得漂亮被人妒忌，隐喻因为才华出众被人猜忌。语本屈原《离骚》："众女嫉予之蛾眉兮，谣诼谓予以善淫。"蛾眉：代指美女。

⑫脉脉：含情不语的样子。

⑬玉环飞燕：杨玉环和赵飞燕。玉环：唐玄宗最宠爱的妃子杨玉环。安禄山叛乱，玄宗西逃，途中杨玉环在马嵬坡被缢死。飞燕：汉成帝宠爱的皇后赵飞燕。她失宠后被废为平民，自杀而死。皆尘土：指杨玉环、赵飞燕都死于非命，一切都落空。

⑭危栏：高楼的栏杆。

⑮烟柳断肠：轻雾笼罩着的柳枝，让人十分伤心。

中国古代文学经典书系

宋词藏美

# 李清照词集

［宋］李清照　　　　著

罗立刚　　著、校注

春风文艺出版社
·沈阳·

**图书在版编目（CIP）数据**

李清照词集 /（宋）李清照著；罗立刚著、校注
. —沈阳：春风文艺出版社，2025.1
（中国古代文学经典书系. 宋词藏美）
ISBN 978 - 7 - 5313 - 6646 - 1

Ⅰ. ①李… Ⅱ. ①李… ②罗… Ⅲ. ①宋词—选集
①I222.844

中国国家版本馆 CIP 数据核字（2024）第 028305 号

# 目录

# 如梦令

尝记溪亭日暮[1]，沉醉不知归路。兴尽晚回舟，误入藕花深处[2]。争渡，争渡，惊起一滩鸥鹭[3]。

注释

[1] 溪亭：泛指溪边亭阁，一说特指济南七十二名泉之一，位于大明湖畔。

[2] 藕花：荷花。

[3] 鸥鹭：泛指鸥鹭等水鸟。

# 如 梦 令

昨夜雨疏风骤，浓睡不消残酒。试问卷帘人[1]，却道"海棠依旧"[2]。"知否，知否？应是绿肥红瘦。"

注释

[1] 卷帘人：指侍奉闺中小姐的侍女。

[2] 却道：竟然说。

# 浣溪沙·春景

　　小院闲窗春色深❶，重帘未卷影沉沉。倚楼无语理瑶琴❷。　　远岫出云催薄暮❸，细风吹雨弄轻阴。梨花欲谢恐难禁❹。

## 注释

❶闲窗：装有护栏的窗子。雕花和护栏的窗子。

❷瑶琴：玉饰之琴，也作为琴的美称。

❸远岫（xiù）：远处的山峰。薄暮：太阳即将落山。即黄昏。

❹谢：凋谢。难禁：难以禁受，受不了。

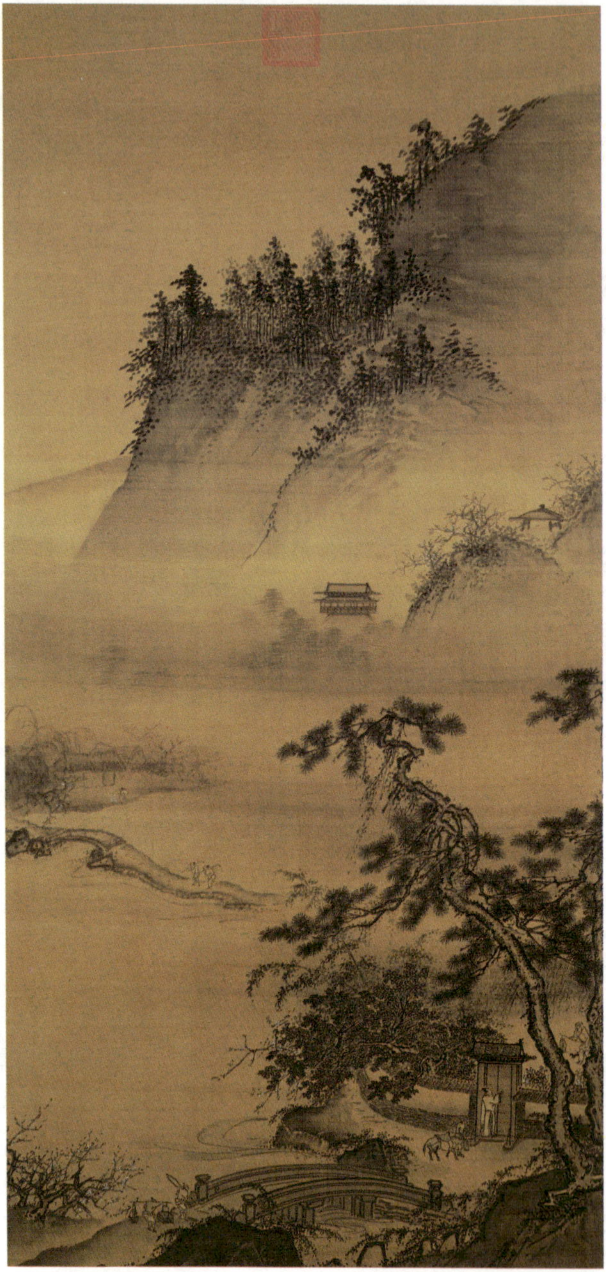

# 浣溪沙

淡荡春光寒食天❶，玉炉沉水袅残烟❷。梦回山枕隐花钿❸。
海燕未来人斗草❹，江梅已过柳生绵❺。黄昏疏雨湿秋千。

注释

❶淡荡：和舒的样子，多用以形容春景。寒食：节令名，在清明前一、二日。

❷玉炉：香炉的美称。沉水：即沉水香，一种熏香料。

❸山枕：两端隆起状如山形的凹枕。花钿：用金片镶嵌成花形的首饰，古代女子脸上的一种花饰。

❹斗草：古代竞采百草比赛优胜的游戏。

❺江梅：良种梅树，非特指生于江边或水边之梅。柳绵：柳絮。

## 点绛唇·闺思

寂寞深闺，柔肠一寸愁千缕。惜春春去，几点催花雨。
倚遍阑干，只是无情绪。人何处，连天芳草，望断归来路[1]。

### 注释

[1] 芳草，亦作"衰草"。"连天"二句：此处化用《楚辞·招隐士》"王孙游兮不归，春草生兮萋萋"句意，寓盼望良人归来之意。"寂寞"二句，系对韦庄《应天长》词中有关语句的新变。

## 点绛唇

蹴罢秋千[1]，起来慵整纤纤手[2]。露浓花瘦，薄汗轻衣透。
见客入来，袜刬金钗溜[3]。和羞走，倚门回首，却把青梅嗅。

### 注释

[1] 蹴（cù）：踏。这里指荡秋千。
[2] 慵（yōng）：困倦，懒。
[3] 袜刬（chǎn）：古代指女子跑掉鞋子以袜着地。金钗溜：意指快跑时首饰从头上掉落下来。

# 菩萨蛮

　　归鸿声断残云碧，背窗雪落炉烟直。烛底凤钗明[1]，钗头人胜轻[2]。

　　角声催晓漏[3]，曙色回牛斗[4]。春意看花难，西风留旧寒。

注释

[1]凤钗：古代女子束发钗钏的美称，多用金银铜玉制成形而得名。

[2]人胜：剪成人形的头饰。古人以正月七日为人日，晋唐时人喜欢剪彩或镂金箔为人形饰物插于头鬓。

[3]角：古代的一种乐器。漏：古代计时器。

[4]牛斗：同斗、牛，即牛宿和斗宿两个星宿名。牛宿，六颗，又称牵牛星。斗宿，有十个星官，北方玄武第一宿，又称斗木獬（xiè）。

# 菩萨蛮

风柔日薄春犹早❶，夹衫乍着心情好❷。睡起觉微寒，梅花鬓上残❸。

故乡何处是，忘了除非醉。沉水卧时烧❹，香消酒未消。

### 注释

❶日薄：谓早春阳光和照暖人。

❷乍着：初着，刚穿上。

❸梅花鬓上残：描写睡后妆容不整之态。相传南朝宋武帝女儿寿阳公主卧于含章殿檐下，梅花落于额上，成五出之花，拂之不去。

❹沉水：即沉水香，一种香料。

# 减字木兰花

卖花担上，买得一枝春欲放❶。泪染轻匀❷，犹带彤霞晓露痕。
怕郎猜道，奴面不如花面好❸。云鬓斜簪❹，徒要教郎比并看❺。

## 注释

❶一枝春：一枝代表春意的鲜花，将要开放的梅花。

❷泪：此指形似眼泪的晶莹露珠。

❸奴：奴家，女儿家，是古代女子谦卑自称。

❹云鬓：鬓发多而美。

❺比并：对比，对照。

# 好事近[1]

风定落花深[2]，帘外拥红堆雪。长记海棠开后，正伤春时节[3]。
酒阑歌罢玉尊空[4]，青缸暗明灭[5]。魂梦不堪幽怨，更一声啼鴂[6]。

## 注释

[1] 好事近：作为词牌名，流行于唐。

[2] 落花深：落花遍地，看不到尽头。拥红堆雪：指飘落堆积的红白花瓣。

[3] 时节：时候。

[4] 酒阑：酒残。玉尊：玉制酒杯，泛指精美贵重的酒杯。

[5] 青缸：青灯。

[6] 啼鴂（jué）：鹈鴂，一种鸟，鸣声悲切。

# 诉衷情

夜来沉醉卸妆迟，梅萼插残枝①。酒醒熏破②春睡，梦远不成归。人悄悄，月依依，翠帘垂③。更挼残蕊④，更捻余香⑤，更得些时。

## 注释

①梅萼：梅花的萼片，代指梅。在花芽期保护花瓣的绿色硬片。插：刺，这里描绘萼片顶部尖锐的状态。

②熏破：这里指（醉酒后）在迷蒙的酒气中醒来。

③翠帘：翠绿色的纱帘，帘的雅称。

④挼（ruó）：方言，同"挼"。意为揉搓。

⑤捻：用手搓转。

# 清平乐

年年雪里，常插梅花醉。挼尽梅花无好意❶，赢得满衣清泪。

今年海角天涯❷，萧萧两鬓生华❸。看取晚来风势，故应难看梅花❹。

## 注释

❶无好意：没有好心情。

❷海角天涯：犹天涯海角，此指飘零到僻远的异乡。

❸萧萧两鬓生华：这里形容鬓发花白稀疏的样子。

❹难看：这里是不忍看的意思。

# 摊破浣溪沙

　　病起萧萧两鬓华❶，卧看残月上窗纱。豆蔻连梢煎熟水❷，莫分茶❸。

　　枕上诗书闲处好，门前风景雨来佳。终日向人多酝藉❹，木犀花❺。

## 注释

　　❶萧萧：鬓发花白稀疏的样子。

　　❷"豆蔻"句：当时的一种药茶。将白豆蔻连壳一起投入沸水之中，密封片时，不仅饮用汤水极妙，而且咀嚼豆蔻更有一种清澈冷冽之气，隐然沁入心脾。

　　❸分茶：古人饮茶的一种方式。

　　❹酝藉：宽和有涵容。这里指花朵娴雅幽静的美态。

　　❺木犀花：桂花。

# 摊破浣溪沙

揉破黄金万点轻①，剪成碧玉叶层层。风度精神如彦辅②，太鲜明。

梅蕊重重何俗甚，丁香千结苦粗生③。熏透愁人千里梦，却无情。

## 注释

①黄金：此指金黄色的桂花。轻，四代斋本《漱玉词》作"明"。

②彦辅：西晋人乐广，字彦辅。据载其性冲约，有远识。寡嗜欲，与物无竞，名重于时。这里借喻桂花的品格。

③苦粗生：太粗俗，低俗而不可爱的意思。生：当时的语气词。

# 忆秦娥

临高阁，乱山平野烟光薄❶。烟光薄，栖鸦归后❷，暮天闻角❸。

断香残酒情怀恶，西风催衬梧桐落❹。梧桐落，又还秋色，又还寂寞。

## 注释

❶平野：空旷的原野。

❷栖鸦：归巢的乌鸦。

❸催衬：意为催促帮衬，渲染烘托。

# 武陵春·春晚

风住尘香花已尽，日晚倦梳头<sup>❶</sup>。物是人非事事休，欲语泪先流。闻说双溪春尚好<sup>❷</sup>，也拟泛轻舟。只恐双溪舴艋舟<sup>❸</sup>，载不动、许多愁。

**注释**

❶日晚：这里指日上三竿，意为女子晨起较晚懒于梳妆打扮。即太阳出来老高的意思。

❷双溪：水名，在今浙江金华城南，自宋迄今为当地名胜，因汇合东阳、永康二水，故名双溪。

❸舴艋舟：小船，两头尖，形似蚱蜢。

# 添字丑奴儿·芭蕉

窗前谁种芭蕉树，阴满中庭。阴满中庭，叶叶心心，舒卷有余情❶。

伤心枕上三更雨❷，点滴霖霪❸。点滴霖霪，愁损北人，不惯起来听。

## 注释

❶舒卷：此指芭蕉叶子舒展而蕉心收缩。

❷"伤心"句：此句橜栝温庭筠《更漏子》中"梧桐树，三更雨，不道离情正苦。一叶叶，一声声，空阶滴到明"句意，表达雨夜难眠的孤苦之情。

❸霖霪：下雨时间长且连绵不断。

# 鹧鸪天

暗淡轻黄体性柔，情疏迹远只香留。何须浅碧深红色，自是花中第一流。

梅定妒，菊应羞，画阑开处冠中秋❶。骚人可煞无情思❷，何事当年不见收。

## 注释

❶ "画阑"句：在精美的栏杆处开放成为中秋时节首屈一指的花朵。这里化用李贺《金铜仙人辞汉歌》中"画栏桂树悬秋香"句意。

❷ 骚人：指屈原，战国时楚国辞赋家，所作《离骚》极有名，其中多举香草以喻美志，唯独没有提及桂花。可煞：疑问词，犹可是。

# 南 歌 子

　　天上星河转[1]，人间帘幕垂。凉生枕簟泪痕滋[2]，起解罗衣聊问、夜何其[3]。

　　翠贴莲蓬小[4]，金销藕叶稀[5]。旧时天气旧时衣，只有情怀不似、旧家时[6]。

**注释**

[1] 星河：银河。秋天转东南。

[2] 枕簟：枕头和竹席。

[3] 夜何其：深夜已经到什么时候了？其，虚词，语助词，表示疑问。《诗经·小雅·庭燎》："夜如何其？夜未央。"

[4] 翠贴莲蓬：用翠绿丝线绣贴的莲蓬状衣饰。

[5] 金销藕叶：用金色丝线绣制的藕叶状衣饰。

[6] 旧家：从前。

# 醉花阴

薄雾浓云愁永昼，瑞脑销金兽❶。佳节又重阳❷，玉枕纱厨❸，半夜凉初透。

东篱把酒黄昏后❹，有暗香盈袖❺。莫道不销魂，帘卷西风，人似黄花瘦。

## 注释

❶瑞脑，一种香料，又名龙脑，冰片。金兽：此处指兽形金属香炉。

❷重阳：即重阳节，在阴历九月九日，又称重九。

❸纱厨：厨形的避蚊纱帐。

❹东篱：泛指家园篱边。语出东晋陶渊明"采菊东篱下，悠然见南山"诗句。

❺暗香：菊花的幽香。

# 双调忆王孙

　　湖上风来波浩渺，秋已暮、红稀香少[1]。水光山色与人亲，说不尽、无穷好。

　　莲子已成荷叶老，清露洗、蘋花汀草[2]。眠沙鸥鹭不回头，似也恨、人归早。

**注释**

❶红稀：红色的（荷）花稀疏不盛。

❷蘋：浮蘋，多年生浅水草本蕨类植物。

# 玉楼春

红酥肯放琼苞碎[1]，探著南枝开遍未。不知酝藉几多香[2]，但见包藏无限意。

道人憔悴春窗底[3]，闷损阑干愁不倚。要来小酌便来休[4]，未必明朝风不起。

注释

[1] 红酥：这里指色泽滋润的红梅。琼苞：如珠玉般温润的花蕊。

[2] 酝藉：酝酿。

[3] 春窗底：窝满春意（映有红梅）的窗下。

[4] 便来休：当时俗语，快来的意思。休，语助词，有"呵"的意思。

# 鹧鸪天

寒日萧萧上琐窗❶，梧桐应恨夜来霜。酒阑更喜团茶苦❷，梦断偏宜瑞脑香。

秋已尽，日犹长，仲宣怀远更凄凉❸。不如随分尊前醉❹，莫负东篱菊蕊黄❺。

## 注释

❶琐窗：雕刻有连环图案的窗子。

❷酒阑：酒尽，酒酣。团茶：一种贵重的茶饼。

❸仲宣："建安七子"王粲，字仲宣，东汉山阳高平（今山东金乡）人，曾作《登楼赋》，抒发思念故乡和怀才不遇的心情。

❹随分：犹随便。

❺东篱菊蕊：化用晋陶潜《饮酒二十首》其五"采菊东篱下"句意，指家园秋日美景。

# 一剪梅

红藕香残玉簟秋❶，轻解罗裳，独上兰舟❷。云中谁寄锦书来❸，雁字回时，月满西楼。

花自飘零水自流，一种相思，两处闲愁。此情无计可消除，才下眉头，却上心头。

## 注释

❶玉簟秋：因精美的竹席颇为清冷而使人感到秋意。

❷兰舟：小船的美称。

❸锦书：古代妻子寄信给丈夫则称锦字，或锦书。

# 小　重　山

春到长门春草青❶，江梅些子破❷，未开匀。碧云笼碾玉成尘❸，留晓梦，惊破一瓯春❹。

花影压重门，疏帘铺淡月，好黄昏。二年三度负东君❺，归来也，着意过今春。

## 注释

❶长门：汉代宫名。武帝陈皇后被废，居长门宫。后人多用以比喻失宠后妃居住之地。

❷些子：当时口语。少许，一点儿。

❸"碧云"句："碧云"即茶饼，此句意为将茶饼碾成碎末，煮茶饮用。

❹一瓯春：瓯，盆、盂之类，盛器，一碗碧绿的香茶。

❺东君：日神。此处指美好的春光。

# 渔家傲

雪里已知春信至，寒梅点缀琼枝腻[1]。香脸半开娇旖旎[2]，当庭际、玉人浴出新妆洗[3]。

造化可能偏有意，故教明月玲珑地[4]。共赏金尊沉绿蚁[5]，莫辞醉、此花不与群花比。

## 注释

[1] 琼枝腻：梅枝着雪白如玉枝，显得丰腴。腻，肥。

[2] 旖旎（yǐ nǐ）：柔和美好。

[3] 玉人：美人。这里喻指梅花。

[4] 玲珑：明澈。

[5] 绿蚁：原指酿酒时浮屑酒沫，亦称浮蚁，后指各种酒。

高峰中发四说王羲两府内

## 渔家傲·记梦

天接云涛连晓雾，星河欲转千帆舞。仿佛梦魂归帝所[1]，闻天语[2]，殷勤问我归何处。

我报路长嗟日暮[3]，学诗谩有惊人句[4]。九万里风鹏正举[5]，风休住，蓬舟吹取三山去[6]。

### 注释

[1]帝所：天帝居处。

[2]天语：天帝的声音。

[3]报：回复，回答。路长嗟日暮：化用屈原《离骚》"欲少留此灵琐兮，日忽忽其将暮……路漫漫其修远兮，吾将上下而求索"句意，感叹人生挫折，生活不顺。

[4]谩有：还好有些。谩，本是"欺骗"的意思，这里表达因为不

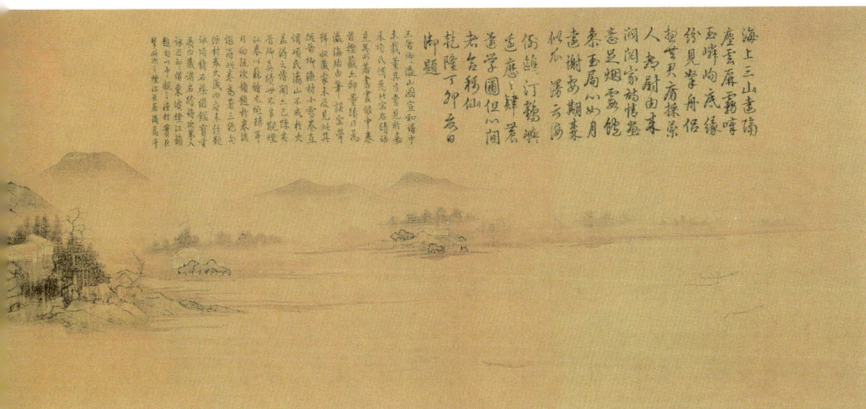

被理解而觉得委屈。

❺"九万里"句：用《庄子·逍遥游》"鹏之徙于南冥也，水击三千里，抟扶摇而上者九万里"，抒发作者的远行高志。

❻三山：三座仙山。古代传说东海有蓬莱、方丈、瀛洲三神山。

# 蝶恋花·离情

　　暖雨晴风初破冻，柳眼梅腮，已觉春心动。酒意诗情谁与共，泪融残粉花钿重。

　　乍试夹衫金缕缝，山枕斜欹❶，枕损钗头凤❷。独抱浓愁无好梦，夜阑犹剪灯花弄❸。

### 注释

❶欹：同"倚"，靠着。

❷钗头凤：古代妇女的一种头饰，钗头作凤形而得名。

❸夜阑：夜深。

# 蝶恋花

泪湿罗衣脂粉满，四叠《阳关》❶，唱到千千遍。人道山长山又断，萧萧微雨闻孤馆。

惜别伤离方寸乱❷，忘了临行，酒盏深和浅。好把音书凭过雁，东莱不似蓬莱远❸。

### 注释

❶《阳关》：古送别曲，以王维《送元二使安西》诗入曲，传唱甚广，一般三叠（三段），此言"四叠"，强调送别不尽之意。

❷方寸：心。

❸东莱：今山东莱州，此代指作者所居城市。蓬莱：传说中的海上仙山。

# 蝶恋花·上巳召亲族[1]

永夜恹恹欢意少，空梦长安[2]，认取长安道[3]。为报今年春色好，花光月影宜相照。

随意杯盘虽草草[4]，酒美梅酸，恰称人怀抱[5]。醉莫插花花莫笑，可怜春似人将老。

## 注释

[1] 上巳：节日名。秦汉时，指阴历三月上旬巳日，魏晋以后改为专指阴历三月三日。

[2] 长安：今西安，汉唐故都，这里代指北宋都城汴京。

[3] 认取：记得。

[4] 杯盘：指酒食。

[5] 怀抱：心意，胃口。

# 临江仙（并序）

欧阳公作《蝶恋花》❶，有"深深深几许"之句，予酷爱之。用其语作庭院深深数阕，其声即旧《临江仙》也。

庭院深深深几许，云窗雾阁常扃❷。柳梢梅萼渐分明，春归秣陵树，人老建康城❸。

感月吟风多少事，如今老去无成。谁怜憔悴更凋零，试灯无意思❹，踏雪没心情。

### 注释

❶"欧阳公"句：欧阳公，北宋著名文学家欧阳修，曾作《蝶恋花》词："庭院深深深几许，杨柳堆烟，帘幕无重数。玉勒雕鞍游冶处，楼高不见章台路。雨横风狂三月暮，门掩黄昏，无计留春住。泪眼问花花不语，乱红飞过秋千去。"

❷云窗雾阁：云雾缭绕的高阁，喻楼阁之高。扃（jiōng）：关门。

❸"春归"二句：在建康城中，看着秀美的春色终于回归到秣陵城外葱郁的山林，人也有了迟暮衰老之感。秣陵、建康，均指今江苏南京，作为古都，历代数次更名。

❹试灯：我国阴历正月十五日为元宵节，古时十四日即张灯预赏，谓试灯日。

# 行香子·七夕

草际鸣蛩[1]，惊落梧桐，正人间、天上愁浓。云阶月地[2]，关锁千重。纵浮槎来，浮槎去，不相逢[3]。

星桥鹊驾[4]，经年才见，想离情、别恨难穷。牵牛织女[5]，莫是离中[6]? 甚霎儿晴[7]，霎儿雨，霎儿风。

## 注释

[1]蛩：蟋蟀。

[2]云阶月地：以云为台阶，以月光为地面，指天宫。

[3]浮槎：张华《博物志》记载，天河与海可通，每年八月有浮槎来往，从不失期。有人矢志要上天宫，遂浮槎而往，航行十数天而到天河，看到牛郎在河边饮牛，织女在遥远的天宫之中。此处借喻与所爱之人被迫分离。

[4]星桥鹊驾：鹊桥相会，民间传说七夕喜鹊搭起鹊桥使牛郎织女跨天河相会。

[5]牵牛织女：二星宿名，古人以星宿为仙名。相传天帝最小的女儿织女下凡后与牛郎婚配，后被强行带回天庭，并以天河隔开夫妻二人，每年阴历七月七日则由喜鹊搭桥而得以相见。

[6]莫是：莫不是，难道是。

[7]甚：为什么。霎儿：一会儿。

# 孤雁儿（并序）

世人作梅词，下笔便俗。予试作一篇，乃知前言不妄耳。

藤床纸帐朝眠起❶，说不尽、无佳思。沉香断续玉炉寒❷，伴我情怀如水。笛里三弄❸，梅心惊破，多少春情意。

小风疏雨萧萧地❹，又催下、千行泪。吹箫人去玉楼空❺，肠断与谁同倚❻。一枝折得，人间天上，没个人堪寄❼。

**注释**

❶藤床：用藤、竹所编的床。纸帐：用藤皮茧纸制成的帐缦。

❷沉香：沉水香，一种熏香料。

❸笛里三弄：用笛子吹奏《梅花三弄》。

❹萧萧地：零落断续的样子。

❺吹箫人：原指善吹箫的萧史。秦穆公女弄玉喜好吹箫，后嫁善于吹箫作凤鸣的萧史，秦穆公专门为女儿建造楼阁居住，数年后夫妇二人成仙，随凤飞去。这里词人以神仙眷侣拟她与丈夫赵明诚感情深厚，以人去楼空喻赵明诚亡故，词人独守空房。

❻肠断：形容悲伤至极。

❼"一枝"三句：用南北朝陆凯诗意，其在《赠范晔》诗道："折梅逢驿使，寄与陇头人。江南无所有，聊寄一枝春。"词人檃栝诗意，以折来的梅花无从寄赠，表达与丈夫泉路相隔的悲伤之情。

# 满 庭 芳

　　小阁藏春，闲窗锁昼，画堂无限深幽。篆香烧尽❶，日影下帘钩。手种江梅渐好，又何必、临水登楼❷。无人到，寂寥浑似❸，何逊在扬州❹。

　　从来，知韵胜❺，难堪雨藉❻，不耐风揉。更谁家横笛❼，吹动浓愁。莫恨香消雪减，须信道、扫迹情留❽。难言处、良宵淡月，疏影尚风流。

## 注释

❶篆香：盘香，香的雅称。

❷临水登楼：指王粲客旅荆州，因思念故乡作《登楼赋》。

❸浑似：完全像。

❹何逊在扬州：南朝梁诗人何逊在扬州时作《咏早梅》诗，通过描写凌寒独放的梅花，赞其傲雪凌霜的高洁品质，语出杜甫《和裴迪登蜀州东亭送客逢早梅相忆见寄》的"东阁官梅动诗兴，还如何逊在扬州"之句。

❺韵胜：优雅韵味。

❻难堪雨藉：难以承受雨淋雨打。

❼横笛：笛子，演奏时横于嘴而吹，故称。汉乐府横吹曲中有《梅花落》，古诗词中常将笛曲与之相关联。

❽扫迹：扫除干净，不留痕迹。

# 凤凰台上忆吹箫

香冷金猊❶，被翻红浪，起来慵自梳头。任宝奁尘满❷，日上帘钩。生怕离怀别苦❸，多少事、欲说还休。新来瘦，非干病酒，不是悲秋。

休休，这回去也，千万遍《阳关》❹，也则难留。念武陵人远❺，烟锁秦楼❻。惟有楼前流水，应念我、终日凝眸。凝眸处，从今又添，一段新愁。

## 注释

❶金猊：此指狮形金属香炉。

❷宝奁：镜匣的美称。

❸生怕：最怕，很害怕。

❹阳关：古送别曲，以唐人王维《送元二使安西》诗入曲。

❺武陵人：此代指其夫赵明诚。作者夫妇情深意笃，故以置身世外桃源的神仙眷属自比。曲出晋陶渊明《桃花源记》：一个武陵的捕鱼人误入桃源。进入之后，见"土地平旷，屋舍俨然，有良田、美池、桑竹之属。阡陌交通，鸡犬相闻。其中往来种作，男女衣着，悉如外人。黄发垂髫，并怡然自乐"，得到对方热情款待后返回，就再也找不到桃源所在了。

❻秦楼：即凤台，秦穆公女弄玉与夫萧史所居之楼，此处借喻词人与丈夫赵明诚在青州的居所。

# 声声慢

寻寻觅觅，冷冷清清，凄凄惨惨戚戚。乍暖还寒时候①，最难将息②。三杯两盏淡酒，怎敌他、晚来风急。雁过也，正伤心，却是旧时相识③。

满地黄花堆积，憔悴损，如今有谁堪摘④。守着窗儿，独自怎生得黑⑤。梧桐更兼细雨，到黄昏、点点滴滴。这次第⑥，怎一个、愁字了得⑦。

## 注释

① 乍暖还寒：指秋天气温冷暖不定。由冷转暖，又由暖转冷。

② 将息：保养休息。

③ 旧时相识：曾经为词人捎过信的（大雁）。

④ 堪摘：可以摘取。

⑤ 怎生：怎样，如何。

⑥ 这次第：这情形，这光景。

⑦ 了得：概括得了，包涵得了。

# 念奴娇

萧条庭院，又斜风细雨，重门须闭❶。宠柳娇花寒食近，种种恼人天气。险韵诗成❷，扶头酒醒❸，别是闲滋味。征鸿过尽，万千心事难寄❹。

楼上几日春寒，帘垂四面，玉阑干慵倚❺。被冷香消新梦觉，不许愁人不起。清露晨流，新桐初引❻，多少游春意。日高烟敛❼，更看今日晴未❽。

## 注释

❶重门：一道道的门相连。

❷险韵诗：以生僻字为韵脚的诗。

❸扶头酒：使人头晕易醉的酒。

❹"征鸿"二句：古人有鸿雁传书的传说，这里用征鸿飞过而万般相思难理头绪无法寄送，表达对远游人无尽的思念之情。

❺玉阑干：栏杆的美称。

❻"清露"句：清晨露珠垂滴，一夜之后焕然一新的梧桐又长出嫩芽。这里用《世说新语》成句："王恭始与王建武甚有情，后遇袁悦之间，遂致疑隙。然每至兴会，故有相思。时恭尝行散至京口射堂，于时清露晨流，新桐初引，恭目之曰：'王大故自濯濯。'"

❼烟敛：烟收、烟散。此指弥漫空中的云气消散。

❽晴未：天晴了没有？未，同"否"，表示询问。

# 永遇乐·元宵

落日熔金，暮云合璧①，人在何处？染柳烟浓，吹梅笛怨②，春意知几许？元宵佳节，融和天气，次弟岂无风雨③！来相召、香车宝马④，谢他酒朋诗侣。

中州盛日⑤，闺门多暇，记得偏重三五⑥。铺翠冠儿⑦，捻金雪柳⑧，簇带争济楚⑨。如今憔悴，风鬟霜鬓，怕见夜间出去。不如向、帘儿底下，听人笑语。

## 注释

① "落日"二句：檃栝江淹《拟休上人怨别》诗的"日暮碧云合，佳人殊未来"和廖世美《好事近》词的"落日水熔金，天淡暮烟凝碧"句意，抒写黄昏时孤独相思的愁苦之情。

② 吹梅笛怨：用笛子吹奏凄怨的《梅花落》。梅，指《梅花落》古曲，其声哀怨。

③ 次第：这里是转眼的意思。

④ 香车宝马：这里指贵族妇女所乘坐的、雕镂精美装饰的车驾。

⑤ 中州：即中土、中原。这里指北宋的都城汴京，今河南开封。

⑥ 三五：十五日，即元宵节。

⑦ 铺翠冠儿：以翠羽装饰的帽子。

⑧ 雪柳：以素绢和银纸做成的头饰。所写帽子和头饰，都是北宋元宵节妇女的时髦装扮。

⑨ 簇带：簇，聚集之意。带，即戴，加在头上谓之戴。济楚：整齐、漂亮。簇带、济楚均为宋时方言。

# 多丽·咏白菊

　　小楼寒，夜长帘幕低垂。恨萧萧、无情风雨，夜来揉损琼肌❶。也不似、贵妃醉脸❷，也不似、孙寿愁眉❸。韩令偷香❹，徐娘傅粉❺，莫将比拟未新奇。细看取、屈平陶令❻，风韵正相宜。微风起，清芬蕴藉，不减酴醾❼。

　　渐秋阑❽、雪清玉瘦，向人无限依依。似愁凝、汉皋解佩❾，似泪洒、纨扇题诗❿。朗月清风，浓烟暗雨，天教憔悴度芳姿。纵爱惜、不知从此，留得几多时。人情好，何须更忆，泽畔东篱⓫。

## 注释

❶琼肌：晶莹洁白的肌肤，这里喻指白菊的花瓣。

❷贵妃醉脸：杨贵妃醉后娇艳的脸庞。据唐李濬《松窗杂录》记载，中书舍人李正封用"国色朝酣酒，天香夜染衣"咏牡丹，深得唐明皇喜爱，并曾开玩笑对爱妃杨玉环说："妆镜台前，宜饮以一紫金盏酒，则正封之诗见（现）矣。"此句用不似贵妃醉脸赞白菊美而不艳的独有韵味。

❸孙寿愁眉：孙寿装扮的妖媚愁眉。据《后汉书·梁冀传》记载，梁冀的妻子孙寿："色美而善为妖态，作愁眉、啼妆、堕马髻、折腰步、龋齿笑，以为媚惑。"此句用不似孙寿愁眉的异趣赞白菊美而不妖的特有神韵。

❹韩令偷香：韩令，指韩寿。偷香，偷得奇香，暗喻偷情。据《晋书·贾充传》记载，韩寿本是贾充的属官，美姿容，被贾充女贾午看中，韩逾墙与贾午私通，贾午把晋武帝赏赐给父亲的奇香赠送给韩寿，贾充发觉后便把女儿嫁给了韩寿。此句用韩令奇香喻白菊摄人

心魄的异香。

　　❺徐娘傅粉：用徐妃傅粉半面待梁元帝典。徐娘，指梁元帝的妃子徐昭佩。据《南史·梁元帝徐妃传》记载，"妃以帝眇一目，每知帝将至，必为半面妆以俟，帝见则大怒而去。"此句与上句用韩寿、徐妃的淫邪故事反衬白菊淡雅情韵。

　　❻屈平陶令：屈原和陶潜。屈平，即屈原，名平。其作品中多以香草美人喻高洁品性。《离骚》中有"朝饮木兰之坠露兮，夕餐秋菊之落英"句。陶令，陶渊明，一名潜，字元亮，曾任彭泽令。其《饮酒》诗中有"采菊东篱下，悠然见南山"句，甚为后人欣赏。

　　❼酴醿：花名。初夏开花，色白，味芳香。

　　❽秋阑：秋深。

　　❾汉皋解佩：汉皋，山名，在今湖北襄阳西北。佩，古人衣带上的玉饰。据《太平御览》引《列仙传》记载，周代一位男子名叫郑交甫，于汉皋台下遇见了两位女子，身上均佩带二颗珠子。郑交甫便请二位女子把佩珠赠给自己，女子解佩交给郑氏，郑氏藏入怀中，前行不远，伸手想摸怀中的珠子，却发现珠子不见了。再回头看时，二位女子也不见踪影。他这才意识到自己是遇到了汉水女神，不禁怅然。

　　❿纨扇题诗：纨扇，细绢制成的团扇。史载班彪的姑母班婕妤，有才情，初得汉成帝宠爱，后为赵飞燕所谮，退处长信宫，曾作《怨歌行》以纨扇题诗咏失宠悲凉。此句与上句以失珠和失宠喻白菊秋后经霜凋零之态。

　　⓫东篱：见此篇注❻。

附录：诗赋文

# 乌 江

生当作人杰，死亦为鬼雄❶。
至今思项羽❷，不肯过江东❸。

## 注释

❶鬼雄：鬼中雄杰，多喻指为国捐躯者。

❷项羽：名籍，字羽，秦末下相（今江苏宿迁）人，楚国名将项燕之孙，堪称中国历史上最强的武将之一，历史上有"羽之神勇，千古无二"的评价。早年随叔父项梁在吴中（今江苏苏州）起义，于巨鹿之战击破章邯、王离率领的秦主力军。秦亡后称西楚霸王，后汉王刘邦从汉中出兵东攻，项羽与其展开了历时四年的楚汉战争，虽屡破刘邦，最后被刘邦击败。公元前202年，项羽兵败垓下（今安徽灵璧南），突围至乌江（今安徽和县乌江镇）边自刎而死。

❸江东：古代习惯上称安徽芜湖以下的长江南岸一带为江东。项羽灭秦后，定都彭城（今江苏徐州），后兵败乌江，因无颜见江东父老誓不渡江，最终自刎江边。

# 题八咏楼❶

千古风流八咏楼，江山留与后人愁。
水通南国三千里，气压江城十四州❷。

## 注释

❶八咏楼：原名玄畅楼，南朝齐诗人沈约任东阳（今浙江金华）太守时，作《八咏》诗题于楼壁，时号"绝唱"，后人因而改名为八咏楼。

❷"气压"句：气势完全压倒了长江下游江浙一带十四州的所有城池。十四州：据《宋史·地理志》记载：两浙路辖平江、镇江二府和杭、越、湖、婺、明、常、温、允、处、衢、严、秀十二州，故称十四州。一说十四州指五代吴越国所统治的地区，即今浙江全省、江苏省西南部、福建省东北部。

# 上枢密韩公诗二首（并序）

绍兴癸丑五月，枢密韩公、工部尚书胡公使虏，通两宫也❶。有易安室者，父祖皆出韩公门下，今家世沦替，子姓寒微，不敢望公之车尘❷。又贫病，但神明未衰落，见此大号令，不能忘言❸。作古、律诗各一章，以寄区区之意，以待采诗者云❹。

## 其　一

三年夏六月❺，天子视朝久❻。
凝旒望南云❼，垂衣思北狩❽。
如闻帝若曰：岳牧与群后❾，
贤宁无半千❿，运已遇阳九⓫。
勿勒燕然铭，勿种金城柳⓬。
岂无纯孝臣，识此霜露悲⓭。
何必羹舍肉⓮，便可车载脂⓯。
土地非所惜，玉帛如尘泥⓰。
谁可当将命⓱？币厚辞益卑⓲。
四岳佥曰俞⓳，臣下帝所知。
中朝第一人⓴，春官有昌黎㉑。
身为百夫特㉒，行足万人师㉓。
嘉祐与建中，为政有皋夔㉔。
匈奴畏王商㉕，吐蕃尊子仪㉖。
夷狄已破胆，将命公所宜㉗。
公拜手稽首，受命白玉墀㉘。

063

曰臣敢辞难⑳，此亦何等时！
家人安足谋，妻子不必辞㉛。
愿奉天地灵，愿奉宗庙威㉜。
径持紫泥诏㉝，直入黄龙城㉞。
单于定稽颡㉟，侍子当来迎㊱。
仁君方恃信㊲，狂生休请缨㊳。
或取犬马血，与结天日盟㊴。
胡公清德人所难㊵，谋同德协必志安㊶。
脱衣已被汉恩暖㊷，离歌不道易水寒㊸。
皇天久阴后土湿，雨势未回风势急㊹。
车声辚辚马萧萧㊺，壮士懦夫俱感泣。
闾阎嫠妇亦何知㊻，沥血投书干记室㊼。
夷虏从来性虎狼，不虞预备庸何伤㊽。
衷甲昔时闻楚幕㊾，乘城前日记平凉㊿。
葵丘践土非荒城㉒，勿轻谈士弃儒生㉓。
露布词成马犹倚㉔，崤函关出鸡未鸣㉕。
巧匠何曾弃樗栎㉖，刍荛之言或有益㉗。
不乞隋珠与和璧㉘，只乞乡关新信息㉙。
灵光虽在应萧条，草中翁仲今何若㉠。
遗氓岂尚种桑麻㉢，残虏如闻保城郭㉣。
嫠家父祖生齐鲁㉤，位下名高人比数㉥。
当时稷下纵谈时㉦，犹记人挥汗成雨㉧。
子孙南渡今几年㉨，飘零遂与流人伍㉩。
欲将血泪寄山河，去洒东山一抔土㉪。

## 注释

❶"绍兴"三句：宋高宗绍兴三年（1133）春夏间，韩肖胄以南宋枢密院副长官身份奉命出使金朝，给事中胡松年以试工部尚书身份任使金副使，去探望被俘在金的宋徽宗赵佶和钦宗赵桓。韩、胡使金

是当时的一件大事，广受社会各界关注。

❷"有易安"五句：易安室者，作者自称，其自号"易安居士"，故称。韩肖胄的曾祖韩琦在仁宗、英宗、神宗三朝为相，祖父韩忠彦在徽宗建中靖国为相。作者的祖父、外祖父和父亲可能都曾得到过他们的举荐，故谓出其门下。虽然祖上与韩家有旧，但宋室南迁后，作者多经人生变故，只身漂泊江南，家门衰微，故称不敢去拜见。

❸忘言：无言，不说话。

❹采诗者：采集民间诗歌的官员。我国先秦时期有派官员收集民间歌谣以观民风的制度，虽然现在已经无法确切考证这种制度的起源，但至少可以肯定在周代曾经存在过。《礼记·王制》载："天子五年一巡守(狩)……命太师陈诗以观民风。"

❺三年夏六月：此指绍兴三年六月。诗序云："癸丑五月。"史书记载韩肖胄奉命使金事是在五月，这里称"六月"，当系笔误。

❻视朝：君主临朝听政。

❼"凝旒 (liú)"句·皇帝凝神专注看着南飞的白云。旒，古代帝王冕冠前后悬垂的玉串，后用以代指帝王。凝旒指皇帝凝神专注。南云，南飞之云，南来之云。陆机《思亲赋》："指南云以寄款，望归风而效诚。"寓思亲念乡之意。

❽"垂衣"句：皇帝在天下大治之时，想到还在北方狩猎（实为被俘）的先皇。垂衣，《易·系辞下》："黄帝尧舜垂衣裳而天下治。"是称颂帝王无为而治的赞美之辞。北狩，原为狩猎于北方，此是北宋徽、钦二帝被俘于北方的讳称。

❾"岳牧"句：各位在朝官员和封疆大吏。岳牧，封疆大吏。《书·周官》："曰唐虞稽古，建官惟百，内有百揆四岳，外有州牧侯伯。"群后，指朝臣百官。《书·舜典》："乃日觐四岳群牧，班瑞于群后。"

❿"贤宁"句：难道就没有贤如员半千那样的能臣么。半千：人名，指员半千。据《新唐书·员半千传》记载，员半千最初本名馀庆，自幼天资聪慧，"对诏高第，已能讲《易》《老子》。长与何彦光

同事王义方，以迈秀见赏。义方常曰：'五百载一贤者生，子宜当之。'因改今名。"

⑪阳九：古代术数家以四千六百一十七岁为元，初入元一百零六岁中有灾数九，即称阳九，指灾难之年或厄运。此处喻指北宋为金所灭。

⑫燕（yān）然铭：在燕然山上刻石铭文以纪功业。据《后汉书·窦宪传》记载：东汉永元元年（89），窦宪与耿秉击败北匈奴，"遂登燕然山，出塞三千余里，刻石勒功，纪汉威德，令班固作铭。"燕然，山名，即今蒙古人民共和国杭爱山。

⑬金城柳：金城的柳树。据《晋书·桓温传》记载，"(桓) 温自江陵北伐，行经金城，见少为琅邪时所种柳皆已十围，慨然曰：'木犹如此，人何以堪!'攀枝执条，泫然流涕。"

⑭霜露悲：即霜露之思，意思是对父母或祖先的怀念。语出《礼记·祭义》："霜露既降，君子履之，必有凄怆之心，非其寒之谓也。"

⑮"何必"句：没有必要把羹里肉留给母亲。羹舍肉，喝羹汤时把肉留下。据《左传·隐公元年》记载，庄公赐食颖考叔，考叔吃的时候把肉留下不吃。庄公问他为什么那样，他答道："小人有母，皆尝小人之食矣，未尝君之羹，请以遗之。"后人就用"羹舍肉"指纯孝的行为。

⑯车载脂：抹油于车轴上，以利行车。准备起程赶路的意思。语出《诗·邶风·泉水》。

⑰玉帛：宝玉和丝帛，是古代贵重的物品，此指财物。

⑱将命：奉命。此指奉命出使金国。

⑲"币厚"句：（奉上）丰厚的钱物言辞更应该谦卑小心。据《潮兆盟会编》记载，当时宋高宗曾嘱咐使官："卿等此行，不须与人计较言语，卑词厚礼，岁币、岁贡之类不须较。"

⑳"四岳"句：朝中大臣都说知道了。四岳，见前注❾。佥，意为全，都。俞，答应，许诺。

㉑中朝第一人：朝廷的第一重臣，这里是称颂韩肖胄为南宋朝臣中的翘楚。据《新唐书·李揆传》记载，唐德宗认为李揆门第、人物、文学"皆当世第一"。其声名远播，竟至于域外。后李氏奉旨出使吐蕃，吐蕃首领问："闻唐有第一人李揆，公是否？"李答道："彼李揆安肯来耶？"这里是赞誉韩肖胄而无讥讽之意。

㉒"春官"句：掌管典礼（此指奉命出使）的有韩姓的官员。春官，古代掌典礼官，后为礼部的通称。《周礼·春官·宗伯》："乃立春官宗伯，使帅其属而掌邦礼，以佐王和邦国。"昌黎：指韩愈，其祖籍昌黎，世称韩昌黎。这里因韩肖胄姓韩故代称之。

㉓百夫特：百官中特别杰出的。语见《诗·秦风·黄鸟》："维此奄息，百夫之特。"朱熹《集传》："特，杰出之称。"

㉔"行足"句：德行足以为万人师表。

㉕"嘉祐"二句：在嘉祐（宋仁宗年号）和建中靖国（宋徽宗年号）年间，治理国家就像上古时的皋陶和夔一样贤能有方。韩肖胄的曾祖韩琦在仁宗朝曾为相，祖父韩忠彦在徽宗朝为相。皋夔（gāo kuí），皋陶和夔，均为舜时贤能大臣。舜时皋陶掌刑法，夔掌典乐。此处以皋夔喻韩琦和韩忠彦，盛赞韩肖胄家族几世为官，皆称贤能。

㉖"匈奴"句：匈奴人惧怕王商。据《汉书·王商传》记载，"（王商）有威重，长八尺余，身体鸿大，容貌甚过绝人。河平四年，单于来朝，引见白虎殿。丞相商坐未央庭中。单于前拜谒，商起离席与言。单于仰视商貌，大畏之，迁延却退。天子闻而叹曰：'此真汉相矣。'"

㉗"吐蕃"句：吐蕃人尊崇唐大将郭子仪。据《新唐书·郭子仪传》记载，唐代宗时，仆固怀恩叛变，纠合回纥、吐蕃攻唐。郭子仪说服回纥首领与唐联兵，以拒吐蕃。

㉘"夷狄"二句：（韩氏勇毅的前辈）让夷狄外族吓破了胆，奉命出使正是韩公您最为合适。据《丞相仪国韩公（韩琦）行状》记载："戎狄尤畏公名。凡使契丹及来使者，必问：'韩侍中（指韩琦）安否，今何在？'其子忠彦使幕北，房主问左右：'孰屡使南朝，识韩侍

中，观忠彦貌类父否？'或对曰'颇类'，乃即宴坐，命画工图之而去。"

㉙"公拜"二句：韩公（指韩肖胄）作揖跪拜，在朝堂领受出使重任。拜手，作揖；稽（qǐ）首，古时，叩头至地的跪拜礼，是九拜中最恭敬的。玉墀（chí），台阶的美称，此指朝堂玉陛。

㉚敢辞难：岂敢因为有困难而推辞。据《续资治通鉴》记载，韩肖胄临行入辞曰："今大臣各徇己见，致和战未有定论。然和议乃权时宜以济艰难，他日国步安强，军声大振，理当别图。今臣等已行，愿毋先渝约。或半年不复命，必别有谋，宜速进兵，不可因臣等在彼间而缓之也。"可见其知难而进的勇敢。

㉛"妻子"句：不会因为顾念妻儿老小而推卸国家重任。据《续资治通鉴》记载，韩肖胄出使前，"母文氏闻肖胄当行，为言：'韩氏世为社稷臣，汝当受命即行，勿以老母为念。'帝闻之，诏特封荣国太夫人以宠其节"。

㉜宗庙：古代帝王、诸侯祭祀祖宗的庙宇，也是朝廷和国家政权的代称。

㉝紫泥诏：古代文书、信函用泥封，并加盖印记。尊者书缄用紫泥。此指用紫泥封印的诏书。

㉞黄龙城：金国都城，在今吉林农安。

㉟单于：古代匈奴对最高首领的称号。稽（qǐ）颡，古代的一种跪拜礼。屈膝下拜，以额触地。或于居丧答拜宾客时行之，或于请罪、投降时行之。

㊱侍子：古代诸侯王遣送侍奉天子的儿子，其实就是人质。

㊲仁君：对有位望者的尊称，此处赞誉韩肖胄。

㊳"狂生"句：狂妄无知的人不要想去邀功。请缨，典出《汉书·终军传》："(汉武帝)乃遣军使南越，说其王，欲令入朝，比内诸侯。(终)军自请，愿受长缨，必羁南越王而致之阙下。"后因以请缨喻投军报国。

㊴天日盟：对天发誓结下盟约。

068

㊵"胡公"句：胡公高清的品行和德操都是常人难以企及的。胡公，指胡松年。据《宋史·胡松年传》记载："方秦桧秉政，天下识与不识，率以疑忌置之死地，故士大夫无不曲意阿附为自安计。松年独鄙之，至死不通一书，世以此高之。"

㊶谋同德协：谋略相同，品德相当。这里是赞誉胡松年跟韩肖胄两相志趣相投。

㊷"脱衣"句：（皇帝）脱下自己的衣服给我穿就已经倍感皇恩浩荡暖意满满了。这里用汉高祖笼络韩信典，指韩肖胄、胡松年两家累世受皇恩，必心存感激。据《史记·淮阴侯列传》记载，楚汉争霸时，项羽使武涉劝说韩信归楚，韩信推辞道："汉王授我上将军印，予我数万众，解衣衣我，推食食我，言听计用，故吾得以至于此。夫人深亲信我，倍之不祥，虽死不易，幸为信谢项王。"

㊸"离歌"句：离别君王用不着有"易水寒"之类的歌词。据《战国策·燕策》记载，刺客荆轲将赴秦行刺秦王，燕太子丹在易水（今河北易县境内）边上为他饯行。高渐离击筑，荆轲和而歌曰："风萧萧兮易水寒，壮士一去兮不复还！"

㊹"皇天"句：皇天之上阴霾久久不散，后土之下泥泞湿滑。皇天、后土合称天地。《左传·僖公十五年》："君履后土而戴皇天，皇天后土，实闻君之言。"这里以天气不佳喻指南宋国运不顺。

㊺"雨势"句：淫雨霏霏之局还没有好转，烈风袭人之势转而更急。这里以风雨摧折喻指南宋时势危殆。

㊻"车声"句：化用杜甫《兵车行》"车辚辚，马萧萧"成句，状韩、胡使金之悲壮。辚辚，车轮滚动的声音；萧萧，马匹的嘶鸣声。

㊼闾阎嫠（lí）妇：街门里巷的寡妇。闾阎，原指里巷的门，借指里巷，此处指平民居住的里巷。嫠妇，寡妇。此为李清照自指。

㊽"沥血"句：披肝沥胆呈送书信给您的手下。沥血，披肝沥胆，竭诚尽忠的意思。投书，呈送书信。干，拜托。记室，记室参军，是古代诸王、三公及大将军幕府负责文书档案一类的官吏。

㊾"不虞"句：那些意料不到的事情如果能预先考虑，才会有备

无患不致受伤。不虞，意料不到的事情。

(50)“衷甲”句：历史上楚国因为结盟时衣内穿有铠甲而不被认可。据《左传·襄公二十七年》记，在诸侯结盟时，“楚人衷甲……赵孟患楚衷甲，以告叔向。叔向曰：‘何害也？匹夫一为不信，犹不可，单毙其死。若合诸侯之卿，以为不信，必不捷矣。食言者不病，非子之患也。夫以信召人，而以僭济之。必莫之与也，安能害我？且吾因宋以守病，则夫能致死，与宋致死，虽倍楚可也。子何惧焉？’”衷甲，将铠甲穿在衣服里面。这里是提醒出使金国要当心对方暗藏杀机。

(51)“乘城”句：守卫边城要谨记唐朝马燧守卫平凉的教训。据《旧唐书·马燧传》记载：唐德宗贞元三年（787）四月，马燧在吐蕃首领不断求和的前提下，向朝廷建言许其结盟，但是，“是岁闰五月十五日，侍中浑瑊与蕃相尚结赞盟于平凉，为蕃军所劫，狼狈仅免，陷将吏六十余员，由燧之谬谋也，坐是夺兵权。”这里是提醒使臣不要轻信金人结盟的甜言蜜语。

(52)“葵丘”句：葵丘和践土的城池还没有荒芜。葵丘，地名，春秋时属宋国，在今河南考城东三十里。公元前651年，齐桓公在葵丘（今河南民权城东），召集鲁、宋、卫、郑、许、曹等国相会结盟。这次大会，周襄王也派代表参加，并赐王室祭祀祖先的祭肉给齐桓公。这是齐桓公多次召集诸侯会盟中最盛大的一次，表示周天子承认齐桓公的霸主地位，标志着齐国的霸业达到了顶峰。践土，地名，春秋时属郑国，在今河南荥阳东北一带。公元前632年夏，晋文公在践土大会诸侯，周襄王应晋文公之邀，移驾践土，命晋文公为诸侯之长，并用策简记载了这一命令。齐桓公的“葵丘之盟”与晋文公“践土之盟”，都借着周天子的名义达到了其称霸诸侯的目的。作者这里借用此典故，是想表达希望使臣奉行春秋时王霸正闰之道，不辱使命。

(53)“勿轻”句：不要轻看了善辩之士和儒生。这里是建议使臣要注重发挥善于谈判和有广博学识的士人的作用。谈士，游说之士，辩士。儒生，崇尚孔子学说的文人，泛指有广博学识的人。

(54)“露布”句：倚靠着马身写下军中的捷报。露布，古代不加检封、公开宣布的军中捷报。倚马书写露布，典出《世说新语·文学》：“桓宣武北征，袁虎时从，被责免官。会须露布文，唤袁倚马前令作。手不辍笔，俄得七纸，殊可观。”这里是建议使臣要带些才思敏捷的随从。

(55)“崤函”句：从东西崤山间的函谷关出来了鸡还没有啼鸣。据《史记·孟尝君列传》记载，齐国孟尝君使秦，返回途中，“秦昭王后悔出孟尝君，求之已去，即使人驰传逐之。孟尝君至关，关法：鸡鸣而出客。孟尝君恐追至，客之居下坐者有能为鸡鸣，而鸡齐鸣，遂发传出。”孟尝君是借门客作鸡鸣才得出关，并未到雄鸡司晨的时候，所以说“鸡未鸣”。这里是建议使臣要收罗各类异能之士随行。崤函，崤山和函谷关，在今河南灵宝。

(56)“巧匠”句：能工巧匠哪曾抛弃看上去无用的樗（chū）栎。《庄子·逍遥游》称：“吾有大树，人谓之樗，其大本拥肿而不中绳墨，其小枝卷曲而不中规矩，立之涂，匠者不顾。”又《人间世》：“匠石之齐，至于曲辕，见栎社树……是不材之木也，无所可用。”后以樗栎比喻无用之才。这里是希望使臣不要以貌取人，而应发挥各人所长。

(57)“刍荛”句：草泽百姓的话也可能有所裨益。这里是劝使臣多听下层百姓的真心话。刍荛，原指割草打柴的人，后多用于指草野之人。

(58)“不乞”句：不想得到隋珠、和氏璧之类的珍宝。隋珠，即隋侯之珠。据《淮南子·览冥训》记载：“隋侯见大蛇伤断，以药傅之。后蛇于江中衔大珠以报之，因曰隋侯之珠，盖明月珠也。”和璧，即和氏璧。据《韩非子·和氏》记载：春秋时，楚人卞和于山中得一璞玉，献给厉王。厉王使玉工辨识，玉工说是石头，以欺君之罪断卞和左足。后武王即位，卞和又献璞，又以欺君罪再断其右足。及文王即位，卞和抱璞玉哭于楚山。文王得知而使人问卞，卞曰：“吾非悲刖（yuè，把脚砍掉）也，悲夫宝玉而题之以石，贞士而名之诳。”文王使人剖璞，果得宝玉。

(59)“只乞”句：只想得到老家的最新消息。作者本是山东人，因战乱离乡南来，这里是希望使臣能借出使金国了解自己家乡的最新情况。

(60)“灵光”句：那鲁国（今山东一带）的灵光殿虽然还在，怕是也很萧条了吧。王延寿《鲁灵光殿赋》：“鲁灵光殿者，盖景帝程姬之子恭王余之所立也。初恭王始都下国，好治宫室，遂因鲁僖基兆而营焉。遭汉中微，盗贼奔突，自西京未央、建章之殿，皆见隳坏，而灵光岿然独存。”这里是设想家乡宅院因为无人打扫而颓败。

(61)翁仲：相传秦阮翁仲身长一丈三尺，异于常人，始皇命其出征匈奴，死后铸铜像立于咸阳宫司马门外。后因称铜像、石像为“翁仲”。

(62)“遗氓”句：沦陷金国的百姓难道还在种植桑麻么？这里是担心乡亲被“夷”化不农耕而游牧。

(63)“残虏”句：势残的敌人听说也在修建城郭以求自保。

(64)嫠家：李清照自指，因南归后其夫赵明诚已逝世，只身一人漂泊江南，故称。

(65)位下名高：社会地位虽然低下却有很高的人望。

(66)稷下纵谈：《史记·孟子荀卿列传》和《田敬仲完世家》等记载，齐宣王继其祖桓公、父威王的做法，在齐国都城临淄（今山东淄博）稷门（西边南首门）附近地区扩置学宫，招揽文学游说之士数千人，任其讲学议论。这里喻指其前辈在家乡讲学盛况。

(67)挥汗成雨：形容人口繁盛。语出《战国策·齐策一》：“临淄之途，车毂击，人肩摩，连衽成帷，举袂成幕，挥汗成雨。”这里是回忆北宋时山东一带人烟繁盛之状。

(68)南渡：渡过长江来到江南。

(69)与流人伍：跟流亡在外的人为伍，混迹于山野草泽之中的意思。

(70)“去洒”句：去洒在故乡山东的土地上。东山，此指山东，宋朝人习惯把今天山东一带叫作东山、东郡或东州。

# 其　二

想见皇华过二京❶，壶浆夹道万人迎❷。
连昌宫里桃应在❸，华萼楼前鹊定惊❹。
但说帝心怜赤子❺，须知天意念苍生❻。
圣君大信明如日❼，长乱何须在屡盟❽。

### 注释

❶二京：指北宋时的东京（今河南开封）和南京（今河南商丘），
为南宋使者出使金朝的必经之路。

❷壶浆：箪食壶浆的省称，用竹篮盛饭，用瓦壶盛酒，以欢迎和
犒劳军队，表示军队受百姓欢迎的意思。这里预想中原沦陷区百姓对
南宋使臣的欢迎场景。语出《孟子·梁惠王下》的"以万乘之国，伐
万乘之国，箪食壶浆，以迎王师"。

❸"连昌"句：连昌宫里的千叶桃应该还在那里吧。连昌宫，唐
代宫殿，在今河南洛阳。元稹乐府《连昌宫词》描述安史之乱后唐朝
都城宫殿残破之景，有"连昌宫中满宫竹，岁久无人森似束。又有墙
头千叶桃，风动落花红蔌蔌"的诗句。这里用连昌宫、千叶桃代指北
宋宫殿满目破败荒凉的景象。

❹华萼楼：唐玄宗在长安建的花萼相辉楼，楼成之后，玄宗常在
此楼与兄弟子侄辈宴饮观赏奇异表演。这里借指北宋宫室。因徽宗、
钦宗为高宗父兄，南宋派使臣到金朝探望二帝，表面是以玄宗重亲情
建花萼楼为比，但玄宗兄弟子侄皆在长安团聚，而北宋二帝却沦为故
国阶下囚，故实则暗含南宋国势衰微的讽刺之意。

❺"但说"句：只是一个劲儿地称颂皇帝一心可怜着中原的百姓。
这里是想象中原百姓见到使臣时的情景。赤子，原指没有机心的初生
婴儿，因初生色赤，故称。后多指纯朴百姓。

⑥ "须知"句：要知道上天一直惦念着天下苍生。这里是想象使臣对中原百姓的应答之辞。因百姓纯朴，只从本"心"的角度感激皇恩，没有从"心动"不止"苍生"时时入怀的深处体会圣上良苦用心，所以特别强调是有"意"，是"用心"爱护百姓。

⑦ 大信：宏大的信义。

⑧ "长乱"句：祸乱频仍又何必一再缔结盟约！语本《诗经·巧言》："君子屡盟，乱是用长。"本句与上句都是拟中原沦陷区百姓声口而言：圣明君主宏大的信义如同太阳照彻全宇（恭维南宋皇帝的话），面对越来越多的祸乱又何必一再结盟（暗讽南宋无意或无力北伐）。

# 打马赋❶

　　岁令云徂❷，卢或可呼❸；千金一掷，百万十都❹。樽俎具陈❺，已行揖让之礼❻；主宾既醉，不有博弈者乎？打马爰兴❽，掎蒲遂废❾，实小道之上流，乃深闺之雅戏。齐驱骥骤，疑穆王万里之行❿；间列玄黄，类杨氏五家之队⓫。珊珊佩响，方惊玉镫之敲⓬；落落星罗，忽见连钱之碎⓭。

　　若乃吴江枫冷⓮，胡山叶飞⓯；玉门关闭⓰，沙苑草肥⓱；临波不渡，似惜障泥⓲。或出入用奇，有类昆阳之战⓳；或优游仗义，正如涿鹿之师⓴。或闻望久高，脱复庾郎之失㉑；或声名素昧，便同痴叔之奇㉒。亦有缓缓而归，昂昂而立，鸟道惊驰，蚁封安步㉓。崎岖峻坂，未遇王良㉔；局促盐车，难逢造父㉕。

　　且夫丘陵云远，白云在天；心存恋豆，志在着鞭㉖；止蹄黄叶，何异金钱㉗。用五十六采之间，行九十一路之内㉘。明以赏罚，覈其殿最㉙。运指挥于方寸之中㉚，决胜负于几微之外㉛。且好胜者人之常情，游艺者士之末技㉜。说梅止渴㉝，稍苏奔竞之心㉞；画饼充饥㉟，少谢腾骧之志㊱。将图实效，故临难而不回；欲报厚恩，故知机而先退㊲，或衔枚缓进㊳，已逾关塞之艰；或贾勇争先㊴，莫悟阱堑之坠㊵。皆由不知止足，自贻尤悔㊶。况为之不已，事实见于正经；用之以诚，义必合于天德。故绕床大叫，五木皆卢；沥酒一呼，六子尽赤㊷。平生不负，遂成剑阁之师㊸；别墅未输，已破淮淝之贼㊹。今日岂无元子㊺，明时不乏安石㊻。又何必陶长沙博局之投㊼，正当师袁彦道布帽之掷也㊽。辞曰㊾：

　　佛狸定见卯年死㊿，贵贱纷纷尚流徙㊾。
　　满眼骅骝杂骡骒，时危安得真致此㊾。

木兰横戈好女子，老矣谁能志千里㊱，但愿相将过淮水㊲。

## 注释

❶打马：古代妇女玩的一种博戏，约在明清时失传。据作者《〈打马图经〉序》："予独爱依经马（无将二十马者），因取其赏罚互度，每事作数语，随事附见，使儿辈图之。不独施之博徒，实足贻诸好事。使千万世后，知命辞打马，始自易安居士也。"

❷岁令云徂（cú）：一年过尽，到年末的意思。徂：逝、往的意思。

❸卢或可呼：即"或可呼卢"，或许可以玩一玩名为"呼卢"的博戏。呼卢，古代博戏的一种，大致以抛掷五子辨黑白以较胜负，五子皆黑为最大，称"卢"，故掷子之际，赌徒们喜大声呼"卢"以求胜。

❹百万十都：极言钱数之多。

❺樽俎（zūn zǔ）具陈：酒具都准备好了。樽俎，古时盛酒和肉的器皿，代指宴席。

❻揖让：古代宾主相见的礼节。

❼"不有"句：语出《论语·阳货》："子曰：'饱食终日，无所用心，难矣哉！不有博弈者乎，为之，犹贤乎已。'"这里借用孔子的话，是想说饱食终日无所用心不行，做做下棋掷彩的游戏，也比无所事事好。言外之意是说，"打马"游戏不是无聊之事。

❽爰（yuán）兴：刚刚兴起。

❾摴（chū）蒲：即樗蒲，古代博戏的一种，玩法可能跟"打马"差不多，所以"打马"兴起之后，众人就不再玩。

❿"齐驱"二句：纷纷跑过来（玩打马），就好比当年周穆王骑着骏马一天狂奔上万里去参加西王母的瑶池盛宴。《逸周书·周穆王》："穆王乘八骏，宾于西王母，觞于瑶池之上，一日行万里。"骥（jì）騄（lù），古代的两种名马。

⓫"间列"二句：穿着鲜艳的衣服，跟当年杨玉环姐妹五家扈从

玄宗去华清宫差不多。这里是形容玩"打马"戏的妇女衣着华丽。据《旧唐书·杨贵妃传》记载，"玄宗每年十月幸华清宫，国忠姊妹五家扈从，每家为一队，着一色衣。五家合队，照映如百花之焕发。"

⑫"珊珊"二句：身上的佩玉丁零作响，让人惊叹以为是在敲打美玉的马镫。珊珊，这里是拟佩玉相击清脆的响声。玉镫，对马镫的美称。这是形容女子争先恐后抛掷骰子之类"打马"的场景。

⑬"落落"二句：（骰子之类）散落桌面，星罗棋布，猛然看上去就像是连钱宝马散布在草原。因"打马"所用的骰子分不同颜色，所以这里用色有深浅斑驳隐鄰的"连钱骢"良马为喻。

⑭吴江枫冷：典出《新唐书·文艺传上·崔信明》："信明褰亢，以门望自负，尝矜其文，谓过李百药，议者不许。扬州录事参军郑世翼者，亦鸷倨，数眺轻忤物，遇信明江中，谓曰：'闻公有"枫落吴江冷"，愿见其余。'信明欣然多出众篇，世翼览未终，曰：'所见不逮所闻。'投诸水，引舟去。"这里是借以形容"打马"女子倨傲不羁的神态。

⑮胡山叶飞：胡山，位于济南章丘东南部，巍然雄立。据《章丘县志》记载："脉自黄巢顶来，至此山五十余里，陡起一峰，极高大，东南一望，连峰沓嶂。"此山南北两面皆为悬崖峭壁，不宜攀登。秋冬季节，树叶飘零，更见雄奇。这里借以形容"打马"女子冷峻难犯的神态。

⑯玉门关闭：将玉门关封闭起来。玉门关，故址在今甘肃敦煌西北小方盘城，始置于汉武帝时，因西域输入玉石时取道于此而得名，是通往西域各地的门户，为重要的屯兵之地。这里借以描绘"打马"女子在赌局不利时放弃争斗的情形。

⑰沙苑草肥：沙苑的水草肥美（古代北方以骑兵作战为主，草料肥美是备战的必要条件）。沙苑，地名。在陕西大荔南，临渭水，东西八十里，南北三十里。西魏大统三年，宇文泰大败高欢于此。这里借以描绘"打马"女子们积极备战、跃跃欲试的内心活动。

⑱"临波"二句：典出《世说新语·术解》："王武子善解马性。

尝乘一马，著连钱障泥。前有水，终日不肯渡。王云：'此必是惜障泥。'使人解去，便径渡。"障泥，马鞯，因垫在马鞍下，垂于马背两旁以挡泥土，故称障泥。这里借用描绘"打马"女子心存顾忌不敢放手一搏的心理状态。

⑲有类昆阳之战：跟汉光武帝刘秀在昆阳大战王莽一样。公元23年，王莽派军队包围昆阳（今河南叶县北）义军。刘秀乘王莽军队轻敌懈怠，率精兵三千突破敌军中坚，内外夹击，尽歼王莽主力，是历史上著名的以弱胜强战例。事见《汉书·王莽传》《后汉书·光武纪》等。这里借用描绘"打马"女子暗用奇谋的情形。

⑳涿鹿之师：据《史记·五帝本纪》记载："蚩尤作乱，不用帝命。于是黄帝乃征师诸侯，与蚩尤战于涿鹿之野，遂禽杀蚩尤。"蚩尤，神话中东方九黎族首领，相传有兄弟八十一人，以金作兵器，并能唤云呼雨。这里用以形容"打马"女子在博运亨通、局势大好时的得意之态。

㉑脱复庾郎之失：（不小心）一再弄出庾郎那样的失误。脱复，摆脱了又恢复原状，这里指一再出现。庾郎，庾翼，字稚恭。颍川鄢陵(今河南鄢陵)人。世称小庾、庾征西、庾小征西。东晋中期将领、外戚、书法家，庾亮之弟。庾翼外表风仪秀伟，年轻时便有经世大略。据《世说新语·雅量》记载："庾小征西尝出未还，妇母阮是刘万安妻，与女上安陵城楼上。俄顷，翼归，策良马，盛舆卫。阮语女：'闻庾郎能骑，我何由得见？'妇告翼，翼便为于道开卤簿盘马，始两转，坠马堕地，意色自若。"这里借以形容"拓马"女子因不小心一再出现意想不到的失误。

㉒痴叔：指晋王济的叔叔王湛。《世说新语·赏誉》称王湛的侄子王济看不起他这位叔叔，很不尊重他。有一次试着跟他聊起当时的国事，王湛回答得很有见地，大出其意料之外，于与跟他探讨一些精微难测的事，也很高妙。王济不觉憬然，心形俱肃。王济手下人有一匹马很难骑，结果让王湛骑上去后，"姿形既妙，回策如萦，名骑无以过之。济益叹其难测非复一事"。本来，武帝每次看见王济，都会

拿王湛开玩笑："你家那个痴叔死了吗？"王济经常无以应答。可是自那以后，武帝再开这样的玩笑时，王济就回答："我叔叔一点也不痴。"还大加称赞。武帝问："能跟谁比呢？"王济说："山涛以下，魏舒以上。"于是王湛的名声才得以彰显。这里借用描绘"打马"女子中潜藏高手。

㉓"亦有"四句：这里是"打马"博戏中"马"的四种处理方法：慢慢地退回来，伺机再战；马首高举，勇往直前；在鸟道上冒险飞过；像蚂蚁封上穴口那样潜伏隐蔽。鸟道，只有鸟儿才可飞过的小道，形容其险峻狭窄。蚁封，蚁穴外隆起的小土堆，用以掩护蚁穴。

㉔王良：晋国的善御者。据《孟子·滕文公下》记载：晋大夫赵简子命王良驾车和他的宠臣嬖奚一起外出狩猎。不料劳累一天，一无所获。嬖奚回来报告说："王良是天下最低劣的车夫。"有人将嬖奚的话告诉了王良。王良说："请再去打一次猎。"嬖奚勉强同意了。结果马到功成，一个早上就猎获十只飞禽。嬖奚回来高兴地报告说："王良真是天下最优秀的车夫。"赵简子听了，对嬖奚说："我让他为你驾驭车马吧。"他对王良一讲，王良却执意不肯，说："第一次虽然一无所获，但我是按御法驾驭！第二次我只好违法迁就，一举猎获十只飞禽。《诗经》说：'不违反驰驱的方法，射出的箭才能命中目标。'我从来不给小人驾车，请替我回绝了吧。"这里借指"马"因为没有技术高超的"打马"人而陷于险境（崎岖险峻的山路）。

㉕"局促"二句：千里马被困在太行山上拉盐车，实在是因为没有遇到造父那样的好骑手。盐车：《战国策·楚四》：千里马老了，驾着装盐的车爬太行山。它蹄子僵直，膝盖折断，尾巴浸湿，皮肤溃烂，口水洒到地上，汗水满身流淌。伯乐看到这种情况，立即从车上跳下来，抱住它痛哭，并脱下自己的麻布衣服给它披上。千里马于是低下头叹了一口气，又昂起头高声嘶叫，那声音直上云天，响亮得就好像金石发出来的一样。造父，传说中的善御者。《史记·赵世家》：周穆王使造父御，西巡狩，乐之忘归。而徐偃王反，穆王因为有造父

日驰千里，攻徐偃王，大破之。

㉖"心存"二句：这里表现的是"打马"者既想保存既得利益，又想进一步开拓进取的矛盾心态。恋豆，恋栈，不思进取；着鞭，抢占机会。

㉗"止蹄"二句：这里表现的是"打马"者惑于种种表象而难得真实本质。"蹄"当是"啼"之误。佛经记载，如来见众生欲造诸恶时，即为彼等说三十三天之常乐我净，但佛理深妙，如来为度众生，只能采用众人能理解的方便言，就像婴儿啼哭时，父母拿出杨树的黄叶假说是黄金，可以给孩子买好东西，于是孩子就停止啼哭。但黄叶终究不是真金，只不过是父母的权宜之计罢了。所以仰山禅师也说："禅宗大师运用各种方便，是为了遣除你粗浅偏邪的见解，就好像黄叶止啼一样。"学诚法师又曾作偈："有名非大道，是非俱不禅。欲识个中意，黄叶止啼钱。"

㉘"用五十六"二句：五十六采，指骰子所掷之色。《打马图经·采色例》记：共有五十六采，包括赏色十一采，罚色二采，杂色四十三采。九十一路：指打马图上有九十一路。

㉙靏（hé）其殿最：考验出谁垫底谁最好。汉代考核政绩或军功时，上等的称"最"，下等的称"殿"。

㉚方寸：谓一寸见方，喻其小。

㉛几微：稍纵即逝的机会和细微精妙之处。

㉜游艺：优游于技艺之中，泛指玩游戏或从事娱乐活动。

㉝说梅止渴：犹望梅止渴。据《世说新语·假谲》记载，曹操行军途中，军士口渴，曹操假意称前有大梅林，树上有很多梅子，又甜又酸，可以解渴。士卒们听他这么说，嘴皆生津，不再口渴了。

㉞奔竞：为功名利禄而奔波。语出《南史·颜延之传》："外示寡求，内怀奔竞，干禄祈迁，不知极已。"

㉟画饼充饥：成语，最早出自晋陈寿《三国志·魏书·卢毓传》。原意为画个饼来解除饥饿，后引申比喻凭空想出来眼前急需的事物来安慰自己。

㊱腾骧：策马飞驰的意思。骧（xiāng），右后足白色的良马。

㊲知机：看到良好的机会。

㊳衔枚：古代进军偷袭敌人时，常令士兵口中咬个小木棍，以防出声。

㊴贾（gǔ）勇：凭借着勇气、勇敢。

㊵阱堑之坠：掉进对方的陷阱。堑，深坑、壕沟。

㊶自贻尤悔：自己吞下过失灾祸的苦果。尤悔，过错和灾难。出处语出《论语·为政》："言寡尤，行寡悔，禄在其中矣。"

㊷正经：本指儒家经典，这里指《论语》书中孔子曾讲："饱食终日，无所用心，难矣哉！不有博弈者乎？为之，犹贤乎已。"

㊸"绕床"二句：见《晋书·刘毅传》："（刘毅）后在东府聚樗蒲大掷，一判至数百万。余人并黑犊以还，惟刘裕及毅在后。毅次掷得雉，大喜，褰衣绕床叫。谓同坐曰：'非不能卢，不事此耳。'裕恶之，因接五木久之，曰：'老兄试为卿答。'既而四子皆黑，其一子转跃未定。裕喝之，即成卢焉。"五木，古代博贝。斫木为子，一具五枚，故称五木。相传骰子即由五木演变而成。

㊹六子尽赤：典出《新五代史·吴世家》。五代时徐温建立吴国，怀疑其手下刘信背叛，刘信知道后大惊失色。等打了胜仗回到朝廷，徐温命诸元勋为六博之戏。酒酣耳热，刘信手里握着骰子说：如果我刘信想叛变，掷出的骰子就为恶彩；如果没有二心，就成浑花（全彩）。后来投骰子到盆中，六子皆赤。于是徐温深为刘信的诚心所感动。

㊺"平生"二句：一辈子都不会赌输，所以才会出师剑阁（灭蜀）。典出《世说新语·识鉴》：桓温要伐蜀，朝中大臣都以为李势在四川时间很长，继承祖上基业已经几代了，而且在长江上游，三峡地势险要，不易攻克。只有刘尹（刘惔）说："他一定能攻下四川。我看他赌博，没有必赢的把握他就不下注。"剑阁，在今四川北部、嘉陵江流域，剑门关矗立其北，以"剑门天下险"闻名。

㊻"别墅"二句：《晋书·谢安传》记载说，谢安的棋艺本来不及

其侄谢玄，因为他能泰然处之，所以他在拿别墅为赌注跟谢玄下围棋时，谢玄没能胜过他。同样因为谢安有这种临危不惧的大格局，所以在后来东晋与前秦苻坚作战时，能以少胜多，大败前秦军队，获得淝水之战的大捷。

㊼元子：桓温，字元子。曾带兵伐蜀取得成功。

㊽安石：谢安，字安石。曾指挥淝水之战大破苻坚。

㊾陶长沙：陶侃，曾任长沙太守。据《晋书·陶侃传》记载，陶侃要求部下正襟危坐，把他们的博具都投入江中。

㊿袁彦道：袁耽，字彦道，陈郡阳夏(今河南太康)人。东汉末郎中令袁涣曾孙。曾任东晋官员。据《世说新语·任诞》记载：袁耽多才多艺，更长于赌博。而且也十分放旷豁达，不拘小节。桓温年轻时家贫，又爱赌博，曾经输了很多，被债主追讨，桓温只好去找袁耽帮忙。其时袁耽正在居丧，但他却没有为难的样子，很爽快就答应了。他换好衣服，脱下布帽收在怀里，就跟桓温出去找债主对赌。袁耽当时每次投下骰子后都会大叫，旁若无人，更对债主掷下怀中布帽，说："你终于见识到袁彦道吧?"

(51)辞曰：本为乐曲末章，此指结语。作者前面铺叙"打马"游戏，在后面的"辞"里却劝告众人努力王事，收复失地，使流民返乡，正是曲终奏雅的良苦用心。

(52)"佛狸"句：佛狸（bì lí)，北魏太武帝拓跋焘小名，他曾南侵攻打刘宋，但在饮马长江后第二年（451）的辛卯年，为宦官所杀。《宋书·臧质传》记载，刘宋时有童谣："虏马饮江水，佛狸卯年死。"后果然应验。作者此赋作于绍兴四年甲寅，次年即为乙卯年，这里实则暗寓金主将死，金国将亡。

(53)流徙：颠沛流离。

(54)骅骝（huá liú）杂騄駬（lù ěr)：各种骏马杂处，兵强马壮的意思。骅骝、騄駬，皆为周穆王的骏马名。

(55)"时危"句：时势艰危，怎能真正得到这样的神骏。这里引用杜甫《题壁上韦偃画马歌》成句，表面是说在战争年代对驰骋疆场骏马的渴望，实则表示动乱年代对匡时济世人才的渴求。

㊶"老矣"句：已然衰老谁还会有千里之志呢。语本曹操《步出夏门行》："老骥伏枥，志在千里；烈士暮年，壮心不已。"这里是反用其意。

㊷相将：相随。过淮水：渡过淮河，返归故里。

# 词 论[1]

乐府、声诗并著[2]，最盛于唐。开元、天宝间[3]，有李八郎者[4]，能歌擅天下。时新及第进士[5]，开宴曲江[6]，榜中一名士，先召李，使易服隐名姓，衣冠故敝，精神惨沮[7]，与同之宴所，曰："表弟愿与坐末。"众皆不顾。既酒行乐作，歌者进，时曹元谦、念奴为冠[8]。歌罢，众皆咨嗟称赏[9]。名士忽指李曰："请表弟歌。"众皆哂[10]，或有怒者。及转喉发声，歌一曲，众皆泣下。罗拜[11]，曰："此李八郎也。"

自后郑卫之声日炽[12]，流靡之变日烦。已有《菩萨蛮》《春光好》《莎鸡子》《更漏子》《浣溪沙》《梦江南》《渔父》等词[13]，不可遍举。

五代干戈[14]，四海瓜分豆剖，斯文道熄[15]。独江南李氏君臣尚文雅，故有"小楼吹彻玉笙寒""吹皱一池春水"之词[16]，语虽奇甚，所谓"亡国之音哀以思"也[17]。

逮至本朝，礼乐文武大备，又涵养百余年，始有柳屯田永者[18]，变旧声，作新声，出《乐章集》，大得声称于世，虽协音律，而词语尘下[19]。又有张子野、宋子京兄弟、沈唐、元绛、晁次膺辈继出[20]，虽时时有妙语，而破碎何足名家。至晏元献、欧阳永叔、苏子瞻[21]，学际天人，作为小歌词，直如酌蠡水于大海[22]，然皆句读不葺之诗尔[23]，又往往不协音律者。何耶？盖诗文分平侧[24]，而歌词分五音[25]，又分五声[26]，又分六律[27]，又分清浊轻重[28]。且如近世所谓《声声慢》《雨中花》《喜迁莺》，既押平声韵，又押入声韵；《玉楼春》本押平声韵，又押上、去声，又押入声。本押仄声韵，如押上声则协；如押入声，则不可歌矣。王介甫、曾子固[29]，文章似西汉，若作一小歌词，则人必绝倒，不可读也。乃知别是一家[30]，知之者少。后晏叔原、贺方回、秦少游、黄鲁直出[31]，始能知之。又晏苦无铺叙[32]；贺苦少典重[33]；秦即专主情致，而少故实④，譬如贫家美女，虽极妍丽丰逸，而终乏富贵态；黄即尚故实，而多疵病，譬如良玉有瑕，价自减半矣㉕。

## 注释

❶此篇原题已无考，目前所见第一位著录此文的人是南宋胡仔，其在《苕溪渔隐丛话》后集卷三三《晁无咎》条中引及此文时，称"李易安评"，未提引自何处，且似节录，疑非完篇。其后南宋人魏庆之《诗人玉屑》又曾引用，后人题作《词论》。

❷乐府：本指古代音乐官署，后代指乐府官署所采集、创作的乐歌，也用以称魏晋至唐代可入乐的诗歌和后人仿效乐府古体作品。声诗：乐歌，是乐府以外唐人采作歌词入乐歌唱的五七言诗。

❸开元、天宝：唐玄宗年号。开元自公元713至741年；天宝自公元742至756年。

❹李八郎：即李衮，唐代著名歌手。

❺及第：古代科举考试，合格者分甲乙次第列榜，故称"及第"。

❻开宴曲江：即曲江宴。曲江，水名，在今陕西西安东南，水流曲折，故名。玄宗时，曾在这里广筑楼台，花木繁茂，烟水明媚，为长安胜景。新科进士发榜后，皇帝还会下诏赐宴，与众臣游赏曲江池旁的杏园。

❼惨沮（jǔ）：沮丧失色。

❽曹元谦：生平不详，当是玄宗时代著名歌者。念奴，唐天宝年间著名歌伎。

❾咨嗟（zī jiē）：赞叹。

❿哂（shěn）：讥笑，轻蔑，嘲笑。

⓫罗拜：环绕在四周下拜。

⓬郑卫之声：郑国和卫国那种淫艳的歌曲。郑、卫是春秋时两个诸侯国，两地新兴的音乐被儒家认为能动摇人之本心，故斥之为"乱世之音也"。

⓭词：歌词，这里指用前面所举各种词牌创作的歌词。

⑭五代干戈：五代十国时期战乱不断。五代，指公元907唐朝灭亡至960年北宋建立之间，先后在中原建国的后梁、后唐、后晋、后汉和后周。干戈：古代常用的两种兵器，这里引申指战争。

⑮斯文道熄：正统的礼乐之道没有得到传承。斯文，原指古代的礼乐制度，这里指传统的人文精神。

⑯"独江南李氏"三句：指五代时南唐中主李璟、后主李煜父子与大臣冯延巳等。此处臁栝了这样一段故事：李璟《摊破浣溪沙》中有"小楼吹彻玉笙寒"句、冯延巳《谒金门》中有"风乍起，吹皱一池春水"句。中主问："吹皱一池春水，干卿何事？"冯对曰："未若陛下'小楼吹彻玉笙寒'也。"中主听了冯的回答，非常高兴。

⑰亡国之音哀以思：古人有以民歌观风俗的做法，认为音乐化人十分神奇，国家的政治氛围不同，百姓的情绪也有异，这些都会在音乐上表现出来，国家将亡，音乐的调子也会充满哀思。语见《礼记·乐记》。

⑱柳屯田永：即北宋著名词人柳永，因曾任屯田员外郎，世称柳屯田。词集名《乐章集》。

⑲词语尘下：柳永主要生活在北宋仁宗时期，当时国家承平日久，市井文化兴起，柳永因为仕宦不顺，混迹于市井，多与歌妓交往，又精通音律，所以用当时流行的曲调创作了不少新的歌词，虽然大受欢迎，但其中也有不少描写男欢女爱的淫媟之语。

⑳张子野：张先，北宋词人，字子野，浙江吴兴人，其《张子野词》中颇多长调。宋子京兄弟：宋祁，字子京，其《玉楼春》词中有"红杏枝头春意闹"句甚为人称道，世称"红杏尚书"。近人辑有《宋景文公长短句》。其兄宋庠词作今已不传。沈唐：北宋词人，字公述。官至大名府签判。《全宋词》收其词五首。元绛：北宋词人，字厚之，钱塘人，官至参知政事。《全宋词》收其词二首。晁次膺：北宋词人晁端礼，字次膺。有《闲斋琴趣外篇》。

㉑晏元献：晏殊，字同叔，江西临川人，仁宗时为副宰相兼枢密使，卒谥元献。有《珠玉集》。欧阳永叔：欧阳修，字永叔，号六一

居士，庐陵人。历任枢密副使、参知政事等职，卒谥文忠。有《六一词》等。苏子瞻：苏轼，字子瞻，号东坡居士，眉山人。官至礼部尚书，卒谥文忠。有《东坡乐府》。

㉒酌蠡（lí）水于大海：从大海中舀取一瓢水，意思是很轻易可办。蠡，贝壳做的瓢。

㉓"然皆"句：虽然如此，却都是些长短不齐的诗句罢了。句读（dòu），古人读书断句一方法，文辞语意已尽处为"句"，语意未尽但须停顿处为"读"。不葺（qì），长短不齐。古诗句读一般都有一定的规律，但歌词却受词调音乐的限制，句子长短须符合乐音的节奏，所以就会突破诗的句读。

㉔诗文分平侧：诗歌骈文这些抒情文字都只讲字声的平仄。平侧，即平仄。

㉕五音：音韵学家按照声母的发音部位分唇音、舌音、齿音、牙音、喉音五类，谓之五音。

㉖五声：我国古代乐律按声音高低分为宫、商、角、徵（zhǐ）、羽五种称五声。见《周礼·春官大师》。

㉗六律：十二律吕的省称。我国古代按乐调音阶高低，分为黄钟、太簇、姑洗、蕤宾、夷则、无射、大吕、夹钟、仲吕、林钟、南吕、应钟十二种，其中黄钟、大簇、姑洗、蕤宾、夷则、无射为"阳"，称阳六律，其他为"阴"，称阴六吕，合称十二律吕。

㉘清浊：指清音和浊音。

㉙王介甫：王安石，字介甫，号半山，临川人，庆历二年进士，神宗熙宁二年任参知政事，在相位时锐意改革，后退居江宁，封舒国公，旋改封荆，世称荆公，卒谥文。曾子固，曾巩，字子固，江西南丰人，嘉祐二年进士，官至中书舍人，唐宋八大散文家之一，有《元丰类稿》《续元丰类稿》等。

㉚别是一家：（与诗歌骈文相区别的）另外一种抒情文学样式。

㉛晏叔原：晏几道，字叔原，号小山，晏殊第七子，元丰年间，监颍昌府许田镇，有《小山词》。贺方回，贺铸，字方回，卫州人。

哲宗时做过泗州通判等，晚年退居苏州，自号庆湖遗老。有《庆湖遗老集》。词集名《贺方回词》，一名《东山词》，又名《东山寓声乐府》。秦少游，秦观，字太虚，改字少游，号邗沟居士，学者称淮海先生，又称淮海居士，高邮人，曾官秘书省正字，有《淮海词》，又名《淮海居士长短句》。黄鲁直，黄庭坚，字鲁直，号山谷，又号涪翁，洪州分宁人。英宗治平四年进士，曾官校书郎、著作郎，出知宜州、鄂州等地，谪黔州、宜州。词集名《山谷琴趣外篇》。

㉜晏苦无铺叙：晏几道的词令人痛苦的是没能铺陈情感。《小山词》中多小令，少长调，因受篇幅限制，故难以铺叙。

㉝贺苦少典重：贺铸的词令人痛苦的是少了些典雅凝重。

㉞少故实：缺少了一些"故实"（历史厚重感）。

㉟多疵病：有许多小毛病。这里指与歌词在五声、五音、六律、清浊轻重等方面的要求不太符合。

# 《金石录》后序

　　右《金石录》三十卷者何❶？赵侯德父所著书也❷。取上自三代❸，下迄五季❹，钟、鼎、甗、鬲、盘、匜、尊、敦之款识❺，丰碑大碣、显人晦士之事迹❻，凡见于金石刻者二千卷❼。皆是正讹谬，去取褒贬，上足以合圣人之道，下足以订史氏之失者，皆载之，可谓多矣。呜呼！自王播、元载之祸，书画与胡椒无异❽；长舆、元凯之病，钱癖与《传》癖何殊❾。名虽不同，其惑一也。

　　余建中辛巳❿，始归赵氏⓫。时先君作礼部员外郎⓬，丞相时作吏部侍郎⓭。侯年二十一，在太学作学生⓮。赵、李族寒⓯，素贫俭。每朔望谒告出⓰，质衣，取半千钱，步入相国寺⓱，市碑文果实归⓲，相对展玩咀嚼，自谓葛天氏之民也⓳。后二年，出仕宦，便有饭蔬衣练⓴，穷遐方绝域㉑，尽天下古文奇字之志㉒。日就月将，渐益堆积㉓。

　　丞相居政府㉔，亲旧或在馆阁㉕，多有亡诗、逸史、鲁壁、汲冢所未见之书㉖。遂力传写，浸觉有味，不能自已。后或见古今名人书画，一代奇器，亦复脱衣市易㉗。尝记崇宁间，有人持徐熙《牡丹图》㉘，求钱二十万。当时虽贵家子弟，求二十万钱，岂易得耶？留信宿㉙，计无所出而还之。夫妇相向惋怅者数日。

　　后屏居乡里十年㉚，仰取俯拾，衣食有余。连守两郡㉛，竭其俸入以事铅椠㉜。每获一书，即同共勘校，整集签题㉝。得书画彝鼎，亦摩玩舒卷㉞，指摘疵病，夜尽一烛为率。故能纸札精致，字画完整，冠诸收书家㉟。余性偶强记，每饭罢，坐归来堂烹茶㊱，指堆积书史，言某事在某书某卷第几页第几行，以中否角胜负㊲，为饮茶先后，中即举杯大笑，至茶倾覆怀中，反不得饮而起，甘心老是乡矣㊶。故虽处忧患困穷，而志不屈。收书既成，归来堂起书库大橱，簿甲乙，置书册㊷。如要讲读，即请钥上簿㊸，关出卷帙㊹。或少损污，必惩责揩完涂改，不复向时之坦夷也㊺。是欲求适意而反取惊栗㊻。余性不耐，始谋食去重肉㊼，衣去重采㊽，首无明珠翠羽之饰，室无涂金刺绣之具。遇书史百家，字不刓缺㊾，本不讹谬者，辄市之，储作副本。自来家传《周易》《左氏传》，故两家者流，文字最备。于是几案罗列，枕席枕藉㊿，意会心谋，目往神授，乐在声色狗马之上㉒。

至靖康丙午岁㉓，侯守淄川㉔，闻金寇犯京师㉕，四顾茫然，盈箱溢箧，且恋恋，且怅怅，知其必不为己物矣。建炎丁未春三月㉖，奔太夫人丧南来㉗。既长物不能尽载㉘，乃先去书之重大印本者，又去画之多幅者，又去古器之无款识者。后又去书之监本者㉙，画之平常者，器之重大者。凡屡减去，尚载书十五车。至东海㉚，连舻渡淮㉛，又渡江至建康㉜。青州故第，尚锁书册什物，用屋十余间，期明年春再具舟载之㉝。十二月，金人陷青州㉞，凡所谓十余屋者，已化为煨烬矣㉟。

建炎戊申秋九月㊱，侯起复知建康府㊲。己酉春三月罢㊳，具舟上芜湖，入姑孰㊴，将卜居赣水上㊵。夏五月，至池阳㊶，被旨知湖州㊷，过阙上殿㊸，遂驻家池阳，独赴召。六月十三日，始负担舍舟，坐岸上，葛衣岸巾㊹，精神如虎，目光烂烂射人㊺，望舟中告别。余意甚恶㊻，呼曰："如传闻城中缓急，奈何？"戟手遥应曰："从众。必不得已，先弃辎重㊼，次衣被，次书册卷轴，次古器，独所谓宗器者㊽，可自负抱，与身俱存亡，勿忘之。"遂驰马去。途中奔驰，冒大暑，感疾。至行在㊾，病痁㊿。七月末，书报卧病。余惊怛，念侯性素急，奈何！病痁或热，必服寒药㉑，疾可忧。遂解舟下，一日夜行三百里。比至，果大服柴胡、黄芩药㉒，疟且痢，病危在膏肓。余悲泣，仓皇不忍问后事。八月十八日，遂不起，取笔作诗，绝笔而终，殊无分香卖履之意㉓。

葬毕，余无所之㉔。朝廷已分遣六宫㉕，又传江当禁渡。时犹有书二万卷，金石刻二千卷，器皿茵褥<sup>⑧</sup>，可待百客，他长物称是<sup>⑨</sup>。余又大病，仅存喘息。事势日迫。念侯有妹婿，任兵部侍郎，从卫在洪州<sup>⑩</sup>，遂遣二故吏，先部送行李往投之。冬十二月，金寇陷洪州，遂尽委弃<sup>⑫</sup>。所谓连舻渡江之书，又散为云烟矣。独余少轻小卷轴书帖、写本李杜韩柳集，《世说》《盐铁论》，汉、唐石刻副本数十轴，三代鼎鼐十数事<sup>⑭</sup>，南唐写本书数箧，偶病中把玩，搬在卧内者，岿然独存<sup>⑮</sup>。

　　上江既不可往<sup>⑯</sup>，又虏势叵测<sup>⑰</sup>，有弟远任敕局删定官，遂往依之。到台<sup>⑱</sup>，守已遁。之剡<sup>⑲</sup>，出睦<sup>⑳</sup>，又弃衣被。走黄岩<sup>㉑</sup>，雇舟入海，奔行朝<sup>㉒</sup>。时驻跸章安，从御舟海道之温<sup>㉓</sup>，又之越<sup>㉔</sup>。庚戌十二月，放散百官<sup>㉕</sup>，遂之衢<sup>㉖</sup>。绍兴辛亥春三月，复赴越。壬子赴杭<sup>㉗</sup>。先侯疾亟时<sup>㉘</sup>，有张飞卿学士<sup>㉙</sup>，携玉壶过视侯，便携去，其实珉也<sup>㉚</sup>。不知何人传道，遂妄言有颁金之语<sup>㉛</sup>。或传亦有密论列者<sup>㉜</sup>。余大惶怖，不敢言，亦不敢遂已，尽将家中所有铜器等物，欲赴外廷投进<sup>㉝</sup>。到越，已移幸四明<sup>㉞</sup>。不敢留家中，并写本书寄剡。后官军收叛卒，取去，闻尽入故李将军家<sup>㉟</sup>。所谓岿然独存者，无虑十去五六矣。惟有书画砚墨可五七箧<sup>㊱</sup>，更不忍置他所，常在卧榻下，手自开阖。在会稽<sup>㊲</sup>，卜居土民钟氏舍。忽一夕，穴壁负五箧去。余悲恸不已，重立赏收赎。后二日，邻人钟复皓出十八轴求赏<sup>㊳</sup>，故知其盗不远矣。万计求之，其余遂不可出。今知尽为吴说运使贱价得之<sup>㊴</sup>。所谓岿然独存者，乃十去其七八。所有一二残零，不成部帙书册三数种，平平书帖，犹复爱惜如护头目<sup>㊵</sup>，何愚也耶！

　　今日忽阅此书，如见故人。因忆侯在东莱静治堂<sup>㊶</sup>，装卷初就，芸签缥带<sup>㊷</sup>，束十卷作一帙。每日晚吏散，辄校勘二卷，跋题一卷。此二千卷，有题跋者五百二卷耳。今手泽如新，而墓木已拱，悲夫！昔萧绎江陵陷没，不惜国亡，而毁裂书画<sup>㊸</sup>；杨广江都倾覆，不悲身死，而复取图书<sup>㊹</sup>。岂人性之所著，死生不能忘之欤？或者天意以余菲薄，不足以享此尤物耶？抑亦死者有知，犹斤斤爱惜，不肯留在人间耶？何得之艰而失之易也！

　　呜呼！余自少陆机作赋之二年⑨，至过蘧瑗知非之两岁⑩，三十四年之间，忧患得失，何其多也。然有有必有无⑪，有聚必有散，乃理之常。人亡弓，人得之⑫，又胡足道。所以区区记其终始者，亦欲为后世好古博雅者之戒云。绍兴二年玄黓岁壮月朔甲寅易安室题⑬。

### 注释

①《金石录》：金石学名著，宋赵明诚（李清照丈夫）编著。金，指古代钟、鼎等器物上所刻文字；石，指石碑等所刻文字。

②赵侯德父：赵明诚，字德父。古时称州郡长官为"侯"，赵明诚曾任莱州、淄州、江宁守，故称。

③三代：指夏、商、周。

④五季：指五代，唐宋之间先后有后梁、后唐、后晋、后汉、后周五个短命朝代。

⑤钟：古代乐器。另有一种圆形壶，用以盛酒浆或粮食，亦叫作钟。鼎、甗（yǎn）、鬲（lì）：青铜炊器。盘、匜（yí）：青铜盥漱工具。尊：酒器。敦：盛黍稷的工具。这里所举均为古代礼乐类青铜器具，因礼制对不同身份者使用什么礼器有严格规定，故借助所刻铭文能很好辨识史实。款识（zhì），这里指钟鼎彝器上铸刻的文字。

⑥丰碑：高大的碑。碣：圆顶石碑。显人：显要之人，有名声地位的人。晦士：隐居者或没有地位、声望的人。

⑦二千卷：指金石拓本共二千件，每件称为一卷。

⑧王播：前人校考认为是唐代的王涯。王涯，唐文宗时宰相。其所收藏著名书画与宫中相当，且秘不示人。甘露之变，王播身死，破门而入者只取其金银财宝，而弃书画于路边。见《新唐书·王涯传》。元载：唐代宗时宰相，因贪贿专横被诛，抄没其家产时，仅胡椒就多达八百余石。见《新唐书·元载传》。这里作者是讥讽王播和元载虽

然一好字画一好胡椒，但都只知收集占为己有，并不知道其真正价值。

**⑨长舆**：晋代和峤，字长舆。和峤家产丰富但本性至吝，人讥之有钱癖。**元凯**：晋代杜预，字元凯。杜预酷好《左传》，著有《春秋经传集解》。杜预常讥讽和峤有钱癖，晋武帝便问杜预："卿有何癖？"杜答："臣有《左传》癖。"见《晋书·杜预传》。

**⑩建中辛巳**：宋徽宗建中靖国元年，即公元1101年。

**⑪归赵氏**：嫁到赵（明诚）家。

**⑫先君**：古人自称已去世的父亲。这里是指作者的父亲李格非，字文叔，山东济南历下人。宋神宗熙宁九年（1076年）进士，初任冀州（今河北冀州市）司户参军、试学官，后为郓州（今山东东平）教授，即讲解儒家经典的知识分子。

**⑬丞相**：指赵挺之，密州诸城人，字正夫。神宗熙宁间进士。为登、棣二州教授。通判德州，力行市易法。哲宗元祐中，召试馆职，为秘阁校理，迁监察御史。徽宗朝为礼部侍郎，拜御史中丞。崇宁四年，以蔡京荐，为尚书右仆射。因与京争权，相位罢复不定，未几卒。谥清宪。赵挺之是赵明诚的父亲、李清照的公公。在徽宗建中靖国年时曾任吏部侍郎，后官至尚书右仆射，故这里称其为丞相。

**⑭侯**：指赵明诚。太学，中国古代由朝廷直接掌管的最高学府，在太学读书者称"太学生"。

**⑮族寒**：即寒族、寒门，寒微的家族，作者的公公曾官至丞相，其父李格非前妻之父系元丰宰相王珪，其继室之祖王拱辰亦系高门，丈夫赵明诚还做过太守一类的官，故其自称寒族，是自谦之辞。

**⑯朔望**：阴历的初一和十五。谒告，告假。

**⑰质衣**：典当衣物。

**⑱相国寺**：即大相国寺，原为战国时期魏公子信陵君无忌的住宅。南北朝时期，北齐文宣帝始创寺院，名叫建国寺，后毁于兵火。唐朝武则天时期著名僧人慧云募购此宅院建造寺院，从地下挖出北齐

建国寺旧碑，于是仍名为建国寺。后唐睿宗李旦为纪念自己从相王登基，便下诏改名为相国寺，并御笔题下"大相国寺"的匾额。唐宋两代是大相国寺的鼎盛时期，尤其是北宋时期，大相国寺是全国最大的佛教寺院，寺内建筑巍峨，雕梁画栋，巧夺天工，金碧辉煌，下辖64个禅律院，每个院都设主持，并赐予封号，僧众达万余人。每逢国家大事，如皇帝祝寿祈祷，巡亲以及进士题名多在这里举行，所以被称为皇家寺院，也是士众游赏交易的重要场所。

⑲市：此处作动词，交易、购买的意思。

⑳葛天氏：我国上古部落首领名，其为治也，不言而自信，不化而自行。据传当时百姓过着无忧无虑的生活。

㉑饭蔬衣练（shū）：有家常便饭吃，有粗丝织成的衣物，衣食有了保障的意思。

㉒遐方绝域：遥远难以到达的地方。

㉓古文奇字：上古之文，奇特的字。我国历史上在秦统一文字前，各诸侯国文字彼此相异，而先秦文字对宋人而言，已难辨识，故云。

㉔堆积：此指收集的金石作品越来越多，不断堆积。

㉕丞相居政府：赵丞相负责政府的事务。丞相，这里指赵挺之，曾官尚书右仆射，故称。

㉖馆阁：宋代有昭文馆、史馆、集贤院三馆和秘阁、龙图阁等阁，分掌图书经籍和编修国史等事务，通称"馆阁"。

㉗"多有"句：很多都是《诗经》不载、正史未录、典藏未收、今文未见的宝贵资料。亡诗，指《诗经》未收散佚在外的诗歌。逸史，正史以外的史书。鲁壁，孔子旧宅墙壁发掘出来的古籍。史载鲁恭王扩建孔子旧宅时，从墙壁中发现古文《尚书》及其他经典，皆为蝌蚪古文。汲冢（zhǒng），武帝太康二年，汲郡人不准盗发魏襄王墓，得竹书数十车，皆蝌蚪字，称为汲冢古文。

㉘脱衣市易：把衣服脱下（典当）进行交易（买入珍奇金石等）。

㉙徐熙：南唐著名画家，善画翎毛花卉。

㉚信宿：连住两夜。这里意思是将画留了两天。

㉛屏居：隐居。史载：大观元年，赵挺之罢右仆射后五日卒。卒后三日，家属亲戚在京者被捕入狱。因无事实，七月狱具。该年或下年初，赵明诚、李清照夫妻开始隐居青州故里。

㉜仰取俯拾：抬起头摘取，低下头捡拾，意思是勤俭节约过活。

㉝连守两郡：这里指赵明诚于宣和三年至靖康元年任莱州、淄州两地知州。

㉞铅椠（qiàn）：古代书写校勘的工具，此指校勘书籍。铅，指铅墨，古代的一种浓墨；椠，古代记事用的一种木板。

㉟签题：题写上亲笔校勘的文字。古代在书上亲笔署名叫签，写在书前面的文字叫题。

㊱摩玩舒卷：把书画伸展开来抚摩欣赏。

㊲夜尽一烛为率（lǜ）：每天晚上以一支蜡烛燃尽为标准。

㊳冠诸收书家：在那些收藏古籍的圈子里首屈一指。

㊴归来堂：赵、李退居青州时宅第室名。

㊵角（jué）胜负：竞争谁胜谁负。

㊶是乡：此处指书史之乡，潜心书海以为故乡的意思。

㊷"簿甲乙"二句：分类编写目录，登记造册以便存放。簿，用作动词，记录、用记账的方式记载。

㊸请钥上簿：拿出钥匙检索簿册。

㊹关出卷帙（zhì）：收藏或者取出书籍。卷帙，书籍。

㊺坦夷：舒坦平静，这里引申指随便，不严格管理。

㊻憀栗（liáo lì）：内心不安，这里引申指提心吊胆、放心不下。

㊼性不耐：性子急，不想牵肠挂肚。

㊽重肉：两种以上的肉食。

㊾重采：即重彩，多重色彩（的衣服），穿着华丽的衣服。

㊿刓（wán）缺：磨损、短缺。

51枕藉：纵横交错地躺在一起、堆在一起。

52声色狗马：指歌舞女色、养狗走马等使人丧失志向的各种玩好。

(53)靖康丙午：宋钦宗靖康元年（1126），该年正月初三，金军渡过黄河。宋徽宗仓皇出逃，钦宗任命李纲为尚书右丞兼东京留守，守东京。李纲临危受命，在他的指挥下，开封守军打退了金军的进攻，保卫了开封城。同时，宋各地勤王援兵逐渐来到京城，金军只好北撤，宋金议和，开封城暂时得以解围。

(54)淄川：今山东淄博，宋时又称淄州。

(55)京师：指北宋都城汴京，即今河南开封。

(56)建炎丁未：建炎元年，公元1127年。建炎，宋高宗赵构年号。靖康二年（1127）四月北宋亡，五月，高宗即位方改元建炎，史称南宋。这里说“建炎丁未春三月”，是从南宋皇帝年号的角度讲，其实“建炎”作为年号是从该年五月南宋建立才开始。

(57)“奔太夫人丧”句：因为奔赵明诚母亲的丧决定举家南迁。太夫人，指赵明诚母亲郭氏，其卒于江宁，赵明诚即由淄州南来奔丧，李清照则由淄州反青州，整理金石文物，以备南运。

(58)长（zhàng）物：多余的东西。

(59)监本：指宋代国子监刻印的书，此类书一般刊印数量较大，且公开出售，较易得到。

(60)东海：宋代郡名，辖区在今江苏东北部与山东相接一带。

(61)连舻：言其船多，首尾衔接。舻，船头。

(62)渡江至建康：渡过长江到达建康（南京，南宋初原称江宁府，这里是作者追述时用后来的称呼）。

(63)期：预计，打算。

(64)金人陷青州：考史实并不是金人攻陷青州，而是“青州兵变”。据《续资治通鉴》记载建炎元年十二月：“壬戌，资政殿学士、京东东路制置使、知青州曾孝序为乱兵所杀。先是临朐土兵赵晟聚众为乱，夺门而入。孝序度力不能制，因出据厅事，瞋目骂贼，与其子宣教郎讦皆遇害，时年七十九。”

(65)煨（wēi）烬：燃烧后的残余，犹灰烬。

⑥⑥建炎戊申：建炎二年，公元1128年。

⑥⑦侯起复知建康府：赵明诚应召担任建康知府。侯，指赵明诚。起复，封建社会官员遭父母丧，守丧尚未期满而应召任职，称为"起复"。当时，江宁府还未更名建康府，这里用"建康"亦系追述时用更名后的称呼。

⑥⑧己酉：此指建炎三年（1129）。

⑥⑨姑孰：今安徽当涂，因有姑孰溪而得名。

⑦⓪卜居：择地居住。赣水：今江西赣江。

⑦①池阳：今安徽贵池。

⑦②被旨：被圣旨命令，按照圣旨命令。

⑦③过阙上殿：经过都城到朝廷面见君主，此指赵明诚赴行在建康朝见宋高宗。

⑦④葛衣：一种丝和棉混织的夏衣。岸巾：犹岸帻（zé），把头巾掀起露出前额，表示态度洒脱，不拘束。

⑦⑤目光烂烂：目光炯炯有神。

⑦⑥甚恶：很不是滋味，很不好受。

⑦⑦戟手：徒手屈肘如戟，指指点点的意思。

⑦⑧辎（zī）重：这里指包裹、箱笼等生活用品、行李。

⑦⑨宗器：古代宗庙祭祀所用的器物，即钟鼎之类礼器。

⑧⓪行在：指帝王行宫所在，此指南宋皇帝临时驻在的建康。

⑧①病疟（shān）：染上疟疾。疟，有热无寒的疟疾。

⑧②惊怛（dá）：惊恐悲伤。

⑧③必服：肯定会服用。这里是李清照认为丈夫性急的猜测，而不是按医理对症的处理办法。

⑧④黄芩（qín）：一种去热的寒性中药材。

⑧⑤膏肓（huāng）：中医认为在人体心膈之间有两个非常重要部位，分别称膏和肓，古人认为那里是药效所不能到达的地方，一旦这两个地方生疾，就无药可医。

⑧⑥"殊无"句：完全没有留下临终遗言。分香卖履，有史料记载，

曹操临终留下遗言："余香可分与诸夫人，诸舍中无所为，学作履组卖也。"意思是剩下的名贵香料，可以分给众妻妾；至于那些宫女，没有别的事情可做，就叫她们去学做鞋子卖钱养活自己。

㊼无所至：没有地方可以去，无家可归的意思。

㊽六宫：这里泛指后宫嫔妃。

㊾茵褥：垫子、褥子、毯子的统称。

㊿称是：与那些东西相当。是，这里指代上面所列的东西。

91从卫：跟随护卫（皇帝），实际上是高宗为金兵追击，跟着皇帝逃跑。

92委弃：丢弃。

93李杜韩柳集：李白、杜甫、韩愈、柳宗元的诗文集。

94十数事：十多件。

95岿然：原是高峻独立的样子，这里指剩下的书画鼎鼐等各自突兀地摆放而不像以前堆满整个房间。

96上江：指建康以西的长江一带。

97叵（pǒ）测：原为不可限量，这里是难以预测的意思。

98远（háng）：李远，作者的弟弟。敕（chì）局删定官：官名，隶属尚书省，职责是裒集诏旨，纂类成书。

99到台（tāi）：到达台州。宋代台州治所在今浙江临海。

100剡（shàn）：山名，在今浙江省绍兴嵊州境内。这里指代嵊州。

101睦：睦州，州治在桐庐。这里代指桐庐。

102黄岩：地名，在台州中南部。

103行朝：朝廷暂驻之所。

104驻跸（bì）章安：皇帝暂住在章安。驻跸，古代帝王出行途中停留暂住。章安，地名，在今台州椒江。当时高宗为金兵所迫一路南奔至台州，甚至入海。

105"从御舟"句：追随皇帝的大船由海上到达温州。据《续资治通鉴》记载：高宗闻明州失守，遂引舟而南，"二月乙亥，御舟至温州江心寺驻跸，更名龙翔。"温，浙江温州。

⑩越：地名，即越州，今浙江绍兴。

⑩放散百官：建炎三、四年冬春，由于金兵对高宗穷追不舍，便不得不入海躲避，扈从、职能人员大为缩减，部分官吏遂得自便。

⑩衢：地名，即衢州，位于浙江省西部，钱塘江上游，为浙、闽、赣、皖四省边际交通枢纽和物资集散之地。

⑩杭：地名，杭州。

⑩疾亟：病情危重。

⑪张飞卿：依文意当是赵明诚朋友，具体生平不详。

⑫珉：像玉的石头。

⑬颁金：以重金作为悬赏。这里指投献（玉壶）给金人，贿赂通敌。

⑭密论列者：秘密检举揭发，暗中弹劾。

⑮外廷：指皇帝在朝廷之外听政的地方。实际是此时高宗为金兵所迫四处躲避，无法正式在朝堂听政。

⑯移幸：指君王迁移他处，此实指逃跑。四明：指鄞（yín）县，今浙江宁波。

⑰故李将军：已故的李将军。李将军具体指谁不得其详。

⑱簏（lù）：竹箱。

⑲会稽：浙江绍兴。

⑳十八轴：十八幅画轴，代指十八幅画。

㉑吴说：字傅朋，当时著名书法家。运使，古代对水陆运使、转运使、盐运使等的简称。因吴说曾任福建路转运判官，故称。

㉒如护头目：就像保护脑袋和眼睛那样小心翼翼。

㉓东莱静治堂：莱州的静治堂（当是赵明诚任职莱州时其夫妇居所）

㉔芸签缥带：（装帧书籍所用）上好的书签和带子，代指书籍。芸签，书签，古人为防止虫子咬噬书籍，常在书中夹放“芸香”，故称。缥带，本指青色的丝带，古人为对书籍进行分类收藏，常用不同

颜色的丝带收束以示区别。

⑫吏散：属吏们散去，指办完公务。

⑫手泽：原意为手汗所沾润，这里指赵明诚校勘题跋《金石录》的墨迹。语出《礼记·玉藻》。

⑫墓木已拱（gǒng）：墓地上的树已经到了两臂合围的粗细，意思是死了很久。

⑫"昔萧绎"三句：南朝梁元帝萧绎即位于江陵，博览群书而不恤国事，整日著书、赋诗、作画。在位三年，于公元554年魏兵围攻江陵之际，"命舍人高善宝焚古今图书十四万卷"，最终被虏身亡。

⑫"杨广"三句：隋炀帝杨广于大业十二年（616）游江都，两年后被宇文化及杀死于江都。杨广平生酷爱书史，藏书堆积如山，却一字不许外出。死后，新王朝调其图书进京，河中遇风浪而尽数覆没。监运官称此系隋炀帝托梦收书。

⑬菲薄：低劣，愚顽。

⑬"余自"句：我在比二十岁作《文赋》的陆机小两岁的时候，即十八岁时。陆机，西晋著名文学家。杜甫有《醉歌行》有"陆机二十作《文赋》"句，作者这里用陆机年少才思过人创作名篇来写自己的年龄，暗寓自己也是早慧才女。

⑬"至过"句：到超过蘧伯玉"知非"年龄两岁，即五十二岁。蘧（qú）瑗，字伯玉，春秋卫国大夫。《淮南子·原道训》："故蘧伯玉年五十，而有四十九年非。"意思是到了五十岁，才知道以前四十九年中的错误。

⑬有有必有无：有所获得一定有所失去。

⑬"人亡弓"二句：有人丢了弓，就有人拾到弓。《孔子家语》记："楚王出游，亡弓，左右请求之。王曰：'止，楚人失弓，楚人得之，又何求？'孔子闻之，惜乎其不大也，不曰：人遗弓，人得之而已，何必楚也？"这里是作者以孔子家语的道理自我宽慰，不以自己得失为得失。

⑬绍兴二年玄黓岁壮月朔甲寅：即绍兴二年壬子八月一日。玄黓

（yì），干支纪年中天干"壬"的别称。《尔雅·释天》："（太岁）在壬曰玄黓。"壮月，阴历八月的别称。见《尔雅·释天》。易安室，作者自称，因其自号"易安居士"，故称。

# 后　记

　　我一直有意做些古典诗词普及的工作，所以当春风文艺出版社姚宏越先生特地来到上海找我，说是有意编一套宋词普及性读本的时候，我便很愉快地接受了。在我的办公室里，我们就一些具体的问题进行比较深入的探讨，相谈甚欢，很快达成一致，唯独在哪些作者入选方面有些出入，我觉得宋代词坛群星璀璨，倾向多选一些有代表性的词人词作，姚先生根据大数据分析的结果，说是读者最爱的还是柳永、苏轼、辛弃疾、李清照。我猜他当时也许心里想着书市里宋词选本已经太多，顾及词坛整体性代表性，很难显示此书特色，担心市场效应不佳。而当时我心里则藏着另外一个想法：将来或许可以以此为基础，再选些我认为有代表性的词人佳作，虽不求全，也体现个人喜好，另出一本也是可以的。于是我也就听从他的安排，做成现在这个样子。

　　因为指定是四位词人，选篇不选人，加上书市里关于这四位词人作品的选本可供参考的不少，所以编选的任务就轻了许多。我这次选苏轼、辛弃疾和李清照的篇目，主要参考人民文学出版社出版的刘石先生评注《苏轼词选》、刘扬忠先生评注《辛弃疾词选》、陈祖美先生评注《李清照词选》，再吸收其他选本的精华。柳永词则以我在人民文学出版社出版的《多情自古伤离别·柳永词》为基础稍做修订。因为篇幅的原因，多保留小令、中调，有些长调就没有收入。注释文字则尽量浅显易懂，少引典故原文。在篇目的编排上，采取先小令后中调再长调的方式，而不按照作者生平、创作时间、乐律类别进行区分。四位词人按柳永、苏轼、辛弃疾、李清照这个顺序排列，基本上是以生活年代先后为序。李清照本应排在辛弃疾前面，为了图书内容的匀称也为了体现历代"苏辛"并举的味道，所以苏辛贴在一起了。至于李清照因其词作虽然都是精品，毕竟数量有限，所以在其词后另附诗、赋、文等代表作品，一来是为了跟其他三位的作品保持相对平衡，二来也是想给读者一个提示：不要简单以为李清照的创作都是简洁明了如其词者，她其实学养深厚，其诗赋文章严整典实完全不输他人，"掉书袋"的水平跟辛弃疾完全不相上下，这些在她的诗文中可以看出。另外，因为柳永多用当时市井新声创作，所用词牌带有独创性，有些舍不得删减，所以多选了一些柳永的作品，并不是认为其水平在苏辛易安之上。

之所以这样做，一是因为刘石、刘扬忠、陈祖美三位学者多年从事相关领域的研究，心得体会倾注在评注文字之中，对我很有启发，而且他们的选本在先，已深入读者之心，这里强化一下可能更加有助于读者领会词中情意，同时也是表达我对三位学者的敬意。二是为了便于读者将更多的注意力集中到词作的本身，不用过多纠结于注释文字中所引典故文言的难懂；喜欢小令、中调或者长调的都可以各自专挑着喜欢的欣赏去。三是相信人民文学出版社的品牌效应，可能更易于为读者接受。

由于能力水平有限加上时间仓促，书中错讹之处在所难免，敬请读者批评指正。

罗立刚
2023年秋于上海青浦野马浜畔